Shari Low legt mit *Herzfinsternis* ihren achten Roman vor. Nach einer abwechslungsreichen Karriere im Bereich Freizeitindustrie in Großbritannien, Holland, Schanghai und Hongkong kehrte Shari Low in ihre Heimatstadt Glasgow zurück. Dort lebt sie mit ihrem Ehemann John und ihren beiden kleinen Söhnen. Sie ist heute als freie Schriftstellerin tätig. Besuchen Sie die Autorin unter www.sharilow.com im Internet.

Von Shari Low sind bei Bastei Lübbe Taschenbücher lieferbar:

14924 Torschlusspanik
15178 Saure-Gurken-Zeit
15219 Märchenprinz auf Abruf
15472 Freunde, Sex und Alibis
15577 Happy ohne Ende
15823 Treuesprünge
15991 Sternschnuppern

Shari Low

Herzfinsternis

Roman

Aus dem Englischen von
Barbara Ritterbach

BASTEI
LÜBBE
TASCHENBUCH

BASTEI LÜBBE TASCHENBUCH
Band 16 371

1. Auflage: Januar 2010

Vollständige Taschenbuchausgabe

Bastei Lübbe Taschenbücher in der BASTEI-LÜBBE GmbH & Co. KG

Deutsche Erstausgabe

Titel der englischen Originalausgabe: »Temptation Street«

Innenillustration: Frauke Ditting
Titelillustration: © Blend Images / Jupiterimages / © Masterfile / Royaltyfree
Umschlaggestaltung: Christin Wilhelm
Autorenfoto: © Paul Chappells / Daily Record
Satz: hanseatenSatz-bremen, Bremen
Gesetzt aus der Stempel Garamond
Druck und Verarbeitung: CPI – Ebner & Spiegel, Ulm
Printed in Germany
ISBN 978-3-404-16371-7

Für meine Freundinnen Wendy Morton, Pamela McBurnie,
Janice McCallum, Linda Lowery, Frankie Plater,
Gillian Armstrong, Jan Johnston, Sylvia Lavizani,
Emma Vijayaratnum and Mitch Murphy –
obwohl sie mich nicht davon abgehalten haben,
mit reichlich unpassenden Männern auszugehen,
bevor der Richtige kam.

Prolog

»Also, die Regeln lauten folgendermaßen: Kein Wort über die Arbeit, keine Streitereien. Joe, du darfst mich jederzeit unter dem Tisch belästigen, und Suze, wag es ja nicht, nur einen Salat zu bestellen.« Melissa sah ihre Schwägerin über den Tisch hinweg drohend an. »Heute gibt's auch für dich Kalorien. Berge von Kalorien. Betrachte es einfach als einen Akt der Freundschaft und der Solidarität.«

Suze strich die nicht vorhandenen Falten aus ihrem Hervé-Léger-Kleid (ein Imitat, versteht sich), hob ihr Champagnerglas und prostete der selbst ernannten Zeremonienmeisterin zu. Und ob es heute Kalorien gab! Allerdings hatte sie das Gefühl, dass sie die meisten davon in flüssiger Form zu sich nehmen würde.

»Für dich tu ich doch alles. Ich bereite meine inneren Organe sofort auf das Eintreffen von Nahrung jeglicher Art vor. Ach, und Karl ...« Suze wandte sich an ihren Mann, der kaum ein Wort gesprochen hatte, seit sie zehn Minuten zuvor gekommen waren. »*Ich* hätte auch nichts gegen ein bisschen Gefummel unter dem Tisch.«

Melissa und Joe sahen, dass Karl breit grinste und nickte. Das kurze Zögern vorher hatte nur Suze bemerkt. Ein weiterer Stich für ihr ohnehin schon so verletztes Herz. Letztes Jahr war alles noch ganz anders gewesen. Und im Jahr davor auch. Dasselbe Datum, dasselbe Restaurant, dieselben Leute, aber ein völlig anderer Ehemann. Damals hatte sie ihn nicht dazu auffordern müssen, seine Hände auf Wanderschaft zu schicken und ihr seine Zuneigung zu zeigen. Aber Suze hatte jetzt keine Zeit, darüber nachzugrübeln. Denn wie durch eine Art brüderliche Osmose übernahm ihr Schwager die Rolle des jovialen, lockeren Unterhalters, die sonst ihr Mann ausfüllte.

Joe legte den Arm um Melissas Schulter und hob ebenfalls sein Glas. »Auf einen schönen Hochzeitstag für uns alle! Suze, du hältst es jetzt schon zehn Jahre mit meinem Bruder aus. Ich will nur, dass du weißt, dass wir dich für eine offizielle Würdigung deines Einsatzes vorschlagen werden. Wir hatten daran gedacht, dass man vielleicht eine Straße nach dir benennen könnte oder einen Feiertag.«

»Okay, ich nehme die Straße. Aber nur eine mit einem Prada-Shop.«

Alle lachten. Mel zwinkerte ihrer Schwägerin zu und ließ einen Blick folgen, der so viel sagte wie: He, was ist denn mit dem los? Ihr sonst so ruhiger, reservierter Mann war eigentlich gar nicht für große Reden und übertriebene Gesten. Und er war noch nicht fertig …

»Und dir, Mel, meiner großartigen Mel, danke ich für acht wunderschöne Jahre. Ich liebe dich wie verrückt und hoffe, dass wir noch mindestens sechzig weitere Jahre vor uns haben.«

Mel spürte, wie ihre Tränendrüsen aktiviert wurden. Rasch überspielte sie den potenziell rührseligen Moment mit einem Kuss und einem Lächeln und schloss sich dem Toast an.

»Auf uns«, bekräftigte sie. »Und auf viele weitere gemeinsame Hochzeitstage!«

Die Gäste an den Nachbartischen hörten das Klirren der Gläser und schauten zu den beiden Paaren hinüber. Ein beneidenswertes Bild: vier junge Menschen, attraktiv, strahlend und voller Glück, wie nur Liebe und Vertrauen es geben konnten.

Kein Wunder, dass niemand etwas ahnte. Niemand ahnte, dass eine Person aus dieser Runde todunglücklich war. Eine von ihnen hatte etwas Schreckliches getan. Eine von ihnen war schuld daran, dass ihre perfekte kleine Viererrunde auseinandergerissen würde.

Es würde keine gemeinsamen Hochzeitstage mehr geben.

1. Kapitel
Von Herz zu Herz

»Der Schaltknüppel! Der Schaltknüppel! Aaaaah!«

Eine kurze Pause entstand, dann brachen sie beide in brüllendes Gelächter aus. Die heiße Leidenschaft, die so viel Feuchtigkeit erzeugt hatte, dass alle Scheiben beschlagen waren, war sofort weg. Sie zog den Kopf ein, um eine durch die Kollision mit dem Autodach hervorgerufene Gehirnerschütterung zu vermeiden, hievte sich von seinem Schoß und ließ sich auf den Beifahrersitz fallen. Ihre erhitzte feuchte Haut klebte am Lederpolster fest.

»Wow!«, keuchte er halb erleichtert, halb belustigt und versuchte sich aus dem Spalt zwischen den beiden Vordersitzen zu befreien. »Dieser Schaltknüppel ist mir entschieden zu nah gekommen. So habe ich mir eine Ménage-à-trois nicht vorgestellt.«

»Soll ich einen Krankenwagen rufen?« Sie grinste. »Dann müsstest du dir allerdings vorher ein paar wirklich gute Erklärungen ausdenken.«

»Nicht nötig, ich werd's überleben. Allerdings könnte es sein, dass ich gerade meine Chance auf eine mögliche Vaterschaft verspielt habe.«

Unter Zuhilfenahme seiner durchtrainierten Oberarme stemmte er sich behutsam hoch und rettete seine Lendengegend aus der misslichen Lage. Als er endlich mit einem erleichterten Seufzer hinter das Lenkrad sank, wurden ihm schlagartig zwei Dinge bewusst. Erstens die wirklich absurde Situation: zwei Leute, die sich in einem Auto unterhielten, als wäre es das Normalste auf der Welt. Was es ja auch wäre, wenn sie nicht beide splitterfasernackt wären. Und zweitens, dass er gerade das V-

Wort gesagt hatte. Vaterschaft. Okay, es war nur eine nachlässig dahingesagte Bemerkung gewesen, aber sie gab der Schaltknüppel-Nummer eine irritierende Ernsthaftigkeit.

Vaterschaft. Sie versuchte den Gedanken aus ihrem Kopf zu verdrängen. Nein, sie würde das jetzt nicht tun. Nein, nein und noch mal nein. Waren sie nicht übereingekommen, dass sie beide nur ein bisschen Spaß haben wollten, ganz ohne Verpflichtungen? Sie würde das, was er gerade gesagt hatte, einfach ignorieren. Verdrängen. Vergessen. Leider kam diese Botschaft nicht in ihrem Mund an, denn der plapperte schon munter drauflos.

»Möchtest du das? Kinder haben, meine ich?«

Der Seufzer entfuhr ihm, ehe er es verhindern konnte. Verflixt – wieso hatte er bloß mit diesem blöden Thema angefangen? Er könnte sich ohrfeigen. Wusste er es denn nicht besser? Meine Güte, Frauen und ihre überdrehten biologischen Uhren. Und jetzt sah sie ihn auch noch so hoffnungsvoll an, als wartete sie auf eine tiefsinnige Antwort.

Aber er hatte keine, und er hatte nicht die geringste Absicht, sich auf dieses gefährliche Terrain zu begeben. Darum ging es hier nicht. Hier ging es nicht um Zukunft und Familie und Pläne. Auch nicht um Träume und Hoffnungen bis ans Ende des Lebens. Für ihn hatte das hier ganz und gar nichts mit tiefen Gefühlen zu tun, und soweit er wusste, galt das auch für sie.

Von Anfang an hatten sie abgesprochen, dass es nur um eins gehen würde, und er hatte nicht vor, die Spielregeln zu ändern. Sein Emotionsalarm – der beim ersten Anzeichen von zu viel Nähe sofort laut und vernehmlich schrillte – war aktiviert, und er schaltete sofort in den Modus »Ablenkungsmanöver«. Er streckte die Hand nach ihr aus, strich sanft über ihren Hals, liebkoste ihre Schläfen und zog sie langsam zu sich.

»Baby, wenn ich mit dir zusammen bin, denke ich an nichts anderes als an deinen unglaublich heißen Körper.«

Er presste die Lippen auf ihre, und sie reagierte sofort. Ein

Stöhnen entfuhr ihr. Mission erfüllt. Panik abgewendet. Keine Opfer, kein Schaden fürs Leben.

Ihre Libido war neu entflammt. Sie drängte sich an ihn, ihre linke Hand tastete Richtung Fußraum. Nach wenigen Sekunden hatte sie gefunden, wonach sie suchte. Sie zog ruckartig daran und beförderte ihn in die Rückenlage. Ihre Lippen trennten sich nicht eine Sekunde, während sie mit unglaublicher Gelenkigkeit zwischen das Lenkrad und seinen Körper glitt. Und dann saß sie wieder auf ihm – dieses Mal ohne dass die Gefahr bestand, dass ihn der Schaltknüppel entmannte.

Seine Hände umklammerten ihre festen Pobacken. Er positionierte sie richtig und zog sie langsam zu sich heran, bis sie eine Stellung eingenommen hatten, die definitiv in keinem Autohandbuch beschrieben war.

Um genau das geht es hier, dachte er.

Das Wochenende, an dem alles begann …

2. Kapitel
Misstrauische Herzen

»Bist du sicher, dass du das wirklich machen willst?« Melissas Stimme stockte, als ihr plötzlich das Telefon aus der Hand rutschte. »Scheiße! Moment mal gerade, Suze!«

Entsetzt schaute sie dem Telefon hinterher, das soeben in jenem dunklen, unheimlichen Abgrund versunken war, in den sich eine Frau ohne gründliche mentale und körperliche Vorbereitung eigentlich nicht hineinwagen durfte. Sie biss die Zähne zusammen, griff beherzt zu und barg es aus der schaurigen Tiefe.

»Sorry, Schätzchen, das Telefon ist mir gerade in den Waschkorb gefallen. Es riecht jetzt ein bisschen streng. Egal. Also. Bist du sicher?«

»Absolut. Ich muss wissen, was los ist, und das ist die einfachste und schnellste Möglichkeit, es herauszufinden. Atme nicht so.«

»Wie?«

»Na so. Du atmest so vorwurfsvoll. Das höre ich ganz genau.«

»Nur wegen der Socken. Aber du hast Recht, ich bin es. Vorwurfsvoll, meine ich. Ich will dich nicht bevormunden, Suze, du musst tun, was du für richtig hältst. Ich werde auf jeden Fall hinter dir stehen, egal wie du dich entscheidest, aber ich werde das Gefühl einfach nicht los, dass das alles ein bisschen ... na ja ... sagen wir *unmoralisch* ist. Das musst du doch zugeben.«

»Es ist nicht unmoralisch. Es ist absolut vernünftig. Proaktiv. Verantwortungsvoll. Glaub mir, es macht mich völlig fertig, aber das ist mir lieber, als weiter zwischen Unwissenheit,

Verdrängen und Angst zu hängen. Ich ... ich muss es einfach wissen.«

Als Melissa hörte, wie zittrig sich die Stimme ihrer Freundin anhörte, überkam sie Mitleid. Das Gefühl war so überwältigend, dass sie sogar das Eau de Männersocken kaum noch wahrnahm.

Aber Suze hatte sich schnell wieder gefasst. »Du hast Joe doch hoffentlich nichts gesagt, oder? Schwör mir, dass du das nicht tust. Du weißt ja, wie die beiden sind. Er würde es Karl garantiert stecken.«

Mel warf Joes Lieblingshemd in die Waschmaschine und nickte unbewusst. Suze hatte Recht. Karl und Joe hatten ein superenges Verhältnis, wie es bei Brüdern selten vorkam. Sie arbeiteten zusammen, sie spielten jeden Freitagabend zusammen in derselben Fußballmannschaft und unternahmen auch sonst viel zusammen. Mit anderen Worten: Sie waren unzertrennlich. Wie die Kray-Zwillinge, nur ohne den Hang zum Kriminellen und mit perfekt geformten Bodys. Die verdankten sie ihren regelmäßigen Besuchen im Fitnessstudio, natürlich auch zusammen.

Joes Familiensinn hatte Mel von Anfang an fasziniert. Im Gegensatz zu ihr, die als Einzelkind aufgewachsen war, hatte es Joe nur im Paket gegeben. Seine Eltern hatten sie sofort mit offenen Armen aufgenommen, und für seinen Bruder war sie von Anfang an die kleine Schwester gewesen, die er sich immer gewünscht hatte. Aber das Sahnehäubchen auf der glücklichen Familientorte war Karls Ehefrau Suzanne, die in kürzester Zeit von der Schwägerin zur besten Freundin geworden war.

Die Ehe von Karl und Suzanne war immer unbeständig gewesen, voller Leidenschaft und Spannungen, die sich hin und wieder in emotionsgeladenen Dramen entluden. Trotzdem wusste Mel eins ganz genau: Suze' Verdacht, Karl würde sie betrügen, war völlig absurd. Unmöglich! Karl war ein anständiger Kerl, genau wie sein Bruder.

»Nein, natürlich sage ich Joe nichts. Ich erzähle ihm schließlich nicht alles.«

»Tust du doch.«

»Okay, du hast Recht, aber *das* habe ich ihm wirklich nicht erzählt. Du bildest dir das ohnehin nur ein, Suze. Karl würde dich niemals hintergehen.«

»Das behaupten alle Ehefrauen. Bis ihr Mann plötzlich mit der Sekretärin durchbrennt. Und während Mrs. Gutgläubig einsam in einem schäbigen Apartment hockt, vögelt er die Neue sechsmal pro Nacht und bucht mit seiner Kreditkarte vierzehn Tage Marbella. Ich weiß ja selbst, dass er ein guter Kerl ist, Mel, aber ich wäre verrückt, wenn ich die Warnzeichen einfach ignorieren würde. Du musst doch auch zugeben, dass er bei unserem letzten Hochzeitstagsessen verdächtig still war. Und du kennst Karl. Normalerweise müssen wir ihn mit Gewalt nach Hause schleppen, damit der Ober endlich Feierabend machen kann. Er hat sich irgendwie verändert … und ich muss wissen, wieso.«

Mel knallte die Waschmaschinentür zu und drückte die Öko-Taste. Schließlich wollte sie beruhigt schlafen und sich nicht vorwerfen, mit ihrer Wäsche der Ozonschicht geschadet zu haben. Oder den Polkappen. Oder irgendwelchen Babyrobben vor der Küste von … von … na ja, wo Babyrobben eben so lebten.

»Bist du denn sicher, dass es sich nicht um eine Form von Midlife-Crisis handelt? Jerry von nebenan hat sich nach seinem vierzigsten Geburtstag sechs Tatoos machen lassen, die Haare dunkler gefärbt und fährt nur noch mit einer Harley Davidson durch die Gegend.«

»Karl ist aber erst einunddreißig«, bemerkte Suze.

»Dann könnte es eine vorzeitige Midlife-Crisis sein.«

»Das Einzige, was bei ihm vorzeitig ist …«

»Nein, sag es nicht! Ich muss meinem Schwager noch auf vielen Hochzeiten, Taufen und Geburtstagen ins Gesicht sehen können. Also erspar mir bitte alles, was meine Achtung vor ihm für immer zerstören könnte. Bitte mach es nicht, Suze.«

»Ich muss aber. Ich leide nun mal unter Kontrollzwang – es ist quasi Teil meines Charakters.«

Mels Magen begann zu rotieren, im selben Rhythmus wie die Wäschestücke vor ihr in der Trommel. Sie hasste jede Form von Drama. Sie hasste Krisen. Und sie fühlte sich hin und her gerissen. Einerseits verstand sie ihre beste Freundin und wollte ihr gern helfen, andererseits hatte sie Angst, dass die Sache entgleisen könnte und sie ihren Schwager und ihre Schwägerin demnächst an verschiedenen Sonntagen in verschiedenen Wohnungen besuchen musste.

Eine Weile sagte niemand etwas. Dann schrie Suze plötzlich hysterisch: »Hör auf, an deinen Lippen zu kauen!«

»Tu ich ja gar nicht«, protestierte Mel mit zerkauten Lippen. Gedankenverloren türmte sie die nächste Maschinenladung vor der rauschenden Waschmaschine auf. »Also, wann soll es passieren?«

»Irgendwann dieses Wochenende. Ich hab der Detektei Karls Terminplan für Freitag, Samstag und Sonntag durchgegeben. Sie überlegen sich jetzt, wann sie die Sache angehen. Den genauen Termin verraten sie der Ehefrau mit Absicht nicht, damit sie nicht im entscheidenden Moment auftaucht und ihrem Mann einen Baseballschläger überzieht.«

»Das wäre nicht so ideal, verstehe.« BH. BH. String. String. BH. Nachthemd. T-Shirt. BH.

»Ich habe ihnen gesagt, sie sollen eine Brünette mit langen Beinen und großen Brüsten nehmen. Darauf steht er.«

»Aber *du bist* doch blond und flacher als die Niederlande.«

»Dann verstehst du jetzt sicher, weshalb sich bei mir ein gewisses Misstrauen breitgemacht hat.«

Mel seufzte. Es war alles ihre Schuld. Sie hatte Suze den Zeitungsbericht mit der Überschrift *Venusfallen zum Vermieten* –

für Ehefrauen mit misstrauischen Herzen und herumstreunenden Ehemännern! gezeigt. Die Agentur war darauf spezialisiert, weibliche Lockvögel auszusenden und Ehemänner einer Art Treuetest zu unterziehen – gegen ein stattliches Honorar, das verstand sich von selbst. Sie hatte das völlig absurd gefunden. Albern. Lächerlich.

Suze leider nicht. Für sie war es die Antwort auf ihre tiefen Zweifel an der Monogamie ihres Gatten. Und nun war ihr Konto um fünfhundert Pfund leichter, Melissa war mit den Nerven am Ende, und dem ahnungslosen Karl stand der denkwürdigste – und vermutlich teuerste – Plausch seines Lebens bevor. Das war bizarr. Surreal. So etwas passierte in amerikanischen Realityshows, kurz bevor jemand mit einem Mikro hereingestürmt kam und den Fremdgeher vor circa zwei Millionen geifernden Fernsehzuschauern kompromittierte. So etwas passierte nicht Leuten, die man kannte, und ganz bestimmt nicht Mitgliedern der eigenen Familie.

Suze liebte Karl. Karl liebte Suze.

Melissa liebte Joe. Joe liebte Melissa.

Okay, die offizielle Scheidungsrate von fünfzig Prozent legte den Schluss nahe, dass zwei von ihnen es nicht bis zum Ende schaffen würden, aber Mel war immer sicher gewesen, dass *sie* jede Statistik Lügen strafen würden. Undenkbar, dass Karl Suze betrog. Niemals. Für ihren Schwager würde sie die Hand ins Feuer legen. Er würde diesen Lockvogel abblitzen lassen, und die Detektei würde Suze die frohe Kunde übermitteln. Und in fünfzig Jahren, wenn sie zu viert zwei Hälften eines Doppelhauses bewohnten, betreut natürlich, sich zwei Gebisse teilten und von den guten alten Zeiten schwärmten, als sie sich noch ohne Rollator fortbewegen konnten, würden sie gemeinsam über die ganze Geschichte lachen.

Trotzdem machte Melissa noch einen letzten Versuch, den Zug in Richtung Misstrauen Hauptbahnhof zum Entgleisen zu bringen. »Warum sprichst du nicht einfach mit ihm, Suze?

Kannst du es nicht erst mal mit der Methode ›Offenes und ehrliches Gespräch‹ probieren?«

Suze seufzte. »Das funktioniert nie. Was soll er denn sagen? *Ja, Schätzchen du hast Recht, ich vögle eine andere? Gut, dass wir mal drüber reden. Was gibt's übrigens zum Abendessen?* Meinst du das ernst? Wenn er schuldig ist, wird er alles abstreiten, und dann bin ich keinen Schritt weiter als vorher. Und wenn er unschuldig ist, wird er mir bis zu meinem Lebensende Vorwürfe machen, dass ich ihm nicht vertraut habe. Nein, ich glaube, mein Plan ist vernünftig. Wenn er fremdgeht, habe ich einen konkreten Beweis, und wenn nicht, weiß ich, dass meine Ängste unbegründet sind, ohne dass er je mitkriegt, dass ich an ihm gezweifelt habe. Ein Kinderspiel!«

Melissa sank auf ihren Wäscheberg. Viele Ausdrücke kamen ihr für Suze' Aktion in den Sinn, aber Kinderspiel gehörte definitiv nicht dazu.

Unruhe und böse Vorahnung schon eher.

3. Kapitel
Eiskalte Herzen

Suze drückte die rote Taste an ihrem Telefon und ließ den Kopf auf den Tisch sacken. So heftig, dass ihr ein Schmerzensschrei entfuhr. Auch das noch! Jetzt hatte sie neben ihrem untreuen Ehemann und der schwindelerregenden Detekteirechnung auch noch einen blauen Fleck mitten auf der Stirn und sah aus ein Zyklop.

Sie rieb sich den Kopf und schaltete die schwarze Dolce-Gusto-Kaffeemaschine, die auf der Granitarbeitsplatte stand, an. Karl und Joe hatten das Haus selbst gebaut, und viele Mitarbeiter des Bauunternehmens Marshall & Sons hatten ihnen dabei geholfen. Die Firma hatten die Brüder von ihrem Vater übernommen, nachdem es ihrer Mutter endlich gelungen war, ihren Mann zu einem ruhigeren Leben in einem Bungalow am Rande eines Golfplatzes in Ayrshire zu bewegen. Karl war Betriebswirt und kümmerte sich ums Finanzielle; Joe war für die Belegschaft zuständig. Die beiden waren ein perfektes Team und die richtigen Ansprechpartner, wenn man in Whitecraigs, einem Nobelvorort im Süden von Glasgow, ein Traumgrundstück gefunden hatte.

Normalerweise wäre das Haus für Suze und Karl unerschwinglich gewesen. Aber da sie so viel selbst machen konnten, hatten sie sich für das Geld, das ihre Nachbarn für einen standesgemäßen Lamborghini zahlten, ein wunderschönes Zuhause geschaffen. Jeden Winkel hatten sie gemeinsam geplant. Für die Ewigkeit. Der Raum, in dem Suze sich gerade befand, zeugte von einem Ehemann mit einer Passion für Elektrogeräte und einer Frau, die minimalistischen Schick mochte und ein Maß an Ordnung, wie sie nur in einer kinderfreien Umgebung möglich war.

Kinderfreie Umgebung.

Suze verspürte einen Stich, als sie an den Streit vom vergangenen Abend dachte. Es war um Kinder gegangen, wie schon so häufig. Und es war abgelaufen, wie es immer ablief.

Ich will eine Familie.

Ich aber nicht. Ich bin einfach noch nicht so weit.

Wir müssen einen Kompromiss finden.

Es gibt keinen Kompromiss.

Suze starrte aus dem Küchenfenster, ziellos und ohne wirklich etwas zu sehen. Das hübsche Gartenhaus im Schweizer Berghüttenstil zum Beispiel oder den perfekt geschnittenen Rasen. Seit wann war ihre Ehe so verdammt schwierig geworden? Karl war alles, was sie sich je erträumt hatte: Er war intelligent, witzig und gut aussehend, ein bisschen wie Richard Gere (nach *Ein Offizier und Gentleman,* aber bevor er sich mit dem Dalai Lama angefreundet und nach China verdrückt hatte). Zehn Jahre lang hatten sie die harmonischste Beziehung gehabt, die außerhalb einer Country-und-Western-Ballade denkbar war. Okay, das war jetzt vielleicht etwas übertrieben – es hatte auch Auseinandersetzungen gegeben, aber die hatten jedes Mal zu Versöhnungsszenen mit viel Gestöhne und nackter Haut geführt.

Das letzte Jahr allerdings war eine einzige Zerfleischerei gewesen. Es kam ihr manchmal so vor, als hätten sie sich zu zwei völlig unterschiedlichen Menschen entwickelt, unabhängigen Seelen, die nichts mehr verband und die zunehmend weniger Lust auf oben erwähnte Gestöhne-nackte-Haut-Nummer hatten. So gern sie Mel glauben wollte, dass es sich nur um eine vorübergehende Krise handelte – im tiefsten Innern wusste Suze, dass es mehr war. Es war der Anfang vom Ende. Und sie würde alles, wirklich alles dafür geben, wieder das zu kriegen, was sie vorher hatten. Aber …

Sie wurde in ihren Gedanken jäh gestört, als plötzlich etwas Heißes ihr rechtes Bein hinablief. Scheiße! Der Kaffee! Die

Tasse war übergelaufen, hatte die Arbeitsplatte überschwemmt und floss nun den Korpus aus kanadischer Eiche hinab in Richtung des cremefarbenen Travertinbodens – nach einem Abstecher über ihre nagelneuen (natürlich weißen) Diesel-Jeans.

Und natürlich suchte Karl sich genau diesen Augenblick aus, um zur Haustür hereinzuspazieren. Suze wirbelte herum. Sie sah, wie er durch die Diele kam und einen kurzen Blick zu ihr in den offenen Wohnbereich warf.

»Hi, Suze. Ich geh schnell duschen, bin in fünf Minuten wieder unten«, rief er, während seine perfekt geformten Pobacken die Treppe hinauf entschwanden.

Das sagte alles. Sein lässiger Ton ließ keinen Zweifel daran, dass ihm der Streit vom Vorabend so unwichtig war, dass er ihn längst vergessen hatte. Es gab keinen Kuss, keine zärtliche Umarmung, kein nettes Wort. Ihr ganzes Leben war nur noch gezwungene Höflichkeit und distanzierte Konversation, wie sie in Wohngemeinschaften üblich war, nicht zwischen Ehepartnern. Er schenkte ihr so wenig Aufmerksamkeit, dass er nicht mal bemerkt hatte, dass die angebliche Liebe seines Lebens in ihrer Küche stand und aussah, als litte sie an Inkontinenz.

Ja, es ging zu Ende. Ganz tief in ihrem Herzen wusste Suze, dass es vorbei war, und die Tränen, die ihr jetzt plötzlich über die Wangen liefen, unterstrichen diese Erkenntnis. Sie verstand nur noch nicht genau, warum.

Aber sie hatte das ungute Gefühl, dass sie es bald herausfinden würde.

4. Kapitel
Befrei mein Herz

Trotz der drangvollen, pulsierenden Enge in der Bar, in der es wie an jedem Freitagabend von Anzug tragenden Business-Typen nur so wimmelte, war er unschwer zu erkennen. Die große Brünette mit der Sanduhrfigur warf einen letzten prüfenden Blick auf das Foto in ihrer Hand. Das war er! Er sah besser aus als auf dem Bild und war wesentlich attraktiver als die Männer, auf die man sie in letzter Zeit angesetzt hatte.

Sie machte den Job inzwischen lange genug, um zu wissen, dass die meisten von ihnen frustrierte Idioten zwischen vierzig und sechzig waren, die drei Dinge gemeinsam hatten: Geld, Erfolg und Arroganz. Der da sah nicht so aus, als würde er in eine dieser Kategorien passen. Im Gegenteil, er wirkte eigentlich ganz … na ja … nett. Normal eben. Auf den ersten Blick keine äußerlichen Geschmacksverirrungen. Keine Gesichtsbehaarung. Kein dämliches Herumgehampel zur Musik, die aus den Lautsprecherboxen dröhnte. Und – ein kurzer Blick in die Achselgegend genügte – anscheinend auch keine Transpirationsprobleme. Das war immer ein Pluspunkt.

Während sie das Foto wieder in ihre silberne Max-Mara-Clutch stopfte und sich imaginäre Flusen von ihrem engen schwarzen Kleid strich, ging sie im Geiste noch mal die Regeln durch. Flirte nicht offensichtlich. Sei nicht unnahbar. Du musst umwerfend aussehen. Aber vor allem: Erscheine sehr, sehr einsam. Bauch rein, Kinn hoch, Schultern zurück, leichter Hüftschwung. Stolpere auf dem Weg zu deinem Zielobjekt nicht über diese verdammt hohen Absätze, auch wenn das ein prima Eisbrecher wäre.

Sie warf einen Blick auf ihre Armbanduhr. Acht Uhr. Früh

genug, um diesen Auftrag zu erledigen und sich danach noch einem der anderen Fälle zuzuwenden, die für die Nacht auf ihrem Plan standen. So viele betrügende Ehemänner, so wenig Zeit. Sie sah noch einmal auf ihr aktuelles Zielobjekt und schloss eine Wette mit sich selbst ab. Ein Paar neue Gucci-Stiefel darauf, dass dieser Typ nicht anbiss. Sie hatte einfach so ein Gefühl. Er sah zu offen aus, zu entspannt. Er war nicht auf der Suche nach irgendeiner heißen Braut. Er zog den Bauch nicht ein und hatte noch nicht mal registriert, dass sie auf ihn zukam – in einem BH, der ihre Oberweite auf Ausmaße puschte, die vom Weltraum aus zu erkennen waren.

Ohne Stürze und andere Peinlichkeiten erreichte sie die Theke und stellte sich neben ihn. Sorgfältig achtete sie darauf, nicht in seine Richtung zu schauen. Erfolgreiche Verführung beruhte auf einem fein abgestimmten Balanceakt zwischen Sichanbieten und Verstricken. Sie machte diesen Job lange genug, um zu wissen, dass er ihr auch ohne ihr Zutun signalisieren würde, ob er an einer Nummer interessiert war oder nicht.

Sie passte den Blick des Barmanns mit den strubbeligen Haaren ab und fragte sich, wie schon so häufig, wieso sich Männer zwischen achtzehn und zweiundzwanzig eigentlich einbildeten, dass das Hervorblitzenlassen ihrer Boxershorts sie in den Status eines Sexgottes erhob. Das war kein Modestatement, sondern eins, das sich ihrer Ansicht nach nur so übersetzen ließ: Ich bin ein Vollidiot und ziehe mich immer im Stockdunkeln an.

»Ein Glas Rotwein, bitte. Hauswein wäre perfekt«, sagte sie in geübtem Tonfall (offen, freundlich, die Wahl des Weins signalisierte »nicht zu anspruchsvoll«). Dabei lächelte sie strahlend und effektvoll, dank einer Bleaching-Behandlung, die sie nach Auskunft ihres Steuerberaters als Werbekosten von der Steuer absetzen konnte.

100. 99. 98. Sie schaute wieder auf die Uhr und sah sich mit

einem leisen Seufzer um. 95. 94. 93. Umständlich zog sie ihr Handy aus der Tasche, die sie nachlässig auf die Theke gelegt hatte. Sie kontrollierte das Display, schüttelte den Kopf und steckte es wieder weg. 82. 81. 80. Ein kurzes Haare-nach-hinten-werfen und ein Blick zur Tür. 69. 68. 67. Der Barmann wurde rot, als sie ihm zunickte, weil er ein Glas Wein vor sie stellte. 61. 60. 59.

Sechs Pfund fünfundsiebzig! Für einen Wein? Das war die Höhe! Sie überspielte ihren Unmut mit einem weiteren Zähneblitzen und reichte das Geld über die Theke. 47. 46. 45. Das Zielobjekt (sie hatte ewig gebraucht, bis sie den Jargon verinnerlicht hatte, ohne dabei das Gefühl zu haben, in einem schlechten Fernsehfilm mitzuwirken) würde sie nun anvisieren. Diese Gewissheit beruhte nicht auf Eitelkeit, sondern auf der Erfahrung von Hunderten von Abenden, die absolut identisch begonnen hatten. 34. 33. 32.

Jetzt ein tiefer, frustrierter Seufzer und hängende Schultern, um noch mehr Wirkung zu erzielen. 26. 25. 24. Sie wusste genau, dass er sie jetzt ansah. Und sich fragte, warum ihm plötzlich so warm wurde. 19. 18. 17. Noch ein Schluck Wein. Noch ein Blick zur Tür. Noch ein Blick auf die Uhr. Noch ein Seufzer. 10. 9. 8. Sie schob ihr halb leeres Glas von sich, nahm ihre Tasche, reckte ihr Kinn und machte deutlich, dass sie gehen wollte. 3. 2. 1.

»Ich weiß ja nicht, auf wen Sie warten – aber er muss verrückt sein.«

Erster Versuch. Angebissen. Ein Köder. Ein Fisch am Haken.

Sie lächelte ihn schüchtern an. »Würden Sie ihm das auch selbst sagen, wenn ich Ihnen seine Nummer gäbe?«

»Klar. Ich könnte Sie aber auch auf einen Drink einladen, und dann könnten wir gemeinsam darüber nachdenken, was mit uns nicht stimmt, dass wir beide versetzt worden sind.«

»Sie sind auch versetzt worden? Von Ihrer Freundin?«

»Von meinem Bruder. Und Sie?«

»Ein Blind Date. Mit einem Buchhalter, der gerne wandert. Ehrlich gesagt hatte ich da ohnehin nicht viel Hoffnung. Solchen Typen gefällt es nicht, wenn man gern viel Geld für High Heels und Reisen in die Sonne ausgibt.«

Wie seine Augen beim Lächeln leuchteten. Diese Beobachtung machte sie natürlich aus rein professionellem Interesse. Genau wie die, dass er über eins achtzig groß war, breite Schultern und schmale Hüften hatte – offenbar das Ergebnis häufiger Fitnessstudiobesuche. Und das, obwohl sie sich in der Stadt befanden, die hartnäckig um den Titel »Welthauptstadt der ungesunden Ernährung« rang.

Sein dunkelgrauer Anzug und das offene weiße Hemd saßen perfekt, die Schuhe stammten mit ziemlicher Sicherheit aus Italien. Wenn sie nicht zuverlässig wüsste, dass er in Glasgow geboren und aufgewachsen war, hätte sie sogar vermutet, dass auch der Rest von ihm südländischer Abstammung war. An schottischen Männern liebte sie den Humor und den Sinn für Geselligkeit, aber die meisten von ihnen hatten hellbraunes oder rötliches Haar und blasse, fast durchscheinende Haut. Dieser nicht. Sein schwarzes Haar war kurz geschnitten und bildete den perfekten Rahmen für seine olivgrünen Augen mit Wimpern, mit denen man Regale abstauben könnte.

Die alte Madonna-Nummer, die im Hintergrund lief, bemerkten sie kaum, während sie sich gegenseitig vorstellten. Natürlich benutzte sie dazu einen falschen Namen.

»Saffron? Was für ein ungewöhnlicher Name. Den hab ich noch nie gehört.«

»Duran Duran.«

»Wie?« Oh, und wenn er nachdachte, hatte er so eine süße kleine Falte zwischen den Augenbrauen. Auch das war natürlich eine rein professionelle Beobachtung.

»Simon LeBon hat seine Tochter Saffron genannt. Aber das ist nur eine von Millionen völlig unbedeutender Informationen, die ich gespeichert habe.«

»Aha. Und welche davon ist Ihre liebste?«

»Dass Kühe mehr Milch geben, wenn sie Musik hören. Es sei denn, es ist die Musik von Madonna. In dem Fall schreien sie: ›Bedeck deinen Hintern, Mädchen, du bist über fünfzig!‹«

Während er laut lachend den Kopf in den Nacken warf, schob sie ihre Tasche in eine, wie sie hoffte, perfekte Position. Die Videokamera hatte ein Weitwinkelobjektiv, aber sie wollte trotzdem sichergehen, dass so viel wie möglich von ihm zu erkennen war. Mit etwas Glück war auch der Ton gut. Manche Ehefrauen waren nur schwer zu überzeugen.

»Darf ich Ihnen was zu trinken bestellen?«

Okay, er war freundlich, nett, süß. Das hieß noch nicht, dass ihre ursprüngliche Vermutung, er widerstände ihrem Charme, falsch war. Es bedeutete lediglich, dass er gut erzogen war und Stil hatte. Die Gucci-Stiefel waren noch zum Greifen nahe. Sie tat, als zögere sie, ehe sie nickte.

»Danke. Laden Sie häufig fremde Frauen auf einen Drink ein?«

»Nie. Und Sie sind mir völlig fremd. Interessant, aber fremd.«

Oh, Mist! Die Gucci-Stiefel waren plötzlich gar nicht mehr so sicher. Es war die Art, wie er es sagte – zu glatt, zu unschuldig. Entweder war er unglaublich echt oder ein unglaublich guter Lügner – und nach ihrer Erfahrung war die letzte Option die wahrscheinlichere.

Während der Fashionfreak hinter der Bar ihnen neue Drinks machte, sah ihr Zielobjekt, dass die Leute gegenüber gingen. Sofort nahm er ihre Barhocker in Beschlag und zog einen davon für sie heran. Ein Gentleman. Rücksichtsvoll. Wenn man auch noch »treu« auf die Liste setzen konnte, war seine Frau ein Glückspilz. Einen kurzen Moment fragte sie sich, was genau sie bewogen haben könnte, eine Privatdetektei einzuschalten. Benahm er sich ungewöhnlich? Hatte sie belastende Beweise gefunden? War sie paranoid? Unsicher? Irrational? Oder einfach nur besonders vorsichtig?

Einige Stunden später war sie der Antwort ein wesentliches Stück näher gekommen. Sie hatten sich eine Schale Nachos geteilt, das Thema Berufe war durch (er war Bauunternehmer, sie arbeitete in einer Personalabteilung), ebenso die Lieblingsfilme (seine: *Fightclub, Smokin Aces;* ihrer: *Pretty Woman* – allerdings hatte sie wohlweislich verschwiegen, dass dieser Film bei ihr als Teenager kurzfristig den Wunsch ausgelöst hatte, eine Karriere in der Prostitutionsbranche anzustreben), sie hatten über Musik, Bücher und Reiseziele gesprochen. Und von Minute zu Minute wurde die anfangs unverfängliche Unterhaltung immer mehr erstes Date.

Die neuen Stiefel waren nur noch ein ferner Traum, und ihr Instinkt sagte ihr, dass nun der Zeitpunkt gekommen war, die Schlinge zuzuziehen und zu sehen, ob er den Kopf rechtzeitig herauszog oder nicht.

»Ich muss jetzt gehen«, sagte sie und tat, als widerstrebe ihr das. »Es war wirklich sehr nett, Sie kennen zu lernen. Danke, dass Sie mich aus meiner peinlichen Lage gerettet haben.«

»Gern geschehen.«

Ihre Füße schrien gequält auf, als sie vom Barhocker in ihre High Heels rutschte. Sie griff nach ihrer Tasche, und erst da bemerkte sie, dass sein Arm vor der Kamera gelegen hatte. O Scheiße, wann war das denn passiert? Sie war zu sehr mit Mr. Faszinierend beschäftigt gewesen, um es zu merken. Na ja, vielleicht hatte sie ja trotzdem genug Material. Außerdem war nicht das, was bisher passiert war, entscheidend, sondern das, was als Nächstes kam.

Plötzlich spürte sie seine Hand auf ihrer. »Kann ich Sie etwas fragen?«

»Brauchen Sie noch eine interessante Information, mit der Sie bei der nächsten Party glänzen können?« Sie lächelte.

»Eh… nein. Ich … eh… ich …«

Tu es nicht! Bitte, tu es bitte nicht!, schrie sie innerlich. Einige ihrer Kolleginnen liebten diesen Moment, wenn das Zielobjekt einbrach. Sie betrachteten es als eine Art persönliche Genugtuung. Saffron nicht. Ihre Reaktion war eher distanziert und pragmatisch, und dieses Mal war sie fast ein bisschen enttäuscht. Dieser Mann hatte etwas … Anziehendes. Etwas, das ihr das Gefühl gab, dass es ihr nicht schwerfallen würde, ihren fiktiven Job im Personalbereich wirklich werden zu lassen und hieraus ein echtes Date zu machen.

»… würde Sie gern wiedersehen. Haben Sie vielleicht Lust, mal mit mir essen zu gehen?«

Aha. Nun war es so weit. Das Fallbeil der Guillotine war emporgezogen, er kniete und hatte den Kopf in die dafür vorgesehene Aussparung gelegt. Das Seil zuckte in ihrer Hand. Zeit für den letzten Akt.

»Ja, sehr gern.« Sie strahlte, ehe sie plötzlich zögerte, als sei ihr noch ein Gedanke gekommen.

»Ich hoffe, Sie nehmen mir das nicht übel, aber ich würde Ihnen gern eine Frage stellen. Wissen Sie, ich bin einmal böse hereingefallen.«

»Klar, fragen Sie nur.«

Das Seil rutschte … und rutschte …

»Sie sind nicht verheiratet, verlobt oder mit jemandem zusammen? Verzeihung, wenn ich so direkt bin.«

Dem untrainierten Auge wäre der Anflug von Panik in seinem Gesicht entgangen, das kurze Zögern und das entschlossen gereckte Kinn eines Menschen, der sich gerade auf eine Lüge vorbereitete.

»Ich lebe getrennt. Schon lange. Die Sache ist vorbei, aber ich habe noch niemand Neues kennen gelernt. Bis jetzt …«

Er war verdammt gut. Die Mühelosigkeit, mit der er das

sagte, machte jeden positiven Gedanken, den sie ihn betreffend gehabt hatte, zunichte. Sie lächelte fast, als sie im Geiste das Seil losließ, bis das Fallbeil krachend niedersauste.

In diesem Moment stimmte Freddy Mercury einen Song an: *Another One Bites the Dust.*

5. Kapitel
Herz aus Glas

»Du hast Stacey mit ihren Riesenmöpsen in Kabine 1, einen etwas merkwürdigen Tanga ouvert in der 2, und die Frau da drüben zwickelt herum wegen eines Bustiers, das angeblich falsch ausgezeichnet sein soll.«

»Cammy, ich hab dir doch schon tausendmal gesagt, dass anständige Männer das Wort Zwickel nicht benutzen sollten. Es ist fast immer verkehrt.«

»Du hast Recht. Ich verschwinde lieber wieder in meine Testosteron-Abteilung, da kenne ich mich besser aus.«

Lachend sah Mel Cammy nach, als er mit übertriebenem Cowboy-Hüftschwung zwischen den Calvin-Klein- und Armani-Boxershorts-Auslagen verschwand. Sie selbst lief kurz in den Personalraum hinter dem Ständer mit der sexy Nachtwäsche, der auch als Büro diente, um Mantel und Tasche abzulegen. Ein paar schnelle Bürstenstriche durch ihre rostroten Locken, ein Hauch Nude Gloss auf die Lippen, ein kurzes Glattstreichen ihres engen Bleistiftkleids (sah aus wie vom Designer, stammte aber in Wahrheit von Ebay und hatte nur fünfzig Pfund gekostet), dann war sie schon wieder draußen.

Rasch warf sie einen prüfenden Blick durch den üppig in Rot, Gold und Schwarz dekorierten Verkaufsraum. Das Thema der Deko war dieses Mal eine Mischung aus französischem Vintage-Schick und gotischer Verführung – üppig bestickte Polstersesselchen im Stil Ludwigs XV., opulente Kerzenleuchter, vergoldete Schalen und dramatische Farbkombinationen – das Ergebnis war eher eine Mischung aus Pariser Puff des 18. Jahrhunderts und Sterbebett des Brokats. Aber Mel liebte jeden Quadratzentimeter.

»Das ist unmöglich ein 80 DD. Ich habe seit Jahren 80 DD, aber in den hier passen meine Titten nicht mal im Entferntesten«, verkündete die Herumzwickelnde jedem, der es hören wollte.

Mel grinste. Für wie viele Leute mag der Arbeitstag so beginnen?, fragte sie sich, während sie sich der anstehenden Aufgabe zuwandte. Oder besser gesagt: der anhängenden.

Mit geschultem Blick begutachtete sie das Problem – unmöglich, dass die Ausstattung der platinblonden Mittfünfzigerin in 80 DD passte. Jetzt waren Takt und Diplomatie gefragt. Sie zog ein Exemplar mit der richtigen Größe aus dem Regal neben sich.

»Es tut mir leid, aber das liegt sicher am Modell. Ein neues französisches Label. Material und Verarbeitung sind erstklassig, aber ich fürchte, die Stücke sind eher klein geschnitten. Warum schlüpfen Sie nicht kurz in die Kabine und probieren das hier mal an? Ich bin sicher, es ist perfekt für Sie.«

Mels beruhigende Stimme nahm der Blondine den Wind aus allen Segeln. Besänftigt trottete sie los, um sich in einen scharlachroten La Femme Dangereuse zu quetschen.

Ein Lächeln umspielte Mels Lippen. Deshalb liebte sie diesen Laden. Ihren Laden. Na ja, streng genommen gehörte er auch Suze, Joe und Karl, aber sie war trotzdem allein verantwortlich für jeden Zentimeter, jeden Cent und jeden String.

La Femme – L' Homme existierte inzwischen seit zwei Jahren und war in Glasgow einzigartig. Das Geschäft befand sich in einem alten restaurierten Gerichtsgebäude, direkt gegenüber von ihrer Wohnung, in einer nicht ganz so überteuerten Lage der Einkaufsmeile von Glasgow, und war auf exklusive Unterwäsche für Männer und Frauen spezialisiert. Es war ein großes Wagnis gewesen. Erfahrene Marketingberater hatten sie damals gewarnt, dass es Frauen unangenehm sein könnte, in Anwesenheit dicker, am Hintern behaarter Männer Dessous zu kaufen, und dass besagte dicke, am Hintern behaarte Männer Probleme damit haben könnten, in Anwesenheit von Frauen in Unterhosen zu wühlen.

Das Gegenteil war der Fall. Der Laden hatte von Anfang an eine magnetische Anziehungskraft auf alle möglichen Typen gehabt. Da waren die Metrosexuellen, die Unterwäsche in guter Qualität suchten und es genossen, dass nebenan in der Abteilung heiße Bräute unterwegs waren. Dann waren da die Verschämten, die ihrer Frau was Heißes schenken wollten, sich aber nicht trauten, in ein Geschäft zu gehen, das nur Damenwäsche verkaufte. Ja, und dann war da natürlich noch der Gelegenheitsperverse, der nur einen billigen Kick suchte. Aber auch das Problem war unter Kontrolle – dank der Standbilder einer Überwachungskamera über der Eingangstür. Die betreffenden Fotos wurden im Fall der Fälle ins Büro gehängt, und sobald so ein Typ noch mal auftauchte, machte Cammy ihm höflich, aber unmissverständlich klar, dass er seine Triebe woanders befriedigen müsse.

Der Bereich für die Frauen lief genauso erfolgreich. In einer Gesellschaft, in der man ungeniert in Shorts und BH in den Club ging, scheute sich kaum noch eine Frau, in Gegenwart von Männern Unterwäsche zu kaufen. Im Gegenteil. Mel hatte schon häufig erlebt, wie eine junge Frau einem männlichen Kunden ein Wäschestück vor die Nase gehalten und ihn um Entscheidungshilfe gebeten hatte. Worin würde er seine Freundin am liebsten sehen? Keine Freundin? Wie schade aber auch! Wie wär's dann mit einem Kaffee? Bisher stand eine Einladung zu einer Hochzeit zwischen zwei Kunden zwar noch aus, aber Mel wusste von mindestens drei Paaren, die sich zwischen den Dessous ineinander verguckt hatten.

Mit raschem Blick versicherte sie sich, dass alles ordentlich und an seinem Platz war. Dabei war es das eigentlich immer, wenn Cammy Dienst hatte. Es war ein Glücksfall gewesen, dass er damals mit zwei riesigen Paketen neuer Ware in den Laden gekommen, über einen BH-Ständer gestolpert und mitten in eine Kiste Strings gestürzt war. An jenem Vormittag hatte bei ihnen ein einziges Chaos geherrscht. Vierundzwanzig Stunden später sollte die Geschäftseröffnung sein, und sie hatten noch mindestens eine Woche Arbeit vor sich. Karl und Joe und ein paar ihrer Kumpels strichen, schraubten und hämmerten wie wild, und Josie, die Reinigungskraft, beschimpfte ihren Staubsauger als nutzlosen Flachwichser – obwohl sie schon über sechzig war. Suze lag auf dem Boden und versuchte, einen Haufen BHs nach Größen zu sortieren, und Mel diskutierte erregt mit einem American-Express-Vertreter, der soeben bei einem Testlauf des neuen Kreditkartenterminals aus einem Zehn-Pfund-Betrag eine Kontobelastung von zehn Riesen gemacht hatte. Zu allem Überfluss hatte sie jetzt auch noch eine potenzielle Klage wegen Körperverletzung am Hals. Wie viel kriegte man für zwei gebrochene Beine eines Federal-Express-Boten?

Am Ende war die Klage abgewendet worden, angeblich wegen einer Tasse Tee, beschwichtigender Worte und einer tränenreichen Entschuldigung. Oder war es doch eher die Reizwäsche gewesen, die ihn umgestimmt hatte? Auf jeden Fall verkündete Cammy, als er langsam wieder Gefühl unterhalb seiner Knie verspürte, dass es ohnehin die letzte Lieferung an diesem Tag gewesen sei, und packte mit an.

Vielleicht hatte er eine gute Gelegenheit gewittert. Er ergriff sie, und seine sympathische Art und sein Fleiß verschafften ihm auf Anhieb eine zunächst befristete Anstellung in der Männerabteilung. Zwei Jahre später war er immer noch da und von Suze längst zum Verkaufsmanager ernannt. Er zog es allerdings vor, die Bezeichnung gegen den von ihm selbst erfundenen Titel »Direktor der Sack-und-Knack-Abteilung« zu tauschen.

Mindestens ein Dutzend Kunden (beiderlei Geschlechts) waren hoffnungslos in ihn verliebt, ein Umstand, der den Umsatz um mindestens fünf Prozent steigerte. Ach ja, und Josie, die skandalträchtige Reinigungskraft, die redete, wie ihr der Schnabel gewachsen war, war inzwischen eine Verkäuferin, die redete, wie ihr der Schnabel gewachsen war. Aber die Kunden liebten sie genauso wie Cammy.

»Keine Panik! Bin schon da!«, rief sie in diesem Moment und kam zur Tür hereingestürmt, wie üblich vom Kopf bis zu den schwarzen Pfennigabsatz-Lederstiefeln schwarz gekleidet. In meinem Alter folgt eine Beerdigung auf die andere, da kann man die Klamotten auch gleich anbehalten, hatte sie Mel kurz und bündig erklärt.

»Cammy, Schätzchen, halt dich fest! Ich weiß, dass ich heute unwiderstehlich aussehe!«

»Okay, Josie. Wundere dich nur nicht, wenn ich gleich am Stock gehe ...«

Josie brüllte vor Lachen, drückte Mel im Vorbeigehen einen Kuss auf die Wange und verschwand im Personalraum.

Mel lächelte immer noch, als ihre erste Kundin des Tages aus der Kabine trat.

»Ich nehm den hier und drei Flaschen von dem Erdbeer-Nippel-Öl.«

»Hey, Stacey, wie geht's?«

Stacey Summers, Tabledancerin und Stammkundin mit einem Body, für den jede Frau sterben würde – mit oder ohne Nippel mit Fruchtgeschmack –, kam aus der Umkleide getänzelt. Sie war nur ein Beispiel für das breite Spektrum an Frauen, das Mel kennen und lieben gelernt hatte: Stripper, Anwältinnen, vornehme reiche Ladys, Mitglieder der örtlichen Frauengruppe.

Sie umarmte Mel. »Beschissen. In zwei Wochen fliege ich nach L.A. Jetzt muss ich Sonderschichten machen, um genug Geld zusammenzukriegen. Ich sag dir was, meine Pomuskeln stehen kurz vor einem Dauerkrampf.«

»Es lohnt sich, Süße, warte nur ab. Ich schwöre dir, wenn dein Hintern nicht in der nächsten *Baywatch*-Staffel zu sehen ist, gibt es auf dieser Welt keine Gerechtigkeit mehr.«

»Genau das hab ich ihr auch gesagt«, hörte man eine Stimme aus dem Hintergrund. Die Platinblonde mit dem gefährlichen Bustier trat zu ihnen und warf den Seidenfetzen auf die Theke. »Ich nehm das hier, Schätzchen. Sie hatten Recht, es sitzt perfekt. Diese Franzosen schneiden wirklich supereng.«

Stacey verdrehte die Augen. »Mel, das ist meine Mum Senga. Mum, das ist Mel.«

»Freue mich, Sie kennen zu lernen, Senga«, antwortete Mel lächelnd. »Sie haben eine bewundernswerte Tochter.«

»Ja. Sieht aus wie ich damals. Meinst du, ich könnte es noch mal probieren, wo ich jetzt dieses sexy Dessous habe?«, witzelte sie und stieß Stacey so heftig in die Rippen, dass die fast auf einen Tisch mit Elle-MacPherson-BHs und passenden Hipsters gestürzt wäre.

»Ich wusste, dass es peinlich würde, meine Mutter mitzubringen«, konterte Stacey.

Mel lächelte immer noch und zog zwanzig Prozent von der Rechnung ab. Stacey hatte im Laufe der Jahre so viele neue Kundinnen mitgebracht, dass sie diesen Rabatt verdiente. Außerdem brauchte sie jetzt jeden Cent für ihre Reise nach Hollywood. Sie war von einem Kunden ihres Nachtclubs – angeblich ein bekannter Filmproduzent – zum Casting für eine kleine Rolle in seinem nächsten Film eingeladen worden und hatte nach langem Hin und Her zugesagt.

Eine allgemeine Befragung im Laden hatte zu folgendem Ergebnis geführt. Danach bestand:

a) eine fünfzigprozentige Chance, dass er ein Hochstapler war
b) eine dreißigprozentige Chance, dass er sie zu einem Film der Kategorie *Der Klempner verlegt sein Rohr* verpflichten wollte
c) eine neunzehnprozentige Chance, dass er sie an eine internationale Sex Mafia verkaufte

d) eine einprozentige Chance, dass er das war, wofür er sich ausgab, und wirklich fand, dass sie die perfekte Besetzung für die Rolle sei

Stacey und ihre Mum wollten mit ihren pinkfarbenen hochglänzenden *La-Femme*-Tragetaschen gerade den Laden verlassen, als Cammy sie entdeckte.

»Bye, Stacey. Und denk dran, wenn sie noch einen knackigen Kerl als Hengst für alles suchen, ruf mich an.«

»Ich fürchte, da hast du keine Chance«, frotzelte sie zurück. »Da drüben legt man Wert auf gutes Aussehen.«

Das grölende Gelächter ihrer Mutter war noch drei Straßenecken weiter zu hören.

Die Tür war gerade geschlossen, als sie auch schon wieder aufflog. Suze kam hereingestürmt.

»Was ist los? Was ist passiert? O nein, sag nicht …« Mel sah sie entsetzt an.

»Nein, nein, keine Sorge. Ich hatte nur ein paar Espressi zu viel und musste dringend mal raus, ehe ich vor Nervosität die Sonnenbänke in Flammen setze. Der neue Typ aus *Taggart* ist übrigens gerade da. Er hat Haare an Stellen, wo kein Mann Haare haben sollte.«

»Erspar mir die Einzelheiten, Suze.«

Mel grinste. Insgeheim stand sie total auf den neuen jungen Detective aus der Krimiserie. Wenn sie nicht verheiratet wäre, würde sie ganz bestimmt … Eh … zurück zur Realität.

»Euer neues Outfit ist superschön, Suze. Für ein Nervenbündel am Rande des Wahnsinns siehst du jedenfalls verdammt gut aus.«

Die knallrote Tunika und die roten High Heels waren Suze' neueste Errungenschaft für *Pluckers*, ihren Kosmetiksalon nebenan. Nachdem klar gewesen war, dass *La Femme – L'Homme* ein Erfolg werden würde, hatten die Mädels auch das leer stehende Ladenlokal nebenan angemietet. Suze, die ausgebildete Kosmetikerin war, hatte einen gut gehenden Beautysalon zum Zupfen, Rupfen und Tupfen daraus gemacht, der nach denselben Prinzipien wie *La Femme – L' Homme* funktionierte – unisex, funky, trendy.

Ehe Suze antworten konnte, ertönte eine Stimme neben ihr. »Die hier hätte ich gern.«

Suze und Mel brauchten ein paar Sekunden, um zu begreifen, was sie da sahen. Die wesentlichen Merkmale waren: außergewöhnlich große Blondine, lange glänzende Locken, schicke Klamotten, tiefe Stimme, um den Hals geschlungene Perlenkette, die auf etwas hüpfte, das definitiv ein Adamsapfel war, große Hände, in denen sich eine farbenfrohe Auswahl schrittloser Höschen befand.

Mel zuckte nicht einmal mit der falschen Wimper, als sie die Slips nahm, in Seidenpapier einschlug und die Beträge addierte. Der Kunde/die Kundin zahlte mit Kreditkarte (Name des Kontoinhabers: George Dullard) und stolzierte mit strahlendem Lächeln aus dem Laden.

»Das war auf jeden Fall ein heißer Anwärter auf den Titel ›Kuriosität des Tages‹«, resümierte Mel grinsend.

»Nein, das da.« Suze zeigte zum Schaufenster. Von dort hatten sie perfekte Sicht auf Mr./Mrs. Schrittloses Höschen, der/die sich in diesem Moment mit seinem/ihrer Partner/Partnerin traf, der/die aus dem Beautysalon nebenan trat.

Mitten auf dem Gehweg kam es zu einer lang anhaltenden Knutschszene.

»Verdammt, und ich stand wirklich auf den Typen aus *Taggart.*«

Während die beiden Turteltauben weiterschlenderten, fiel Suze wieder ein, weshalb sie eigentlich hergekommen war. »Hallo? Hier steht deine Schwägerin und ist kurz vor einem Nervenzusammenbruch!«

»Sorry, Suze. Hast du schon was gehört?«

»Und ob. Die Detektei hat vorhin angerufen. Ich soll heute

Nachmittag vorbeikommen, um die Ermittlungsergebnisse zu besprechen.«

»Was bedeutet das?« Mel runzelte die Stirn. Ihr Schwager würde seine Frau nicht betrügen. Niemals. Es konnte nichts zu besprechen geben.

»Das wollten sie mir am Telefon nicht sagen. Die Dame sagte, es sei bei ihnen üblich, so etwas persönlich zu besprechen. Und da sie mir nicht mal einen Tipp geben wollte, habe ich beschlossen, bis dahin völlig panisch zu sein.«

»Honey, es wird alles gut«, versicherte Mel. »Sie werden dir sagen, dass absolut nichts passiert ist. Und dann wirst du zu Karl nach Hause fahren und dir nie im Leben anmerken lassen, was für eine misstrauische Kuh ohne Moral und Anstand du bist.«

Frustriert lehnte Suze den Kopf an den Busen einer Schaufensterpuppe in einem Negligé im Leoprint mit passendem Höschen.

»Du hast Recht. Ich bin eine blöde Kuh, die nichts als Verachtung verdient hat. Aber was ist, wenn er angebissen hat? Ich weiß, dass es dafür jetzt ziemlich spät ist, aber allmählich wird mir klar, was das für Konsequenzen hat. Ich meine, Mel, was mache ich dann? Was mache ich, wenn tatsächlich alles zu Ende ist?«

6. Kapitel
Gebrochenes Herz

Versuch, an was anderes zu denken. Versuch, an was anderes zu denken. Du brauchst dringend neue Staubsaugerbeutel. Die Filter an der Dunstabzugshaube müssen unbedingt gewechselt werden. Bis Samstag muss die Steuererklärung fertig sein. Dein Mann vögelt eine andere. Neeeeeiiiiin! Das Auto muss in die Werkstatt. An der Stehlampe muss eine Glühbirne ausgetauscht werden. Und …

»Kann ich Ihnen helfen?«, fragte der schwergewichtige Typ hinter dem großen alten Mahagonischreibtisch im Foyer.

Suze' erster zusammenhängender Gedanke (der nach dem ersten Impuls, einfach ohnmächtig zu werden oder schnell wegzurennen, mit einiger Verzögerung kam) war: Scheiße, der sieht ja aus wie von der Mafia.

»Ich möchte zu Gloria Winters von *Venusfalle*.«

Der Typ von der Mafia schaute sie mit einer deprimierenden Mischung aus Mitleid und Verachtung an. Na großartig! Das bisschen Selbstachtung und Würde, das ihr geblieben war, war nun auch dahin.

»Sechster Stock, erste Tür links.«

Der altersschwache Aufzug, typisch für die schönen alten Häuser im Zentrum von Glasgow, ruckelte im Schneckentempo nach oben, als versuchte er, seine Passagierin so lange wie möglich vor ihrem Schicksalsschlag zu bewahren. Wieso war sie je auf diese Idee gekommen? Mel hatte Recht, es war völlig wahnsinnig. Aber Suze war sich so sicher gewesen …

Während der Aufzug weiterruckelte, hielt sie sich selbst eine ernste Standpauke. So ging es nicht weiter! Ihr Leben lang war sie impulsiv, spontan, ja leichtsinnig gewesen. Wenn sie eine

Idee gehabt hatte, hatte sie sie sofort umgesetzt. Den Kauf des Salons, ein Wochenende in Paris, eine Party für dreißig Leute mit nur vier Stunden Vorbereitungszeit – es hatte immer bestens funktioniert. Okay, die orangefarbenen Ledersofas, die ganze sechs Wochen im Wohnzimmer gestanden hatten, und der Treckingtrip nach Nepal (sie hatte nicht mal Schuhe mit Absätzen unter zehn Zentimetern gehabt) nicht so. Ebenso wie ihre Versuche mit Botox und der cremefarbenen Jerseyhose. Tja, und nun die Sache mit der Detektei, die sie beauftragt hatte, um ihrem Mann eine böse Falle zu stellen …

Das Klopfen an der Glastür wenig später hallte durch das gesamte Stockwerk und ließ ihre Zähne klappern. Oder war es doch nur Angst?

Wieso war sie allein hergekommen? Mel hatte ihr angeboten, sie zu begleiten, aber sie hatte abgelehnt, weil sie sich vor weiteren Vorwürfen fürchtete. Einen Moment wünschte sie sich wie Mel zu sein: optimistisch, fröhlich, unbeschwert. Ihre Schwägerin sah in jedem Menschen immer nur das Beste, und in jedem Aspekt des Lebens das Positive.

Suze hingegen? Sie war heute bereits panisch, ängstlich, böse, verzweifelt, wütend, zynisch, trotzig, verunsichert gewesen … und es war gerade mal vier Uhr.

Staubsaugerbeutel. Werkstatttermin. Glühbirnen. Sie musste sich nur kurz vergewissern. Und dann würde alles wieder gut werden …

»Mrs. Marshall?« Die nur geringfügig weniger Furcht einflößende Schwester des Mafioso von unten schaute von ihrem Schreibtisch auf, als Suze eintrat. »Gehen Sie nur durch. Gloria erwartet Sie.«

Erwartet mich? Wozu? Um mich zu beruhigen? Oder um mein Leben zu ruinieren?

Gloria Winters hatte graue, zum Pferdeschwanz zusammengebundene Haare und einen großen Busen und sah aus wie ein gutmütiges Hausmütterchen, das den ganzen Tag Kekse für seine vielen Enkelkinder backte. In Wahrheit war sie eine knallharte ehemalige Polizistin, die Sexismus, den Tod zweier Ehemänner und das Durchbrennen eines dritten überlebt hatte, alleine drei Kinder erzogen und sich mit finanziellen Sorgen, Kinderbetreuungsproblemen und Glasgows Untergrund herumgeschlagen hatte.

Die guten alten Zeiten fehlten ihr! Dieser *Venusfallen*-Job war schön und gut, aber er hatte nichts von der nackten Gefahr und den Herausforderungen ihres früheren Lebens. Dazu kam, dass sie in den meisten Fällen schlechte Nachrichten verkünden musste. Auch wenn schlechte Nachrichten nicht zwangsläufig bedeuteten, dass ein Mann tatsächlich beim Fremdgehen erwischt worden war. Manchmal war das Gegenteil der Fall. Einige ihrer Kundinnen suchten so lange nach einem Beweis für die Untreue des Ehepartners, bis sie ihn endlich loswerden und fünfzig Prozent seines Vermögens einstreichen konnten. Die eine oder andere hatte nach Erhalt des gewünschten Ergebnisses sogar eine Art Jubelrunde durchs Büro gedreht.

Diese Suzanne schien allerdings nicht zu der Kategorie zu gehören. Äußerlich wirkte sie zwar ziemlich cool und gefasst – dunkelgraues Jackett, Bleistiftrock, blondes, zum Pferdeschwanz gebundenes Haar –, aber Gloria spürte genau, dass sie in Wahrheit ein einziges Nervenbündel war. Nein, diese Suzanne hoffte, dass sich ihr Verdacht als falsch erwies.

»Möchten Sie einen Kaffee oder ein Glas Wasser, bevor wir anfangen?«

Suze setzte sich in einen der beiden schwarzen Ledersessel, die vor dem riesigen Schreibtisch standen. »Wenn Sie nicht eine Flasche Gin oder ein Antidepressivum für mich haben, würde ich am liebsten gleich beginnen.«

Sie lächelte gezwungen und versuchte, in Glorias Gesicht irgendeinen Hinweis zu finden. Sah sie ernst aus? Entspannt? Sah sie aus wie eine Frau, die ihr gleich eröffnen würde, dass es keinerlei Anzeichen für die Untreue ihres Mannes gab? Oder sah sie aus, als würde sie gleich eine Schicksalsrede halten und ihr die Karte eines anständigen, bezahlbaren Anwalts zustecken? Suze' Kehle zog sich zusammen. Staubsaugerbeutel. Werkstatt. Dunstabzugshaube. Nicht heulen. Jetzt bloß nicht heulen.

»Also gut.«

Gloria holte tief Luft und schlug einen sachlichen Ton an. Es machte keinen Sinn, auf nett und fürsorglich zu machen – sie wurde dafür bezahlt, Nachforschungen zu betreiben, nicht beste Freundin zu sein.

»Wie Sie ja bereits wissen, haben wir gestern Abend eine unserer Mitarbeiterinnen in den Club 80 geschickt, wo sie auf Ihren Mann treffen sollte.«

Suze nickte stumm. Sie erinnerte sich genau daran, dass sie sich vorgekommen war wie in einer Folge von *Crimewatch*, als Gloria ihr den Plan erklärt hatte. Meine Güte, wieso befanden sich ihre Nerven plötzlich *auf* ihrer Haut? Übergib dich jetzt nur nicht.

Gloria griff nach der Fernbedienung, die rechts neben dem Telefon auf ihrem perfekt aufgeräumten Arbeitsplatz lag.

»Saffron ist eines unserer erfahrensten Mädchen. Es ist ihr gelungen, Ihren Mann relativ schnell in ein Gespräch zu verwickeln.«

O Scheiße, sie musste sich wirklich gleich übergeben. Irgendwas hatte ihre Magenmuskulatur zum Kontrahieren gebracht. Sie spürte deutlich, wie ihr Mittagessen im Kreis herumgewirbelt wurde.

Gloria betätigte einen Knopf, und der Plasma-Bildschirm an der Wand erwachte zum Leben. Das Bild war erst etwas verschwommen und verzerrt, aber Suze konnte einen Mann und eine Frau erkennen. Gloria spulte vor und hielt das Bild an.

Der Raum um Suze begann sich zu drehen. Okay, keine Panik! Er redete schließlich nur mit ihr. Das war ja nichts Schlimmes. Und bedeutete nicht, dass er sie betrog. Es bedeutete nicht, dass … Ach, verdammte Staubsaugerbeutel. Heul nicht. Heul nicht.

»Bis zu diesem Punkt verlief das Gespräch oberflächlich und locker, ohne eindeutige Flirtsignale oder zweideutige Bemerkungen.«

Suze widerstand dem Drang, zu sagen, dass eine Unterhaltung mit einer Frau wie Saffron im Falle ihres Mannes unweigerlich zweideutig werden musste. Dieses Schwein! Wie konnte er nur. Bitte tu es nicht, Karl, bitte …

Ihr stummes Flehen wurde erneut von der *Crimewatch*-Stimme unterbrochen.

»Allerdings …«

Nein, sagen Sie nicht allerdings. Allerdings kann nichts Gutes bedeuten!

»… entwickelte sich die Unterhaltung an diesem Punkt in eine Richtung, die Ihnen nicht gefallen wird.«

Tränen sammelten sich in Suze' Augen und bereiteten einen Sturzbach vor, dem kein noch so wasserfestes Mascara standhalten konnte. Sie neigte sonst nicht zum Weinen. Sie neigte auch nicht zur Hysterie. Normalerweise reichte ihr eine anständige Portion Zynismus, um sich mit der Realität irgendwie zu arrangieren. Aber dieses Mal würde sie definitiv heulen. Wenn sie doch nur Mel mitgenommen hätte.

Gloria drückte erneut auf Play. Die nächste Szene war nicht schön, und sie hatte aus rein therapeutischen Gründen wohlweislich eine Flasche Wein in den Minikühlschrank gestellt.

Der Bildschirm flackerte kurz, dann waren die beiden beteiligten Personen klar im Profil zu erkennen. Sekunden später verdeckte auf einmal eine fleischige Masse das Bild. Eine Hand? Ein Arm?

»*Kann ich Sie was fragen?*«, sagte die Männerstimme.

O lieber Gott, lass es »Wie spät ist es?« oder »Können Sie mir sagen, wo hier der nächste Taxistand ist?« sein. Am besten gefolgt von einem »Ich muss dringend nach Hause zu meiner geliebten Ehefrau«.

Scheiße, wieso kam ausgerechnet jetzt diese Störung? Sie wollte sein Gesicht sehen, wenn er sich in die Niederungen des betrügerischen Abschaums begab.

»Ich ... würde Sie gern wiedersehen. Haben Sie vielleicht Lust, irgendwann mal mit mir essen zu gehen?«

Suze würgte, ihre Kehle wurde eng, und Schweiß rann ihr den Rücken hinab. Den Kopf zwischen die Beine ... sie hätte am liebsten den Kopf zwischen die Beine gesteckt.

Er hatte es getan. Er hatte es getan. Und es war so falsch. So, so falsch.

Es war ... falsch.

Jetzt war wieder die Frauenstimme zu hören.

»Ich hoffe, Sie nehmen mir das nicht übel, aber ich würde Ihnen gern eine Frage stellen. Wissen Sie, ich bin einmal böse hereingefallen.«

»Klar, fragen Sie nur.«

»Sie sind nicht verheiratet oder verlobt oder mit jemandem zusammen? Verzeihung, wenn ich so direkt bin.«

Die fleischige Masse, die das Bild verdeckt hatte, bewegte sich plötzlich und berührte eine weibliche Hand. Ihre andere Hand strich die schokoladenbraune Mähne aus dem Gesicht, bereit für den tödlichen Schlag. Suze hielt die Luft an.

Die Verwirrung legte sich, sie verstand nun. Sie sah jetzt alles, klar und deutlich. Vor allem sah sie ihr bisheriges Leben dahinschwinden, denn eines wusste sie ganz sicher: Nichts würde mehr so sein, wie es war.

»Ich lebe getrennt. Schon lange. Die Sache ist vorbei, aber ich habe noch niemand Neues kennen gelernt. Bis jetzt ...«

Der Schrei erstickte in ihrer Kehle, und auf einmal war sie froh, so froh, dass sie alleine hergekommen war. Denn das Gesicht auf dem Bildschirm, das Gesicht desjenigen, der gerade wegen einer gut ausgestatteten Brünetten, die er zum ersten

Mal in seinem Leben sah, seine Ehe auf den Müll warf, kannte sie verdammt gut.

Aber es war nicht das Gesicht *ihres* Ehemannes.

Es war das von Mels Ehemann.

7. Kapitel
Herzkönigin

»Klaust du schon wieder Ware aus dem Lager? Wenn ja, muss ich dich leider bitten, sie zurückzulegen, denn wenn die Ladenbesitzerin das mitkriegt, flippt sie aus. Und ich schwöre dir, das möchtest du nicht erleben – sie ist ein Drachen.«

Mel zog den Kopf aus dem riesigen Karton und warf einen Blick in Richtung ihres Angestellten.

»Irgendwer muss diese Teile doch ausprobieren. Und nimm es mir bitte nicht übel, Süßer, aber ich fürchte, *du* hast nicht die richtige Figur dafür.«

Cammy lehnte am Türrahmen und verschluckte sich fast an seiner Cola Light. »Unterschätz mich nicht. Du hast keine Ahnung, was für eine großartige Figur ich habe. Nimm den hellblauen, der sieht super aus!«

Mel hielt zwei BH/Höschen-Sets hoch. Sie waren beide gleich – Satin-Balkonette mit Spitze und passender Kamisole – eins in Pfirsich, eins in Blau. Einen kurzen Moment überlegte sie, wie ungewöhnlich und trotzdem völlig normal es war, dass sie mit einem Mann, der nicht ihr Ehemann war, über ihre Unterwäsche diskutierte.

»Findest du?«

Sie warf das pfirsichfarbene Ensemble zurück in den Karton. Er hatte Recht – zu ihrer hellen Hautfarbe und den roten Haaren sah Pfirsich fad aus. Blau dagegen schrie geradezu: Ich bin wild, komm, fang mich doch! Es gehörte zu ihrem Job, die Ware zu testen. Wie konnte sie etwas über Tragekomfort und Qualität sagen, wenn sie die Stücke, die sie verkaufte, nicht selbst trug?

Josie kam ins Lager gestürmt und fiel Mel um den Hals. »Also

Schätzchen, ich bin jetzt weg, arrivederci, ciao, tagliatelli – siehst du, meine Italienischstunden haben sich gelohnt.«

»Ich kann gar nicht glauben, dass wir einen ganzen Monat ohne dich auskommen müssen. Wir werden dich ehrlich vermissen.«

Mel seufzte. Als Josie damals die vier Wochen Urlaub angemeldet hatte, um ihren Sohn und seine Familie in Rom zu besuchen, war ihr die Zeit bis dahin endlos vorgekommen. Jetzt waren es nur noch ein paar Stunden, dann war es so weit.

»Ich weiß, Mel, aber ich muss fahren. Michael wird völlig am Boden zerstört sein, wenn ich eines Tages die Augen zumache und er feststellt, dass er nichts erbt. Da muss ich ihm wenigstens ein paar schöne Erinnerungen hinterlassen ... auch wenn ich dafür vier Wochen lang seine schreckliche, laute Frau ertragen muss. Ich kann einfach nicht verstehen, was er an ihr findet.«

Ihr kehliges Nikotingelächter drang durch den Laden, als sie auch Cammy umarmte und sich dann ins Samstagabendgewühl stürzte.

Mel befreite ihre neue Unterwäsche von den Preisschildchen. Joe würde begeistert sein. Allerdings wäre er genauso begeistert, wenn sie ihren Körper in Klebeband wickeln würde. Vom ersten Moment an hatte er ihr das Gefühl gegeben, die erotischste Frau auf Erden zu sein. Na ja, vielleicht nicht im allerersten Moment ...

Damals hatte sie an der Rezeption eines Hotelkomplexes in Fuenguirola gestanden und den Manager angefleht, ihr den Souvenirshop aufzuschließen, damit sie sich Salbe für die Verbrennungen dritten Grades (im Nachhinein war es vielleicht doch nur ein leichter Sonnenbrand gewesen) kaufen konnte, die sie sich nach einem eineinhalbstündigen Aufenthalt in der Sonne trotz Lichtschutzfaktor 60 zugezogen hatte. Und sie hatte sich drei Dinge geschworen:

1. Ab sofort kamen für sie nur noch Reiseziele in Frage, die skifahrtauglich waren.
2. Wenn der Manager den Shop nicht innerhalb von dreißig Sekunden aufschloss, würde sie das Schaufenster einwerfen und notfalls dafür ins Gefängnis gehen.
3. Den großen Dunkelhaarigen, der neben ihr an der Rezeption stand, musste sie unbedingt kennen lernen.

Als der Manager fünf Minuten später den Schlüssel gefunden hatte, waren sie und der Fremde bereits angeregt in ein Gespräch vertieft gewesen. Zwanzig Minuten später hatte sie einem Spaziergang am Strand zugestimmt. Es war ein seltsamer Anblick gewesen – der große dunkle, braun gebrannte Halbgott mit einer Rothaarigen mit farblich passender Gesichtshaut und Oberschenkeln, die so verbrannt waren, dass sie gezwungen war, wie ein Rodeo-Cowboy zu gehen. Die anschließende Transformation einer Ferienromanze zu einer lebenslangen Beziehung verlief dann ungefähr so:

a) übermäßige Sonneneinstrahlung
b) Einnahme einer für ihre betäubende Wirkung bekannten typisch spanischen Arznei, auch Sangria genannt
c) spätabendliches Gefummel, abgebrochen aufgrund nachlassender Wirkung o. g. Arznei
d) lange, romantische Nacht mit ernsten und tiefgründigen Gesprächen, die jäh beendet wurde, als sie beide von ihren Balkonstühlen kippten
e) nach dem Erwachen am nächsten Morgen unerwartete Begegnung mit der Hauptfigur der Rocky Horror Picture Show im Spiegel
f) Beteuerungen von Joe, sie sei hübsch
g) Knutscherei, weiteres Gefummel
h) einwöchige Romanze, tränenreicher Abschied am Flughafen, sechs Monate Fernbeziehung

i) Kauf einer Fahrkarte für eine einfache Fahrt von Lewisham nach Glasgow
j) tränenreicher Abschied von ihren geliebten Eltern, die sie ab sofort einmal in der Woche anrief und ab und zu am Wochenende besuchte
k) Ankunft im ungemütlich kalten Glasgow
l) Hochzeit

Acht Jahre danach waren sie immer noch glücklich. Und sie dankte dem lieben Gott jeden Tag dafür, dass er Joe mit einem Gen ausgestattet hatte, das ihn Kurven in Kleidergröße 40 und viel zu kurze Beine schön finden ließ.

Cammy nahm seine Lederjacke vom Haken und zog sie an.

»Na, wer ist heute Abend dran? Anneka oder Anna?«

Zu Mels unendlicher Belustigung war Cammy mit zwei Frauen gleichzeitig liiert. Die dazu auch noch ganz ähnliche Namen hatten, die er ständig und in den unpassendsten Momenten durcheinanderwarf. Anna war groß und schlank und braunhaarig und ein bekanntes Model. Anneka war … eh … groß und schlank und braunhaarig. Und ein Model. Nicht, dass das, was Cammy tat, unrecht gewesen wäre. Anscheinend war das New Yorker Dating-System inzwischen auch in Glasgow angekommen (über *Sex and the City*). Anna und Anneka wussten voneinander und störten sich kein bisschen daran, dass ihre jeweilige Beziehung nicht exklusiv war. Im Gegenteil, anscheinend wollten sie damit sagen: Ich mag dich, aber nicht genug, um nicht zu schauen, was sonst so auf dem Markt ist.

»Anna. Wir sind heute Abend im Mar Hall – zu irgendeiner Modenschau für einen guten Zweck. Anna spendet ein paar Runden über den Laufsteg.«

»Bleibt ihr über Nacht?«

Er nickte.

»Du Glücklicher«, sagte sie wehmütig.

Mar Hall war ein wunderschönes Landhotel vor den Toren Glasgows, am Fluss Clyde gelegen. Joe hatte sie letztes Jahr zu ihrem Geburtstag dorthin eingeladen, und sie hatten die wunderbarsten und luxuriösesten vierundzwanzig Stunden ihres Lebens dort verbracht.

»Wer ist glücklich?«

Die Stimme kam von jemandem, der direkt hinter Cammy stand. Im nächsten Moment war auch der Rest von Joe Marshall zu sehen. Die beiden Männer schüttelten sich die Hand.

»Ich angeblich. Ich übernachte heute im Mar Hall.«

Joe grinste. »Mit den Barbie-Zwillingen?«

»Nur mit einer von ihnen«, antwortete Cammy lachend. »Ich hab dir doch schon mal erklärt, wir sind *non exclusive*, nicht *all inclusive*.«

Lachend wandte Joe sich seiner Frau zu. »Nette Dessous. Für den Laden oder für zu Hause?«

»Für zu Hause«, antwortete Mel mit mehrdeutigem Lächeln.

»Gott, ich liebe deinen Job.«

Cammy hüstelte in gespielter Verschämheit. »Nur damit du Bescheid weißt: *Ich* habe sie ausgesucht.«

Joe lachte wieder. »Danke, Cammy. Ich werd sie überreden, dir eine Gehaltserhöhung zu geben.«

»Perfekt. Und sag ihr bitte auch, dass sie meinem Körper etwas mehr Respekt entgegenbringen soll«, fügte er hinzu und ging zur Tür.

»Sei respektvoller zu seinem Körper«, befahl Joe gehorsam, als sei dies das Normalste auf der Welt.

Mel verdrehte die Augen. »Ich werde mich bemühen. Nacht, Cammy.«

»Nacht. Bis Montag.«

»Frag nicht«, sagte Mel, als Joe den Raum durchquerte, in den Personalraum ging und eine Flasche Wasser aus dem Minikühlschrank nahm.

Er trug ihr Lieblingsoutfit: Arbeitsboots, Jeans, weißes T-Shirt. Der Anblick ging auf direktem Weg zu ihren Hormonen, und sie hätte es am liebsten an Ort und Stelle mit ihm getrieben ... wenn nur die Überwachungskameras nicht wären.

»Bist du gleich fertig, Baby?«

Sie nickte und wedelte mit den Dessous vor seinem Gesicht herum. »Ich und diese wunderbaren Beispiele für edle Unterwäsche sind jede Sekunde abfahrbereit.«

Joe stand an ihren Schreibtisch gelehnt, und sie musste sich an ihm vorbeidrängen, um den Computer auszuschalten. Sie bückte sich, um ihre Tasche vom Boden aufzuheben, als sie auf einmal seine Hand spürte.

»He, Joe, kann es sein, dass deine Hand versehentlich unter meinen Rock geraten ist?«

Er zog sie an sich, und seine Lippen wanderten ihren Nacken herab. »Das ist mir durchaus bewusst.«

Kleine Küsse bedeckten ihre nackte Schulter, er schob ihre Haare zurück, damit seine Zunge langsam hinter ihrem Ohr nach oben gleiten konnte.

»Und ist dir auch klar, dass du mich gerade an meinem Arbeitsplatz belästigst?«

»Auch das ist mir klar.« Sein Atem ging schwer, und er zog sie noch dichter an sich. Sie spürte seinen harten Penis an ihrem Rücken.

Ihr Verstand verabschiedete sich und überließ ihren Hormonen die Kontrolle. Seine freie Hand wanderte Zentimeter für Zentimeter ihren Rock hinauf.

»Und wenn ich mich nicht irre, ist Eisprungwoche, das heißt, wir müssen es in den nächsten Tagen so oft wie möglich machen, meine geliebte kleine Frau.«

Sie keuchte nur.

»Wenn du also nichts dagegen hast, würde ich gern noch vor dem Nachhausegehen hier auf dem Schreibtisch einen ersten Befruchtungsversuch starten.«

Sie nickte stumm, während sie die schiere Lust überkam. Das Gefühl stieg von den Zehenspitzen nach oben, verweilte kurz an ihren zitternden Knien, wanderte weiter zu ihrem pulsierenden Feuchtgebiet, den zusammengepressten Pobacken, harten Nippeln und Stimmbändern.

»Moment noch!«

Ungeachtet der Tatsache, dass ihr Rock bis über die Hüften hochgeschoben war und schwarze Spitzenstrumpfhalter mit passendem Höschen entblößte, setzte kurzzeitig Mels Verstand ein. Sie befreite sich aus seiner Umklammerung und tastete nach der Fernbedienung für die Überwachungsanlage, um sie auszuschalten. Das hier wollte sie auf keinen Fall auf Video festgehalten haben. Sex mit dem eigenen Mann im Büro – heiß. Aber Sex mit dem eigenen Mann im Büro, während vorne der Laden ausgeraubt und das Überwachungsvideo gestohlen wurde, das dann im Internet landete, damit jeder, einschließlich Eltern, Großeltern und ehemalige Lehrer in aller Ruhe zusehen konnten? Na, besten Dank.

Mit verführerischem Lächeln lehnte sie sich wieder an ihn. »Also, was sagtest du gerade über Befruchtung?«

Joe küsste sie hart und drängend. Ein tiefer Laut entrang sich ihrer Kehle, als sie anfing, am Gürtel seiner Jeans zu fingern und dann den Reißverschluss aufzuziehen. Sie griff hinein und fühlte …

Rrrrriiiinnnng. Das Klingeln des Telefons ließ sie zusammenfahren. Automatisch zog sie ihre Hand zurück. Joe stöhnte auf, als der große Onyx ihres Rings an seinem besten Stück, das sich eigentlich auf eine ganz andere Behandlung gefreut hatte, entlangschrammte.

»Mist! Sorry, Darling, sorry. Ich …«

Sie brachen in brüllendes Gelächter aus.

Rrrrrrriiiiiiiinnnnnng. »Ich liebe dich, Mel. Das weißt du doch, oder?«

Seine Offenheit raubte ihr den Atem. Das war eines der

Dinge, die sie an Joe am meisten liebte – er ließ sie nie, nie, nie im Zweifel darüber, wie sehr er sie vergötterte.

Rrrrrriiiiiiiiinnnnnng.

»Und du weißt, dass ich dich auch liebe.«

Ein Klicken signalisierte, dass der Anrufbeantworter angesprungen war. Mel hörte ihre eigene Stimme. »Guten Tag. Sie sind mit *La Femme – L' Homme* verbunden. Bitte hinterlassen Sie eine Nachricht, wir rufen Sie so schnell wie möglich zurück.«

Die Lust erstickte jeglichen Drang ranzugehen. Stattdessen wandte sie sich wieder der Verletzung zu, die sie der Liebe ihres Lebens soeben zugefügt hatte. »Liebling, dir ist klar, dass ich dich jetzt wieder gesundküssen muss, oder?«, raunte sie, und ihr Kopf rutschte tiefer und tiefer und …

»Hallo, Mel, ich bin's.« Suze' Stimme hallte durchs Büro.

Mel schoss nach oben, viel zu schnell. Ihr Kopf stieß gegen Joes Kinn, und sein Kopf flog zurück. Er stöhnte erneut auf.

Oh! Entschuldigung! Mist! Oh, nein, es blutet! Mein Gott, ich habe dir einen Zahn ausgeschlagen. ICH HABE DIR EINEN ZAHN AUSGESCHLAGEN!«

Joe stand vornübergebeugt da und hielt sich die Hand vor den Mund. Blut tropfte durch seine Finger, sein Gesicht war schmerzverzerrt.

Mel griff nach dem Erstbesten, was ihr in die Hände fiel, und tupfte das Blut ab. »Mist. Entschuldige bitte, Joe. O mein Gott.« Ihre Augen füllten sich mit Tränen. Warum war sie nur so verdammt ungeschickt? Jetzt hatte ihr toller, perfekter Mann keine Zähne mehr, und es war ihre Schuld. Er würde ein Gebiss tragen müssen, das nachts in einem Glas auf dem Nachttisch stand, und er würde ihr nie verzeihen und …

»Ist schon okay. Meine Zähne sind noch heil.«

O lieber Gott, ich danke dir.

»Ich habe mir bloß auf die Lippe gebissen.« Pinkfarbener

Speichel rann ihm das Kinn hinab, die Lippe begann bereits anzuschwellen.

»Joe, es tut mir so unendlich leid.«

Hastig griff Mel nach der Wasserflasche, die auf dem Schreibtisch stand, und drückte sie an seine Lippe, um ein weiteres Anschwellen zu verhindern. Wie konnte ein romantischer, spontaner Liebesakt nur in so eine Katastrophe münden? Schlimmer noch, jetzt weinte er sogar. Sie hatte einen erwachsenen Mann zum Weinen gebracht. Oder? Er … Moment mal.

»Joe Marshall, lachst du etwa über mich?«

Sie zog die Evian-Flasche zurück, um sein Gesicht besser sehen zu können. Tatsächlich, der Mann mit der Lippe, die aussah wie ein Wiener Würstchen, lachte sie aus.

»Mel, du bist ein einziger Albtraum.«

Ihr Gesichtsausdruck wechselte von zerknirscht zu zornig zu zerknirscht.

»Ich weiß.«

Er zog sie an sich und schlang seine Arme um sie. »Aber ich liebe dich, Baby. Sogar wenn du versuchst, mich umzubringen.«

Mels Blick fiel auf das Stück Stoff, das sie benutzt hatte, um den Blutfluss zu stoppen. Ach du je …

»Dazu hast du auch allen Grund.« Sie verzog das Gesicht. »Welche andere Frau würde ein sündhaft teures hellblaues Seidenhöschen benutzen, um ihrem Mann den Mund abzuwischen? Na, jetzt sehen wir wenigstens, ob es eine Wäsche übersteht. Komm, wir gehen besser nach Hause, ehe ich dich noch aus Versehen fürs Leben verunstalte.«

Sie machte der Reihe nach alle Schalter und Lampen aus und wollte gerade den Code für die Alarmanlage eingeben, als ihr plötzlich etwas einfiel.

»Suze – was wollte sie?«

Joe zuckte mit den Schultern. »Keine Ahnung. Ich hab nicht

zugehört. Ich war viel zu sehr damit beschäftigt, nicht zu verbluten.«

Sie stieß ihm spielerisch in die Rippen. Mit der Betonung auf spielerisch – sie hatte für einen Abend genug Unheil angerichtet, und spulte das Band des Anrufbeantworters zurück.

»Piep. Nachricht 1, empfangen heute, 18.55 Uhr.«

»Hallo, Mel, ich bin's.« Pause.

Sie sahen sich an. In Mel lief die typisch weibliche Reaktion ab: *Es ist Suze, sie klingt so komisch, sicher hat sie das Ergebnis dieser* Venusfallen-Sache *bekommen. Ist sie glücklich oder traumatisiert oder traurig oder am Boden zerstört? Muss sie unbedingt zurückrufen, mache mir Sorgen um sie, muss unbedingt sofort zu ihr, wenn sie mich braucht!*

Zeitgleich spulte Joe die typisch männliche Reaktion ab. *Aha, es ist Suze.*

Mel stoppte das Band. »Moment noch, Darling, ich rufe sie nur schnell zurück.«

Aus Erfahrung wusste Joe, dass es keinen Zweck hatte zu widersprechen. So nahe ihm sein Bruder war, Mel und Suze hatten ein mindestens ebenso enges Verhältnis.

Bei Suze zu Hause meldete sich niemand, daher probierte Mel ihre Handynummer. Auch nichts. »Hi, Suze, ich bin's bloß. Ich wollte zurückrufen, aber offenbar hast du gerade keine Zeit. Melde dich doch, wenn's dir wieder passt.«

Sie war bestimmt unter der Dusche. Oder in der Badewanne. Oder eine Runde joggen, sie war ja eine Fitnessfanatikerin. Vielleicht hatte sie auch gerade wilden Sex mit Karl, weil sie soeben erfahren hatte, dass er nicht das kleinste bisschen untreu gewesen war. Ja, das war's sicher. Jetzt konnten sie die ganze Sache hinter sich lassen, vergessen, dass es je geschehen war, und sich wieder auf das konzentrieren, was sie mal hatten.

Suze liebte Karl. Karl liebte Suze.

Melissa liebte Joe. Joe liebte Melissa.

Mel gab den Code in die Alarmanlage ein, schaltete das letzte Licht im Büro aus und griff nach der Hand ihres Mannes. Alles würde gut, das wusste sie. Denn sie liebten sich alle. Und daran würde sich nie etwas ändern.

8. Kapitel
Herzattacke

Suze starrte auf das klingelnde Telefon. Wenn es doch endlich aufhören würde! Die vier Gläser Merlot, die sie in sich hineingeschüttet hatte, um sich Mut anzutrinken, reichten nicht. Wahrscheinlich reichten die Weinvorräte von ganz Glasgow nicht. Was sollte sie Mel nur sagen? Sie hatte sich ungefähr ein Dutzend mögliche Ergebnisse dieser *Venusfallen*-Aktion ausgemalt, und die meisten hatten mit Elektrosonden an den Genitalien ihres schlafenden Ehemanns geendet, aber nie, nie im Leben wäre sie auf diese wahnwitzige Idee gekommen.

Joe. Ihr geliebter Schwager. Es war ganz klar, wie der Fehler passiert war. Joe und Karl trennten nur elf Monate, sie wurden häufig für Zwillinge gehalten und ständig verwechselt. Nur wenn man sie direkt nebeneinander sah, erkannte man die Unterschiede. Joe war ein paar Zentimeter größer, Karl etwas breiter. Joe trug die Haare ein bisschen länger, Karl bekam bereits erste graue Strähnen.

Suze merkte nicht mal, dass sie ihr Glas schon wieder vollgoss, so sehr war sie damit beschäftigt, die Fragen zu verarbeiten, die sich den noch nicht im französischen Rotwein ertränkten Resten ihrer Hirnzellen aufdrängten.

Wieso war Joe am Abend zuvor in der Bar gewesen? Hatte Karl erwähnt, dass er ihn dort treffen würde? Aber Karl erzählte ihr ja kaum noch etwas. Wo war *er*, als Joe seinem Schwanz die Gesprächsführung überlassen hatte? Er war den ganzen Abend unterwegs gewesen, und als er nach Hause gekommen war, hatte er davon gesprochen, vom Training völlig fertig zu sein. Aber Karl ging doch nie ohne Joe ins Fitnessstudio. Wo war er also stattdessen gewesen? Warum war er nicht mit seinem Bruder zusammen? Wie konnte er so etwas passieren lassen? Warum in Penis' Namen hatte Joe jemals, JEMALS, auch nur erwogen, Mel zu betrügen? War es das erste Mal? Oder hatte er es schon früher getan? Hatten sie vielleicht beide Affären? Vögelten sich die Marshall-Brüder gemeinsam durch die weibliche Bevölkerung dieser Stadt? Hatte sie vielleicht Russell Brand geheiratet? Wie sollte sie jetzt damit umgehen?

Und die allerwichtigste Frage von allen: Wie sollte sie es Mel beibringen? Konnte sie es ihr überhaupt sagen? Suze hatte schon überlegt, alles abzustreiten. Abstreiten, abstreiten, abstreiten. Abstreiten, dass überhaupt was passiert war. Abstreiten, dass diese *Venusfallen*-Sache zustande gekommen war. Sie könnte behaupten, Gloria hätte ihr bei dem Gespräch zuvor mitgeteilt, dass die ganze Sache im letzten Moment abgeblasen worden sei (und zwar im wahrsten Sinne des Wortes), weil ... weil sich das Lockvögelchen vor der Begegnung mit Karl mit einem anderen davongemacht hätte. Also ehrlich, nicht mal auf Sexköder war heutzutage noch Verlass.

Noch ein Schluck Wein. Ihr wurde übel, als die rote Flüssigkeit in ihren Magen schwappte. Wenn sie doch bloß die komplette letzte Woche auslöschen könnte. Die Information, die sie gerade bekommen hatte, wollte sie nicht haben. Da war Ahnungslosigkeit die wesentlich angenehmere Alternative. Mel war sich absolut sicher, dass ihre beste Freundin das nicht verkraften würde. Und alles war ihre Schuld. Mel hatte sie gewarnt. Sie hatte sie angefleht, es nicht zu tun, ihr Vorhaben zu überdenken, aber nein, Suze hatte nicht hingehört. Sie, die Wahrheitsfanatikerin, und ihre bescheuerte Kontrollsucht! Und jetzt hatten die Zweifel an ihrer eigenen Ehe die Richtung geändert und waren mit Mels und Joes ewigem Glück zusammengeprallt.

Sie konnte das nicht tun. Auf keinen Fall. Andererseits ... Sie konnte es aber auch nicht *nicht* tun. Suze hustete, als sich ein weiterer Schluck Rotwein überraschend in ihre Speiseröhre verirrte. Sie konnte unmöglich zulassen, dass ihre liebste Freundin mit jemandem zusammen war, der sie mit der erstbesten Körbchengröße D betrog? Alkohol. Mehr Alkohol.

Joe. Vielleicht sollte sie erst Karl alles erzählen und sehen, ob der was wusste. Sie könnte irgendeine Geschichte erfinden, wie sie es erfahren hatte, und Karl dann so lange martern, bis er ihr sagte, ob Joe so was häufiger machte. Vielleicht konnte er ja auch mit Joe reden, ihn windelweich schlagen und zur Vernunft bringen. War das nicht die Aufgabe eines großen Bruders? Ja, das könnte funktionieren. Karl würde Joe den Kopf waschen. Mel würde nie etwas mitkriegen, und sie würden weiterhin das glückliche, zufriedene Quartett ... Nein.

Es machte keinen Sinn, diese Gedanken auch nur zu Ende zu denken. Es würde nie funktionieren. Die verdammte Scheißbüchse der Pandora war geöffnet, und es gab keine Chance, dass eine gehörnte Ehefrau, ein fremdgehender und ein zu Unrecht verdächtigter Ehemann sowie eine Schwägerin, die ihre Nase besser aus allem rausgehalten hätte, da je wieder gemeinsam hineinpassen würden. Die Wahrheit war heraus, daran änderte vermutlich auch ein weiteres Glas Merlot nichts. Aber einen Versuch war es wert. Suze griff wieder nach der Flasche.

Sie fuhr zusammen, als das Telefon klingelte, und vergoss ein paar Tropfen Wein auf dem Eichentisch. Sofort holte sie einen Lappen, um den Flecken wegzuwischen. Sie hatte nun mal einen Ordnungsfimmel, daran änderte auch noch so viel Alkohol nichts. Man musste sie schon mit einem Elektroschocker betäuben, um zu erreichen, dass sie in ihrem penibel gepflegten Zuhause Flecken übersah oder Kissen, die nicht an der richtigen Stelle lagen, oder gar vergaß, sich abzuschminken.

Suze sank wieder auf ihren Stuhl zurück und fixierte das noch immer klingelnde Telefon. Das war sicher Mel. Und sie müsste jetzt eigentlich rangehen und ihr sagen, dass sie dringend mit ihr sprechen musste, und die ganze Angelegenheit, die Mels Leben zerstören würde, hinter sich bringen.

Dieser verfluchte Joe! Familie oder nicht, sie würde ihm den Hals umdrehen, wenn sie ihn in die Finger bekam. Sie kannte ihn nun schon seit zehn Jahren, und sie hätte nie auch nur eine Sekunde geglaubt, dass er zu so etwas fähig sein könnte. Schon vor Mel war er immer ein monogamer Typ gewesen, aber seit er sie damals in dem Urlaub in Fuenguirola kennen gelernt hatte, war er besessen von ihr gewesen und hatte keine Frau außer ihr auch nur angeschaut – zumindest soweit sie wusste.

Hör auf zu klingeln. Hör endlich auf zu klingeln. Noch ein Schluck, dann würde sie mit dem Kopf auf die Tischplatte sinken. Was für eine beschissene Situation. Scheißhausen. An der Fremdgehschwein-Straße rechts abbiegen, von da geradeaus über den Zerstörungsboulevard. Nochmal rechts über die Grauenhafte-Wahrheit-Allee und voilà: Scheißhausen Hauptbahnhof. Wenigstens hörte das Telefon jetzt auf zu klingeln.

So konnte es nicht weitergehen. Wenn sie es Mel heute noch sagen wollte, dann jetzt sofort. Bevor der Merlot sie auch noch ihrer Fähigkeit zu sprechen beraubte. Wie konnte sie so betrunken sein? Sie hatte doch nur eine halbe Flasche ... Oh, und dann noch die Flasche, die schon beim Altglas stand.

Betrunken. Sie war definitiv betrunken. Jetzt hörte sie auch noch so ein Dröhnen. Ihr Kopf. Es kam aus ihrem Kopf. Ihr Schädel vibrierte, und sie wusste ganz sicher, dass der Gott der sich einmischenden blöden Kühe sie jetzt für ihre Dämlichkeit bestrafte. Oder ... oh, ihre Stirn lag auf ihrem Handy.

Suze hob den Kopf und drückte die Taste, um die SMS zu öffnen, die sie gerade erhalten hatte.

Mel mobil.

Mühsam bekämpfte sie den Drang, sich zu übergeben.

Hi, Süße, alles ok? Hab versucht dich anzurufen. Versuch's auf dem Nachhauseweg noch mal. Mach mir Sorgen. Kuss Mel.

Kopf zurück. Stöhn. So konnte es nicht weitergehen. Auf so naive, unreife Art konnte sie mit dem Problem nicht umgehen. Sich zu betrinken war keine angemessene Reaktion auf eine

Krise von dieser Größenordnung. Sie musste sich stellen und das, was sie angerichtet hatte, nur weil sie ihrem Mann Böses unterstellt hatte, jetzt irgendwie in Ordnung bringen.

Suze richtete sich kerzengerade auf, atmete tief durch und schüttelte den Kopf, um klar denken zu können. Das war keine gute Idee gewesen. Die Welt begann sich plötzlich zu drehen.

Sie musste Mel anrufen. Es machte keinen Sinn, bis zum nächsten Tag zu warten. Außerdem war morgen Sonntag, und sie hatten sich wie immer zum Brunch in ihrem Lieblingscafé verabredet. Das würde sie mit dickem Kopf *und* diesem belastenden Geheimnis nie im Leben durchstehen.

Höchste Zeit also, Mel anzu … Aaaaah!

Ihre Hand war nur Millimeter vom Telefon entfernt, als es erneut zum Leben erwachte. Der Schreck ließ sie zusammenfahren.

Mels Nummer leuchtete auf dem Display auf. Mel zu Hause. Mel zu Hause. Das Zuhause, das sie mit dem betrügerischen Schwein Joe teilte. Also gut, sie musste da jetzt durch. Das Unvermeidliche ließ sich keine Sekunde länger aufschieben.

»Warum gehst du nicht ran?«

Schwer zu sagen, was zuerst kam: der Überraschungsschrei oder der schuldbewusste Gesichtsausdruck. Danach folgte auf jeden Fall ein dümmliches Lächeln.

»Eh … hallo. Ich hab dich gar nicht kommen hören.«

Es war definitiv das Gesicht ihres Mannes, das sie gerade vor sich hatte, auch wenn sie nach den ganzen verwirrenden Ereignissen irgendwie nur noch das von Joe sehen konnte.

»Alles in Ordnung mit dir? Du siehst …«, er blickte sie forschend an, »… so mitgenommen aus.«

»Ja. Mitgenommen. Langer Arbeitstag, wenig gegessen.«

Er seufzte tief und lang, bis er ganz hereingekommen war und sich ihr gegenüber auf einen Stuhl gesetzt hatte. In seinem grauen Anzug und den polierten Schuhen sah er völlig businessmäßig aus.

»Suze, das ist jetzt vielleicht kein besonders guter Zeitpunkt. Aber ich muss dringend mit dir reden. Über uns.«

Sie hob den Blick zum Himmel und richtete ein stummes Gebet an wen auch immer sie da oben erreichte. Sinngemäß lautete es: Lieber Gott, du willst mich wohl verarschen!

Seit Monaten versuchte sie Karl zur Rede zu stellen, und jetzt plötzlich, nachdem sie ihm nachgestellt und Dinge herausgefunden hatte, die sie im Leben nicht gebraucht hätte, JETZT wollte er es auf einmal auch????

Kein Wunder, dass sie trank.

»Suze, wir müssen uns unbedingt um unsere Beziehung kümmern. Ich weiß, ich war in letzter Zeit sehr schwierig, und das tut mir leid, Suze, aber diese ganze Kinderdiskussion …«

»Bitte, sprich jetzt nicht davon, Karl. Das kann ich im Moment nicht ertragen.«

Die Tränen fingen nun an zu laufen. Das wiederum führte dazu, dass er von nüchtern und sachlich auf ernsthaft besorgt schaltete. Sie konnte sich nicht daran erinnern, je in seiner Anwesenheit geweint zu haben. Andererseits konnte sie sich auch nicht daran erinnern, was sie an diesem Morgen zum Frühstück gegessen hatte. Im Bruchteil einer Sekunde war er bei ihr, kniete neben ihr, legte seine großen starken Bauunternehmerarme um sie und zog ihren Kopf an seine muskulöse Schulter.

»Schsch, Baby, ist ja schon gut.«

Schon seit Monaten hatte Karl nicht mehr so zärtlich und liebevoll mit ihr gesprochen. Die Schluchzer schüttelten sie nun heftig.

»Ist ja gut, Suze. Es tut mir so leid. Es wird alles gut. Wir kriegen das wieder hin.«

Wieder hinkriegen? Das hier war definitiv absolut unwiederhinkriegbar.

Sie bekam kaum noch Luft, aber das war ihr egal. Alles, sogar ein durch Sauerstoffmangel selbst herbeigeführtes Koma, war besser als diese beschissene, unerträgliche Situation.

Warum ausgerechnet jetzt? Warum musste er das ausgerechnet jetzt tun? Warum hatte er es nicht letzte Woche tun können, *vor* dem Anruf, *vor* dem Auftrag, bevor sie von dieser Gloria Sowieso erfahren hatte?

»Karl, ich … ich …« Es ging nicht, sie kriegte die Worte nicht raus. Jetzt war der Augenblick für vollkommene Offenheit und Ehrlichkeit gekommen, aber ihr Mund weigerte sich zu gehorchen. »Ich …«

»Schsch, Suze, das ist jetzt alles unwichtig. Alles wird gut. Komm, ich bring dich nach oben. Du musst dich ein bisschen hinlegen, wir können dann später in Ruhe über alles reden.«

Er richtete sich vorsichtig auf und zog sie mit sich. Dann nahm er sie in seine Arme und hob sie hoch. Es war wie die letzte Szene aus *Ein Offizier und Gentleman*, nur ohne weißen Anzug. Dafür aber mit einer hohen Wahrscheinlichkeit, dass die Heldin dem Helden auf den Rücken kotzte.

Eine Minute später lag Suze oben auf ihrem Bett, und Karl verschwand nach nebenan ins Bad. Er kehrte mit einem Mülleimer aus Chrom zurück und stellte ihn neben sie. Dann kletterte er auf seiner Seite ins Bett, wischte ihr die Tränen ab, die immer weiterflossen, und küsste sie zärtlich.

»Ich liebe dich, Suze. Ich weiß, wir hatten eine schwere Zeit, aber wir beide schaffen das. Ganz bestimmt.«

Das Klingeln des Telefons beendete seinen Satz. Er streckte die Hand nach dem Apparat neben dem Bett aus, aber sie hielt sie fest.

»Lass nur, es ist bloß Mel.«

»Willst du etwa nicht mit ihr reden?«

Karl sah sie erstaunt an. Das war ja was völlig Neues. In den acht Jahren, die seine Frau und seine Schwägerin sich nun kannten, war sie noch nie, nie, nie einem einzigen Gespräch mit ihr aus dem Weg gegangen. Im Gegenteil. Zweimal war sie sogar mitten beim Sex aufgesprungen, um mit ihr zu reden. Verdammt, sie musste echt betrunken sein.

»Jetzt nicht. Morgen ... morgen ist früh genug.«

Und mit dieser tiefgründigen Aussage verschwand auch ihr Kopf im Abgrund, genau dort, wo der blank polierte Chromeimer stand.

9. Kapitel
Herzschmerz

Es gab keinen Ort, wo Mel an einem Sonntagmorgen lieber war als im Princess Square, der exklusiven Shopping Mall an der Glasgower Buchanan Street. Unter einem riesigen sonnendurchfluteten Glasdach gab es auf vier Ebenen eine große Auswahl an trendigen Designer Shops, Bars, Cafés und Restaurants.

»Von Suze und Karl ist noch nichts zu sehen«, verkündete Mel, während sie in dem Café auf der obersten Ebene den Ecktisch ansteuerten, der ihnen jeden Sonntag für zwei Stunden gehörte. Sie kamen nun schon seit Jahren hierher, und das Personal kannte sie so gut, dass sie beide sofort und ungefragt einen großen Becher Milchkaffee vor sich stehen hatten.

»Danke, Jason. Wie war die Woche an der Uni?«

Jason, der Kellner. Er studierte im dritten Jahr Politikwissenschaften, und Mel liebte ihn wegen seiner ...

»Beschissen!«

... offenen, unverblümten Art.

»Und wie lief's in der Welt der Unterhosen?«, fragte er zurück.

»Hoch und runter.«

Joe lachte, und Jason lief los, um ihnen den Brunch zu servieren. Nach wenigen Schritten drehte er sich noch einmal um. »Hoch und runter. Das war ein guter Witz«, rief er und grinste.

»Du meine Güte.« Mel schüttelte den Kopf und sah Joe an. »Meinst du, wir müssen uns Sorgen machen, dass so einer vielleicht mal unser Land regiert?«

»Wir können immer noch auswandern.« Joe nahm ein Stück Brot aus dem Korb und tunkte es in ein Schälchen Olivenöl.

»Stimmt. Was glaubst du, wie er aussehen könnte?«, fragte Mel.

»Ich würde sagen, genau wie jetzt, nur im Anzug und mit zehn Bodyguards im Gefolge.«

Sie sah ihn verständnislos an. »Von wem redest du?«

»Von unserem künftigen Premierminister. Wieso? Wen meinst du denn?«

»Joe Junior. Oder Josephine Junior, je nach Chromosomenverteilung.«

»Ah, wir sind also wieder bei *dem* Thema.«

Joe grinste viel sagend. Sie waren früh aufgewacht, hatten sich eine Stunde mit Sex vergnügt und anschließend noch zwei Stunden im Bett gelegen und laut vom Elternwerden geträumt. Sie versuchten es erst seit zwei Monaten, aber Mel war sich ganz sicher, dass sie noch vor Jahresende schwanger wurde.

»Ich würde sagen, schwarze Haare wie ich. Grüne Augen wie du, und mit etwas Glück hat er meine Größe, denn sonst müssen wir eine Basketballkarriere ausschließen.«

Sie musste lächeln und hatte sofort ein Bild vor sich: ein kleiner Junge in knallroten Converse, der einen Ball aus der frisch zertrümmerten Scheibe des Gewächshauses bugsierte. Ein Gewächshaus mussten sie unbedingt haben! Natürlich wäre auch ein richtiges Haus ganz vorteilhaft. Eine Dreizimmerwohnung in der Innenstadt von Glasgow war nämlich kein idealer Ort, um ein Kind großzuziehen.

»Und wenn es ein Mä... Ah, da kommen sie. Lass uns schnell über was anderes reden.«

Sie hätten Suze und Karl gern erzählt, dass sie vorhatten, eine Familie zu gründen. Wenn es nur nicht so schwierig wäre. Denn dieses Thema war für die beiden im Moment ein Reizthema, und daher für Mel absolut tabu. Es war noch Zeit genug, es ihnen schonend beizubringen, wenn das Baby erst unterwegs war.

Also zurück zu aktuelleren Dingen. Was machte Suze für

ein Gesicht? Oh – übel. Drei Worte sagten alles: Sonnenbrille, drinnen, Januar. Suze machte sich sonst immer über die Leute lustig, die drinnen eine Sonnenbrille trugen, also musste es ein ernstes Problem geben. Aber … es schien nichts mit Karl zu tun zu haben, denn die beiden hielten Händchen. Wenn es bei dieser Lockvogelaktion ein negatives Ergebnis gegeben hätte, wäre Suze mit Sicherheit auf ihre typische, besonnene Art damit umgegangen: Sie hätte Karl mit einem Elektroschockgerät durch das Café getrieben und dazu gezwungen, ein Schild mit der Aufschrift ICH HABE MEINE FRAU BETROGEN vor sich herzutragen.

Sie hatte also Recht behalten: Ihr Schwager war ganz und gar unschuldig. Trotz ihres festen Glaubens an seine Unschuld hatte sie sich am Abend zuvor große Sorgen gemacht. Nach ungefähr einem halben Dutzend unbeantworteter Anrufe hätte sie sich fast ins Auto gesetzt, um zu Suze zu fahren. Im allerletzten Moment hatte sie Karl erreicht, der ihr erzählte, Suze läge schlafend im Bett. Das und die Tatsache, dass sie nun Händchen haltend anspaziert kamen, ließen darauf schließen, dass zumindest zwischen den beiden alles in bester Ordnung war.

Mel stand auf und umarmte ihre Schwägerin. »Hi, Süße. Kopfschmerzen?«

»Hatte gestern Abend ein bisschen zu viel roten Traubensaft. Jetzt vibrieren in meinem Kopf Dinge, die da ganz sicher nichts zu suchen haben.«

»Und abgesehen davon ist alles …?«

Mel ließ die Frage in der Luft hängen. Sie wusste genau, dass Suze verstand, was sie meinte.

»Es ist alles …« Bildete sie sich das nur ein, oder quoll da gerade eine Träne unter Suze' Ray Ban hervor? Einbildung. Suze weinte nie. »… bestens.«

Zwei weitere Tassen Milchkaffee wurden auf den Tisch gestellt.

»Morgen, Jason«, meinte Karl. »Na, konntest du inzwischen endlich bei Latisha landen?«

»Leider nicht. Sie macht immer noch auf unnahbar.«

Wie schon so häufig staunte Mel über die offene, spontane Art ihres Schwagers. Anscheinend hatte Karl sich im Mutterleib die Gene für Extrovertiertheit, Witz und Unbekümmertheit gesichert und Joe die Ressorts Ruhe, Fürsorge und Beständigkeit überlassen.

»Ich sag dir was, Jason. Du musst endlich allen Mut zusammennehmen und sie fragen.«

»Aber es wäre doch völlig uncool, wenn sie Nein sagen würde.«

»Okay, Junge, aber manchmal muss man einfach was riskieren. Das macht das Leben doch erst interessant.«

Mel spürte, wie Joe unter dem Tisch nach ihrer Hand griff. Sie lächelte. So sehr sie Karl mochte, sie war froh, dass sie bei seinem definitiv nicht risikofreudigen Bruder gelandet war.

Ein Mann, auf den man sich verlassen und dem man vertrauen konnte, hatte eine Menge für sich.

10. Kapitel
Herzblut

»Feuerst du mich, wenn ich dir sage, dass du heute Morgen beschissen aussiehst?«

»Ja, Avril.«

»Also gut, Chefin, du siehst heute Morgen super aus. Fantastisch, wie es dir gelungen ist, deine Augen farblich auf dein Kleid abzustimmen.«

Suze warf einen kurzen Blick auf den knallroten Stoff und schwor sich, ihre Stellvertreterin rauszuschmeißen, sobald sie eine neue gefunden hatte, die genau so ein absolutes Genie im Schminken und bei der Maniküre war, die professionell lasern und wachsbehandeln konnte und die – wenn Suze mal nicht da war – den Laden perfekt schmiss. Oh, und die vielleicht zufällig Josies Tochter war und aufgrund der besonderen familiären Beziehungen besonders loyal der Firma gegenüber.

Okay, vielleicht war es doch einfacher, sich ein dickes Fell zuzulegen und Avrils schonungslose Offenheit auszuhalten.

»Möchtest du vielleicht über irgendwas reden?«, fragte Avril vorsichtig.

Suze schüttelte den Kopf.

»Gott sei Dank. Ich hasse so was, das weißt du. Bleib vorerst lieber hier drin; die Kundinnen kriegen ja Angst, wenn sie dich sehen. Ich übernehme deine Kunden, sie mögen mich sowieso lieber.«

Avril merkte, dass ihr Versuch, die Stimmung aufzuheitern, kläglich scheiterte. Sie drehte sich auf dem Absatz um, verließ den Personalraum und ging zurück in den Salonbereich.

Suze ließ sich auf einen Stuhl fallen. Sie wusste, dass sie sich zusammenreißen und die Sache durchziehen musste, aber sie hatte einfach nicht genug Energie. Es war Montagmorgen, zehn Uhr, und sie hatte seit dem Vortag genau acht Minuten geschlafen. Der Brunch war superanstrengend gewesen. Sie hatte die ganze Zeit die Sonnenbrille aufgelassen – um ihre verquollenen Augen zu verstecken, aber auch, weil sie es nicht ertragen konnte, Joe anzuschauen. Dieses Schwein! Am liebsten hätte sie sich auf ihn gestürzt. Und Mel ... Mel war so fröhlich und so glücklich gewesen. Verdammt, das Ganze war ein einziger beschissener Albtraum.

Letzte Nacht hatte sie lange wach gelegen, an die Decke gestarrt und verzweifelt überlegt, was sie tun sollte. Karl hatte versucht, mit ihr zu reden, aber sie hatte einen Kater vorgetäuscht und war ihm ausgewichen, bis er schließlich aufgegeben hatte und joggen gegangen war. Die Sache zwischen ihnen musste warten, sie musste jetzt erst mit Mel reden. Aber wie? Sie würde ihr nie glauben. Sie würde am Boden zerstört sein. Kaputt. Zerbrochen. Wie könnte sie ihr das je antun?

Avril kam zurückgerannt. Sie wirkte völlig aufgelöst. »Suze, wir haben gerade ein echtes Problem.«

»Was ist denn los?«

»Irgendwer hat Anna und Anneka für denselben Termin eingebucht. Die beiden umkreisen sich wie zwei Hyänen. Ich fürchte, wenn niemand dazwischengeht, fließt gleich Blut.«

Suze schüttelte den Kopf. »Unsinn. Sie wissen voneinander und kommen bestens damit klar.«

»Das meinst du nicht ernst.«

»Doch. Ich bin sicher, sie haben beide neben Cammy noch andere Jungs. Aber damit gehen sie ganz offen um.«

»Na, dann gehen sie sicher auch offen mit ihren Geschlechtskrankheiten um. Ist das eklig.«

Avril drehte sich auf dem Absatz um und überließ Suze wieder ihrer Verzweiflung.

Irgendwann in der vergangenen Nacht war Suze zu dem

Schluss gekommen, dass es das Beste war, Joe in die Enge zu treiben und ihn zu einem Geständnis zu zwingen. Aber dann hatte sie sich überlegt, dass ihm das nur die Gelegenheit verschaffte, Mel irgendeine windige Geschichte aufzutischen und sich rauszureden. Nein. Es gab nur einen einzigen Weg, und den musste sie endlich hinter sich bringen.

Beim dritten Klingeln kam jemand ans Telefon. »Guten Morgen. *La Femme. L'Homme.* Sie sprechen mit Josie. Was kann ich für Sie tun?«

»Hi, Josie, hier ist Suze.«

»Hast du dir das Bein gebrochen?«

»Nein.«

»Warum kommst du dann nicht die paar Schritte zu uns rüber?«

Meine Güte, das brauchte sie jetzt wirklich nicht. Manchmal konnte die Unternehmenspolitik, schlagfertiges Personal mit Persönlichkeit einzustellen, echt nerven. »Solltest du nicht längst auf dem Weg nach Italien sein?«

»Bin so gut wie weg. Hab mein Portemonnaie am Samstag hier liegen lassen, deshalb bin ich noch mal kurz vorbeigekommen. Ehrlich gesagt hatte ich gehofft, dass irgendeine Katastrophe passiert ist, die in letzter Minute verhindert, dass ich vier Wochen lang Pasta essen muss und mir anhören, wie sich meine Schwiegertochter über meinen Sohn beklagt.«

Suze verzog das Gesicht. Genau diese Katastrophe konnte sie Josie liefern. »Kann ich Mel sprechen?«

Es knisterte kurz, dann hörte sie Mels atemlose Stimme.

»Hi, du, das war ja Gedankenübertragung. Ich wollte dich auch gerade anrufen. Aus der Tatsache, dass du Karl gestern im Princess Square nicht über die Brüstung gestoßen hast, schließe ich, dass er die Prüfung bestanden hat. Hab ich dir doch gleich gesagt. Du hast dir das alles bloß eingebil…«

»Mel, ich muss heute Morgen wohin, und du musst unbedingt mitkommen. Hast du Zeit?«

»Klar, Süße, gar kein Problem. Ist was passiert?«

Suze drehte sich der Magen, als sie merkte, wie beunruhigt Mel plötzlich klang. Typisch Mel. Sie sorgte sich um alles und jeden. Und jetzt war sie auf einmal diejenige, um die man sich kümmern musste. Das war so unfair!

»Nein, nein, alles okay. Ich muss nur was erledigen. Wir treffen uns in zehn Minuten vor der Tür, ja? Wir werden ein paar Stunden brauchen.«

Draußen war es eiskalt, und es goss in Strömen. Typisches Glasgower Januarwetter. Man konnte die Touristen sofort erkennen, weil sie ihre Hotels grundsätzlich mit einem Regenschirm verließen. Sie wussten nämlich nicht, dass er ihnen beim ersten Windstoß umklappen und aus der Hand wehen würde und sie ihm dann die ganze Ingram Street entlang hinterherjagen mussten.

Die echten Glasgower griffen zu einem weniger attraktiven, dafür aber verlässlicheren Regenschutz: einer Jacke mit Kapuze. Sie war wärmer und sicherer, erschwerte aber jede Unterhaltung. Suze und Mel versuchten es gar nicht erst, bis sie nach fünfzehn Minuten einen Coffeeshop erreichten.

»Also, Suze, was gibt's? Am besten fängst du ganz am Anfang an.«

Das tat Suze – sie brach in Tränen aus. Mist, so hatte sie sich das nicht vorgestellt. Sie wollte doch die Starke sein, diejenige, die ihrer Freundin Halt gab, nachdem sie ihr Glück zerstört hatte. Mel zog eine Serviette aus dem Chromhalter auf dem Tisch und gab sie ihr.

»Danke.« Okay, beruhige dich. Reiß dich zusammen. Du musst da jetzt durch. Reiß dich zusammen, Mel braucht dich jetzt. Konzentrier dich.

Zwei ältere Damen mit beigen Hüten schauten irritiert herüber, als Suze sich lautstark die Nase schnäuzte.

»Mel, ich hatte ja am Samstag den Termin in dieser Detektei …«

»Und alles war okay, ich weiß. Das hast du mir ja schon am Telefon gesagt.«

»Das Mädchen, das sie losgeschickt haben, hat Karl gar nicht getroffen.«

Mel seufzte. »Deswegen bist du so durcheinander. Hör zu, vielleicht ist das ja ein Segen. Ich meine, vielleicht ist es ein Zeichen, dass du die Sache auf sich beruhen lassen sollst. Ehrlich, ich weiß, dass Karl dir nie wehtun würde. Wir haben gute Männer geheiratet, Suze. Warum vergisst du das Ganze nicht einfach? Vielleicht solltest du mal Urlaub machen. Ja, das ist eine gute Idee. Ich schaue mal bei Expedia rein, sobald ich nach Hause komme und …«

»Sie hat Joe getroffen.«

»… sehe nach, ob es irgendwas …«

»Mel, sie hat Joe getroffen.«

»Was?«

»Dieser Lockvogel, den sie auf Karl gehetzt haben … sie hat nicht Karl, sondern Joe getroffen.«

Suze konnte sehen, wie eine fünfzig Pfund schwere emotionale Holzkeule Mels Gesicht traf.

»Aber … aber … das kann doch nicht sein. Joe war am Freitagabend im Fitnessstudio. Und danach hat er sich mit Karl auf ein Bier getroffen und war gegen elf zu Hause.«

Suze legte ihre Hand auf die von Mel.

»Er war nicht im Fitnessstudio, Mel. Er war den ganzen Abend im Club 80. Und zwar allein. Bis er das Mädchen von der Agentur getroffen hat und …«

»… sie ignoriert hat, hab ich Recht?«

Die beigen Hüte reckten erneut die Hälse, als sie die verdächtig schrille Stimme der Rothaarigen hörten.

Wenn man Verzweiflung im Bild festhalten konnte, dachte Suze, dann war es das, was sie gerade vor sich sah. Mel, die sie mit weit aufgerissenen Augen anstarrte und stumm auf ein harmloses Ende einer Story hoffte, die keins hatte.

»Mel, er hat sie nicht ignoriert, er hat sich mit ihr verabredet. Es tut mir so leid. Es tut mir so schrecklich leid.«

Die beigen Hüte zuckten zusammen, als die Rothaarige aufsprang und ihr Stuhl polternd zu Boden fiel.

»Nein, das kann nicht sein. Warum erzählst du mir so was, Suze? Du weißt genau, dass er das nie tun würde. Es muss sich um eine Verwechslung handeln.«

Suze schüttelte den Kopf. »Nein, es war keine Verwechslung, Mel. Er hat sie gefragt, ob …«

»Nein! Warum tust du mir das an? Warum musstest du diese ganze beschissene Sache überhaupt anfangen? Joe würde so was niemals tun, du irrst dich. Bestimmt hat *sie* ihn gefragt. Ja, so war es ganz sicher. *Sie* war es. Nicht Joe. Suze, wie kannst du das nur denken?«

Sie schrie jetzt. Die beigen Hüte würden genug Stoff für viele Montagnachmittagshandarbeitszirkel haben.

»Mel, er …«

»Nein! Hör auf, Suze! Hör auf!«

Suze versuchte sie festzuhalten, aber es war zu spät. Mel war bereits aus dem Coffeeshop gestürzt, ohne Jacke, ohne Tasche. Suze lief hinter ihr her und holte sie nur deshalb ein, weil Mel stehen blieb, um sich bei einem Zeitungsverkäufer zu entschuldigen, den sie umgerannt hatte. Sie hielt ihre Freundin fest.

»Mel, bleib stehen!«, keuchte sie, aber Mel stieß sie von sich.

»Lass mich in Ruhe, Suze. Nur weil deine Ehe kaputt ist, brauchst du nicht …«

»Ich kann es dir beweisen, Mel. Ich kann dir das Video zeigen. Glorias Agentur ist hier ganz in der Nähe. Schau es dir an und bilde dir selbst ein Urteil. Bitte, Mel.«

Die Passanten machten einen großen Bogen um die Blondine im roten Seidenkleid und die Rothaarige im engen grünen Kostüm, beide ohne Jacke, beide völlig durchnässt und beide wie von Sinnen.

Als Suze Mel zurück ins schützende Cafe zerrte, beugte sich

der eine beige Hut zum anderen. »Diese jungen Dinger stehen doch heute alle unter Drogen. Das habe ich erst neulich im *Daily Record* gelesen.«

Suze warf zehn Pfund auf den Tisch, nahm ihre Mäntel und Taschen, legte Mel die Jacke um die bebenden Schultern und schob sie zur Tür. »Lass uns gehen.«

11. Kapitel
Herzensangelegenheit

Irgendwo hatte sie mal gelesen, dass ein Mensch an einem Schock sterben konnte. Man kippte einfach um, das Herz setzte aus, Ende. Sie und Joe hatten mal übers Sterben gesprochen. Sie wollten sich verbrennen, nicht begraben lassen, und ihre Asche sollte über Loch Lomond ausgestreut werden. Da hatte er ihr damals den Heiratsantrag gemacht. Er hatte sich von einem Kunden (zehnstöckiges Bürogebäude mit Gartenanlage und eigenem Parkhaus) ein Motorboot geliehen, war an einem perfekten Sommertag mit ihr auf den stillen See hinausgefahren und hatte ihr dort gesagt, dass er sie auf ewig lieben würde. Nur sie.

Ein heftiger Schmerz schoss Mel durch den Kopf und riss sie in die Gegenwart zurück.

Was tat sie hier? Das war bescheuert, dämlich, surreal.

»Melissa, ich werde jetzt das Video einlegen. Sind Sie sicher, dass das wirklich okay für Sie ist?«

Okay? Nein. Nichts war okay. Jemand drückte ihre rechte Hand. Sie drehte sich um und schaute in Suze' besorgtes Gesicht. Das lief alles falsch. Sie war doch eigentlich diejenige, die ihre Freundin trösten und eine Schulter zum Ausweinen bieten sollte. Als sie am Morgen aufgewacht war, war die Welt noch in Ordnung gewesen. Sie war glücklich und zufrieden gewesen, mit einem wunderbaren Ehemann. Und jetzt saß sie plötzlich im Büro einer Privatdetektei mitten in der Stadt, sah aus, als hätte sie in ihren Klamotten geduscht, ließ sich von ihrer besten Freundin tröstend über den Arm streichen und von einer Frau, die sie noch nie in ihrem Leben gesehen hatte, beruhigend zureden. Was passierte hier?

Das Zittern wurde heftiger, daher zog sie sich Glorias Strickjacke enger um die Schultern. Dann sah sie, wie ein verschwommenes Bild auf dem Bildschirm an der Wand aufflackerte.

Ihr Diaphragma zuckte, und eine plötzliche Erkenntnis traf sie. »Suze, ich kann das nicht.«

Gloria drückte sofort auf die Stopptaste. »Kein Problem, Melissa. Kommen Sie ein anderes Mal wieder. Sobald Sie sich der Sache gewachsen fühlen.«

Aber Mel hörte sie kaum, denn ihr Blick war schon wieder auf den Bildschirm gerichtet, auf das eingefrorene Bild. Da war es – das Gesicht, dessen Züge sie so genau kannte, so genau wie ihre eigenen.

Wie in Trance schüttelte sie den Kopf. Der Arm, der sich nun um ihre Schultern legte, tröstete sie so wenig wie Suze' Beteuerungen, alles würde wieder gut werden.

Es würde definitiv nicht wieder gut werden.

Nichts an dieser Situation konnte je wieder gut werden.

»Machen Sie weiter«, sagte sie mit einer Stimme, die sie selbst nicht erkannte.

Als Mel Stunden später in ihrem dunklen Wohnzimmer saß, konnte sie sich kaum noch daran erinnern, wie Gloria ausgesehen hatte, welche Farbe die Wände ihres Büros hatten, wie sie nach Hause gekommen war und wie sie Suze dazu gebracht hatte, sie allein zu lassen.

Dafür würde sie sich für den Rest ihres Lebens an die Worte ihres Mannes erinnern: *»Ich lebe getrennt. Schon lange. Die Sache ist vorbei, aber ich habe noch niemand Neues kennen gelernt. Bis jetzt ...«*

»He, Süße, warum sitzt du hier im Dunkeln?«

Sie hatte ihn nicht reinkommen hören. Hastig schlug sie sich die Hände vor die Augen, als er das Licht anschaltete. Die Helligkeit war kaum zu ertragen.

»Mel, was ist denn mit dir los? Du siehst ja grauenvoll aus.«

Sie schniefte laut und versuchte verzweifelt, die Flüssigkeit aufzuhalten, die hinter ihren Augen zusammenströmte und sich über ihr Gesicht ergießen wollte.

»Klingt nach einer Erkältung. Warst du schon beim Arzt? Hast du dir was aus der Apotheke besorgt?« Joe kniete sich vor sie, strich ihr das Haar aus dem Gesicht und überprüfte ihre Temperatur.

»Mein Gott, du bist ja ganz heiß. Hast du mal Fieber gemessen?«

Wie konnte er nur? Wie konnte dieser Mann, der so besorgt klang, so liebevoll und so süß, einfach ihr ganzes Vertrauen nehmen und irgendeiner fremden Frau in einer Bar in den Ausschnitt stopfen?

Kannte sie ihn wirklich? Hatte er vielleicht von Anfang an Affären gehabt – Heerscharen von Frauen, die sich hinter ihrem Rücken lustig machten? Konnte das sein? Noch vor ein paar Tagen hatten sie über mögliche Namen für ihre Kinder gesprochen. Für die Kinder, die er sich so wünschte. Joe. Josephine. Verdammte Gewächshäuser. Dabei trieb er sich heimlich in Bars rum und log fremden Frauen vor, er sei Single, um sie abzuschleppen. Wie konnte das alles sein? Kannte sie ihn denn so wenig? Wie konnte sie nur so dumm sein?

Wie konnte sie sich so täuschen lassen? Sie war überzeugt gewesen, eine perfekte Ehe zu führen. Und jetzt kniete ihr Mann vor ihr, sah aus wie immer, war aber gar nicht mehr der Mensch, mit dem sie ihr ganzes Leben verbringen, eine Familie gründen, alt werden wollte. Plötzlich hatte sie überhaupt keine Ahnung mehr, wer dieser Mann vor ihr wirklich war.

»Ich mach dir einen Tee und hol dir ein Nurofen. Und dann bring ich dich ins Bett, Schatz. Soll ich heute Abend lieber bei dir bleiben? Ich wollte eigentlich mit Karl ins Fitnessstudio, aber wenn du möchtest, sage ich ihm ab.«

Die Hand, die ihn mitten im Gesicht traf, überraschte sie genauso wie ihn.

»Verdammt, Mel was soll das? Was ist denn in dich gefahren?«

»Geh weg von mir, Joe«, flüsterte sie.

»Aber warum? Was ist denn los?« Er hatte das Gleichgewicht verloren und saß nun auf dem Boden. Er rieb sich das Gesicht, als könnte er so die Irritation und die Verwirrung auslöschen. »Ich verstehe nicht …«

»Wo warst du letzten Freitag, Joe?«

»Ich … ich …«

In diesem Moment sah sie es. Ein kurzer Ausdruck des Verstehens huschte über sein Gesicht. Er öffnete den Mund, um etwas zu sagen, aber sie schnitt ihm das Wort ab.

»Hör auf, Joe. Solltest du vorhaben, mich anzulügen, dann sag lieber gar nichts. Es ist alles schon schlimm genug.«

Die folgende Stille schien endlos zu sein. Er starrte auf den Boden. Die alte nette Mel hätte ihn am liebsten in den Arm genommen, ihn getröstet und ihm versichert, dass alles wieder gut würde. Die neue zerstörte Mel hätte ihn am liebsten gefesselt und getreten, bis seine Rippen brachen und sich in sein betrügerisches Herz bohrten.

Am Ende tat sie weder das eine noch das andere. Sie saß nur da.

»Ich war im Club 80. Karl und ich hatten einen Scheißtag hinter uns und beschlossen, nicht ins Studio zu gehen, sondern uns stattdessen im Club zu treffen. Dann hat er abgesagt.«

Er schwieg einen Moment und schaute sie an, um zu sehen, ob die Erklärung ausreichte. Aber sie ließ nicht locker.

»Also habe ich alleine was getrunken.«

Eine weitere Pause.

»Alleine?«

Die Muskeln in ihrer Brust krampften sich zusammen, als er schluckte. Seinem elendigen Gesicht war anzusehen, dass seine ganze Hoffnung, noch irgendwie aus der Sache rauszukommen, erloschen war.

»Bitte nicht, Mel. Bitte, tu das nicht.«

Ihr Kopf bewegte sich von einer Seite zur anderen, die Tränen liefen ihr über die Wangen. »*Ich* tue ja gar nichts, Joe. Ich würde sagen, das hast du bereits erledigt. Mit wem warst du zusammen, Joe?«

»Ich habe jemanden kennen gelernt. Eine Frau.« Er schluckte wieder. »Und ich … es tut mir so leid, Mel. So schrecklich leid. Aber es ist nichts passiert, ich schwöre es dir.«

Dieses Mal überraschte sie der Schlag beide nicht. Mel hatte in ihrem Leben noch nie jemanden geschlagen. Sie hätte auch nicht für möglich gehalten, dass sie dazu in der Lage sein würde, und ganz sicher hätte sie nie geglaubt, dass sie ihren eigenen Mann je körperlich angreifen würde. Jetzt war sie nur froh, dass sie keine Schusswaffe besaß.

»Es ist nichts passiert? Außer dass du dich mit ihr verabredet hast? Außer dass du ihr erzählt hast, du seist Single? Außer dass du mir das Herz gebrochen hast?«

»Mel, ich …«

»Wie viele sonst noch, Joe? Wie viele Frauen hast du sonst noch angesprochen, getroffen und hinter meinem Rücken gevögelt?«

»Keine, Mel, ich …«

»LÜG MICH NICHT AN! Verschwinde, Joe! Ich will dich nie mehr sehen!«

Er sank wieder auf die Knie und umklammerte ihre Hände – sie war sich nicht sicher, ob das beschwörend gemeint war oder nur verhindern sollte, dass sie ihn noch mal schlug.

»Ich kann jetzt nicht gehen, Baby. Wir müssen darüber reden«, flehte er. »Es ist nichts passiert, Mel. Ich schwöre dir, es ist nichts passiert.«

»Aber das wäre es, wenn sie dich gelassen hätte. Was hättest du denn getan, Joe? Wärst du mit in ihre Wohnung gegangen? In ein Hotel? Und danach nach Hause gekommen, um mir weiter den zuverlässigen, treuen, beschissenen Joe vorzuspielen?«

»Moment mal. Woher weißt du das alles? Wie kannst du …?«

»Das spielt keine Rolle!«, brüllte sie. »Es ist vorbei, Joe. Verschwinde! Und nimm deinen Kram mit, ich will nicht, dass du noch mal zurückkommst. Bitte, Joe, ich kann deine Gegenwart nicht mehr ertragen.«

»Mel, ich …«

»Verschwinde!«

Mit einem unterdrückten Schluchzer erhob er sich, ging zur Tür und die Treppe hinauf. Das Zuschlagen der Kleiderschranktür und das Knarren des Parketts sagten ihr, dass er packte, dann kam er mit schweren Schritten die Treppe herunter. Sie spürte, dass er in der Tür stand, aber sie drehte sich nicht um.

»Mel, bitte … ich will dich nicht allein lassen.«

»Das hast du bereits letzten Freitag getan, als du irgendeiner Frau erzählt hast, wir seien getrennt. Erinnerst du dich, Joe? Und jetzt hau ab.«

Die Tür schlug zu, und er war weg. Sie brach zusammen, konnte vor Schmerz kaum atmen. Sie hatte keine Ahnung, wie lange sie so dasaß. Minuten. Stunden.

You are my sunshine, my only sunshine, you make me happyyyyy …

Sie riss ihr Handy vom Tisch und starrte auf das Display. Den Klingelton hatte sie damals echt witzig gefunden.

Es war eine Nachricht von Suze.

Mach mir Sorgen um dich. Kann ich kommen? LG, Suze.

Es gab nur zwei Möglichkeiten: Die Nachricht zu ignorieren, dann würde Suze in rasender Geschwindigkeit hier sein, oder zu antworten und sie zu beruhigen. Mit zitternden Fingern drückte sie die Tasten.

Danke, will allein sein. Joe ist weg. Sicher unterwegs zu euch.

You are my sun …

Mel griff wieder nach dem Handy.

Ok. Aber wenn du mich brauchst, komme ich sofort. Sehe gerade Joes Auto.

12. Kapitel
Herzzerreißen

Als es klingelte, geriet Suze in Panik. Ein Todessturz auf der Flucht beim Herunterhangeln an der Regenrinne vor ihrem Fenster erschien ihr in diesem Augenblick noch eine der angenehmeren Optionen zu sein. Verdammte Scheiße, was hatte sie bloß angerichtet! Sie hatte doch nur wissen wollen, ob ihr Mann sie betrog oder nicht. Und jetzt hatte sie es irgendwie geschafft, eine gigantische Familienkrise auszulösen und das Leben ihrer besten Freundin zu zerstören.

Sie zog einen langen, dicken cremefarbenen Strickpulli über. Mit einem hellen Kleidungsstück würde man sie wenigstens unten an der Regenrinne liegen sehen und den Notarzt verständigen. Mit etwas Glück würde sie im Koma liegen, bis alles geregelt war.

Wenn sich je etwas regeln ließ.

Trotz der warmen Wolle erschauerte sie. Das alles bedeutete doch bestimmt nicht Game over für Mel und Joe, oder? Herrje, wenn die zwei so eine Krise nicht managen konnten, wer dann? Sie waren immer das glücklichste Paar gewesen, das sie kannte, so verliebt, so vertraut.

Regenrinne. Treppe. Regenrinne. Treppe.

Schließlich entschied sie sich für die Variante ohne Blaulicht und Krankenhaus. Aber angesichts ihres Plans, sich an diesem Abend mit Karl auszusprechen, konnte sich das noch ändern. Wenn diese ganze Katastrophe etwas Gutes hatte, dann dass sie beschlossen hatte, ihm ihre ganzen Ängste und Sorgen über ihre Ehe offen zu gestehen. Schluss mit der Heimlichtuerei. Ab sofort gab es für sie nur noch schonungslose Offenheit und Ehrlichkeit.

»Das meinst du nicht ernst! Verdammt, Joe, was ist passiert?«

Karl legte den Arm um seinen Bruder und zog ihn herein. Dann drehte er sich um und sah Suze auf der Treppe stehen.

»Wusstest du das, Suze? Dass Mel ihn hat ausspionieren lassen?«

Schonungslose Offenheit. Schonungslose Offenheit.

»Eh … nein, natürlich nicht.«

Scheiße, was sollte sie denn sonst sagen? Obwohl sie Joe für seine Blödheit am liebsten umgebracht hätte, wusste sie, dass sie sich da nicht reinziehen lassen durfte. Das war eine Sache zwischen Joe und Mel, und je mehr Leute sich einmischten, desto größer würde das Chaos werden.

Karl ging zum Kühlschrank und kam mit drei Flaschen Bier zurück.

»Also, was ist los? Ist Tante …«

Das war zu viel. »Karl, ich schwöre dir, wenn du den Satz mit ›… Rosa zu Besuch?‹ beendest, stecke ich dir diese Flaschen an eine Stelle, wo du sie so leicht nicht wieder rauskriegst.«

Joe ignorierte Suze' Ausbruch und schüttelte verzweifelt den Kopf. »Ich habe großen Mist gebaut, Karl, echt.«

»Aber wieso? Was hast du denn angestellt? Hast du eine fremde Frau gevögelt?« Karl lachte, als sei diese Vorstellung völlig absurd.

»Sie glaubt das.«

»Das ist doch Unfug! Ich rede mit ihr und mache ihr klar, dass sie sich irrt. Das kriegen wir schon wieder hin, Junge.«

Suze beschloss, sich im Hintergrund zu halten. Sie öffnete ihre Flasche, setzte sich an die Frühstücksbar und trank einen großen Schluck. Typisch Karl. Immer der große Bruder, das Alphatier, der Kümmerer. Wenn er sich nur mal um seine eigene Ehe gekümmert hätte, wäre das alles nicht passiert. Das kalte Bier, das ihre Kehle hinabrann, konnte die Welle des Ärgers, die zugleich nach oben schwappte, nicht stoppen. Sie war sich nicht mal mehr sicher, auf wen sie wütender war. Auf sich selbst, Karl oder Joe.

»Das schaffst du nicht, Karl. Ich hab alles vermasselt.« Joe verbarg sein Gesicht in den Händen. »Ich bin so ein Idiot. So ein unglaublicher Idiot. Ich kann einfach nicht fassen, dass ich so was gemacht habe.«

»Was? Was hast du denn gemacht?« Allmählich schien Karl die Ernsthaftigkeit der Lage bewusst zu werden. Er warf Suze einen fragenden Blick zu, den sie mit einem Schulterzucken beantwortete.

»Ich habe jemanden kennen gelernt.«

»DU HAST WAS?«

»Ich habe am Freitagabend eine Frau kennen gelernt. Wir wollten ins Fitnessstudio, weißt du noch, und haben uns dann anders entschieden.«

Da war er – der Satz, der alles veränderte. Der Suze' Zweifel bestätigte und ihr Vorgehen in gewisser Weise rechtfertigte.

Suze sah, wie Karls Gesichtsausdruck sich veränderte – von erstaunt zu wachsam, verwirrt, entsetzt. Sein Gehirn spulte zurück bis zu dem fraglichen Abend, als sie, ja, eigentlich zum Fitnessstudio wollten, aber nein, nicht gegangen waren. Es war nun klar, dass beide das Studio nie betreten hatten, und trotzdem hatte Karl ihr beim Nachhausekommen erzählt, er habe zwei Stunden an den Gewichten und drei Einheiten an den Herz-Kreislauf-Geräten trainiert. Wenn es in ihrer hoch technisierten Küche auch einen Bescheißdetektor gäbe, würde er losheulen wie ein Feuermelder bei einem Buschbrand.

Aber jetzt war nicht der geeignete Zeitpunkt, sich damit zu beschäftigen. Jetzt hatte Joe eine Krise, und auch wenn Karl gerade gemerkt hatte, dass er ebenfalls beim Lügen ertappt worden war – um ihre eigenen Eheprobleme würden sie sich später kümmern.

»Wo warst du, Karl?«

Oder doch nicht?

»Was?« Sein Kopf wirbelte herum, als hätte man ihn geohrfeigt. Was entweder ein Reflex war oder eine Vorahnung.

»Wo warst du? Du hast mir gesagt, du wärst beim Training gewesen. Das stimmt offensichtlich nicht. Also, wo warst du wirklich?«

»Hör zu, Suze, können wir später darüber sprechen? Joe ist …«

»Wo warst du?« Ihre Stimme klang nun schrill.

»Nicht jetzt, Suze! Hör auf! Lass uns erst sehen, was mit Mel und Joe ist, danach reden wir über alles andere, ja?«

Wenn sie ein Schnellkochtopf wäre, wäre ihr jetzt das Dampfventil rausgeflogen und hätte ein Loch in die Decke gerissen.

Wie konnte er es wagen! Wie konnte er es wagen, ihr zu sagen, was sie zu tun oder zu lassen hatte, wo er doch derjenige war, der sie in diese beschissene Situation gebracht hatte. Wenn er sich in letzter Zeit nicht so seltsam benommen hätte, hätte sie ihn nie verdächtigt, eine Affäre zu haben, und es hätte keinen Grund gegeben, diese Venusfallen-*Agentur einzuschalten. Folglich wäre am Freitagabend auch kein brünetter Lockvogel mit Riesenmöpsen in der Bar aufgetaucht, den ihr Schwager versucht hatte, abzuschleppen. Ganz gleich wie man es also betrachtete, beurteilte oder bewertete, dieses ganze beschissene Desaster war in erster Linie Karls Schuld!*

Stille. Es war so still, dass man eine Stecknadel hätte fallen hören können. Und in diesem Augenblick kamen zwei Menschen gleichzeitig zu zwei verschiedenen Erkenntnissen: Suze begriff, dass sie ihre gesamten Überlegungen soeben laut ausgesprochen hatte, und Karl verstand, dass eigentlich *er* ausspioniert werden sollte, und zwar von *seiner* Frau.

Das simultane Erstaunen gab Joe die Möglichkeit, schnell etwas zu sagen. »Ich kann nicht fassen, dass du das getan hast.«

»Und ich kann nicht fassen, dass du deinen Schwanz eine Unterhaltung hast führen lassen, an der deine Frau nicht beteiligt war. Ich finde, du hast überhaupt kein Recht, den Moralapostel zu spielen, du Casanova.«

»Mann, bist du eine hinterhältige Kuh«, zischte Karl.

»O nein. Jetzt versuch bloß nicht, mich für alles verantwortlich zu machen, Karl Marshall. Also, wo warst du am Freitagabend?« Den letzten Satz kreischte Suze so, dass garantiert sämtliche Hunde in ihrem Postleitzahlengebiet aufheulten.

»Weißt du was, Suze? Ich werde dir darauf keine Antwort geben. Du bist falsch und hinterhältig. Ich hätte nie gedacht, dass du so tief sinken kannst.«

»TIEF? Du weißt gar nicht, wie viel tiefer es noch geht. Und wisst ihr was? Ihr seid beide gleich große Arschlöcher. Offenbar liegt das Fremdgehen in euren Genen.«

Karls Gesicht war weiß vor Wut. Suze schoss an ihm vorbei und griff nach Jacke, Handtasche und Schlüssel.

»Ich wünschte, ich hätte deinen betrügerischen Arsch nie kennen gelernt«, brüllte sie und riss die Haustür auf.

»Glaub mir, Suze, dieses Gefühl beruht auf ...«

Sie hörte den Rest nicht mehr, als die Tür hinter ihr zuknallte, schätzte aber, dass sie den Satz mit »Gegenseitigkeit« vervollständigen konnte. Suze fuhr den Wagen aus der Einfahrt, trat das Gaspedal durch und jagte mit aufheulendem Motor in Richtung Giffnock davon, einem Vorort zwischen Whitecraigs und dem Stadtzentrum. Sie empfand es als kleinen Triumph, Karls Mercedes genommen zu haben. Auch wenn *sie* ihm gleichgültig war, sein Auto liebte er mehr als sein Leben. Dieses materialistische, angeberische Schwein!

Sie wusste selbst nicht, wo sie hinwollte. Vielleicht zum Haus ihres Dads in Helensburgh? Aber sie hatte seit Wochen nicht mit ihm gesprochen und wusste daher nicht mal, ob er dort war oder in seiner Wohnung in Alicante. Er war nicht besonders reich, aber er hatte Suze allein großgezogen, nachdem ihre Mutter, als sie vier war, mit dem Postboten durchgebrannt war (sehr klischeehaft, aber wahr). Deshalb war es sein gutes Recht, sich jetzt nur noch um sich selbst zu kümmern. Und genau das tat er. In seinem kleinen Haus in Helensburgh, wo er in den Sommermonaten lebte, ebenso wie in seinem gemütlichen Apartment in Alicante. Und an jedem Ort standen ihm mindestens drei Frauen zur Verfügung, was ihm mithilfe von Viagra keine Probleme bereitete – auch wenn Suze sich wünschte, dass er dieses Detail für sich behalten würde. Sie hoffte nur, dass seine chemisch unterstützten nächtlichen Aktivitäten nicht irgendwann zu viel für sein Herz wurden. Andererseits gab es unangenehmere Möglichkeiten, seinen Lebensabend zu beschließen …

Giffnock verschwand im Rückspiegel, und die hellen Lichter von Shawlands tauchten vor ihr auf. Selbst an einem Montagabend waren die Straßen voller Menschen, die von Club zu Club bummelten, große Gruppen Zwanzigjähriger, die …

Verflucht! Suze trat auf die Bremse. Nur um Haaresbreite konnte sie einem betrunkenen Teenager ausweichen. Das Mädchen war vor ihr auf die Straße gewankt und heulte sich offenbar die Augen aus dem Kopf. Suze wollte gerade aussteigen, als ein zweites Mädchen auftauchte, ihre Freundin zurück auf den Gehweg zog und fürsorglich in den Arm nahm.

In diesem Augenblick kam in Suze' Verstand das an, was ihr inneres Navigationssystem bereits wusste. Plötzlich war ihr klar, wo sie hinmusste.

Zehn Minuten später parkte sie den Wagen vor ihrem Laden und schlängelte sich zwischen einem Porsche, drei Fahrradfahrern und einer Busladung Touristen hindurch, um auf die andere Straßenseite zu gelangen.

Beim siebenundvierzigsten Klingeln wurde die Tür endlich geöffnet.

Suze hatte Mühe, beim Anblick von Mels Gesicht nicht zurückzuzucken. Es war aufgedunsen, und in ihren verweinten Augen standen Kummer und Verzweiflung. Sie sah zum Erbarmen aus.

»Hatte ich nicht gesagt, du sollst nicht kommen?«

»Ich wusste nicht, wo ich sonst hinsollte.« Suze sah ihre Freundin hilflos an. »Ich hab Karl und Joe gesagt, sie seien beide große Arschlöcher, und bin dann weggerannt. Über die Konsequenzen hab ich erst später nachgedacht.«

Mel räusperte sich. »Das ist ja eine Überraschung«, murmelte sie.

»Kann ich also reinkommen?«

Die Tür öffnete sich ein Stück weiter, und Mel trat zur Seite.

»Klar kannst du. Aber ich warne dich. Ich bin immer noch ziemlich sauer, weil du diese ganze blöde Geschichte angezettelt hast.«

Suze nickte schuldbewusst. »Das verstehe ich. Aber da mein Mann mir nie mehr verzeihen wird und mich in diesem Augenblick wahrscheinlich am liebsten umbringen würde, ist mir dein Sauersein immer noch lieber, als nach Hause zu fahren. Hier kann ich wenigstens mit geschlossenen Augen schlafen.«

Suze nahm eine Flasche Wein aus dem Kühlschrank. »Bevor wir reden, sag mir nur eins. Wieso wird Karl dir nie mehr verzeihen? Was hast du angestellt?«

»Das, von dem ich weiß, dass es ihm mehr wehtut als alles andere«, antwortete Suze.

»Du hast seinen Mercedes genommen?«

Triumphierend hielt Suze den Schlüssel mit dem berühmten Logo hoch.

Und so kam es, dass zwei Freundinnen sich halb tot lachten – an diesem Tag, der echte Chancen hatte, der schlimmste Tag ihres Lebens zu werden.

Das Wochenende,
an dem alles nur noch schlimmer wurde ...

13. Kapitel
So bricht man Herzen

»Willst du darüber reden?«

Er schüttelte den Kopf und schaute aus dem Autofenster.

Sie befanden sich an einem ihrer Lieblingsorte – auf dem obersten Deck eines großen Innenstadtparkhauses, das drei gigantische Vorzüge hatte: Es war abends nach sechs fast immer leer, es bot eine umwerfende Aussicht auf die Stadt, und es gab keine Überwachungskameras.

»Nein. Du?«

Er war erleichtert. Eine tiefgründige Seelenanalyse war das Allerletzte, was er in dieser äußerst peinlichen Lage noch brauchte.

So was war ihm noch nie passiert. Er hatte es in Filmen gesehen, in Büchern gelesen, aber selbst hatte er es noch nie erlebt.

Sie hatten sich in ihrer Lieblingsstellung befunden: auf dem Fahrersitz. Sie hatte ihm den Rücken zugewandt, ritt auf ihm und hielt sich dabei am Lenkrad fest.

Und er war kurz davor gewesen, als auf einmal ein Bild vor ihm aufgetaucht war, das seine Erregung mit einem Schlag schwinden ließ. Sie hatte es nicht gleich gemerkt. Er mochte gar nicht hinsehen, aber er war sich ziemlich sicher, dass sein Schwanz nun schlaff und regungslos auf seinem Oberschenkel lag.

Vom Beifahrersitz aus strich sie ihm über den Arm. »Ist doch nicht schlimm. So was kann passieren.«

Das sagte man doch in so einer Situation, oder. Beinahe hätte sie noch ein »auch wenn es mir noch nie passiert ist« angehängt. Aber sie wollte es nicht noch schlimmer machen.

Sie überlegte, wie lange sie warten musste, ehe sie ihm vor-

schlagen konnte, nach Hause zu fahren. Meine Güte, wie war die Etikette in einem Fall von abrupt nachlassender Standfestigkeit? Sie würde jedenfalls nicht noch länger hier herumsitzen und ihm bei seiner persönlichen Machokrise zusehen. Die ganze Sache war auch ohne Dramen und emotionale Probleme kompliziert genug.

Ihre Berührung riss ihn für einen Moment aus seinen Grübeleien. Entschuldigend hob er die Schultern. »Tut mir leid, aber ich habe im Moment einfach viel um die Ohren.«

»Du bist seit Wochen so. Willst du mir nicht sagen, warum?«

Er strich über ihre Wange, so schön und trotzdem … einfach nicht richtig. Das gehörte nicht zu ihrer Abmachung, und er konnte genau sehen, dass sie nicht wusste, wie sie sich verhalten sollte. Aber er würde sich auf nichts einlassen. Sie wussten schließlich beide, warum sie das hier angefangen hatten und wozu sie es brauchten. Tiefgründige Gespräche und vertrauliche Geständnisse gehörten definitiv nicht dazu.

»Wie gesagt, ich habe im Moment viel um die Ohren.«

Seufzend sank sie auf ihren Sitz zurück und zündete sich eine Zigarette an.

»Na ja, mein Leben ist in letzter Zeit auch nicht gerade ein Spaziergang«, antwortete sie schmollend.

»Ich weiß, du hast Recht. Aber …«

Fast hätte er es ihr erzählt, aber dann bremste er sich in letzter Sekunde. Was sollte das bringen? Er musste mit sich selbst klarkommen, begreifen, was geschehen war, und irgendwie einen Weg finden, wie es weiterging. Es war zu spät, etwas zu ändern, und selbst wenn er es könnte, hätte er ständig Angst, dass in dem Moment, in dem dieses kleine Tête-à-tête herauskam, alles wieder von vorne beginnen würde.

Es war aussichtslos.

Okay, vielleicht doch nicht ganz.

Sie streichelte nun die Innenseite seines Oberschenkels, fuhr mit einem manikürten Nagel von der Spitze seines Penis bis zum Knie und wieder hinauf, worauf sich bei ihm definitiv eine Regung zeigte. Genau genommen war es sogar wesentlich mehr als nur eine Regung …

»Steig aus!«

»Was? Spinnst du? Draußen sind minus vier Grad. Und wenn der da«, sie zeigte auf seinen neu erwachenden Schwanz, »bei Hitze schon nicht richtig funktioniert, wird er mit dieser arktischen Kälte ganz sicher nicht klarkommen.«

Er zog ihren Kunstfellmantel vom Rücksitz und warf ihn ihr zu.

»Hier. Und jetzt steig aus.«

Sie zögerte immer noch. »Okay. Aber versprich mir, dass du mit rauskommst. Wenn du abhaust, friere ich mir nämlich die Titten ab.«

Noch ehe sie ihren Satz beendet hatte, hatte er seine Tür geöffnet. In seiner ganzen fitnessstudiogestählten nackten Pracht stand er nun bei Minustemperaturen neben dem Auto. Und auch sein Schwanz stand noch.

»Deine Schuhe«, befahl er. »Zieh deine Schuhe an!«

Er hatte eine bestimmte Vorstellung, wie er die nächsten zwanzig Minuten seines Lebens verbringen würde. In Selbstmitleid versinkend in einem Auto zu sitzen kam nicht darin vor. Als er sah, wie sie mit laszivem Grinsen aus dem Auto stieg, war ihm klar, dass sie verstanden hatte und vor allem bereit dazu war. Das war der Grund, weshalb er sie von Anfang an so unwiderstehlich gefunden hatte. Gott, sie war so unglaublich sexy und so willig, ihren sagenhaften Körper mit ihm zu teilen.

Vorsichtig zog sie ihn mit sich und rutschte rückwärts auf die Kühlerhaube. Der flauschige rostrote Kunstfellmantel fiel auseinander, als sie ihre Beine anzog und die atemberaubenden Absätze ihrer Stilettos hinter der Stoßstange einhakte. Provozierend legte sie die Hände auf ihre Knie und spreizte sie weit auseinander. Sie ließ ihn dabei keine Sekunde aus den Augen.

Jegliche Zweifel am physischen Zustand seines Penis waren

vergessen, als er ihren Hintern umfasste und sie so weit nach vorn zog, bis seine Spitze sie fast berührte. Dann legte er eine Hand auf ihre entblößte Scham und ließ sie sanft ihren Körper entlang nach oben wandern. Als er den Spalt zwischen ihren Brüsten erreichte, lag sie ausgestreckt auf der Kühlerhaube des Wagens.

Sie. War. Sensationell.

Sie breitete die Arme zur Seite aus, ihre Hände berührten die Kotflügel. Als er schließlich mit einer ebenso geschmeidigen wie zielgerichteten Bewegung in sie eindrang, schrie sie lustvoll auf. Er umfasste ihre Brüste, quetschte ihre Nippel zusammen und zeigte ihr, wie Sex mit ihm normalerweise war.

Sieben Stockwerke unter ihnen sahen sich zwei Obdachlose, die in einer Ecke des Parkhauses lagen und sich mit drei Schichten Pappe, einem alten Plumeau und einem für die meisten Menschen tödlichen Alkoholpegel gegen die Kälte schützten, erstaunt an.

»Hast du den Schrei gerade gehört, Davie?«

»Hm. Du auch?«

»Nö.«

Davie lachte dröhnend. Der alte Midgie mochte nicht mehr klar bei Verstand sein, keine Zähne und an einer Hand nur noch einen Finger haben, aber wenigstens hatte er noch Sinn für Humor.

»Was glaubst du, was das war?«

Midgie dachte einen Augenblick nach. »Keine Ahnung. Vielleicht irgendein Flittchen, der es einer so richtig besorgt.«

»Na ja, wer immer er ist, eins ist sicher.«

»Nämlich?«

»Er ist ein verdammtes Glücksschwein.«

Und dann erstickte das heisere Gelächter der beiden Alten die Geräusche eines Paars, das gerade den vermutlich coolsten Sex seines Lebens hatte.

14. Kapitel
Mach mein Herz wieder ganz

»He, ich bin wieder da! Ich weiß alles, und ich bin bewaffnet. Also, wo ist das betrügerische Schwein?«

Zum ersten Mal seit über einem Monat schrie Mel vor Lachen, als Josie in ihr Büro gestürmt kam. Josie trug ein schwarzes Poloshirt und eine schwarze Hose und hielt den größten Baseballschläger in der Hand, den Mel je in ihrem Leben gesehen hatte. Sie sprang auf und flog Josie um den Hals.

»Oh, Josie, du glaubst gar nicht, wie sehr ich dich vermisst habe!«

»Ich habe dich auch vermisst, Süße. Mir tut so leid, was passiert ist. Ich war gestern kaum vom Flughafen zu Hause, als Cammy mich anrief, um mir alles zu erzählen. Ich wollte dir nur sagen, dass ich für jede Schandtat zur Verfügung stehe – vom Aufschlitzen seiner Autoreifen bis zu ausgiebiger Prügelstrafe.«

»Danke. Aber bist du sicher, dass du das mit deiner Arthritis hinkriegst?«

»Kein Problem, Schätzchen, ich ertrage den Schmerz. Und? Wie ist die Lage?«

Mel dachte kurz nach. Ja, wie war die Lage? Sie wusste gar nicht, wo sie anfangen sollte.

»Ehe kaputt. Herz gebrochen. Suze ist bei mir eingezogen, und die Marshall-Brüder sind bei uns so willkommen wie Schimmelpilz. Aber es geht voran, ich schaffe mittlerweile schon Zeiträume von mehr als einer Stunde, ohne zu heulen.«

Stirnrunzelnd nahm Josie eine Puppe von Mels Schreibtisch. Sie war splitternackt und mit unzähligen Nadeln gespickt.

»Das ist Suze' Antiaggressionsspielzeug. Sie sagt, es bringt sie über den Tag.«

»Dann ist es zwischen ihnen also auch aus?«

Mel zuckte mit den Schultern. Eigentlich war das schwer zu sagen. Karl und Suze waren stur und hartnäckig. Sie hatten seit dem Tag, als ihre Freundin zu ihr geflüchtet war, kein Wort mehr miteinander gesprochen. Sein Auto hatte am nächsten Morgen nicht mehr vor dem Geschäft gestanden. Es war entweder geklaut worden, oder er war mitten in der Nacht mit dem Ersatzschlüssel gekommen, um die Liebe seines Lebens zurückzuholen. Die Tatsache, dass es keine polizeilichen Ermittlungen gegeben hatte, legte den Schluss nahe, dass Letzteres zutraf.

Suze war später, als er arbeiten war, kurz nach Hause gefahren, hatte ihr eigenes Auto geholt und drei Koffer gepackt, die jetzt den Eingang zu Mels Gästezimmer versperrten. Eine Versöhnung war nicht in Sicht. Offenbar lebte Karl sein Leben weiter und ignorierte das Loch neben sich einfach.

Joe dagegen … na ja, er hatte es wenigstens versucht.

In der ersten Woche hatte er ständig angerufen, hatte an drei Abenden hintereinander vor ihrer Tür gestanden und war sogar zweimal bei ihr im Laden aufgetaucht. Aber Mel hatte sich jedes Mal geweigert, mit ihm zu reden. Sie konnte einfach nicht. Und je mehr er es versuchte, desto wütender wurde sie. Sie hatte mit eigenen Augen gesehen und gehört, was er getan hatte. Wie konnte er sich einbilden, sie sei bereit, sich noch mal auf ihn einzulassen, nur weil er jetzt ein schlechtes Gewissen hatte und unbedingt mit ihr reden wollte?

Er hatte sie betrogen. Sie sah keine Chance, ihm das je zu verzeihen, und solange sie so empfand, wollte sie ihn nicht sehen. Dazu schmerzte es viel zu sehr. Irgendwann war sie schließlich doch ans Telefon gegangen, als er angerufen hatte, aber nur, um ihm zu sagen, dass er ihr viel Zeit geben müsse. Er hatte es widerstrebend hingenommen.

Im Moment blieben ihr zwei Alternativen: schlafen, essen, Trübsal blasen oder arbeiten, verdrängen, vergessen. Sie hatte sich für die Version entschieden, bei der sie keine zehn Kilo zunehmen würde. Nach einer meist unruhigen Nacht stand sie jeden Morgen um sechs Uhr auf, duschte und ging dann auf die andere Straßenseite in ihren Laden. Und dort blieb sie, bis Suze abends kam und sie nach Hause zerrte, manchmal um zehn, manchmal um elf, manchmal sogar noch später.

Die gute Nachricht war, dass sie fast sechs Kilo abgenommen hatte. Sie lebte nur von dem, was Cammy ihr mitbrachte und einflößte. Außerdem waren ihre Einnahmen um zwanzig Prozent gestiegen, was daran lag, dass die neuen Öffnungszeiten nun auch Kunden anlockten, die nur bei Dunkelheit in der Stadt unterwegs waren.

Außerdem hatte der Laden noch nie so schön ausgesehen. Mel hatte das Lager umorganisiert, sämtliche Auslagen neu gestaltet, den Schaufensterpuppen die neuesten Modelle angezogen und jeden Quadratzentimeter so lange geschrubbt, bis es nur so funkelte und glänzte. Außerdem hatte sie ihre komplette Buchhaltung in Ordnung gebracht, ihre Steuererklärung gemacht und neue Marketingstrategien für den Rest des Jahres entwickelt. Ihr Ehedesaster mochte sie emotionsmäßig völlig aus der Bahn werfen, aber wenn das so weiterging, machte es sie noch zur Unternehmerin des Jahres.

Josie unterbrach ihre Gedanken. »Wie kommt Suze denn klar?«

»Sie macht zwei Stunden pro Tag Pilates und spricht davon, sich die Brüste vergrößern zu lassen.«

Josie lachte schallend. »So kenne ich mein Mädchen! Mein zweitliebstes, versteht sich. Mel, ich weiß, das klingt jetzt blöd, aber vielleicht wird es mit der Zeit etwas einfacher, und ihr könnt die Sache wieder hinkriegen.«

Mel schüttelte heftig den Kopf. Sie spürte, wie ihre Augen feucht wurden. »Ich glaube nicht, Josie. Es ist zu spät. Der Joe, den ich zu kennen glaubte, hätte so etwas nie getan. Also habe ich ihn anscheinend nie richtig gekannt. Und wenn ich ihn nicht gekannt habe, war das alles nicht wirklich.«

Josie nickte. »Hm. Ich habe das auch nur gesagt, weil ich dachte, ich müsste es sagen. Du bist zu gut für ihn, Melissa. Und er ist ein Idiot, wenn er eine wie dich gehen lässt. Ich wünschte echt, ich hätte noch einen Sohn, mit dem ich dich verkuppeln könnte. Zur Not könnten wir immer noch Michaels Frau vertreiben, dann könntest du bei ihm unterschlüpfen. Ich konnte die blöde Kuh sowieso noch nie leiden. Ich glaube, die letzten vier Wochen haben mein Gehör für immer geschädigt.«

»Josie!« Mel kicherte. »Hör auf, so zu reden.« Sie dachte kurz nach und kicherte dann wieder. »Okay, sag es noch mal. Nur die Stelle, dass ich zu gut für Joe bin, nicht den Unfug, dass du deine Schwiegertochter loswerden willst.«

»Wer will wen loswerden?« Cammy kam mit zwei Starbucks-Kaffee und zwei Marzipanschnecken zur Tür herein.

Als er Josie sah, stellte er das Tablett auf den Schreibtisch und fiel ihr um den Hals. »Hey, du altes Haus. Wir haben dich vermisst.«

»Ich euch auch«, antwortete sie liebevoll. »Also, wie ist es dir ergangen mit Hanni und Nanni, während ich weg war?«

»Oh, die gibt es nicht mehr.«

Mel sah ihn entsetzt an. »Wie bitte? Oje, Cammy, das tut mir so leid. Ich war so mit meinen eigenen Problemen beschäftigt, ich hab gar nicht mitgekriegt, dass ihr euch getrennt habt. Wie ist das passiert?«

Cammy hievte seinen knackigen Replay-Hintern auf den Schreibtisch. »Das ist eine kurze Geschichte. Ich fand einfach, dass die Beziehungen keinen Sinn mehr gemacht haben, also hab ich sie beendet. Die beiden waren natürlich völlig am Boden zerstört«, beendete er mit einer übertriebenen Geste.

Josie legte einen Arm um seine Schulter. »Okay, Süßer, solltest du mal Lust auf Antiquitäten verspüren, stehe ich dir jederzeit zur Verfügung. Und um meine Chancen zu erhöhen, gehen wir heute Abend alle zusammen aus.«

»Gute Idee, Josie, aber …«

»Wag ja nicht, mir zu widersprechen, Melissa zukünftige-Ex-Marshall. Wir gehen aus. Basta!«

Widerstand war zwecklos, das wusste Mel. Sie versuchte trotzdem, mindestens ein Dutzend perfekte Gründe vorzubringen, weshalb es gerade an diesem Abend nicht ging. Josie verwarf sie alle. Um sechs Uhr schlossen sie die Ladentür ab und förderten von irgendwo eine Kiste italienischen Wein unbekannter Herkunft zutage.

Mel blieb nichts anderes übrig, als mitzumachen. Sie hatte noch ein Kleid hinten im Lager, das sie Wochen zuvor nach dem Abholen aus der Reinigung dort in den Schrank gehängt hatte. Widerstrebend zog sie es an.

Josie und Cammy pfiffen bewundernd, als sie zurückkam. »Hey-hey, du siehst super aus!«

»Wirklich?« Sie drehte sich prüfend vor dem frei stehenden Spiegel an den Umkleidekabinen.

Das Kleid war aus schwarzem Jersey, ganz schlicht – nur unter der Brust mit einem Band zusammengehalten. Es fiel in fließenden Falten bis knapp über die Knöchel. Dazu trug Mel hochhackige schwarze Riemchensandaletten, die eine Stunde zuvor noch die zweite Puppe von links im Schaufenster angehabt hatte. Die Haare hatte sie sich zu einem Pferdeschwanz zusammengebunden, eine Kaskade aus Locken ergoss sich über ihren nackten Rücken.

»Ist das nicht ein bisschen overdressed?«

»Nein, es ist perfekt!«, fand Cammy. »Komm, jetzt trink was von dem billigen Fusel, den Josie aus Italien mitgebracht hat.«

Der erste Schluck brannte heftig, der zweite kribbelte immer noch, und beim dritten war ihre Zunge so taub, dass es ihr gleichgültig war.

»Hast du Suze gefragt, ob sie mitkommt?«, wollte Josie wissen.

Mel nickte. »Ja, aber sie hat heute Abend schon wieder Pilates. Angeblich hat sie morgen hundert Kilo mehr auf den Hüften, wenn sie nicht hingeht. Egal.« Sie hob ihr Glas. »Auf Josie! Willkommen zu Hause, meine Liebe. Wir haben dich vermisst.«

»Gleichfalls. Kommt, lasst uns was essen gehen. Ich brauche dringend was richtig Fettes, und zwar jetzt gleich. Aber bloß keine Pasta.«

Am Ende entschieden sie sich für ein Steak im The City, einem angesagten Club am Royal Exchange Square. Er ging über drei Etagen und hatte verschiedene Bereiche zum Essen, Trinken und Networken. Sie ließen die Vorspeise aus und bestellten direkt den Hauptgang, dicke Rib-Eye-Steaks in einer schweren Whiskysauce. Josie bestand auf Champagnercocktails.

»Ich hatte einen Monat lang keine Gelegenheit mehr, so richtig Geld auszugeben. Außerdem habe ich eine neue Kreditkarte, die mir ein Loch in die Tasche brennt. Also, stellt euch nicht so an.«

Mel sah, dass Cammy darüber diskutieren wollte, wer zahlte. Sie kam ihm zuvor. »Wisst ihr was, Leute, wir hatten über Weihnachten und Neujahr so viel zu tun, ich finde, wir sollten das als unser offizielles, feierliches Weihnachtsessen betrachten. Das Geschäft übernimmt die Rechnung. Ich muss nur vorher mit meinem Buchhalter schlafen, damit er es genehmigt.«

Die Gäste an den Tischen nebenan lächelten über das ansteckende Gekicher. Sie tranken und aßen, und zum ersten Mal seit Wochen schaffte es Mel, eine Stunde nicht an Joe zu denken und drei Stunden nicht zu weinen. Sie fühlte sich sogar fast … normal. Nicht gut, nicht geheilt, nur vorübergehend beschwipst normal.

»Ich hätte Lust zu tanzen«, verkündete Josie, nachdem der Ober die Reste ihres Desserts abgeräumt hatte: köstliche Toffee-Biskuittorte, die sie mit einer weiteren Runde Cocktails heruntergespült hatten.

»Hier kann man aber nirgends tanzen«, antwortete Cammy, bemüht, nicht allzu sehr zu lallen. »Mel, warum siehst du mich so an?«

»Wie denn?«

Die Frage überraschte sie so, dass ihr Ellbogen vom Tisch rutschte. Das war deswegen ziemlich unglücklich, weil sie gerade ihr Kinn darauf gestützt hatte.

»Ich weiß auch nicht ... irgendwie so komisch«, antwortete Cammy.

Mel wusste nicht, was sie darauf sagen sollte. Sie hatte gar nicht gemerkt, dass sie ihn angestarrt hatte. Aber hey, sie war da in guter Gesellschaft. Schließlich checkte jedes weibliche Wesen ringsum, egal ob verheiratet oder nicht, Cammy ab. Er war ja auch der reinste Östrogen-Augenschmaus. Wie ein Paar schicke Schuhe oder ein Poster von Brad Pitt mit nacktem Oberkörper.

»Verzeihung, könntet ihr beide eure Aufmerksamkeit vielleicht wieder auf die Altenhilfe richten? Ich bin zwar schon extrem betagt im Vergleich zu euch, aber ich möchte trotzdem gern tanzen. Kommt mit!«

Zur allgemeinen Belustigung stand Josie auf, schnappte sich Cammy und zog Mel hinter sich her, und dann verließen sie das Restaurant. Sie gingen eine Treppe hinauf zu einem Raum für private Events und öffneten eine Tür mit der Aufschrift SCOTTISH EAS – JAHRESKONFERENZ. Dem Lärm nach zu urteilen war man gerade beim Tagesordnungspunkt »Hüftschwingen zu musikalischer Begleitung« angelangt.

Sie traten ein und steuerten sofort auf die Tanzfläche zu. Niemand schien wissen zu wollen, ob sie hergehörten. Und selbst wenn, hätte Josie sie zweifellos bequatscht. Auf der Tanzfläche befanden sich ungefähr sechzig Personen. Alle tanzten. Aber nicht nur das. Sie tanzten alle gleich. Und eine erstaunliche Anzahl von ihnen trug dasselbe ... Mel klammerte sich erschrocken an Cammys Arm.

»Cam, ich glaub, ich hab Halluzinationen.«

»Nein, hast du nicht.«

»Dann bin ich also tatsächlich von geschätzten hundert Elvis Presleys umgeben?«

»EAS. Elvis Appreciation Society. Ich muss im Himmel sein! Auf den hab ich immer gestanden!«, kreischte Josie und begann, sich rhythmisch zu schütteln – auf eine Weise, die sie alle ziemlich irritiert hätte, wenn sie nüchtern gewesen wären.

Well, it's one for the money, two for the show ...

Ein anerkennendes Raunen über die Wahl des Songs, und weitere zwanzig Elvis stürmten die Tanzfläche. Josie schnappte sich einen von ihnen in einer knallengen schwarzen Ledermontur im 68er-Revival-Stil. Als er auch noch anfing, Luftgitarre zu spielen, begannen Mel und Cammy loszukreischen.

Dann tanzten sie auch. Sie twisteten gleichzeitig nach unten, bis ihre Knie fast den Boden berührten, als Mel plötzlich schrie: »Cammy, ich glaube, ich komm allein nicht mehr hoch.«

»Was ist? Steckst du fest??«

»Ja! Bitte zieh mich hoch!«

In perfekter Synchronisation zur Musik rotierte er wieder nach oben und zog Mel mit sich. Genau in dem Moment änderte sich der Rhythmus. Die einschmeichelnde unverkennbare Stimme sang die erste dramatische Zeile aus *One Night With You.*

Die Tänzer fanden sich zu Paaren zusammen und bewegten sich zu der langsamen, gefühlvollen Nummer. Als Cammy ihr beide Hände hinhielt, erhaschte Mel einen kurzen Blick auf Josie. Sie lag tief versunken in den PVC-gewandeten Armen eines Mr. Presley.

Es gab also keinen Grund, sich nicht einfach an Cammy zu

schmiegen und mit der Musik treiben zu lassen. Wie perfekt ihr Kopf genau in die Kuhle an seinem Hals passte. Und wie … na ja … gut er roch. Und wie harmonisch sie sich zusammen bewegten. Mel schluckte, als sie merkte, dass sie sich … glücklich fühlte. Einfach nur glücklich. Auch ein bisschen betrunken, aber vor allem glücklich.

Sie spürte, wie Cammy sie enger an sich zog, und fühlte seinen Atem dicht an ihrem Ohr.

»Mel, kann ich dich etwas Wichtiges fragen?«

Sie ignorierte die bebende Menge um sie herum, hob den Kopf, bis sich ihre Blicke trafen, und nickte. Ein seltsames Gefühl machte sich in ihrem Bauch breit. Moment mal, war das etwa …? Er sah sie eindringlich an, und seine Stimme klang auf einmal so ernst.

»Versprichst du mir, dass niemand GESTORBEN FÜR ELVIS auf meinen Grabstein schreibt, wenn ich von dieser Meute totgetreten werde?«

Jetzt musste sie lachen. Es war eine Mischung aus Belustigung und Erleichterung darüber, dass dieses kurze Gefühl von Was-auch-immer so schnell verschwand, wie es gekommen war. Jetzt waren sie wieder Mel und Cammy, Arbeitgeberin und befreundeter Angestellter, mit dem sie – das wusste sie selbst in ihrem alkoholisierten Zustand – eine gewisse Grenze nie im Leben überschreiten würde. Und mit derselben Sicherheit wusste sie, dass das auch für ihn galt.

Sie hatten schon unzählige Abende wie diesen hinter sich, und alle waren wie dieser völlig harmlos verlaufen. Offensichtlich hatte die ganze Sache mit Joe sie emotional dermaßen aus dem Gleichgewicht gebracht, dass … Joe. Verdammt, was war bloß mit ihr und Joe passiert? Und warum? Sofort verdrängte Mel das Thema. Höchste Zeit, Josie zu schnappen und nach Hause zu fahren, ehe der Damm vorübergehender Selbstbeherrschung brach und die Tränen wieder flossen.

Aber ihr Tanzpartner hatte etwas anderes im Sinn. »Mel,

kann ich dich noch etwas fragen?« Sie kannte diesen Blick und hatte eine Ahnung, was kommen würde.

»Ja, aber ich weiß es schon. Wir sollen *Don' t You Forget About Me* von den Simple Minds auf deiner Beerdigung spielen. Das erzählst du mir jedes Mal, wenn du betrunken bist.«

Er nickte, und sie fing an zu lachen.

Wie konnten Anna und Anneka so einen nur ziehen lassen? Er sah gut aus, war witzig und für sie wie ein kleiner Bruder. Und außerdem roch er so verdammt gut.

»Mel?«

»Hm?«

»Mel, weißt du eigentlich, dass du gerade meinen Hals ableckst?«

Sie riss den Kopf hoch. »Oje, das tut mir leid! Ich habe … oh, Cammy, ich weiß auch nicht, was ich habe. Ich habe … oh, verdammt, ich bin so betrunk…«

Der Rest verlor sich in der Musik, in der Atmosphäre, aber vor allem in dem Mund, der plötzlich auf ihrem war, und in den Lippen, die sie langsam und absolut total zärtlich liebkosten. Und – o Gott – jetzt kam noch eine Zunge dazu, die vorsichtig über ihre glitt und jeden Quadratmillimeter kostete.

Am meisten überraschte Mel die Tatsache, dass sie es mitmachte. Ihre Hüften drängten sich eng aneinander, ihre Arme bewegten sich nach oben, und ihre Hände fanden ihren Weg in Gesichter, die sie so noch nie berührt hatten.

Ganz plötzlich holte ihr Gehirn den Zug ein, in dem ihr Körper und ihre Gefühle bereits saßen, und Mel spürte auf einmal etwas völlig Neues, etwas so Drängendes, dass sie das Gezüngel abrupt abbrach und ihn ansah.

»Cammy, ich …«

Ihre Stimme holte auch ihn in die Gegenwart zurück. »Du meine Güte, Mel, es tut mir leid. Ich weiß auch nicht wie …«

»… ich muss hier raus. Mir ist schlecht.«

15. Kapitel
Mein Herz ist so schwer

Suze beugte sich vor, um die Heizung höher zu stellen. Dabei stellte sie fest, dass sie bereits auf der höchsten Stufe stand. Dieser verfluchte Glasgower Winter – man konnte beheizbare Slips tragen und fror sich trotzdem den Hintern ab. Sie überlegte, noch einen Schluck Tee aus der Thermoskanne auf dem Beifahrersitz zu trinken, entschied sich dann jedoch dagegen. Dann musste sie bloß wieder aufs Klo und eine Tankstelle oder einen Pub suchen und … nein, das war ihr zu umständlich. Komisch, Charlie's Angels hatten nie solche Probleme, wenn sie im Einsatz waren. Die sprangen einfach aus dem Auto, wenn die bösen Buben auftauchten, und sahen immer aus, als kämen sie gerade frisch manikürt und geföhnt aus dem Beautysalon.

Warten. Immer weiter warten. Suze warf ihre langen, honigblond gesträhnten Haare zurück und zog sich die Baseballkappe tiefer ins Gesicht. Es grenzte an ein Wunder, dass noch keiner der Nachbarn die Polizei gerufen hatte. Schließlich stand sie an diesem Abend nicht zum ersten Mal stundenlang hier herum. So viel zu dem privaten Wachdienst, der in ihrer Wohngegend patrouillierte und den sie alle mitfinanzieren mussten. Sie hätte in Ruhe jedes Haus in der Straße ausräumen können, ohne dass jemand eingriff.

Warten. Immer weiter warten. Es war inzwischen neun Uhr. Suze seufzte tief, und sofort beschlug das Seitenfenster. Dann ging plötzlich ein Licht im Flur an. Ihr Herz begann zu hämmern. Scheiße! Wie war er unbemerkt an ihr vorbei ins Haus gelangt? Hastig suchte sie nach ihrer Taschenlampe – sie wusste nicht so richtig, wozu sie die brauchte, aber bei *CSI Miami* hatten sie auch immer eine dabei – und wollte sich gerade in Stuntman-Manier aus dem Wagen werfen und zur Tür robben, als ihr die Zeitschaltuhr im Eingangsbereich einfiel. Vielleicht war ein Schluck Tee doch gar keine so schlechte Idee. Er würde ihr wenigstens wieder einen klaren Kopf verschaffen.

Eigentlich hatte sie mit Mel und dem Team von *La Femme – L'Homme* ausgehen wollen, aber irgendwie war ihr das unerträglich erschienen. Karl war immer gern ins *The City* gegangen. In den letzten Jahren waren sie unzählige Male zusammen dort gewesen und hatten unzählige glückliche Abende dort verbracht, bevor ihre Beziehung in freiem Fall in die Hölle gestürzt war.

Warten. Immer weiter warten. Das hier war die reinste Folter. Viel zu viel Zeit zum Nachdenken. Die Stereoanlage brachte vorübergehend etwas Ablenkung, bis Céline Dion anfing, übers Alleinsein zu heulen. Sie musste dringend mit Avril über ihren Musikgeschmack reden. Dass sie sich das Auto ihrer Mitarbeiterin geliehen hatte, hatte ein Meisterstück an Gerissenheit sein sollen, kein Trauma für ihre Ohren. Und nein, sie wollte lieber nicht darüber nachdenken, was Avril in diesem Augenblick in ihrem sechs Monate alten Mazda Cabrio trieb.

Wo war er? Suze hatte den Parkplatz des Fitnessstudios überprüft, seinen Mercedes aber nirgends entdecken können. Wenn er ausging, kam er immer erst von der Arbeit nach Hause, duschte und zog sich um. Karl war ein Gewohnheitstier, und nach zehn gemeinsamen Jahren kannte sie jede einzelne seiner Gewohnheiten ganz genau. Sie wusste, dass er um sechs das Büro verlassen hatte, weil niemand ans Telefon gegangen war, als sie unterwegs von einer Telefonzelle aus angerufen hatte.

Wo war er also hingefahren? War er mit ihr zusammen? Wer immer sie war. Ein inzwischen vertrautes Angstgefühl ballte sich in Suze' Magen zusammen. Seit sie den Mercedes entführt hatte und ausgezogen war, war sie fast jeden Abend hier gewesen, um zu sehen, ob er die andere Frau mitbrachte. Es war fast zur Obsession geworden. Aber sie musste endlich wissen, ob es stimmte. Denn erst wenn sie die Wahrheit kannte, konnte sie einen Schlussstrich unter die Sache ziehen. Und wenn sie die nicht von *ihm* erfuhr, würde sie sie eben selbst herausfinden.

Das einzig Gute an dieser lächerlichen Situation war die Tatsache, dass Mel so sehr mit ihrer Arbeit beschäftigt war, dass sie nicht mal ahnte, wo Suze ihre ganze Zeit verbrachte. Auch wenn die Pilates-Ausrede allmählich brüchig wurde. Sie hatte nämlich inzwischen fünf Pfund zugenommen, weil sie ständig auf irgendwelchem Junkfood herumkaute, während sie ihr ehemaliges Schlafzimmer durchs Fernglas beobachtete.

Wo waren ihre Zehen geblieben? Sie konnte ihre Zehen nicht mehr spüren. O mein Gott, Karls Eskapaden hatten sie ihre Ehe gekostet, ihr Zuhause und ihre Zukunftspläne, und jetzt kosteten sie sie auch noch ihre Zehen. Sie trat mit den Füßen gegen die Pedale, um die Blutzirkulation wieder in Gang zu setzen und unterhalb ihrer Knöchel wieder Gefühl zu bekommen.

Es kam nicht in Frage, dass sie jetzt aufgab. Nicht bevor sie Beweise hatte. Es war ihr ein absolutes Rätsel, wie Mel sich in ein Schneckenhaus verkriechen konnte, das jede Form von Wahrheitsfindung verhinderte. Wollte sie denn nicht wissen, welche Geheimnisse Joe sonst noch hatte? Wollte sie nicht, dass er sie um Verzeihung anflehte? Offensichtlich nicht. Stattdessen hatte sie zu einer Art Lebensfluchtstrategie gegriffen, in der es nur noch schlafen und arbeiten gab.

Warten. Immer weiter warten. Und ... O Mist, dieser verdammte fette, dämliche Retriever von nebenan kam auf ihr Auto zu, gefolgt von Mrs. McNee, seiner verdammten fetten, dämlichen Besitzerin, deren liebliche Stimme in hundert Meter Entfernung Fensterscheiben zum Zerspringen brachte. Die Beziehung zwischen ihnen war zerrüttet, seit Mrs. McNee auf die Idee verfallen war, für einen Auftritt bei *Das Supertalent* ihre Sangeskünste aufzupolieren. Suze hatte die Polizei gerufen, um zu melden, dass bei ihr nebenan vermutlich jemand stranguliert wurde.

Der Retriever blieb genau unter ihrem Seitenfenster stehen.

»Neeeeiiiiiin, wag es nicht!« Das war zu viel, einfach zu viel. Ihr war kalt, sie hatte Hunger, sie fühlte sich betrogen, verraten, vorgeführt, sie war so tief gesunken, dass sie sich als miese, drittklassige Privatdetektivin gebärdete, und jetzt wollte auch noch ein fetter, fieser Köter nur wenige Zentimeter von ihr entfernt pinkeln! Bleib ruhig! Bleib ganz ruhig! Denk an das Schöne im Leben. Du bist eine attraktive Frau, eine erfolgreiche Geschäftsfrau und Besitzerin eines rassigen Mazda ... Verdammt, war das alles? Und ... eh ...

Alle Vernunft und Beherrschung waren auf einmal wie weggeflogen. Suze kam zu dem Schluss, dass ihr Leben eine einzige Scheiße war. Blind vor Wut und Frustration öffnete sie das Fenster und brüllte Rex an.

»Hau ab! Wag es ja nicht, an mein Auto zu pissen, du widerliche Missgeburt!«

Die hektischen Handbewegungen, mit denen sie ihn eigentlich verscheuchen wollten, wurden von Rex irgendwie falsch übersetzt. Er schien zu verstehen: »Kein Problem, lass dich nicht stören. Es ist mir eine Ehre, dass du ausgerechnet auf meine Felgen pinkelst.«

»Wie können Sie es wagen, ihn so zu beschimpfen!« Da war sie, die Stimme! Sämtliche Aliens im Weltraum empfingen jetzt auf ihren Kanälen nur noch ohrenbetäubende Tonstörungen. »Sprechen Sie ja nie wieder so mit meinem Hund!«

Es war zu spät. Nichts sackte schneller in sich zusammen als Rex' Blase. »Mrs. McNee, ich sage Ihnen das in aller nachbarschaftlicher Freundschaft. Bitte nehmen Sie Ihren fetten Köter und verschwinden Sie von meinem Auto, ehe ich aussteige und Ihren Hortensien dieselbe Kur verpasse wie er gerade meinen Spoilern.«

Mrs. McNee japste vor Empörung, dann unterbrach sie den

armen verstörten Rex mitten in seinem Geschäft und zerrte ihn in Richtung ihres Zuhauses.

Suze blieb noch ein paar Minuten sitzen, um sich zu beruhigen, dann traf sie die erste vernünftige Entscheidung dieses Abends. Sie richtete sich kerzengerade auf. Okay, das war's. Wenn man so weit war, sich so benahm, dass man auf jede schwarze Liste sämtlicher Tierschutzverbände gehörte, und der eigenen Nachbarin androhte, unaussprechliche Dinge in ihrem Vorgarten zu tun, dann bedeutete das zweifellos, dass man dringend nach Hause musste.

Der Motor erwachte zum Leben, und ihr tauber Fuß wollte gerade das Gaspedal durchtreten, als sie im Rückspiegel Scheinwerfer sah. Das musste er sein! Suze reagierte sofort – auf vernünftige, normale und würdevolle Weise: Sie warf sich auf den Beifahrersitz und bedeckte das Gesicht mit den Händen. Er durfte sie auf keinen Fall sehen. Eins. Zwei. Drei. Sie fing an zu zählen. Wenn sie bei fünfzig war, würde er sicher an ihr vorbei in die Einfahrt gebogen sein. Und dann würde sie sich anschleichen und sehen, mit welcher Schlampe er herummachte.

Achtundzwanzig. Neunundzwanzig. Es war ziemlich schwer, sich aufs Zählen zu konzentrieren, wenn das eigene Herz so laut hämmerte, dass es sich anhörte wie Hufgetrappel auf dem Dach ihres Vauxhall Corsa.

Moment mal … das klang ja tatsächlich wie Hufe … oder zumindest wie … Oje! Ein Lichtstrahl fiel ins Innere ihres Wagens, und sie zuckte zusammen. Blinzelnd richtete sie sich auf, als sie begriff, dass da jemand an ihr Fenster klopfte. Sekunden später fand sie sich Auge in Auge mit zwei Prachtexemplaren von Gesetzeshütern: einem breitschultrigen schlagstocksteifen Detective von Mitte fünfzig und einem jüngeren schmalbrüstigen Lehrling.

»Guten Morgen, Ma'm. Können Sie uns vielleicht verraten, was Sie hier in diesem Auto tun?«

O Mist! Sie konnte ihnen doch unmöglich sagen, dass sie

mit Kastrationsabsichten hier herumstalkte. Warum könnte sie also sonst hier sitzen? Warum?

»Ich … eh … ich …« Ein Gedankenblitz durchfuhr sie. »Ich hab nur kurz angehalten, weil ich telefonieren musste. Schließlich wollte ich nicht gegen das Gesetz verstoßen.« Okay, der letzte Satz war übertrieben, aber was tat man aus Verzweiflung nicht alles? Wenigstens hatte sie gar nicht erst versucht, ihre weiblichen Reize auszuspielen, um den Officer auf ihre Seite zu ziehen. So was würde sie nie tun! Es war purer Zufall, dass sie genau in diesem Moment ihre Baseballkappe abnahm, mit den Fingern durch ihre goldene Mähne strich, mit ihren langen dunklen Wimpern klimperte und ihre Lippen zu einem Schmollmund verzog.

»Nach unseren Informationen sitzen Sie aber seit über zwei Stunden hier.«

»Es war ein sehr langes Telefongespräch, Officer.«

Das lief gar nicht gut. Während Sherlock Holmes ihr den misstrauischsten Blick zuwarf, an den sie sich erinnern konnte, seit sie mit sechzehn versucht hatte, ihrer Mutter weiszumachen, dass das Marihuana in ihrer Handtasche in Wirklichkeit Oregano für ihre Pizza sei, umkreiste Dr. Watson ihren Wagen wie ein Bussard ein totgefahrenes Reh.

Müsste denn nicht wenigstens einer von ihnen der gute Cop sein?

Dr. Watson kehrte zurück zum Seitenfenster. An seinem Gesicht erkannte Suze, dass es überhaupt gar nicht gut für sie lief.

»Ma'm, wissen Sie, dass eins Ihrer Rücklichter defekt ist?«

Woher sollte sie das wissen? Wenn die Rücklichter an waren, saß sie im Auto. Und wenn sie im Auto saß, konnte sie die Rücklichter nicht sehen. Es war eine der dämlichsten Fragen überhaupt, und das sollte sie ihm verdammt noch mal sagen. Aber im Moment führte ihre weibliche List noch das Wort.

»Es tut mir leid, Officer«, flötete sie und nutzte die Gelegenheit, um sich in einer, wie sie glaubte, niedlichen und unwiderstehlichen Art und Weise eine Haarsträhne aus den Augen zu pusten.

Sherlock Holmes ließ sich nicht beirren. »Kann ich bitte Ihren Führerschein sehen?«

»Es tut mir leid, aber ich habe ihn nicht bei mir.«

Die letzten Worte klangen ein bisschen zittrig, denn so allmählich dämmerte ihr, dass sich das hier noch eine Weile hinziehen könnte.

»Wie steht es mit der Fahrzeugzulassung?«

»Eh ... leider auch nicht. Der Wagen gehört einer ... eh ... Freundin.«

»Einer Freundin?«

»Einer Freundin.«

Suze hätte schwören können, dass das Gesicht des Jüngeren aufleuchtete. Sicher witterte er eine Chance auf ein anständiges Verhör. Oder eine Verhaftung. Verdammt, wie ging das noch bei *Miami Vice?*

Inzwischen fischte Sherlock Holmes ein Notizbuch aus seiner Jackentasche.

»Ihr Name?«

»Suzanne Marshall.«

»Adresse?«

Scheiße! Jetzt saß sie echt in der Klemme. Am besten, sie sagte ihnen die Wahrheit und verschwand, ehe weiterer Schaden entstand. Wenn Joe von der Sache etwas mitbekam, musste er sie ja für völlig durchgeknallt halten.

»Ich wohne in dem Haus da vorne.«

Sherlock Holmes drehte sich zu dem gepflegten Haus mit dem perfekt manikürten Rasen und dem Springbrunnen im Vorgarten um, dann schaute er wieder auf die irgendwie mitgenommen aussehende Blondine in dem klapprigen Vauxhall Corsa mit nur einem Rücklicht. Er brauchte keine übersinnlichen Fähigkeiten, um zu ahnen, dass hier etwas nicht stimmte.

»Also gut, Madam. Warum gehen wir dann nicht einfach zu

Ihnen nach Hause, Sie holen Ihren Führerschein, und wir regeln die Sache?«

Suze schloss die Augen und atmete tief durch.

»Das kann ich nicht.«

»Das können Sie nicht«, wiederholte Holmes nüchtern. »Und wieso nicht?«

»Weil ich keinen Schlüssel habe.« Sie hatte weder ihre Tasche noch ihre Schlüssel mitgenommen, gar nichts. Bloß eine Thermoskanne Tee.

»Dann haben Sie sich also ausgeschlossen?«

»Nicht ganz.«

Verflucht, das lief immer beschissener. In diesem Augenblick tauchte plötzlich aus einer völlig unerwarteten Richtung ein Funke Hoffnung auf: Mrs. McNee kam auf ihren Wagen zugewatschelt.

Wer hätte gedacht, dass die alte Schachtel ihr einmal gelegen kommen würde?

»Fragen Sie sie!« Hektisch zeigte Suze mit dem Finger auf ihre Nachbarin. Leider war diese ihr zuvorgekommen.

»Ah, Officer, danke, dass Sie so schnell gekommen sind.«

Du heilige Scheiße, was hatte sie da gesagt? *Sie* hatte die Polizei gerufen? Suze sah schon die Schlagzeile in der morgigen Zeitung vor sich: Pinkelskandal! Wahnsinnige droht auf Zierpflanzen zu urinieren.

»Ja, wissen Sie, bei fremden Fahrzeugen bin ich immer misstrauisch. Leider sind unsere Straßen ja heutzutage nicht mehr sicher.«

»Mrs. McNee, nicht wahr?« Sherlock Holmes sah sie hoffnungsvoll an.

»Genau, Officer«, antwortete sie.

Suze war sich nicht ganz sicher, aber sie glaubt ein triumphierendes Lächeln zu sehen.

»Sie können uns vielleicht weiterhelfen. Diese Lady behauptet, in dem Haus da zu wohnen. Können Sie das bestätigen?«

Mrs. McNee spähte ins Wageninnere. »Wissen Sie, ich kann ohne Brille nicht gut sehen. Fest steht, dass ich mit der Frau, die da wohnt, bisher kaum ein Wort gewechselt habe. Wissen Sie, hier kümmert sich jeder nur um seine eigenen Angelegenheiten.«

Lügnerin!, hätte Suze am liebsten laut geschrien. Man konnte hier nicht in hundert Meter Entfernung pupsen, ohne dass Mrs. McNee ihre Nase hineinsteckte.

»Ich glaube nicht, dass sie es ist. Der Mann aus diesem Haus ist sehr nett, aber nein, ich bin mir sicher, dass ich sie noch nie gesehen habe.«

Dieses Mal war das triumphierende Lächeln unverkennbar.

»Madam, würden Sie bitte mal aus dem Wagen steigen?«

»Aber warum?«

»Weil es wohl am besten ist, wenn wir kurz auf die Wache fahren, um die Angelegenheit zu klären, meinen Sie nicht auch?«

Nein, das meinte Suze nicht. Ganz und gar nicht!

Zwei Stunden später, als Avril endlich auf der Polizeiwache erschien, um ihr Auto und ihre Chefin abzuholen, war Suze zu der Erkenntnis gelangt, dass sie vielleicht mit Karl fertig wurde, dass sie möglicherweise auch stark genug war, um mit emotionaler Zerstörung fertig zu werden, dass sie aber Mrs. McNee und ihrem stinkenden fetten Köter definitiv nicht gewachsen war.

»Hattest du einen schönen Abend, Boss?« Avril konnte sich ein Grinsen nicht verkneifen, als sie schließlich die Wache verlassen durften.

»Noch ein Wort, und ich kürze dir das Gehalt«, warnte Suze, ehe sie eine Mischung aus Wut und Hysterie überkam. Sie musste sich am Geländer festhalten und lachte Tränen, ehe sie sich wieder beruhigen konnte.

»Oh, Avril, du weißt gar nicht, was ich hinter mir habe. Wie siehst du eigentlich aus? Hab ich dich aus dem Bett geholt?«

Avrils Blick fiel auf ihre pinkfarbene weite Hose, die sie in ein Paar pinkfarbene Ugg-Kopien gesteckt hatte, und wanderte dann hinauf zu dem babyrosafarbenen Shirt, das ihr von einer Schulter gerutscht war.

»Nein, ich wollte gerade ausgehen.«

Wieder brach Suze in hysterisches Gelächter aus. Sie hörte erst auf, als ihr die Rippen wehtaten.

»Ehrlich, Chefin, ich wollte wirklich gerade weg.«

Avril sah jetzt ein bisschen beleidigt aus, und Suze dämmerte plötzlich, dass sie die ganze Situation völlig falsch interpretiert hatte. Gott, was war bloß mit ihr los? Auf ihren emotionalen Kompass war nicht mehr Verlass als auf Avrils verfluchtes Rücklicht.

»Ich weiß, Süße, ich wollte ... dich bloß ein bisschen ärgern.«

Avril schien nicht überzeugt zu sein, kam aber zu dem Schluss, dass ein Streit wenig karrierefördernd sein würde.

»Wo wolltest du denn hin?«

»Cammy und die anderen von nebenan sind im The City. Da wollte ich auch hin. Hast du Lust mitzukommen?«

Suze schüttelte den Kopf. »Nein, danke. Aber wenn du möchtest, kann ich dich gern hinfahren. Allerdings nur unter einer Bedingung.«

»Und die wäre?«

»Du darfst nie, nie mit jemandem über heute Abend sprechen.«

Avril boxte in die Luft, was die Besatzung eines vorbeifahrenden Lieferwagens, die sich köstlich amüsierte, hupend kommentierte. »Das ist ja super.«

»Was?« Suze sah sie verständnislos an.

»Jetzt hab ich endlich was gegen dich in der Hand.« Sie stupste Suze spielerisch in die Seite. »Sobald du was von mir verlangst, wozu ich keine Lust habe, werde ich dich an unser gemeinsames Geheimnis erinnern.«

Suze' Kinn sackte herunter. Wer hätte gedacht, dass Avril so hinterlistig sein könnte? Ihre Angestellte war ja noch schlimmer als sie selbst.

Wieder musste sie lachen. Sie legte Avril den Arm um die Schulter und küsste sie auf die Wange. »Ich warne dich. Ich hab einen schwarzen Gürtel. Ich wette, ich kann immer noch mit dem linken Finger töten.«

Auf den Straßen im Zentrum war eine Menge los, daher benötigten sie für die Strecke von weniger als zwei Meilen eine geschlagene Viertelstunde. Schließlich hielten sie vor dem Club, und Avril stieg aus.

»Bist du sicher, dass du nicht doch mitkommen willst? Was mache ich, wenn sie gar nicht mehr da sind?«

»Das schaffst du schon«, versicherte Suze.

Sie notierte in Gedanken ein kurzes Memo an sich selbst: Muss Avril unbedingt eine Gehaltserhöhung geben. Lächelnd sah sie zu, wie der pinkfarbene Albtraum zwischen den Steinsäulen der Eingangstür verschwand.

Ihr Bett. Sie wollte jetzt nur noch nach Hause, sich in ihrem Bett verkriechen und den kompletten Abend vergessen. Ein Taxi kam von links herangefahren und versperrte ihr den Weg. Während Suze wartete, bis die Fahrgäste ausgestiegen waren, überdachte sie noch mal ihre Lage. Höchste Zeit, dass sie aufhörte, sich dermaßen lächerlich zu machen. Der heutige Abend hatte ihr gezeigt, dass sie endlich lernen musste, auf vernünftige, erwachsene Weise mit der Trennung von Karl umzugehen. So wie es sich für eine besonnene, erfolgreiche und verantwortungsbewusste Frau gehörte.

Ab sofort würde sie ein ganz neues …

Der Rest wurde nie zu Ende gedacht. Denn das, was sie in diesem Moment vor sich sah, beraubte sie jeder Fähigkeit zum klaren Denken. Der Mann und die Frau, die gerade aus dem Taxi gestiegen waren, überquerten jetzt den Gehweg und gingen auf den Clubeingang zu. Die beiden waren ein attraktives

Paar: er groß und gut aussehend, in einem perfekt geschnittenen schwarzen Anzug mit offenem Hemd; sie in einem auffallenden roten schulterfreien Cocktailkleid, das sich an ihre großartigen Kurven schmiegte. Kein Wunder, dass er die Hände nicht von ihrem Hintern nehmen konnte. Kein Wunder, dass sie den Kopf in den Nacken legte und lachte. Kein Wunder, dass sie jetzt stehen blieben und er sie dicht an sich zog. Kein Wunder, dass sie die Arme um seinen Nacken schlang und ihn leidenschaftlich küsste.

Und kein Wunder, dass Suze' Herz stehen blieb, während sie zusah, wie ihr Mann eine Frau abknutschte, die definitiv und zweifellos nicht sie war.

16. Kapitel
Was das Herz begehrt

Bitte sei im Bett. Bitte sei im Bett. Bitte sei im Bett. Nach drei Versuchen, ihren Schlüssel ins Schlüsselloch zu stecken, hatte Mel es endlich geschafft und wankte in die Diele. Bitte sei im Bett. Bitte sei im … »Ach, hallo, Suze. Du bist ja noch auf.«

Sie war nicht im Bett. Sie lag auf der Couch, in ihrem Standardwohlfühloutfit: schwarze enge Jeans, Rolling-Stones-T-Shirt und ein Handtuch auf dem Gesicht. Mels Magen krampfte sich zusammen, während sie sich in die Küche schleppte. Milch. Sie brauchte jetzt dringend Milch. Vielleicht war sie ja danach physisch in der Lage, durch den Flur zurückzukriechen und sich in ihr Zimmer zu verdrücken, ohne in ein Schwätzchen mit Suze verwickelt zu werden, oder, schlimmer noch, in ein Verhör über den Verlauf des Abends. Es war ja nicht so, als wollte sie nicht mit Suze sprechen, aber im Moment könnte Johnny Depp nackt am Kamin stehen, sie würde sich trotzdem für den direkten Weg ins Bett entscheiden.

Sie spähte durch die Tür zur Couch. Das Handtuch auf Suze' Gesicht ließ auf Kopfschmerzen schließen. Vielleicht war Suze ja auch nicht nach Reden. Vielleicht konnte sie sich tatsächlich einfach vorbeischleichen und …

»Na? Wie war dein Abend? Erst erzählst du mir alles, danach unterhalte ich dich bis morgen früh mit einem Kurzvortrag über mein Spezialgebiet ›Karl Marshall ist ein Wichser‹.«

Mel überdachte ihre Möglichkeiten. Als Erstes versuchte sie es mit der Wahrheit: Ich habe auf einer Elvis-Revival-Party mit dem Direktor der Sack-und-Knack-Abteilung herumgeknutscht. Dann erwog sie eine Notlüge: Alles war bestens, wir hatten viel Spaß und einen schönen Abend. Und nach weiterem Überlegen, wobei ihr abwechselnd heiß und kalt wurde, schlurfte sie zu Suze ins Wohnzimmer, ließ sich in den großen cremefarbenen Sessel fallen und vermied jegliches persönliche Geständnis, indem sie Suze auf den Kopf zu fragte: »Wieso? Was ist denn passiert?«

Suze zog sich das Handtuch vom Gesicht. Ihre Augen waren verquollen, ihre Nase rot verheult.

»Ich hatte Recht, Mel. Ich hatte die ganze Zeit Recht. Er trifft sich mit einer anderen.«

»Nein! Woher weißt du das?«

Suze holte tief Luft. »Ich habe ihn gesehen. Sie auch. Und nur ganz nebenbei: Sie sieht blendend aus. Das Arschloch!«

»Du hast ihr Arschloch gesehen? Beim Pilates?«

Suze schaute ihre Freundin genauer an. Sie stellte fest, dass sie Berührung mit Jack Daniels, Jim Beam oder einem ihrer nahen Verwandten gehabt haben musste.

»Scheiße, Mel, du bist ja betrunken. Ich habe dich seit … ich glaube seit Ayia Napa nicht mehr betrunken gesehen, und das war 2002.«

»Das war damals eine Lebensmittelvergiftung.«

»Aus der Flasche?«

Mel warf ein Kissen in Suze' Richtung. Zumindest hatte sie das vor. Es landete neben dem Couchtisch und nahm alles mit, was ihm im Weg stand.

»Okay, Mel, konzentrier dich. Auf dem Rückweg vom Pilates-Kurs wollte ich ins The City nachkommen. Aber dann habe ich Karl gesehen. Er stand mit einer Brünetten vor dem Eingang und hatte die Zunge tief in ihrem Mund.«

Mel versuchte die Info zu verarbeiten, blieb aber bei dem Namen The City stecken. Wie? Suze war dort gewesen? Karl auch? Hieß das, dass sie vielleicht einer gesehen hatte? Mit Cammy? Der Schock hätte das gute Essen mitsamt den Cocktails fast wieder zurückbefördert. »Ich … ich hab dich dort gar nicht gesehen.«

»Kannst du auch nicht. Nachdem ich meinen Mann dabei beobachtet habe, wie er mitten auf der Straße seinen Steifen gegen diese Schlampe gepresst hat, hatte ich keine Lust mehr reinzukommen. Wie kann er nur, Mel? Hämmert er an meine Tür und fleht mich an, zurückzukommen? Nein. Überschwemmt er mich mit Blumen und irgendwelchen Gesten der Entschuldigung? Nein. Er hat sich einfach die Nächste geschnappt. Was für ein Arschloch! Ich kann gar nicht fassen, wie ich ihn heiraten konnte.«

»Nun komm schon, Suze, du weißt, dass Karl nicht so ist.« Mel war sich selbst nicht sicher, ob sie das aus Loyalität Karl gegenüber gesagt hatte oder wegen ihres schlechten Gewissens – sie hatte schließlich selbst noch kurz zuvor die Zunge im Hals eines Nichtehepartners gehabt. »Er hat dich immer geliebt, Suze. Ich habe nie ein perfekteres Paar als euch beide erlebt. Ihr hattet alles, was man brauchte.«

»Mel, versteh mich jetzt nicht falsch, aber es ist ein Segen, dass du nicht für die Samariter arbeitest. Sonst würde die Selbstmordrate wahrscheinlich explodieren.«

»Tut mir leid, aber es ist nur so …«

Mel brachte den Satz nicht zu Ende, da sich ihr Gesicht in Tränen auflöste. So viel zu ihrer vorübergehenden Erholung von der Trauer über ihre zerstörte Liebe. In diesem Augenblick fühlte sie sich wieder wie am ersten Tag.

Suze merkte, dass sie nicht weiterkam. Stattdessen half sie der schluchzenden Mel aus dem Sessel und schob sie in ihr Zimmer. Zum Glück warteten die Götter aller betrunkenen Frauen, bis Mel direkt vor ihrem Bett stand, ehe sie ihre Beine einsacken ließen.

»Sag mal, Suze. Wer war es eigentlich?«

»Wen meinst du?«

»Die Frau, die mit Karl zusammen war.«

»Keine Ahnung. Ich hab sie nur von hinten gesehen. Aber das kriege ich noch raus.«

»Es ist eigentlich auch egal, oder?«

Der ungewohnt gereizte Unterton in Mels Stimme ließ Suze aufhorchen. Ihre Schultern sanken herab, als ihr etwas klar wurde.

»Sorry, Mel.« Sie schob eine rote Locke aus Mels Gesicht. »Ich bin ein totaler Idiot. Ich lasse mich so sehr von der ganzen Sache einspinnen, dass ich ganz vergessen habe, dass ich dein Leben mit ruiniert habe. Ich weiß wirklich nicht, wieso du überhaupt noch mit mir sprichst.«

Eine dicke Träne kullerte aus Mels linkem Auge und hinterließ einen Fleck auf dem buttermilchfarbenen Bettbezug. Sie wischte sich die Tränenspur von der Wange und grinste schief. »Die Alternative wäre, dich umzubringen, aber ehrlich gesagt habe ich keine Lust auf Knast.«

Lächelnd zog Suze die Decke über Mel, beugte sich über sie und küsste sie auf die Wange. »Schlaf schön.«

»Nacht.« Mel brachte die Antwort nur mühsam hervor, dann übermannte sie die Erschöpfung, und ihre Augen fielen zu. Sie war fast eingeschlafen, als sich ihr noch eine Frage aufdrängte. »Sag mal, Suze, wünschst du dir heute, du hättest es nie gemacht? Ich meine die Sache mit der *Venusfalle*.«

»Manchmal schon. Ich finde immer noch, dass ich mir Gewissheit verschaffen musste, aber es tut mir leid, dass du dabei ins Kreuzfeuer geraten bist.«

»Mir auch. Ich wünsche mir mein altes Leben zurück, Suze«, flüsterte Mel im Halbschlaf. »Aber es ist weg.«

Suze schaltete das Licht aus und ging zurück ins Wohnzimmer. Dort schenkte sie sich einen Jack Daniels ein, ließ sich auf die Couch fallen, schaltete ihren iPod an und lehnte sich zurück. Dann zog sie sich das kühle feuchte Handtuch wieder übers Gesicht. Was für eine beschissene Situation! Karl war die Inkarnation des Bösen auf Erden. Sie selbst war ein neurotischer Albtraum. Joe hatte sich als treuloses Schwein entpuppt. Und Mel … tja, das war das eigentliche Problem. Mel hatte das alles nicht verdient. Noch vor wenigen Wochen war Mel glücklich und total zufrieden mit ihrem Leben gewesen. Jetzt war alles anders. Und das war allein ihre Schuld.

Suze drehte den Kopf zur Seite und ließ das Handtuch zu Boden gleiten. Sie öffnete ein Auge und starrte auf das Telefon vor sich. Dann kam ihr eine Idee. Es war verrückt, aber es war einen Versuch wert. Joe hatte etwas ganz Schreckliches getan und verdiente eine Strafe. Aber hatte Mel nicht gerade gesagt, dass sie ihn zurückhaben wollte? Und wenn Mel ihn zurückhaben wollte, musste er das doch wissen, oder? Vielleicht würde er dann aufhören, sich so idiotisch zu benehmen, und um sie kämpfen. Ja, er musste um sie kämpfen! Ihr Herz zurückgewinnen. Sie hörte auf, das Telefon anzustarren, riss es vom Aufladegerät und hämmerte die Kurzwahl ein.

Beim ersten Klingeln kam jemand an den Apparat.

»Mel?« Joes Stimme klang verschlafen, aber hoffnungsvoll.

»Nein, ich bin's. Suze.«

»Ach so.« Nach der Hoffnung stellte sich Sorge ein. »Ist was passiert? Was macht Mel?«

»Alles okay. Hör zu. Ich bin immer noch der Ansicht, dass du der allerletzte Abschaum bist. Trotzdem finde ich, du solltest wissen, dass du ihr fehlst. Ich weiß, es geht mich nichts an, aber du musst sie anrufen und versuchen, mit ihr zu reden.«

»Aber das letzte Mal hat sie mir doch unmissverständlich zu verstehen gegeben, dass ich sie in Ruhe lassen soll.«

»Pass auf, Joe. Es ist natürlich deine Entscheidung, aber sie hat vorhin gesagt, dass sie sich ihr altes Leben zurückwünscht. Ich finde, ein Versuch lohnt sich.«

Unangenehme Stille. Die unangenehme Stille, die entsteht, wenn sich zwei Personen ganz viel fragen wollen, aber nicht wissen, wie sie anfangen sollen.

Suze brach sie als Erste. »Ich muss jetzt Schluss machen.

Ich … eh … auf Wiedersehen.« Ihr Finger wollte gerade auf die rote Taste drücken, als sie seine Stimme hörte.

»Suze?«

»Ja?«

»Danke.«

17. Kapitel
Herzversagen

»Du arbeitest? An einem Samstag? Die Geschäfte scheinen ja gut zu laufen.«

Karl sah sie an. Sein Gesicht war regungslos, als sei es völlig normal, dass seine ihm entfremdete Ehefrau auf einmal vor ihm stand.

»So, so, so – du also. Gehen dir die Ehen aus, die du ruinieren könntest, oder gönnst du dir eine Auszeit, weil dir ein Double gelungen ist?«

Verdammt! Wenn sie sich vorstellte, dass dieser trockene Humor und seine provozierende Art sie mal angetörnt hatten. Sie lehnte sich an den Türrahmen und überlegte, ob sie dem plötzlichen Drang nachgeben sollte, einen ihrer Schuhe auszuziehen und ihn damit zu bewerfen. Schließlich entschied sie sich dagegen. Das Risiko, dabei ernsthaften Schaden anzurichten, war ihr zu hoch – an ihrem Schuh, das verstand sich von selbst. Es waren immerhin Louboutin-Stilettos, die sie sich am Tag, nachdem sie Karl verlassen hatte, mit seiner Kreditkarte gekauft hatte.

Damals hatte sie sich irgendwie besser gefühlt. Und heute? Heute fühlte sie sich durch gar nichts besser. Aber sie musste jetzt ruhig bleiben. Gefasst. Ihre Karten eiskalt ausspielen. Sie sah gut aus (rasierte Beine, Haare elegant zusammengesteckt – die Tatsache, dass sie den schwarzen Hosenanzug trug, der ihm so gut gefiel, war natürlich reiner Zufall), sie war klug, und sie wollte nur ein paar Fakten wissen, das war alles.

Lässig lehnte er sich auf dem braunen Lederschreibtischstuhl zurück, der früher seinem Dad gehört hatte. Sie musste zugeben, dass auch er gut aussah. Er hatte die Ärmel seines hellblauen Hemds hochgerollt und zwei Knöpfe geöffnet, sodass die Weißgoldkette, die sie ihm zum Dreißigsten geschenkt hatte, so eben hervorblitzte. Auf der Rückseite des kleinen Anhängers waren seine Initialen eingraviert. Er hatte sich damals riesig darüber gefreut, und sein Dankeschönkuss hatte vier erregende Stunden lang gedauert.

Sie rang plötzlich nach Luft. Das konnte nur heißen, dass entweder kein Sauerstoff mehr in der Luft war oder ihre Lungenflügel eingefallen waren. Sie entschied sich für die Variante mit den Lungenflügeln, denn er saß immer noch da, schaute sie erwartungsvoll an und zeigte keinerlei Anzeichen für irgendwelche Atemprobleme.

»Wärst du je auf die Idee gekommen, zu mir zu kommen, um mit mir zu reden?«, fragte sie. Super. Absolut cool.

»Nein.«

Zähne zusammenbeißen, die Hände zu Fäusten ballen. Und der kurze Gedanke, dass sie zwei Paar Schuhe hätte kaufen sollen. Reiß dich zusammen. Bewahr jetzt die Ruhe.

»Das sagt alles, oder?«

Am Zucken seiner Augenlider erkannte sie, dass er jetzt wach wurde.

»Und was genau sagt das, Suze? Komm schon, du bist doch die Expertin. Was sagt das? Sagt das, dass meine Frau mich so geliebt und mir so vertraut hat, dass sie mir nachspioniert hat? Heißt das, dass sie mich verlassen hat? Heißt das, dass sie die Ehe meines Bruders zerstört hat? Heißt dass, dass sie mit ihrem verdrehten Hirn immer noch glaubt, es gäbe für all das eine Rechtfertigung? Also, Suze, komm schon, was bedeutet das alles?«

Jedes Wort hatte einen eisigen, drohenden Unterton, den sie zuletzt von ihm gehört hatte, als dieser jugendliche Raser seinen Mercedes in einen zermatschten Subaru verwandelt hatte.

»Wag es bloß nicht, *mich* für alles verantwortlich zu machen,

Karl«, zischte sie. Die Kontrolle ging verloren. Verdammt, das lief nicht gut. »Erstens war das, was Joe gemacht hat, allein seine Schuld. Er hat sich schweinisch benommen und wurde dabei erwischt. Und Mel verdient zu erfahren, was er hinter ihrem Rücken treibt.«

Die Vene an seinem Hals pochte heftig. »Himmel, Suze, du bist wahnsinnig. Joe hat Mel gar nicht betrogen. Noch nie. Er hat sich an dem Abend nur ein bisschen verführen lassen, ein paar dumme Sachen gesagt, die er am nächsten Morgen wahrscheinlich bereut hat. Er hätte das niemals durchgezogen. Dir ist zu verdanken, dass aus dem kurzfristigen Aussetzer eines Mannes, dem ein bisschen Aufmerksamkeit zu Kopf gestiegen ist, die größte Katastrophe seines Lebens wurde. Herzlichen Glückwunsch!« Immer noch eiskalt und drohend und jetzt noch mit einem zusätzlichen Schuss Verachtung.

Als sie ihn damals auf dem College kennen gelernt hatte, war ihr sofort aufgefallen, dass er große Autorität ausstrahlte. Wenn Karl redete, hörten die Leute zu ... weil er witzig und mitreißend war und immer genau das Richtige sagte. Wenn in der Mittagspause spontan ein Fußballspiel stattfand, hatte Karl es organisiert. Ein Samstagabend im Pub? Karls Idee. Ein Ausflug an den Strand von Loch Lomond mit Barbecue und super Tanzmusik bis tief in die Nacht? Karl fuhr den Bus und organisierte die Anlage. Und seine zweite ganz große Stärke, vor nichts davonzulaufen, sich jedem Problem zu stellen, bis es gelöst war, und genauso stur und hartnäckig zu sein wie sie selbst, war ebenso bezwingend wie der Rest.

Jetzt jedoch, da sie selbst das Problem war, verlor seine überlegene Art viel von ihrer Attraktivität.

»Was sollte ich denn tun, Karl? Einfach ignorieren, was Joe getan hat? Es Mel nicht erzählen?«

»Genau!«

»Das ist typisch Mann. Einfach wegschauen und die Verantwortung abgeben«, stieß sie hervor und merkte sofort, dass sie sich in eine blöde Situation manövriert hatte. Wer im Glashaus saß, sollte nicht mit Steinen werfen.

»Ich muss schon sagen, das ist eine ziemlich kühne Unterstellung von einer Frau, die ihrem eigenen Mann einen Undercover-Detektiv auf den Hals gehetzt hat.«

»KARL, DU HATTEST EINE AFFÄRE!« Wenn die Fenster nicht von richtig guten Handwerkern eingesetzt worden wären, hätten sie jetzt laut gescheppert.

»Hatte ich nicht.« Drei Worte. Hervorgestoßen mit eiskalter Stimme und vor Wut blitzenden Augen.

Atme tief durch. Atme tief durch. Sie versuchte, ruhig zu bleiben. Wenn sie jetzt auch noch anfing zu schreien, würde das dem Kilimandscharo an Erniedrigungen nur noch eine weitere Schicht zufügen.

»Komm schon, Karl, ich finde, es ist höchste Zeit, endlich die Wahrheit zu sagen. Du benimmst dich doch seit Monaten distanziert und gehst mir aus dem Weg. Du warst schon lange nicht mehr an unserer Ehe beteiligt, und man braucht nicht viel Fantasie, um zu ahnen wieso. Und da mein Mann nicht mit mir sprechen wollte, musste ich mir eben einen anderen Weg suchen, um mir die Tatsachen bestätigen zu lassen.«

Er stützte die Ellbogen auf den Tisch und den Kopf in seine Hände. Schließlich redete er, und es klang fast resigniert. »Ich sage es nur noch ein einziges Mal, Suze. Ich hatte keine Affäre.«

Scheiße, hörte er mit dieser Lügerei denn nie auf? Sie richtete sich zu ihrer vollen Größe auf, holte tief Luft und versuchte so cool und gefasst zu sein wie er.

»Karl, ich habe dich gesehen.«

Das ließ ihn aufhorchen. Er hob den Blick. »Was hast du gesehen? Was, Suze? Was immer es war, du irrst dich.«

»Dich. Sie. Gestern Abend. Vor dem Club. Ich habe euch gesehen, Karl, als du sie vor den Augen von halb Glasgow – mich eingeschlossen – abgeknutscht hast.«

Schmerzhaft, wie ein Tsunami, schoss das Blut in ihren Kopf, bis er zu platzen drohte. Es war ein Killerstoß, bei dem sogar Mr. Cool zusammenzuckte. Er schloss die Augen, als könnte er die Wirklichkeit dadurch auslöschen. Aber nein, als er sie wieder öffnete, war sie immer noch da und sah ihn mit wütendem, verbittertem, verletztem Gesichtsausdruck an. Sie widerstand der Versuchung, erneut zu schreien. Schweigen. Totenstille. Suze war mehr als gespannt, wie er damit umging.

»Suze, ich schwöre dir, in all den Jahren, die wir verheiratet waren, hatte ich nie eine Affäre.«

Aaaaaah! Scheißschweigen. Höchste Zeit für eine anständige verbale Auseinandersetzung. Sie öffnete den Mund, um zu schreien, kreischen, toben, aber er kam ihr zuvor.

»Bis jetzt.«

Er sah den Louboutin-Stiletto nicht mal kommen.

18. Kapitel
Hör auf dein Herz

Josie, wie üblich von Kopf bis Fuß in Schwarz, kam auf ihre gewohnt ruhige, zurückhaltende und kultivierte Art in den Laden gestürmt.

»Ich musste erst einundsechzig werden, ehe ich Elvis mal die Zunge in den Hals stecken konnte! Hey, wie findet ihr das?« Erwartungsvoll sah sie ihr Publikum an, das augenblicklich aus sechs Schaufensterpuppen, dem Briefträger und Mel bestand.

Der Briefträger floh mit entsetzter Miene. Um Josie nur nicht zu nahe zu kommen, machte er sicherheitshalber einen Umweg um einen Ständer mit Calvin-Klein-Unterhosen.

Trotz der ohrenbetäubenden Trommelwirbel in ihrem Kopf musste Mel lachen – so lange, bis Josie sie plötzlich besorgt ansah.

»Wie siehst du denn aus? Migräne, Kater oder übst du nur, falls du mal berühmt wirst?«

»Das Erste. Und das Zweite«, antwortete Mel. »Eigentlich vor allem das zweite.«

Josie schüttelte den Kopf. »Ich weiß nicht, was mit euch jungen Leuten los ist. Als ich in eurem Alter war, konnte ich vier Tage am Stück feiern.«

»Das kannst du doch heute noch.«

»Allerdings. Nur dass mir meine Arthritis am fünften Tag den Spaß daran verdirbt.«

Seufzend gab Mel die Aufgabe, mit der sie gerade beschäftigt war, auf. Entweder erforderte es unglaubliches motorisches Geschick, einer Schaufensterpuppe einen BH anzuziehen, oder sie war noch immer betrunken.

»Also, wohin habt ihr zwei euch gestern Abend verdrückt?

Ich war nur einen Augenblick mit Elvis beschäftigt, und plötzlich wart ihr verschwunden.«

Feine Schweißperlen traten Mel auf die Stirn. Das hatte sie befürchtet. Als sie am Morgen aufgewacht war, war ihr erster Gedanke gewesen *Gott, ist mir übel*, gefolgt von einem inständigen *Bitte mach, dass ich Cammy nicht geküsst habe* und einem verzweifelten *O Scheiße, hab ich aber!* Und gerade als sie beschlossen hatte, sich an Suze' Schulter auszuweinen, hatte sie die Wohnungstür zuschlagen hören und erkannt, dass ihr nichts anderes übrig blieb, als sich auf den gnadenlosen Weg der Selbstvorwürfe zu begeben.

Wie konnte sie nur! In den letzten acht Jahren hatte sie nur einen einzigen Mann geküsst, jetzt hatte sie gerade vier Wochen eine Krise, und schon knutschte sie wahllos herum. Und Cammy? Wie sollte sie ihm je wieder in die Augen schauen? Er war einer ihrer besten Freunde, ihrer engsten Vertrauten, wie ein Bruder fast, und jetzt hatte sie ihn so ausgenutzt. Verflucht, was hatte sie sich bloß dabei gedacht? Sie hatte sich selbst gegeißelt – während des Duschens (extra heiß), beim Frühstück (zwei Paracetamol) und bei der Wahl ihrer Garderobe (hautenge violette Jeans, schwarzes Bustier, dünne psychedelische Chiffontunika mit dickem Kupfergürtel). Am Ende war sie zu dem Schluss gelangt, dass sie ein schlechter Mensch war und ihre einzige Hoffnung darin bestand, dass Cammy am Abend zuvor so betrunken gewesen war, dass er sich an nichts mehr erinnern konnte.

»Meine Güte, das ist hier ja heute wie ein Geheimdiensttreffen.« Kopfschüttelnd sah Josie Cammy an, der gerade zur Tür hereinkam. Er trug eine dunkle Sonnenbrille. »Was ist denn mit dir los? Noch so einer, der nichts vertragen kann!«

Nervös hauchte Mel ein flüchtiges Guten Morgen und betete inständig, dass Cammys Gedächtnis leer war.

»Morgen«, antwortete er.

Die Hoffnungen stiegen.

»Ich … eh … ich … ach, egal.«

Hoffnungen dahin. Cammy stotterte nie. Er verhaspelte sich auch nie. Im Gegenteil. Er war absolut eloquent. Selbst Josie sah mit weit aufgerissenem Mund von einem zum anderen.

»O nein, ihr zwei habt doch nicht etwa …«

»Nein!«, dementierten sie beide hastig.

Josie war offenbar nicht überzeugt. »Hm. Ich habe das Gefühl, es hat hier irgendeinen pikanten Vorfall gegeben. Vielleicht besteht ja doch noch Hoffnung für euch junge Leute. Ich mach uns 'nen Kaffee, dann habt ihr die Gelegenheit zu einem Quickie in der Umkleidekabine.«

Die Stille dauerte unerträglich lange. Cammy beendete sie schließlich. »Willst du drüber reden?«

Mel schüttelte den Kopf. »Du?«

»Nein.«

»Können wir die Sache nicht einfach vergessen und so tun, als sei nie was passiert?«

Es gab eine Gedankenpause, dann lächelte Cammy, kam auf Mel zu und nahm sie in die Arme. »Klar können wir das. Es tut mir echt leid, ich war … verwirrt. Betrunken. Keine Ahnung, was.«

»Genau!« Sie drückte ihn ebenfalls. »Danke, Cammy. Mir tut es auch leid. Ich glaube, es ist bloß … ich bin irgendwie völlig durch den Wind. Danke, dass du so süß bist.«

»Keine Ursache. Jetzt geh und putz dir noch mal die Zähne. Du riechst wie eine jamaikanische Rumbude.«

»Danke. Das war zwar keiner deiner freundlichsten Sätze, aber danke.«

Mel sprach noch ein stummes Dankgebet, dann drehte sie sich um (ganz langsam, denn sie hatte allen Grund zu der Befürchtung, dass schnelle Bewegungen zu einem Totalausfall ihrer motorischen Fähigkeiten führen könnten) und verschwand in Richtung Personalraum.

Auf dem Rückweg begegnete sie Josie, die sie interessiert musterte. »Und? Hast du mir was zu beichten?«

Cammy antwortete, ehe Mel auch nur den Mund aufmachen konnte. »Kabine zwei. Sie hat den ganzen Laden zum Beben gebracht.«

Josie kicherte. »Ah, ich liebe meinen Job.«

Der Duft von frischem Kaffee empfing Mel, als sie ihr Büro betrat. Die gute Josie. Sie hatte ihr einen Orangensaft, einen Kaffee und einen Bananen-Muffin auf den Schreibtisch gestellt; in den Muffin hatte sie ein Post-it mit einem hastig hingekritzelten Smiley gesteckt.

Mel ließ sich auf einen Stuhl fallen und überdachte ihre Optionen. Kaffee würde ihre Lebensgeister wecken, Orangensaft würde ihr eine Vitamin-C-Ladung verpassen, und der Muffin würde eine Wohlfühl-Ess-Situation erzeugen, die sie in ihrem geschwächten Zustand dringend benötigte. Sie wollte gerade hineinbeißen, als das Telefon klingelte. Super. Offenbar war es nicht mal mehr möglich, sich mit Arterien verstopfenden Süßigkeiten zu trösten.

»*La Femme, L'Homme,* was kann ich für Sie tun?«

»Hi, Mel, hier ist Avril von nebenan. Hast du Suze heute schon gesehen? Sie ist nicht zur Arbeit erschienen. Ich wollte nur checken, wo sie ist, ehe ich den Laden schließe und die Wocheneinnahme in einen vierzehntägigen Urlaub auf den Bahamas investiere.«

»Ehrlich gesagt weiß ich das auch nicht.«

»Ist sie tot? Verschollen? Krank? Es ist gar nicht ihre Art, sich nicht zu melden, daher vermute ich das Schlimmste.«

»Du bist ja wie eine Mutter zu ihr.« Mel verdrehte die Augen. »Es ist bestimmt alles okay. Suze hat heute Morgen das Haus ganz früh verlassen. Vielleicht hatte sie ja was Wichtiges vor.«

»Scheiße. Ich hatte mich schon auf die Bahamas gefreut.«

»Tja, ich fürchte, du kannst den Koffer wieder auspacken. Es gibt sicher eine völlig harmlose Erklärung für ihre Abwesenheit.«

»Mist.«

Mel hatte kaum aufgelegt, als die Tür schon wieder aufflog. Suze kam hereingestürmt, wutentbrannt. Die Tür fiel krachend ins Schloss. Mel stöhnte. Was war jetzt schon wieder? Wie sollte sie mit zwei Paracetamol über den Tag kommen, wenn in ihrer Umgebung offenbar niemand in der Lage war, normal durch eine Tür zu gehen?

»Er hat es zugegeben, Mel. Er trifft sich mit einer anderen. Und du glaubst nie, wer es ist.«

Mel hörte den letzten Satz gar nicht mehr. Ungläubig starrte sie auf das, was sie da vor sich sah.

»Suze, warum hast du nur einen Schuh an?«

19. Kapitel
Du hast mein Herz gestohlen

Suze ärgerte sich, wie schon so häufig, dass *sie* ausgezogen war, anstatt Karl mit einem Tritt in seinen verlogenen Arsch aus dem Haus zu befördern. Okay, dann hätte sie jetzt mit den Sangeskünsten dieser überspannten alten Schachtel von nebenan zu kämpfen. Aber dafür könnte sie sich ein bisschen geistigen Trost spenden, indem sie seine Kleider zerschnitt, seine CD-Sammlung einschmolz und seine Golfschläger der örtlichen Pfadfindertruppe für den Flohmarkt spendete.

Es stimmte also. Er hatte eine andere kennen gelernt und zehn gemeinsame Jahre mit ihr einfach auf den Müll geworfen. Und wofür? Sicher hatte er mit ihr großartigen Sex, so wie sie aussah. Und niemand konnte ihr erzählen, dass das erst nach ihrer Trennung angefangen hatte. Karl benahm sich seit Monaten komisch, da musste schon vorher was gelaufen sein. Ein schlechtes Gewissen. Ja, das war's. Ein schlechtes Gewissen war häufig schuld daran, dass Leute sich komisch benahmen. Karl hatte so ein schlechtes Gewissen gehabt, dass er sich komplett von ihr zurückgezogen hatte.

Andererseits hatte er sich nicht schlecht genug gefühlt, um alles aufzugeben, als er merkte, dass sie Verdacht schöpfte. O nein. Er hatte sich für die zweite nahe liegende Strategie entschieden: seine neue Schlampe in aller Öffentlichkeit mitten in der Glasgower City abzuschlecken, damit die ganze Welt einschließlich seiner voyeuristischen Großmutter es auch ja mitbekam.

Also gut. Ein Plan musste her. Sie brauchte dringend einen Plan. Das würde sie ihm nicht durchgehen lassen. Einen hysterischen Anfall hatte sie bereits hinter sich, am Morgen in Mels

Laden. Irgendwann hatte Josie sie so fest in den Arm genommen – fast ein versteckter Erstickungsversuch –, damit sie endlich aufhörte zu hyperventilieren. Mel hatte ihr angeboten, sie nach Hause zu begleiten, aber was sollte das bringen? Dann säßen sie jetzt zu zweit da und würden sich gegenseitig die Ohren vollheulen. Stattdessen hatte Josie sie nach Hause gebracht und alle potenziell gefährlichen Instrumente aus ihrer Umgebung entfernt. Sie war erst gegangen, nachdem Suze ihr hoch und heilig geschworen hatte, ihren zukünftigen Ex nicht mit Stalking-Anrufen zu belästigen.

Im Moment war dieser Gedanke allerdings äußerst verlockend. Nichts Übertriebenes – nur ein paar Anrufe zwischen »Ich hasse dich« und »Vielleicht möchtest du in das laufende Verfahren eingreifen, um eine einstweilige Verfügung zu erwirken«.

Suze legte eine CD auf – etwas Beruhigendes von Guns N' Roses – und schnappte sich einen Block von der Küchentheke. Eine Liste. Sie brauchte dringend eine To-do-Liste. Eins stand fest: Sie wollte auf keinen Fall als Opfer aus der Sache rausgehen. Und die einzige Möglichkeit dazu war, stark zu sein, eine To-do-Liste zu erstellen, nach vorn zu schauen, neu anzufangen …

Scheiße, mehr Klischees, um sich selbst zu motivieren, fielen ihr beim besten Willen nicht ein. Aber eines wusste Suze ganz genau: Wenn sie jetzt aufhörte, sich zu konzentrieren, würde sie der Schmerz wieder überwältigen. Dann würde ihr die Vision des vorherigen Abends wieder vor Augen stehen. Also gut, Folgendes musste erledigt werden:

1. einen Anwalt engagieren, einen knallharten, der ihn ungespitzt in den Boden rammte
2. die Finanzen aufteilen
3. ihm jegliche Rechte in ihrem Beautysalon entziehen
4. alles, was ihr gehörte, aus dem Haus holen

5. Haus verkaufen
6. eine geile neue Wohnung suchen – ein Penthouse vielleicht
7. Josies Angebot, die Reifen des Mercedes zu zerstechen, erneut prüfen
8. trinken – viel
9. einen schicken Urlaub in der Sonne buchen
10. und … neue Louboutin-Stilettos kaufen, am besten nur einen rechten, der linke tat es ja noch

Offenbar war eine Ehekrise eine Nebenwirkung eines chronischen Aufmerksamkeits-Defizit-Syndroms. Suze musste nämlich dringend einen Kaffee haben, bevor sie weitermachen konnte. Sie warf den Block aus der Hand und setzte Wasser auf. Zum Geburtstag würde sie Mel eine anständige Kaffeemaschine kaufen, dieser Instantkaffee war eine Schande für alle Kaffeebohnen. Während das Wasser kochte, sah sie sich um. Die Küche war so völlig Mel. Sonnengelbe Fronten, weiße Eichendielen, eine Auswahl an Töpfen und Schalen, die dekorativ herumstanden. Die große Vase mit frischen Blumen, die normalerweise mitten auf dem alten Holztisch stand, war verschwunden. Mel hatte sie nicht ersetzt; nach dem Auszug Joes hatte sie nicht den Drang dazu verspürt.

Suze seufzte. Die von Mel gemalten Bilder, die an zwei der vier Wände hingen, hatten ihr immer besonders gut gefallen. Es waren großartige abstrakte Gemälde in Gold-, Kupfer- und Cremetönen. Mel war immer die künstlerisch Begabtere von ihnen beiden gewesen. Suze konnte in zehn Minuten ein super Outfit zusammenstellen oder eine auf dem Kopf stehende Bilanz lesen, aber die Vorstellung, einen Nachmittag in einem farbbespritzten Kittel zu verbringen, erfüllte sie mit Grauen. Diese Matscherei, die unvorteilhafte Kleidung – in diesen Kitteln sah wirklich niemand sexy aus.

Ein Geräusch am Briefkasten riss Suze aus ihren Gedanken.

Sie rannte in die Diele. »Josie, ich habe nicht die Absicht, mich zu erhängen«, brüllte sie. »Du kannst deine lächerliche Überwachungsaktion einstellen!«

Als sie die Tür aufriss, sah sie als Erstes den Schuh. Als Zweites das riesige Pflaster, das auf seiner Stirn klebte.

»Hübsches Accessoire. Hat deine neue Freundin das für dich ausgesucht?«

Er hielt den Schuh in ihre Richtung. »Wir müssen dringend reden, Suze.«

»Nein, müssen wir nicht.«

»Doch.«

»Nein.«

»Suze, bitte, wir …«

Den Rest hörte sie nicht mehr, weil sie ihm die Tür vor der Nase zugeschlagen hatte. Sollte seine neue Freundin doch auch noch ein passendes modisches Requisit für eine gebrochene Nase auftreiben.

Er klopfte wieder, mehrmals. Ein Schwall kalter Luft drang in die Diele, als er den Briefkastenschlitz öffnete. »Suze, ich gehe nicht eher, bis wir geredet haben. Wenn du willst, kannst du mich anschließend rausschmeißen, aber zuerst musst du mir zuhören. Entweder lässt du mich jetzt rein, oder ich sage es dir hier. Aber dann garantiere ich dir, dass die gesamte Nachbarschaft es mithört.«

Ihre Antwort war kurz und knapp und stand in keinem Beziehungsratgeber. »Verpiss dich!«

»Okay, du hast es so gewollt. Erinnerst du dich noch an das eine Mal, als wir Sex zusammen hatten und du …«

Scheiße! Das alte Ehepaar von nebenan! Suze riss die Tür auf und trat zur Seite, um ihn reinzulassen. »Du hast genau zehn Minuten, Karl. Ich meine es ernst. Länger kann ich dich nicht ertragen.«

Einen kurzen Moment trafen sich ihre Blicke, und Suze glaubte plötzlich, den alten Karl zu sehen, den Karl, in den sie sich damals Hals über Kopf verliebt hatte. Wie hatte das alles nur passieren können? Sie hatten so eine wunderbare und enge Beziehung gehabt. Okay, sie hatten sich auch heftig gestritten, aber wer tat das nicht? Ganz einfach: Joe und Mel. Sie hatten eine harmonische, heitere, süße Beziehung, die fast perfekt war – und die Suze zu Tode gelangweilt hätte. Nein, sie war immer davon überzeugt gewesen, dass Karl genau der Richtige für sie war. Ihre Kehle schnürte sich zusammen, als sie überlegte, ob sie auch dann noch so harmonierten, wenn es zu einer Scheidung kam.

Wie ein gehorsamer Labrador trottete er hinter ihr her ins Wohnzimmer. Er hockte sich auf eine Sesselkante, sie setzte sich gegenüber auf das Sofa.

»Und?« Suze sah Karl herausfordernd an.

Er räusperte sich mehrfach umständlich.

»Das, was ich dir jetzt sage, wird dir nicht gefallen, Suze.«

»Glaub mir, das ist nichts Neues für mich. Ich erspare dir das umständliche Gerede. Wenn du die Scheidung willst, bitte. Und wenn du willst, dass ich meine restlichen Klamotten abhole, kannst du das auch haben.« Sie nahm ihre Liste zur Hand und ging die restlichen Punkte durch. »Außerdem habe ich vor, die Finanzen aufzuteilen, eine neue Wohnung zu suchen und in Urlaub zu fahren. Und danke, dass du meinen Schuh zurückgebracht hast, denn das wäre Punkt Nummer zehn gewesen.« Die Sache mit dem Reifenzerstechen ließ sie weg, weil sie Josie nicht verpetzen wollte.

»Ich schwöre dir, ich hatte keine Affäre, bevor du gegangen bist.«

Ihr Blut verwandelte sich augenblicklich in glutheiße Lava. »Ich will es nicht hören. Wir hatten diese Unterhaltung bereits, und ich glaube dir kein Wort, Karl. ICH GLAUBE DIR NICHT! Wenn das der Grund für dein Kommen gewesen ist, dann geh jetzt lieber. Geh. Weil ...«

»Es gab Probleme in der Firma.«

»… ich keine Lust habe … WAS?«

»Es gab Probleme in der Firma. Es *gibt* Probleme in der Firma.«

»Was?« Ihre Lippen bewegten sich zwar, aber irgendwie kamen ihre Stimmbänder nicht richtig mit. »Welche Firma? Wie kann sie Probleme haben? Ich bin von morgens bis abends ausgebucht, und Mel hatte auch noch nie so viel zu tun. Unsere Läden laufen bestens. Und wenn es im Baugewerbe nicht so klappt, ist das dein Problem, Donald Trump.«

Moment mal, war das vielleicht eine Finte? War es nur ein Trick, um ihr zu suggerieren, er sei pleite, damit er sie finanziell leichter abspeisen konnte? Das war ja wohl …

»Ich wünschte, es wäre so einfach, Suze. Aber …« Ein erstickter Laut drang aus seiner Kehle. Hätte Suze nicht mit hundertprozentiger Sicherheit gewusst, dass sie einen Mann geheiratet hatte, der selbst in einer Krise nie emotional wurde, hätte sie geschworen, dass es ein Schluchzer war. Und als sie sein Gesicht sah, aschfahl und voller tiefer Furchen auf der Stirn und zwischen den Augenbrauen (warum hatte sie die noch nie gesehen?), waren alle Zweifel plötzlich fort. Er sagte die Wahrheit.

Okay, bleib ruhig. Bleib ganz ruhig. Sie konzentrierte sich darauf, ihren Puls wieder auf ein annähernd normales Maß zu bringen. Nach einigen tiefen Atemzügen sah sie ihn an. »Red weiter!«, sagte sie, und zum ersten Mal an diesem Tag klang ihre Stimme nicht tödlich.

Verdammt! Sie würde das nie zugeben, aber er tat ihr jetzt fast ein bisschen leid.

»Der Foreman-Auftrag hat uns letztes Jahr schwer getroffen …«

Okay, das wusste sie bereits. Ungefähr jedenfalls. Die Foreman Group, eine Freizeitzentrenkette, die ihr Portfolio landesweit um weitere zehn Einrichtungen ergänzen wollte, hatte Marshall & Sons mit dem Bau beauftragt. Die ersten fünf Neubauten waren bereits halb errichtet gewesen, als das globale Finanzsystem zusammengebrochen war und die daraus resultierende Kreditklemme weitere Expansionen gebremst hatte. Die Foreman Group war beinahe über Nacht in die Knie gegangen – wie Tausende andere Unternehmen im letzten Jahr.

»… und der Schlag war zu tief, um sich so einfach davon zu erholen. Sie schuldeten uns fast eine Viertel Million, als sie in die Insolvenz gingen, und wir hatten einfach nicht die Mittel, um diesen Verlust aufzufangen. Wir hatten das Material eingekauft, die Arbeitskräfte bezahlt. Ich schwöre dir, Suze, wir konnten das nicht absehen. Foreman war ein solides Unternehmen, seit über dreißig Jahren, und … ist alles okay mit dir?«

Ihr wurde klar, dass sie gerade den Kugelfisch gab. Ihr Kinn war nach unten gesackt, ihr Mund stand offen, sie rang nach Luft. In dem Augenblick, als er »eine Viertel Million« gesagt hatte, stellte auch ihr Gehirn seine Aktivitäten ein. Heilige Scheiße! Eine Viertel Million was? Pfund? Wie, um alles in der Welt, konnten sie Verbindlichkeiten in Höhe einer Viertel Million Pfund aufhäufen? Das war obszön. Unmöglich.

»Ich … kriege … keine … Luft … mehr.«

Karl sprang zum Fenster, riss es auf und stieß dabei Mels Lieblingspflanze auf die Straße hinunter. Der Topf zerschellte auf dem Gehweg, haarscharf neben einem Skinhead mit einem kleinen Chihuahua. Karl tauchte unter die Fensterbank, ehe besagter Skinhead sich rumdrehen, die Quelle des Geschosses ausmachen und ihn auf Tausende Pfund Schmerzensgeld verklagen konnte, die er nicht hatte.

»Atme, Suze, atme!«

»Ich versuche ja zu atmen, verdammt!«, zischte sie. Und hielt weiter die Luft an. »Eine. Viertel. Million. Pfund.«

Lieber Himmel, schlimmer konnte es gar nicht kommen. Spontane Selbsterkenntnis hatte gewisse Vorteile. Unter anderem die, zu wissen und zu akzeptieren, dass sie oberflächlich war. Materialistisch. Eine außergewöhnliche Affinität zu finanzieller Sicherheit und die Anhäufung von Wohlstand hatte. Das galt eigentlich für sie beide. Es war eine der wesentlichen Grundlagen ihrer Beziehung. Und wenn sie sich jetzt so schlecht fühlte, dann …

Der Nebel lichtete sich. Plötzlich war ihr alles so klar. Karl war der Macher, der Entscheider, das Alphatier, derjenige, der immer alles im Griff hatte. Dass sein Unternehmen einen solchen Schlag erlitten hatte, musste ihn bis ins Mark getroffen haben.

»Warum hast du mir nichts davon erzählt, Karl? Ich hätte dir doch helfen können, dich unterstützen, diesen Mr. Foreman ausfindig machen und windelweich schlagen können.«

Er lächelte. Offenbar war er nicht sicher, ob dies ein Versuch war, ihn zu trösten, oder eine echte Drohung.

»Ich konnte es nicht. Wir haben alles verloren, Suze.«

»Nein, das haben wir nicht. Wir haben immer noch das Haus und den Laden und den Salon, und wir können …«

Er saß nun wieder da – mit dem traurigsten Gesichtsausdruck, den sie je bei ihm gesehen hatte. Sein Kopf sackte auf die Brust.

»Wir haben gar nichts mehr, stimmt's?«

Ganz langsam bewegte er den Kopf von einer Seite zu anderen. »Alles ist weg, Suze. Unsere ganzen Geschäfte waren in einer Holding miteinander verknüpft. Das war damals die günstigste Möglichkeit, die Sache für dich und Mel zu finanzieren. Damals lief es bei der Bauunternehmung sehr gut, daher haben wir kein Gründungsdarlehen in Anspruch genommen, sondern einfach den Kontokorrentkredit erhöht und bevorrechtigte Rückzahlungszinsen ausgehandelt. Das erschien uns zu der Zeit besonders günstig. Aber jetzt will die Bank alles haben. Wir haben einen Monat Zeit, bis sie das Geld zurückfordern, und das zwingt uns in die Insolvenz.«

»Verdammte Scheiße! Weiß Joe das alles?«

»Er weiß, dass wir in Schwierigkeiten stecken, aber er hat keine Ahnung, wie ernst sie sind. Er war immer für andere

Dinge zuständig; die betriebswirtschaftlichen Angelegenheiten waren meine Sache. An den Abenden, als ich dir erzählt habe, ich sei im Fitnessstudio, habe ich in Wirklichkeit im Büro gesessen und verzweifelt nach einer Lösung gesucht. Ich konnte an nichts anderes mehr denken, Suze. Seit Monaten versuche ich, uns irgendwie aus diesem beschissenen Loch rauszuholen. Ich weiß, dass ich mich kaum noch um dich gekümmert habe, aber ich wollte auf keinen Fall, dass du etwas mitkriegst. Und jetzt ... jetzt weißt du es. Jetzt weißt du alles«, sagte er mit so schmerzverzerrter Stimme, dass es Suze fast das Herz zerriss.

Sie reagierte auf die einzige ihr zur Verfügung stehende Weise: Sie steckte den Kopf zwischen die Knie, bis der drohende Ohnmachtsanfall vorüberging. Als sie sich ein bisschen erholt hatte, schaute sie auf. Sein Gesicht war leichenblass, die Augen rot von ungeweinten Tränen. Sie hatte Recht gehabt mit dem schlechten Gewissen, nur der Grund dafür war ein ganz anderer gewesen. Es war klar, dass ihn das zerstört haben musste. Es war klar, dass seine verfluchte Westschottland-Alphatier-Stolz-Mentalität ihn gezwungen hatte, alles in sich hineinzufressen und sie nicht mit einzubeziehen. Und es war auch klar, dass sie in gewisser Weise mit schuld an allem war.

War sie nicht immer froh gewesen, dass er sich um alles kümmerte, sie nicht mit alltäglichen Problemen belastete, sondern sie alleine löste? War sie nicht glücklich gewesen, dass sie von seinem Geschäft keine Ahnung hatte und dieses ganze Thema komplett ihm überlassen konnte? Sie hatte ihn nie nach seiner Arbeit gefragt. Sie hatte die neuen Verträge und Aufträge mit ihm gefeiert, aber an den Problemen und Sorgen hatte sie keinerlei Interesse gezeigt. Wann hatten die Dinge Risse bekommen? Sie wusste es nicht mal. Was war sie bloß für eine Ehefrau? Sie hatte gedacht, ihr Ehemann hätte eine Affäre, während er zusehen musste, wie das, was er aufgebaut hatte, in sich eingestürzt war.

»Ich habe so schrecklich versagt, Suze. Es tut mir leid.« Er drehte sich um und bewegte sich langsam in Richtung Tür.

»Neeeeeeiiiiiiin! Wag es nicht!« Ihre beängstigend ruhige Stimme ließ ihn im Schritt erstarren. »Wag es nicht, herzukommen, mir das alles zu erzählen und dann einfach zu gehen. Bleib hier und rühr dich ja nicht von der Stelle! Ich habe noch ein paar Fragen.«

Er sah sie überrascht an. »Was willst du wissen?«

»Fordere mich nicht heraus. Okay, ich muss ein paar Dinge wissen. Über diese Frau, die du vorm The City befummelt hast. Und versuch gar nicht erst, mich anzulügen.«

»Ich habe sie eine Woche, nachdem du weg warst, in einer Bar kennen gelernt. Ich war allein und fühlte mich schrecklich einsam. Es war ein blöder, naiver Versuch, mich auf andere Gedanken zu bringen, als immer nur den, dass mein Leben zerstört war.«

»Super«, murmelte sie, und der Sarkasmus triefte aus jedem Laut. »Hättest du dazu nicht wie jeder andere Alkohol und Drogen nehmen können?«

Zum ersten Mal hoben sich seine Mundwinkel ein bisschen. Sie sorgte schnell dafür, dass sie wieder nach unten zeigten. »Und jetzt?«

»Wir haben noch immer Kontakt.«

»Das habe ich gestern Abend laut und deutlich mitbekommen. Liebst du sie?«

»Nein!« Jetzt hatte er zum ersten Mal die Stimme gehoben. »Hör zu, Suze, wir sind mal zusammen aus gewesen, wir waren zusammen essen, und ja, es tut mir schrecklich leid, ich habe auch mit ihr geschlafen. Aber sie kennt mich nicht, und ich kenne sie nicht. Es ist keine Beziehung, es ist ein Fluchtversuch, der mich den ganzen Alltagsscheiß vergessen lassen hat.«

Das tat weh, in vielerlei Hinsicht. Sie hätte das für ihn sein müssen. Sie hätte in seinen schwärzesten Stunden für ihn da sein müssen, sie hätte ihn trösten und beruhigen müssen. Natürlich erst nachdem sie ihn umgebracht hatte, weil er ihr ganzes Geld verschleudert hatte.

»Beende es.«

Er nickte. »Das brauchst du mir nicht zu sagen. Es war in der Sekunde vorbei, als du heute Morgen zu mir ins Büro gekommen bist.«

»Bevor ich meinen Schuh nach dir geworfen habe?«

Er lächelte wieder. »Viel früher. Das hat es aber noch mal bekräftigt.«

Es war schwer zu verstehen. Sie hatte soeben ernüchternde Neuigkeiten erfahren, ihr Leben lag in Schutt und Asche, und trotzdem empfand sie zum ersten Mal seit langem einen Hauch Normalität. Ja, sogar Erleichterung. Jetzt kannte sie endlich die Wahrheit, wusste, um was es ging, und konnte versuchen, irgendwie damit umzugehen.

»Hör zu, Suze, ich war ein Idiot.«

»Na ja, ich habe mich in letzter Zeit auch nicht gerade wie Einstein verhalten.«

Es war einen Moment ganz still, während sie beide die Wahrheit verarbeiteten.

»Du hättest mir gerade widersprechen müssen«, sagte sie.

Er schüttelte den Kopf. »Sorry, aber was war mit dieser *Venusfallen*-Aktion? Das war selbst für dich völlig wahnsinnig, Suze. Ich habe es echt nicht kommen sehen.«

»Das war der entscheidende Punkt.«

Sein vertrauter Geruch belebte ihre Sinne wieder, als er sich plötzlich vor sie kniete und ihre Hände nahm. »Suze, ich erwarte gar nicht, dass du mir wieder vertraust. Ich erwarte gar nichts von dir. Aber ich liebe dich. Und wenn es irgendeine Chance für uns gibt, dann sag mir welche. Denn ich werde alles dafür tun.«

Betrübt schüttelte sie den Kopf. »Es gibt keinen Weg zurück, Karl. Nicht jetzt, wo du so mittellos bist.«

Er riss die Augen auf, entspannte sich jedoch gleich wieder, als er begriff, dass sie das nicht ernst meinte. Sie saßen einen Moment nur da, schauten sich an und verarbeiteten den neuen, wackeligen Waffenstillstand, beide unsicher, wie es weitergehen sollte. Der erste Schritt kam von Suze.

»Ich habe keine Ahnung, ob es einen Weg zurück gibt.« Sie fuhr mit der Hand durch sein Haar, was sie selbst überraschte. Ihre Wut war weg. Ihre Angst war weg. Übrig geblieben war etwas ganz anderes. Die echte, schlichte, ehrliche Wahrheit, dass sie ihn liebte – mit all seinen Schwächen. »Aber wir sollten für diese Möglichkeit offen sein.«

»Offen sein?«

»Offen sein. Natürlich musst du damit rechnen, dass ich irgendwann paranoid werde. Ich werde dich ausquetschen, ob sie im Bett besser war als ich, dünnere Oberschenkel hatte, einen knackigeren Hintern …«

Sein Lachen ließ ihr unerwartet die Tränen in die Augen schießen. Sie blinzelte heftig, um sie wegzudrücken.

»Ein eindeutiges Nein zu allem. Scheiße, ich war so ein Idiot.«

»Das sagtest du bereits. Aber du hast meine Erlaubnis, es ab sofort bis ans Ende aller Zeiten stündlich zu wiederholen.«

Auf einmal wurde die Stimmung wieder ernst.

»Du hast das eben alles genau verstanden, oder, Suze? Wir sind am Ende. Pleite. Alles ist weg.«

»Ich fürchte, das habe ich begriffen. Aber wir werden es schon irgendwie schaffen.«

»Bloß wie?«

Sie beugte sich vor, nahm Block und Stift und strich das durch, was sie bisher geschrieben hatte. Dann drehte sie die Seite um.

»Ganz einfach. Wir machen eine Liste. Es muss doch irgendwas geben, was wir tun können, Möglichkeiten, denen wir nachgehen, Leute, mit denen wir sprechen können. Wenn wir eine Chance haben wollen, müssen wir jetzt einen anständigen

Plan machen und die Sache anpacken. Unser Unternehmen ist doch nicht das erste, das solche Probleme hat, Karl. So was passiert. Aber wir müssen jetzt versuchen, einen Weg zu finden, da wieder rauszukommen.«

»Du bist unglaublich, weißt du das?«

»Klar. So, und jetzt geh in die Küche und komm erst zurück, wenn du eine Flasche Wein gefunden hast. Also gut, Nummer eins. Was ist Nummer eins? Was müssen wir als Erstes tun? O Schreck, Karl, mir ist gerade klar geworden, was wir als Erstes tun müssen.«

»Nämlich?« Seine Stimme kam jetzt aus den Tiefen des Kühlschranks.

Suze nahm den Stift wieder zur Hand. Ein flaues Gefühl machte sich in ihrer Magengegend breit, während sie schrieb:

1. Mel informieren

20. Kapitel
Herz aus Gold

»Mel. Mel. MEL!«

Mel verstand gar nichts. Wieso war Josie da? Warum brüllte sie so? Wieso störte sie ihre heilige Sonntagmorgenruhe, dazu noch in einer Lautstärke, als müsste sie ein Fußballstadion beschallen? Das war gemein. Nur noch ein paar Minuten. Sie würde sie einfach ignorieren. Dann konnte sie sich noch ein bisschen an Joe kuscheln, und vielleicht würde ja noch mehr draus. Hm, das wäre schön. Danach würden sie gemütlich mit Suze und Karl brunchen und dann …

»MELISSA!«

Sie schoss so abrupt in die Höhe, dass ihr Lendenwirbelbereich völlig verkrampfte.

»Autsch! Was ist? Was ist los?« Du lieber Gott, warum hämmerte ihr Kopf bloß so?

»Tut mir leid, dass ich dich wecken musste, aber da draußen ist die Hölle los, und Cammy und ich schaffen es alleine nicht mehr. Er fühlt sich genauso wie du und ist schon den ganzen Tag auf den Beinen. Deshalb hab ich ihm gesagt, er soll mal Pause machen. Das war hoffentlich okay.«

In Panik schaute Mel auf ihre Armbanduhr. Zwei Uhr. Scheiße, sie hatte quer auf ihrem Schreibtisch gelegen und tief und fest geschlafen – kein Wunder, dass sie sich fühlte, als hätte man sie von einem Ende des George Square zum anderen geschleift. Sie hatte Josie und Cammy am stressigsten Tag der Woche einfach alleingelassen. Schluss. Sie würde nie wieder ausgehen. Offenbar war sie in einem Alter, in dem sie die Kombination aus Schlafmangel und Alkohol nicht mehr vertrug.

»Sorry, Josie, ich bin sofort bei euch. Gib mir eine Sekunde, um zur Besinnung zu kommen.«

»Kein Problem, Süße. Vielleicht könntest du dir nur vorher noch den Rest des Bananen-Muffins aus dem Gesicht waschen. Und ich rate dir, ein paar Kopfschmerztabletten einzuwerfen, denn da draußen tobt der Bär.«

Bär? Welcher Bär? Sie hatte nicht genug Energie, um der Frage länger nachzugehen. Das hätte Multitasking-Fähigkeiten erfordert, und im Moment benötigte sie ihre ganze Kraft, um sich darauf zu konzentrieren, nicht ganz so derangiert auszusehen.

»Wieso? Wer ist denn da?«

»Neue Kunden. Nennen wir sie einfach Paisley Six.« Wie aufs Stichwort ertönte genau in diesem Moment nebenan ein Riesenradau. »Ich geh jetzt besser. Wahrscheinlich haben sie Cammy an Händen und Füßen gefesselt, um ihn als persönliches Sexspielzeug zu missbrauchen.«

Mel benötigte weniger als fünf Minuten, um kurz ins Klo zu verschwinden, sich die Zähne zu putzen, die Haare zu kämmen, einen Hauch Make-up ins Gesicht zu tupfen, ein bisschen Lipgloss aufzulegen und sich einem zehnsekündigen Joe-Gedächtnis-Schmerz hinzugeben. Er hätte sich über ihren angeschlagenen Zustand amüsiert und darauf bestanden, dass sie an diesem Tag früher Feierabend machte. Dann hätte er ihr ein Bad einlaufen lassen und beim Chinesen was zu essen bestellt, und sie hätten im Bett gegessen, ohne auch nur eine Sekunde darüber nachzudenken, ob Huhn-Schingschong-Flecken je wieder aus dem Bettbezug gingen. Wie sehr fehlte ihr …

Schluck. Rasch schüttelte sie die Melancholie ab und ging mit entschiedenen Schritten in Richtung Verkaufsraum. Erst als sie blinzelnd ins Tageslicht trat, wurde ihr klar, dass auch zwei Stunden Vorbereitung nicht ausgereicht hätten, um sie auf das vorzubereiten, was sie vor sich sah. Drei Frauen von Mitte fünfzig, alle in verschiedenen Modellen der Femme-Dangereuse-Kollektion, stolzierten vor drei weiteren Frauen von Mitte fünfzig auf und ab, die auf den Louis-XV.-Sesselchen saßen, Gläser mit diversen Getränken in den Händen hielten und lautstark *You Can Keep Your Hat On* zum Besten gaben.

Und nein, es half nichts, dass sie heftig den Kopf schüttelte. Die Szene vor ihr verschwand nicht – es war ganz offensichtlich kein Traum.

»Mel! Cool, Sie wiederzusehen. Unsere Stacey sagt, wir sollen schön grüßen und ausrichten, es wäre doch kein Pornostreifen. Es wäre bloß eine Kondomwerbung, alles also bestens.«

Es dauerte ungefähr eine Minute, ehe der ganze Sack Groschen fiel. Stacey. L.A. Senga. Mutter. 90 GG, aber eigentlich 80 DD. Offenbar hatte sie ihre ganze Gang mitgebracht, deren Mitglieder Mel gerade – sowohl bekleidet als auch unbekleidet – ungeniert angrinsten.

»Das sind Ida, Ina, Agnes, Jean und Montana – ihre Mutter hat im Krieg einen amerikanischen Soldaten gevögelt, dafür muss sie jetzt ihr Leben lang büßen.«

Alle Frauen kreischten vor Lachen. Mel konnte dem Drang, einfach mitzulachen, kaum widerstehen. Gott, sie liebte ihren Laden. Er war alles, was sie sich je erträumt hatte. Aufregend, sympathisch, überraschend und unglaublich unterhaltsam. Ganz egal, wie beschissen ihr Leben gerade war, wenigstens das war ihr geblieben.

»Schön, euch alle kennen zu lernen, Ladys.«

Senga ergriff wieder das Wort. »Wir haben gestern Abend fünfhundert Mäuse beim Bingo gewonnen und beschlossen, sie auf den Kopf zu hauen. Auch wenn mein Fred das wahrscheinlich nie merken wird – er ist mir seit Jahren nicht an die Wäsche gegangen.«

»Tja, Senga, wer weiß, an welcher Wäsche er stattdessen war«, quietschte Ida in einem Babydoll – oder war es Agnes? –, was erneut einen Heiterkeitsausbruch zur Folge hatte. Oh. Mein. Gott. Das war unglaublich! Mel schüttelte den Kopf.

Eine bizarre Mischung aus Menopausen-Selbsthilfegruppe und Pussycat Dolls.

»Also gut, Ladys, dann wollen wir mal. Als Erstes hole ich noch ein paar Stühle aus dem Büro. Dann brauchen wir Musik und was zu essen – habt ihr schon was gegessen?«

Zögerndes Nicken. »Okay. Josie, könntest du uns bitte ein paar Sandwiches besorgen und Laugenbrezel und ... oh, Chips brauchen wir natürlich auch. Wir brauchen auf jeden Fall Chips.«

Die letzte Bemerkung löste kollektives Zustimmungsgeheul aus und eine La-Ola-Welle, bei der mehr von Montanas Busen zu sehen war, als für Mels Geschmack unbedingt nötig gewesen wäre.

»Aber, Ladys, es gibt eine Bedingung!«

Sechs Augenpaare schauten sie erwartungsvoll an.

»Ihr müsst mir erst sagen, was ihr mit Cammy angestellt habt.«

Das allgemeine Gelächter war kaum verstummt, als Mel im Augenwinkel eine Bewegung wahrnahm. Als sie sich umdrehte, sah sie hinter einem Schrank in der Herrenabteilung den Arm einer Schaufensterpuppe, an dem weiße Boxershorts hingen, offenbar ein Zeichen der Kapitulation, gefolgt von einem verlegenen Cammy und johlenden Pfiffen der versammelten Ladys.

»Ich hab ihn sicherheitshalber da rübergeschickt«, erklärte Josie. »Ich konnte mir nicht vorstellen, dass seine Pumpe dem Stress dieser Meute standhält.«

Kichernd fiel Mel Josie um den Hals. »Ich gebe dir völlig Recht, meine Liebe.«

Drei Stunden, ein Dutzend Chipstüten, zwei Tabletts mit Sandwiches, den *Best of* von Lionel Ritchie und Abba sowie den gesamten *Partyhits 54* später schloss Josie den Laden ab und sank ermattet gegen die Tür.

»Puh! Eins ist klar: Wenn es ums Feiern geht, bin selbst ich gegen die ein absolutes Fliegengewicht.«

»Du bist nie ein Fliegengewicht, Josie. Nicht mit diesem Arsch.«

Ein Thunfischsandwich kam in Cammys Richtung geflogen, knapp über den Kopf von Mel hinweg, die erschöpft neben einer inzwischen nackten Schaufensterpuppe an der Wand lehnte.

»Also, das ist auf jeden Fall ein Anwärter für den ersten Platz für den irrsten Tag aller Zeiten. Ich muss schon sagen ... Stadtrat McBride und Montana. Wer hätte das gedacht?«

Der Nachmittag war in eine Riesenparty gemündet, und jeder weitere Kunde, der zur Tür hereingekommen war, war sofort in das Tohuwabohu mit einbezogen worden. Das galt auch für Stadtrat McBride. Er war eigentlich nur kurz vorbeigekommen, um seinen Unterwäschevorrat aufzustocken, war dann jedoch von Jean, Ida und Montana zu einer Polonaise genötigt worden und hatte am Ende mit Letzterer, zwei Prada-Slips, einem roten Body und einem zufriedenen Lächeln den Laden verlassen.

Josie zog ihren Mantel an und nahm ihre Tasche, um sich zu verabschieden.

»Wo willst du hin, Jo? Willst du nicht noch auf einen Drink bleiben? Du hast dir heute den Hintern wundgearbeitet.«

»Nein, danke.« Sie winkte ab. »Ich habe mich mit den Paisley-Girls in der Weinbar um die Ecke verabredet. Habe noch einiges vor. Stadtrat McBride hat mir nämlich versprochen, Stadtrat Downie anzurufen, damit er auch kommt. Für den hab ich schon immer geschwärmt. Ich finde, er sieht auf diesen Plakaten, die sie überall an die Laternen hängen, immer so schnuckelig aus.«

Mit diesen Worten verschwand sie lachend aus dem Laden. Sie hinterließ ungläubiges Kopfschütteln.

»Unsere Josie.« Cammy grinste und setzte sich zu Mel auf

den Fußboden. »Gott, wie sieht es hier aus! Ich komme morgen ganz früh, um aufzuräumen.«

Mel nickte. »Ich komme auch und helfe dir«, antwortete sie.

»Auf keinen Fall. Morgen ist Sonntag. Dein freier Tag. Du erholst dich, ich will dich hier nicht sehen. Verstanden?«

»Ja, Boss«, antwortete Mel lächelnd.

Sehr zu ihrer Erleichterung saßen sie eine Weile ganz zufrieden und entspannt da. Zum Glück hatte der Vorfall vom Abend zuvor zwischen ihnen nichts kompliziert gemacht. Sie war froh, dass sie es beide geschafft hatten, ihn komplett aus dem Gedächtnis zu streichen.

»Hör mal ... wegen gestern Abend ...«, begann Cammy.

Anscheinend doch nicht.

»Ich war froh, dass du mich geküsst hast.«

»Ehrlich?«

»Ja.«

»Warum?«

»So wie du drauf warst, hättest du auf jeden Fall jemanden geküsst, und ich bin nur froh, dass es keiner war, der ein Strass-Cape anhatte und *Heartbreak Hotel* geheult hat. Das hätte dich fürs Leben traumatisiert.«

Mel atmete auf. Einen Moment lang hatte sie befürchtet, er würde jetzt ganz ernst und tiefsinnig werden, dabei hätte sie es besser wissen müssen. Gefrotzel wie dieses war im Laden der normale Umgangston. Anfangs, als sie neu nach Glasgow gekommen war, hatte sie Probleme mit dem gnadenlosen Spott und dem derben Humor gehabt, aber heute konnte sie sich gar nichts anderes mehr vorstellen.

»Du hast Recht. Mit einer Priscilla-Perücke sähe ich einfach scheiße aus – die Farbe steht mir überhaupt nicht.«

Autsch! Die Wirkung der Kopfschmerztabletten ließ langsam nach, beim Lachen schoss ein stechender Schmerz durch ihre linke Schläfe.

»Was ist los?«, fragte Cammy besorgt.

»Nichts, nur ein bisschen Kopfschmerzen.«

Er strich ihr übers Haar. »Leg den Kopf auf meinen Schoß, dann verwöhne ich dich mit meiner berühmten indischen Kopfmassage.«

»Cammy, deine einzige Berührung mit etwas Indischem war bisher ein Zwiebel Bhaji in der Taj Mahal Bhoona Bar.«

»Ich schwöre dir, ich bin echt gut.«

Mel verdrehte die Augen – aua, wieder ein Stich –, gab ihren Widerstand auf und ließ den Kopf auf seine Oberschenkel sinken. Eine kleine Stimme warnte sie, dass das nach dem, was am Vorabend passiert war, nicht sehr klug war. Aber sie drückte auf die Mute-Taste. Sie und Cammy waren sich immer sehr nah gewesen; er hatte sie schon in Unterhosen gesehen. Sie umarmten sich mehrmals täglich, und einmal, bei einem Camping-Wochenende, hatten sie sogar mal im selben Bett geschlafen. Es wäre albern, sich jetzt anders zu verhalten, nur wegen eines betrunkenen Augenblicks, dem sie beide keine Bedeutung gaben.

Seine rotierenden Fingerspitzen – zur Hölle mit ihren Vorbehalten, es war himmlisch! – lösten bei Mel eine weitere Erinnerung aus. Erst überlegte sie, sie zu verschweigen, aber dann entschied sie sich anders. Als Freundin war es ihre Pflicht, es ihm zu sagen.

»Ich möchte, dass du weißt, dass Suze Anneka gestern Abend gesehen hat. Sie war mit … jemandem zusammen.«

Unnötig, ins Detail zu gehen. Am besten, sie ließ den Rest einfach weg.

»Mit wem?«

Gut, dann also nicht.

»Karl.«

»O nein. Und Suze? Ist sie durchgedreht? Sind die beiden noch im Besitz aller Zähne?«

»Ja und ja. Ich glaube, sie wird auf ihre alten Tage noch zahm.«

Er nickte. »Ich hatte mich schon gewundert, was heute Morgen los war, aber Suze ...«

»Ich weiß, es könnte alles sein. Schlechtes Augenbrauenwachs. Prämenstruelles Syndrom. Eine Schlange am Postschalter. Dann macht dir das mit Anneka also nichts aus?«

Er zuckte mit den Schultern. »Wir sind nicht mehr zusammen, sie kann also machen, was sie will. Genau genommen konnte sie das auch schon, als wir noch zusammen waren. Ich war nie für eine enge Bindung und dieses ganze Geklammer, das weißt du ja. Aber für Suze tut es mir leid. Es muss hart für sie gewesen sein.«

So einfach war das also. Keine Bindung, kein Geklammer, keine Eifersucht, kein Trennungsschmerz. Wenn sie Cammys Einstellung hätte, hätte sie Joes Verhalten einfach als normal verbucht und keinen zweiten Gedanken daran verschwendet. Aber ... so funktionierte es einfach nicht. Sie stand nun mal auf Werte wie Vertrauen, Treue und Loyalität.

»Warum, Cammy? Warum bist du so?« All die Jahre hatte sie ihn immer akzeptiert, wie er war, und keine Fragen gestellt. Aber jetzt wollte sie es genauer wissen.

»Keine Ahnung. Es klingt vielleicht abgedroschen, aber manchmal glaube ich einfach, dass mir die Richtige einfach noch nicht begegnet ist.«

»Und woran merkst du, wenn es so weit ist?«

Er lächelte. »Vielleicht ist es ja schon so weit.«

»Was? Du hast jemand kennen gelernt?« Es fiel Mel schwer, nicht hinzuzufügen, »und mir nichts davon erzählt?«

»Ja, aber Josie will mich nicht. Sie sagt, ich wäre zu alt für sie.«

Puh. Ein Witz. Sie stieß ihn etwas heftiger als nötig in die Rippen. »So, ich glaube, jetzt sollte ich die Kasse machen. Es würde mich nicht wundern, wenn das heute unser bester Tag seit Weihnachten gewesen wäre.«

»Ich bleibe bei dir und helfe dir.«

»Unsinn! Ich hab noch immer ein ganz schlechtes Gewissen wegen meines Mittagsschläfchens. Geh nach Hause. Oder in die Stadt. Wohin auch immer. Nur um die Weinbar an der Ecke würde ich einen großen Bogen machen. Du würdest sie nie unbeschadet verlassen können.«

Cammy stand zuerst auf, hielt Mel die Hand hin und zog sie hoch – eine gute Idee, bis sie plötzlich schwankte und er sie auffangen musste.

»Ui, mir ist plötzlich ganz schwindelig geworden. Offenbar habe ich immer noch Alkohol im Blut. Danke, Cammy, es geht wieder.«

Ganz langsam und vorsichtig ließ er sie los, blieb jedoch nah bei ihr stehen. »Mel … ach, nichts. Okay, ich bin dann mal weg.«

Er lächelte sein süßes schiefes Lächeln, als ein Klopfen an der Tür sie beide zusammenfahren ließ.

Zum hundertsten Mal an diesem Tag verwandelten sich Mels Beine in Gelee, aber dieses Mal kam es nicht vom Alkohol. Joe. Er starrte sie durch die Scheibe hindurch an. Sofort überzog eine Gänsehaut ihren Körper. Was wollte er? Und was noch viel wichtiger war: *Wie lange* stand er schon dort?

Cammy öffnete die Tür. Er erntete einen starren Blick und ein »Alles okay, Cammy?«, das sich aber anhörte wie »Komm raus, damit ich dir eins in die Fresse geben kann«.

Offenbar hatte Joe eine ganze Weile dort gestanden.

Die Situation war so klassisch unglücklich, dass Mel schallend gelacht hätte, wenn sie nicht in diesem nervösen/fassungslosen/entsetzten Zustand gewesen wäre. Aber im Moment verharrte sie in diesem nervösen/fassungslosen/entsetzten Zustand. Was musste er denken? Der Laden sah aus, als hätte eine Bombe eingeschlagen; sie selbst sah aus, als hätte man sie durch die Mangel gedreht, er hatte eine leicht falsch zu interpretierende Szene beobachtet, und ihre Fähigkeit, Worte zu formen, hatte sie vorübergehend auch im Stich gelassen.

Aber dieses Manko schien auf Gegenseitigkeit zu beruhen. Joe schloss die Tür hinter sich und machte ein paar Schritte auf sie zu. Instinktiv wich sie zurück.

»Es ... eh ....schön, wie du den Laden umgestaltet hast«, sagte er mit der wahrscheinlich kältesten Stimme, die sie von ihm je gehört hatte.

»Wir hatten heute eine kleine Party. Ein Bingo-Gewinn. Längere Geschichte.«

Eine weitere Pause – allerdings keine von der angenehmen Sorte, wie sie sie gerade erst mit Cammy erlebt hatte. Kleine Schauer gesellten sich zu der Gänsehaut, die sie dankenswerterweise ein bisschen von der Spannung in der Luft ablenkten. So unwohl hatte sie sich in Joes Gegenwart noch nie zuvor gefühlt. Andererseits hatte er ja auch noch nie zuvor eine Brünette mit aufgeblasenen Brüsten in einer Bar angequatscht und ihr vorgelogen, er sei Single. Und danach vier Wochen in einer Art Einzelhaft verbracht. Und war dann überraschend aufgetaucht, um seine Frau in eindeutiger Position – nämlich mit dem Kopf im Schritt eines anderen Mannes – zu erwischen.

Aber jetzt war er hier, und vielleicht war es nun höchste Zeit, sich mit den Problemen auseinanderzusetzen. Diese Kopf-im-Sand-Strategie konnte ja nicht ewig so weitergehen. Es war unreif. Feige. Und absolut typisch für ihre lebenslange Konfrontationsvermeidungshaltung.

»Ich weiß nicht, was ich sagen soll, Joe.« Wir wäre es mit: Hau ab. Bleib. Wie konntest du? Warum? Was hab ich falsch gemacht? Scheiße, sie war einfach nicht darauf vorbereitet. Nicht an diesem Tag. »Und im Moment schon gar nicht.«

»Wieso nicht? Weil du gerade mit Wichtigerem beschäftigt warst?«

Sein geringschätziger Blick wanderte von ihr zu Cammy, der in diesem Augenblick mit seiner Jacke aus dem Personalraum kam.

»Nein, nein, das ist es nicht. Ich kann das nur einfach nicht mitten in diesem Laden, in dem ganzen Durcheinander, und mit diesem Chipsgeruch, bei dem sich einem der Magen umdreht. Ich muss mich dringend auf eine Couch legen, ehe ich umkippe. War ein bisschen wild gestern Abend.«

Joes Blick wanderte ein zweites Mal zu Cammy.

Der bekam den Gang des Gesprächs und die Untertöne klar und deutlich mit und zog sich die Jacke wieder aus. »Passt auf, ihr zwei geht jetzt, und ich kümmere mich um die Kasse und alles andere hier.«

»Nein, nein, auf keinen Fall …«, widersprach Mel.

»Doch wirklich, geht nur. Mir macht das nichts. Außerdem sollte man dir in deinem Zustand ohnehin kein Bargeld und keinen Taschenrechner anvertrauen.«

Mel resignierte. Sie schnappte sich Tasche und Mantel, schaltete den Computer aus, wischte die Muffinkrümel von ihrem Schreibtisch und steckte sich einen Kaugummi in den Mund. Zum Schluss zeichnete sie noch ein Smiley und ein DANKE! auf ein Post-it, das sie so auf den Safe klebte, dass Cammy es auf jeden Fall sehen würde.

Als sie in den Verkaufsbereich zurückkam, stellte sie fest, dass sich Eisbären und Pinguine hier auch weiterhin wohl fühlen würden. Das Klima war eisig. Joe saß auf einem der Stühle, auf denen kurz zuvor noch ein Paisley-Six-Hintern gesessen hatte, und tat, als sei er in die Unterwäschebeilage eines Brautmagazins vertieft. Cammy zählte Geldscheine.

Ein rascher Abflug war vermutlich für alle Beteiligten das Beste, und angesichts ihres Brechreizzustands gab es nur ein mögliches Ziel.

»Joe, wir wär's, wenn du mit zu uns kämst? Das heißt, wenn du dich traust, Suze unter die Augen zu treten. Ich fürchte, die Marshall-Brüder stehen im Moment bei ihr nicht sonderlich hoch im Kurs.«

Falsche Bemerkung. Cammy lachte schallend. Joe nicht. Was

hätte sie dafür gegeben, wenn Senga und ihre Gang in diesem Moment noch einmal in den Laden gestürmt wären.

Sie murmelte ein hastiges Sorry in Cammys Richtung und folgte Joe, der schon aus der Tür war. Mitten auf der Straße griff sie instinktiv nach seinem Arm und zeigte auf einen Haufen Scherben auf dem Gehweg. »Joe, ist das da nicht unser Blumentopf?«

»Ich schätze, ja.«

»O verdammt. Ich hoffe, Suze hat keinen unschuldigen Passanten benutzt, um Zielübungen zu machen. Im Moment ist sie wirklich unberechenbar. Bist du sicher, dass du mit raufkommen willst?«

»Ich riskier's.«

»Das ist sehr mutig von dir.«

Sie trotteten die Treppe hinauf. Jeder Schritt verriet mehr, wie wenig Energie sie noch hatte. Wenn sie sich einen Abend aussuchen dürfte, an dem sie das hier nicht gewollt hätte, dann wäre es der heutige. Sie wollte nur noch mit einer Decke aufs Sofa, irgendeinen Frauenfilm einschalten und die restliche Welt ausblenden. Aber hatte sie die ganze Welt in den letzten Wochen nicht oft genug ausgeblendet? Wenn sie sich noch mehr Filme mit Kate Hudson anschaute, würde sie noch richtige Neidgefühle entwickeln.

Außerdem lief es ja erstaunlicherweise bisher gar nicht so übel. Sie hatte sich ein bisschen beruhigt und fühlte sich nicht mehr ganz so gestresst. Eher ein bisschen unwirklich. Vielleicht hatte sie die erste Trauerphase ja schon abgeschlossen, und er war genau in einer Erholungsphase wieder aufgetaucht. Oder sie war immer noch betrunken.

Es war totenstill, als Mel die Tür öffnete. Suze schien nicht da zu sein. Das war einerseits schlecht, weil man nie wusste, was sie gerade anstellte, andererseits bestand so wenigstens keine Gefahr, dass sie ihre Wut an Joe ausließ. Er schloss die Tür hinter sich und folgte ihr durch die Diele ins …

»Suze! Ich dachte, du wärst nicht zu Hause. Hör zu, raste jetzt bitte nicht gleich aus, aber ich habe Joe mitgebracht.«

Und da passierte es!

Suze sah Joe, lächelte und sagte: »Hi! Wie geht es dir?«

Wow!

Mel sah sich im Zimmer um, ob sie irgendwo Spuren von Crack entdeckte. Oder eines Sturzes. Ja, das war es sicher. Suze musste auf den Kopf gefallen sein.

»Ich eh … habe … auch Besuch.«

In diesem Moment kam Karl aus der Küche, mit einer Flasche Wein und zwei Gläsern und – einem großen Pflaster auf der Stirn.

Mel drehte sich zu Joe um. »Halluziniere ich?«

»Nein, er ist es tatsächlich.«

»Hi, Karl.«

»Hi, Mel. Es tut mir wirklich leid, aber wir haben deine Weinvorräte aufgebraucht. Ich geh schnell und besorg uns neuen.«

»Glaub mir, Wein ist im Moment das Allerletzte, was ich brauche.«

Okay, das alles drang nicht durch bis in die Teile ihres Gehirns, die fürs Verstehen zuständig waren. Warum war Karl hier? Wieso flippte Suze nicht aus? Die Spannung in der Luft war fast greifbar, aber irgendwie schienen die beiden klarzukommen. Oder bildete sie sich das bloß ein?

Angesichts der Tatsache, dass Suze ihm noch ein paar Stunden zuvor am liebsten die Eier amputiert hätte, war das jedenfalls sehr kurios.

»Karl, hol noch zwei Gläser. Glaub mir, Mel, du wirst es brauchen.«

»Wieso? Was ist denn los?« Mel sah Joe erneut an, aber der zuckte nur mit den Schultern.

Auf dem Weg zurück in die Küche drehte Karl sich noch mal kurz um. »Gut, dass du auch hier bist, Joe, denn das betrifft uns alle.«

»Was?«

Wieder überkam Mel der heftige Wunsch nach einer Kuscheldecke und einem Frauenfilm – notfalls würde sie eben lernen, mit dem Kate-Hudson-Neidgefühl umzugehen.

Mel und Joe setzten sich, nahmen die Gläser, die Karl ihnen hinhielt, und hörten zu, wie er und Suze abwechselnd berichteten, was passiert war. Firma. Pleite. Verbunden. Alles. Weg. Überzogen. Bank. Zahlungstermin. Später wusste Mel nur noch, dass ihr Leben innerhalb von nur fünf Minuten einen weiteren tödlichen Schlag bekommen hatte.

Sie sah das wachsende Entsetzen im Gesicht ihres Mannes und schloss daraus, dass ihm die Ernsthaftigkeit der Lage völlig neu war. Andere Männer (einschließlich Karl) hätten gebrüllt, getobt und Erklärungen verlangt. Joe nicht. So war er nicht.

Er sah seinen Bruder nur fassungslos an und murmelte immer wieder: »Wieso? Wieso hast du mir nicht gesagt, dass es so schlimm ist?« Genau diese Reaktion hätte Mel vorhergesagt. Ruhig. Beherrscht. Nach Gründen suchend. Bereit zum Zuhören.

Karl zuckte mit den Schultern. »Ich wusste nicht wie, Joe. Und ich hatte gehofft, dass ich irgendeinen Ausweg finden würde, ehe ich jemanden damit belasten müsste.«

»Karl, ich bin kein kleines Kind! Verdammte Scheiße, unser Unternehmen geht den Bach runter, und du sagst mir einfach nichts?« Jetzt brüllte Joe.

Mel stützte den Kopf in die Hände. So viel zu seinem ruhigen, ausgleichenden Wesen. Wer war dieser Mann, und was war mit dem passiert, den sie geheiratet hatte? Kannte sie ihn denn überhaupt nicht?

Plötzlich stand Joe vor Karl und schlug ihm eine Faust gegen die Brust. Karl war viel zu überrascht, um zurückzuschlagen.

Dafür sprang Suze auf. »Das reicht, Joe! Hör sofort auf damit! Ich weiß, dass das ein Schock für dich ist, aber es ist wie es ist, und wir müssen das Problem vernünftig lösen.«

Mel zog ihren Mann am T-Shirt. »Sie hat Recht, Joe. Komm, setz dich wieder.« Widerstrebend tat er, was sie sagte. Sein Gesicht war weiß vor Wut.

Mel beugte sich vor, legte die Hand auf seinen Arm und kämpfte dabei gegen eine neue Welle der Übelkeit. Sie wusste selbst nicht, ob sie von ihrem Kater kam oder etwas mit den erschreckenden Neuigkeiten zu tun hatte.

»Also«, begann sie schließlich. »Wo stehen wir jetzt? Erzählt uns bitte alles ganz genau. Keine Streitereien, kein Drama, sonst muss ich mich übergeben, und ich schwöre euch, das gibt dem Ganzen noch eine unappetitlichere Note.«

Suze hob Block und Stift vom Boden auf, strich sich die Haare aus dem Gesicht, räusperte sich und fing an vorzulesen.

»Alle Unternehmen sind unter einer Holding zusammengefasst. Die Verbindlichkeiten belaufen sich auf insgesamt 250.000 Pfund.« Joe und Mel atmeten gleichzeitig tief ein. Suze las weiter.

»Unser Haus ist zu achtzig Prozent mit Hypotheken belastet …«

»Achtzig Prozent? Ich dachte, ihr hättet nur eine zwanzigprozentige Hypothek auf eurem Haus«, unterbrach Mel sie.

Karl besaß immerhin so viel Anstand, ein betretenes Gesicht zu machen, während Suze ihre Schwägerin aufklärte. »Leider hat unser Held hier die Hypothek erhöht, um wegen des Foreman-Auftrags die Liquidität der Firma zu gewährleisten. Ich werde ihm zu einem späteren Zeitpunkt noch ein paar Fragen dazu stellen, glaub mir. Wie auch immer … Wenn uns die gnadenlosen Typen von der Bank noch mal zehn Prozent geben und wir unsere Autos, unsere Versicherungsverträge und unsere Fonds verkaufen, könnten wir ungefähr 80.000 zusammenkriegen.«

Mel dachte nach. Sie und Joe hatten zwanzig Prozent Eigenkapital im Haus, würden aber für ihre Autos nicht viel bekommen und hatten auch sonst keine Werte, die sie veräußern konnten. Und im Gegensatz zu Suze, die von Anfang an ein Gehalt in ihrem Salon bekommen hatte, hatte Mel das nie für so wichtig gehalten. Sie hatte das Geld nie wirklich gebraucht. Aus diesem Grund hatten sie keine Ersparnisse und kaum Vermögen. Aber das war natürlich nicht die Antwort, die sie in dieser Situation brauchen konnte.

»Joe? Was meinst du dazu?«

Joe sank in seinen Sessel zurück und rieb sich das Gesicht. »Ich weiß nicht. Das Haus. Mein Auto. Vielleicht ein bisschen Bargeld. Im Moment finden wir nie einen Käufer für die Wohnung, daher können wir auch nur hoffen, dass sie unsere Hypothek aufstocken.« Er beendete seine Analyse der Lage mit einem tödlichen Blick in Karls Richtung.

»Okay, dann wären wir bei 150.000«, meinte Suze. »Das ist immerhin mehr als die Hälfte.«

»Und wenn wir den Rest nicht zusammenkriegen?«, fragte Mel ängstlich. »Was passiert dann?«

Die Ernsthaftigkeit ihrer Lage wurde ihr allmählich bewusst, und zwar in einer Weise, die sie nicht im Geringsten akzeptieren wollte. Das war zu viel. Innerhalb der letzten Stunde war sie zweimal überrumpelt worden. Vielleicht war es das Beste, sich einfach totzustellen.

»Dann bricht alles zusammen. Die Bank sperrt uns den Kontokorrentkredit, und wir haben kein Geld mehr, um Mieten, Gehälter und Rechnungen zu bezahlen. Dann müssen wir Insolvenz anmelden, Mel.«

Mel schloss die Augen, legte beide Zeigefinger auf ihre Schläfen und begann, sie in kreisförmigen Bewegungen zu massieren. Nein. Das konnte alles nicht wirklich passieren. Der Laden war ihr Leben. Und Josie und Cammy – was würde aus ihnen? Wer würde eine Einundsechzigjährige nehmen, die redete, als käme sie aus der Gosse, und aussah wie eine Ninja-Kriegerin? Sie spürte, wie sich Flüssigkeit hinter ihren Augen sammelte. Jede Sekunde würde sie anfangen zu weinen.

Joe hatte das offenbar auch gemerkt, denn er legte die Hand auf ihre Schulter. Sie hatte weder die Energie noch den Drang, sie wegzuschieben.

»Gibt es eine andere Möglichkeit? Irgendwas, was wir sonst tun können?«, fragte Joe verzweifelt.

Karl und Suze sahen sich an, dann begann Karl.

»Wir sind uns noch nicht sicher. Ehrlich gesagt war ich so damit beschäftigt, neue Aufträge an Land zu ziehen und sämtliche Außenstände einzutreiben, dass ich gar nicht weiß, was wir sonst noch für Optionen haben. Aber Suze wird sich gleich Montagmorgen darum kümmern. Finanzberater ansprechen, sich über staatliche Hilfen informieren, sich bei Banken, vielleicht sogar bei Risikokapitalgebern erkundigen, sofern die heutzutage überhaupt noch was zu vergeben haben. Wenn es irgendeinen Ausweg gibt, werden wir ihn finden.«

»Vergiss es.« Joes Antwort war ebenso harsch wie kurz.

»Aber?« Suze sah ihn erstaunt an.

»Es ist nicht allein die Aufgabe von euch beiden, die Sache zu regeln, es ist die Aufgabe von uns allen. Mel und ich sind dazu ebenso in der Lage wie ihr. Ich weiß, wir haben alle eine schwere Zeit hinter uns, aber das hier ist genauso unser Problem wie eures.« Joe warf Mel einen Blick zu, der um Zustimmung bat. Ihr Nicken genügte.

»Am Montagmorgen gehen wir als Erstes zusammen zur Bank. Danach teilen wir die Aufgaben auf. Hat jemand ein Problem damit?«

Mel rieb weiterhin heftig an ihren Schläfen, während sie über die Veränderungen bei Joe nachgrübelte. Karl schüttelte den Kopf, und Suze winkte ebenfalls ab. »Auf keinen Fall – wir können jede Hilfe gebrauchen. Mel, du bist so still – was meinst du?«

Mel stellte erschrocken fest, dass alle sie erwartungsvoll ansahen. Was dachte sie? Sie dachte, dass sie, als sie am Morgen aufgewacht war, nicht im Mindesten auf das vorbereitet gewesen war, was der Tag ihr gebracht hatte. Sie dachte, dass sie am liebsten so tun würde, als würde das alles nicht wirklich passieren. Aber ihr Charakter verbat ihr solche Gedanken.

Sie sagte: »Ich denke, dass wir in einer echt beschissenen Situation sind. Aber wir sollten nicht eher aufgeben, bis wir alles versucht haben, um da rauszukommen.«

Erstaunlicherweise grinsten Suze und Karl sie gleichzeitig an. »Siehst du? Hab ich das nicht gesagt?«

Suze kam auf sie zugerannt und umarmte sie stürmisch. »Schätzchen, du hast genauso reagiert, wie ich es Karl vorausgesagt habe. Wenn es ein Ministerium für Optimismus gäbe, müsstest du die Ministerin werden.«

»Suze«, keuchte Mel mühsam. »Optimismus hin oder her. Könnte ich dich bitten, mich wieder loszulassen? Sonst ersticke ich nämlich.«

Suze drückte sie noch einmal liebevoll, dann löste sie sich, strich sich den Rock glatt und griff nach ihrer Tasche.

»Also, was ist mit euch? Habt ihr miteinander geredet?«, fragte Mel, in der Hoffnung, dass sie die Signale nicht falsch deutete.

»Wir … versuchen es. Vielleicht«, antwortete Suze. Sie stockte sofort, als sie Karls irritierten Blick sah. »Oh, okay, ja. Wir versuchen es irgendwie wieder hinzukriegen, auch wenn er das nicht verdient hat. Ich hoffe, es macht dir nichts aus, aber ich werde heute Abend wieder mit nach Hause gehen. Es sei denn, ein Model in einem knallroten Kleid sitzt am Küchentisch. In dem Fall würde ich eventuell gewalttätig werden und sofort wieder zurückkommen.«

Karl besaß immerhin Anstand genug, rot zu werden.

Mel bemerkte es nicht. Sie fühlte sich verdammt unwohl. Offenbar wollten Suze und Karl allein sein. Nahmen sie Joe mit, oder erwarteten alle, dass er blieb?

»Wenn es okay ist, bleibe ich hier. Im Gästezimmer. Nur für heute«, schlug Joe vor.

Mel nickte. Sie war viel zu erschöpft, um sich zu wehren. Eigentlich wünschte sie sich nur noch, dass der Tag zu Ende ging, ohne dass noch mehr Katastrophen passierten. Sie warf einen Blick auf die Wanduhr. Halb acht. Zeit zu …

Ein Mobiltelefon begann zu klingeln. Automatisch griffen alle zu ihren Handys. Joe war der glückliche Gewinner.

»Es ist Mum«, flüsterte er.

Alle schauten sich beunruhigt an. Sie konnten Ehekrisen managen. Sie konnten mit einer möglichen Insolvenz und mit drohender Verarmung umgehen. Aber Joes und Karls Mutter – eine Furcht erregende Kreuzung aus Joan Rivers, Attila der Hunnenkönig und einem Rottweiler – bedeutete eine ganz neue Dimension an Unheil.

Joe schaltete den Lautsprecher an. »Hi, Mum.«

»Hallo, Darling! Hör zu, ich rufe nur an, um sicherzugehen, dass ihr nicht zu spät kommt. Du weißt ja, dass der Blutdruck deines Vaters sofort steigt, wenn er warten muss.«

Im Hintergrund konnten sie Donald Marshall heftig protestieren hören, dann wurde er zum Schweigen gebracht. Das Standardprinzip ihrer Beziehung hatte wenig mit gegenseitiger Liebe und Achtung zu tun, dafür umso mehr mit den Einschüchterungstaktiken eines Dritte-Welt-Diktators.

Suze war die Erste, die sich regte und hektisch mit den Armen ruderte. »Datum … welches Datum ist heute?«, zischte sie Karl zu.

Er schaute auf seine Armbanduhr. »Der 15.«

»Ach du heilige Scheiße, das glaub ich jetzt nicht.«

Joe legte rasch die Hand auf die Sprechmuschel.

»War das da gerade Suze im Hintergrund?«, fragte Mrs. Marshall in einem Ton, mit dem man Glas zum Zerspringen bringen konnte. Sie war über ihre selbstbewusste, impulsive Schwiegertochter noch nie richtig glücklich gewesen – erstaunlich für eine Frau, die selbst das Temperament einer Mittelstreckenrakete besaß.

»Ja, Mutter!«, rief Suze zurück. »Herzlichen Glückwunsch zum Hochzeitstag!«

Drei Händepaare schlugen sich an die dazugehörenden Köpfe. Der Hochzeitstag ihrer Eltern! Er war seit Monaten geplant. Normalerweise dachten die Frauen an solche Termine und sorgten dafür, dass sie alle anständig gekleidet und pünktlich zu den Feierlichkeiten erschienen.

Dieses Jahr nicht.

»Danke. Wir sehen uns ja gleich. Wir sind gerade losgefahren, werden also gegen halb neun da sein. Kommt nicht zu spät, ihr Lieben.«

Und genau das war der Grund, dachte Mel, während sie endgültig dem Kloß in ihrer Kehle unterlag, weshalb Optimismus so wichtig war. Damit einem auch in solchen Momenten, in denen eine dicke dunkle Wolke das Leben überschattete, noch genügend Durchhaltevermögen und Zuversicht blieb.

Wenn diese dicke dunkle Wolke allerdings Virginia hieß und Gift und Galle mit sich brachte, war es durchaus angebracht, auch mal ein wenig Pessimismus zuzulassen. Pessimismus, der sich im Nachhinein als Vorhersage dessen erweisen würde, was ihnen sonst noch bevorstand.

21. Kapitel
Herzstillstand

Der Grill Room war ein elegantes Restaurant auf der zweiten Etage eines prunkvollen Sandsteingebäudes aus dem 19. Jahrhundert am Royal Exchange Square in Glasgow.

Mr. und Mrs. Willow-Jones aus Newton Mearns feierten Mrs. Willows fünfzigsten Geburtstag. Beide genossen ihre Krone vom Mai-Lamm an cremig pürierten Kartoffeln mit provenzalischem Gemüseschaum.

An einem Ecktisch freute sich das Team von *The Clyde,* der neuesten Fernsehserie von BBC Scotland, dass die Produzenten ihre Nominierung für einen Filmpreis mit einer Einladung zu einem köstlichen Dinner feierten. Es gab Chateaubriand.

Mr. George Robertson starrte voller Panik auf sein 500-Gramm-Kansas-City-Style-Sirloin-Steak, weil sich soeben eine Dame, die einer Tante seiner Ehefrau verblüffend ähnlich sah, an den Nebentisch gesetzt hatte und vermutlich gleich entdecken würde, dass George sich mit Claudie, seiner dreiundzwanzigjährigen französischen Sekretärin, amüsierte anstatt mit seiner sechsundfünfzigjährigen Ehefrau Gilda aus Greenock.

Und mittendrin hatten sich die amtierenden Mitglieder der Marshall-Dynastie zu einer Familienfeier versammelt, die das irdische Pendant zum siebten Kreis der Hölle war.

Suze hatte sich bereits zweimal entschuldigt, um aufs Klo zu gehen. Beim zweiten Mal hatte sie sich steten Nachschub an Schwiegermutter-Betäubungsmitteln gesichert, indem sie einen Ober mit fünfzig Pfund bestach, damit er dafür sorgte, dass Viginias Glas zu keinem Zeitpunkt auch nur halb voll war. Herrje, sie waren so gut wie pleite – da war das das Mindeste, was sie verdient hatte.

Sie überlegte, ob es im Guinness-Buch der Rekorde eine Kategorie »Starres Weiterlächeln trotz stundenlang andauernder Folter« gab. Wenn, dann war sie ein heißer Anwärter auf den Titel. Allerdings bestätigte ihr ein Blick auf die arme Mel gegenüber, dass sie ernst zu nehmende Konkurrenz hatte. Mels Gesicht nahm immer mehr die Farbe von Joes grauem Jackett an; ihre Augen hatten den gläsernen Ausdruck eines Menschen, der jeden Moment Harakiri mit dem Brotmesser begehen konnte.

Abzusagen war nicht in Frage gekommen. Nicht seit Suze versucht hatte, sich vor Mr. Marshall seniors Geburtstagsfeier zu drücken, indem sie Periodenbeschwerden vorgetäuscht hatte, und Mrs. Marshall senior um sieben Uhr abends mit einer Packung Tampons und einer Schachtel Nurofen vor ihrer Tür gestanden und ihr klargemacht hatte, dass es die Bestimmung einer Frau sei, über solche Nichtigkeiten zu triumphieren. Danach hatte sie was zum Anziehen aus Suze' Kleiderschrank gezogen und es ihr mit den Worten »Ich warte unten im Auto« in die Hand gedrückt.

Deshalb war in dem Moment, als Joe das Telefongespräch beendet hatte, allgemeine Hektik ausgebrochen, damit alle rechtzeitig angezogen, geschminkt, gekämmt und parfürmiert am Ziel eintrafen. Da keine Zeit mehr geblieben war, nach Hause zu fahren, hatte Karl sich einen Anzug von Joe geliehen, und Suze hatte ihre 34er-Figur in ein tief dekolletiertes Größe-40-Kleid von Mel gehüllt, sich Mels Bettsocken in den Ausschnitt gestopft und einen breiten schwarzen Ledergürtel um die Taille gezurrt – in der Hoffnung, dass niemand merkte, dass die ganze aufgebauschte Stofffülle in der Hüftgegend den Eindruck erweckte, als litte sie an heftigen Blähungen.

Es kam noch viel schlimmer. Nach einem schrillen »Darling, wie schön dich zu sehen!«, zwei übertriebenen Luftküssen und einer kritischen Von-Kopf-bis-Fuß-Musterung blieb Virginia Marshalls Blick an ihrer Bauchgegend hängen. Sie zog die Augenbrauen hoch und fügte genauso schrill hinzu: »Suze, Darling – haben wir etwa ein süßes Geheimnis?« Echt, diese Frau ging nur mit einem Warnhinweis der Regierungsbehörde für toxische Abfälle.

Jetzt, nach der Hälfte ihrer Vorspeise, einem Bang-Bang Hühnchen (im Moment konnte sie sich gut vorstellen, wie sich dieses Huhn fühlte), überlegte Suze, ob sie Kontakt mit dem Vatikan aufnehmen und Mr. Marshalls Heiligsprechung beantragen sollte.

Es war ihr ein absolutes Rätsel, wie er mit dieser Frau zusammenleben konnte. Dieses Mysterium wurde nur noch dadurch übertroffen, dass zwei so coole, unkomplizierte Typen wie Karl und Joe aus ihrem Bauch gekommen waren. Zum Glück hielten die beiden die Unterhaltung in Gang und überließen Suze und Mel falsches Lächeln und den übermäßigen Verzehr von köstlichem warmem Baguette, um ihre inneren Qualen zu vertuschen.

Karl fing Suze' Blick auf und lächelte, und zu ihrer großen Überraschung fühlte sie sich plötzlich ein bisschen glücklich. Wenn ihr jemand erzählt hätte, dass sie herausfinden würde, dass ihr Mann es mit einer anderen Frau trieb, sie ihr ganzes Geld verloren hatten und sie abends auch noch mit ihrer Schwiegermutter an einem Tisch sitzen müsste, und das alles an einem Tag, hätte sie diese Person für unzurechnungsfähig erklärt. Und nun war genau das eingetroffen … und es fühlte sich … na ja, gar nicht so schrecklich an.

Genau genommen fand Suze sogar, dass es für ihre Beziehung langfristig gut war. Der monatelange Stress, die Sorge, Karl könnte durch die Gegend rennen und alles vögeln, was nicht schnell genug auf die Bäume kam, war weg. Stattdessen hatte sie nun die Wirklichkeit vor sich, die zugleich die Wahrheit war und viel leichter zu ertragen. Jetzt brauchte sie nur noch den Schaden zu beheben und neue Stabilität zu finden, und zwar auf der Basis von absoluter Ehrlichkeit und Offenheit. Okay, und von einem Lottogewinn, einem Bankraub und dem Verbreiten böser Lügen über diese Anneka-Schlampe. Suze konnte es kaum erwarten, dass sie das nächste Mal ihren Laden betrat und eine Wachsbehandlung im Intimbereich verlangte.

Ein Anflug von schlechtem Gewissen verdunkelte die erhebende Aussicht auf Rache. Wenn es etwas gab, was sie gern nachträglich ändern würde, dann dass Mel so unglücklich in die Sache hineingezogen worden war. Wie sie da saß, mit ihrem starren Lächeln, und sich so bemühte, gut gelaunt zu wirken. Und Joe neben ihr, so nervös und unsicher. Aber vielleicht gingen die beiden ja auch gestärkt aus diesem ganzen Schlamassel hervor. Gut, ihr war klar, dass dies ein kläglicher Versuch war, sich selbst besser zu fühlen, aber zu mehr war sie so kurzfristig und mit ungefähr anderthalb Flaschen Wein im Blut einfach nicht in der Lage.

Höchste Zeit, nach vorn zu schauen. Und zwar zusammen mit Karl. Wenn das bedeutete, einen weiteren Abend mit Virginia zu ertragen, würde sie den Kopf einziehen und auch das noch durchstehen.

»Also, Suzanne, du hast vorhin meine Frage nicht beantwortet. Gibt es irgendwelche Neuigkeiten an der Enkelfront?«

Also gut, Kopf wieder hoch.

Freundlich lächeln. Freundlich lächeln. Nur nicht das Messer werfen.

»Noch nicht, Virginia, aber ich verspreche dir, du bist die Erste, die es erfährt.«

Freundlich lächeln. Sie merkte, wie sich Karl rechts neben ihr verkrampfte, während Mel und Joe sie mit einer Mischung aus Mitleid und Neugier anschauten. Verflucht, warum musste dieses Thema immer wieder aufkommen? Ihr Fortpflanzungssystem hatte niemanden zu interessieren. Reichte es nicht, dass sie und Karl darüber ständig in Streit gerieten? Sie musste das Thema unbedingt mit auf die To-do-Liste setzen – vielleicht konnten sie sich ja jetzt irgendwie einigen. Ein überraschendes

Zwicken in ihren Oberschenkel unter dem Tisch deutete darauf hin, dass Karl dasselbe dachte.

»Ich finde, ihr solltet nicht mehr allzu lange warten. Nicht in eurem Alter. Diese Karrieresucht der jungen Frauen heutzutage ist mir völlig unverständlich. Alle wollen wie diese Anita Roddick sein. Wie hieß der Laden noch? Body Shop. Billiger Firlefanz. Gegen Clarins konnte das Zeug noch nie bestehen. Schaut mich an! Zweiundsechzig, zwei erwachsene Söhne und kaum eine Falte im Gesicht!«

Unfassbar! Mrs. Virginia Marshall (62, kaum eine Falte im Gesicht) verunglimpfte eine der erfolgreichsten Business-Frauen des 20. Jahrhunderts und würdigte die Produkte ihres revolutionären Unternehmens als »billigen Firlefanz« herab.

Freundlich lächeln.

»Ich schwöre dir, Virginia, meine Eierstöcke sind im Moment ganz relaxed, und sobald wir etwas zu berichten haben, lassen wir es dich wissen.«

Karls Hand strich wieder über ihren Oberschenkel, und sie versuchte, sich zu entspannen. Hatte sie nicht in den letzten zehn Jahren gelernt, dass es sinnlos war, sich über Virginia aufzuregen? Tatsache war, dass für ihre Söhne keine gut genug gewesen wäre (auch wenn Mel aufgrund ihres gebärfreudigen Beckens, jahrelanger ausgesuchter Geschenke und einer natürlichen Abneigung gegenüber Widerworten auf der Schwiegertochterakzeptanzskala ein gehöriges Stück über ihr zu stehen schien). Schwiegermütter waren mit der Wahl ihrer Söhne nie einverstanden, schon seit Beginn der Zeitrechnung, als Eva im Paradies gesessen und sich beklagt hatte, dass ihre böse Schwiegertochter nicht mal das gute Porzellan rausgeholt hätte, als sie zu Besuch kam.

Der Ober, der Suze' Glas gerade mit einer weiteren Ladung Durchhaltestoff füllte, wurde dafür mit einem Augenzwinkern belohnt.

Noch ein paar Stündchen, dann war sie frei. Sie konnte ihren

Mann mit nach Hause nehmen und sich dort wichtigeren Aufgaben widmen: ihre Klamotten wieder in den Kleiderschrank räumen, Karl ordentlich durchvögeln, damit er kapierte, was er an ihr hatte, warten, bis er eingeschlafen war, und dann die Bude auf den Kopf stellen, um eventuelle Spuren dieser klapperdürren, miesen Schlampe zu beseitigen. Und am kommenden Morgen würden sie dann beginnen, ihre Beziehung in Ordnung zu bringen.

Suze war sich durchaus der Tatsache bewusst, dass ihr eigenes Verhalten auch nicht ganz fehlerfrei gewesen war. Sie würden gemeinsam einen Strich unter die Vergangenheit ziehen und dann alles Nötige in Angriff nehmen, um den angesammelten Ballast abzubauen. Unter dem Tisch nahm sie Karls Hand von ihrem Oberschenkel und drückte sie. Zum ersten Mal seit Monaten fühlte sie sich ihm wieder verbunden.

Im Nacken spürte Suze das kühle grüne Leder der halbrunden Nische, in der sie saßen, als sie sich entspannt zurücklehnte. Der Stress der letzten Monate schien mit jeder Sekunde mehr von ihr abzufallen. Sie wusste nun endlich, womit sie es zu tun hatte, und konnte sich dem Müll stellen, den das Leben ihr vor die Füße kippte. Und da sie und Karl jetzt wieder auf derselben Seite standen, erschien ihr kein Problem mehr zu groß. Bis auf …

In diesem Augenblick passierten drei Dinge gleichzeitig: Karl umklammerte ihre Hand so fest, dass sie sich auf die Zunge beißen musste, um nicht laut aufzuschreien; sie wandte sich wieder der Unterhaltung zu und stellte fest, dass sie ins Stocken geraten war; und alle starrten sie erwartungsvoll an.

»He? Sorry, ich war gerade kurz in Gedanken, hab nur überlegt, wie schön es ist, dass wir alle mal wieder zusammen sind.«

»Nicht wahr, meine Liebe? Ist das nicht wunderbar? Hoffen wir, dass es noch lange so bleibt.«

So bleibt? Was redete die alte Schachtel da?

»Im Konzentrieren auf das Wesentliche warst du noch nie besonders groß, habe ich Recht, Suze? Aber es macht mir nichts aus, es für dich noch mal zu wiederholen ...«

Vielleicht hatte Harakiri mit dem Brotmesser ja doch einen gewissen Reiz.

»Ich habe gerade erzählt, dass George wegen seiner Herzprobleme einige Untersuchungen machen lassen musste ...«

Seinem verdammten Herz fehlt doch gar nichts! Es hat nur keine Lust mehr zu schlagen, solange du in der Nähe bist, du alte Schnepfe! Zum Glück gelang es Suze, ihre Lippen fest verschlossen zu halten, sodass nur die Teufel in ihrem Kopf ihren bösen Kommentar hören konnten.

»... und dabei hat man festgestellt, dass eine Herzklappe nicht ganz in Ordnung ist. Zum Glück ist es noch nicht zu spät, etwas dagegen zu tun.«

Suze schaute zum heiligen Donald Marshall. Gewissensbisse überkamen sie, dass sie seine Gesundheitsprobleme so abgetan hatte. Er war so ein netter Mann. Ruhig. Rücksichtsvoll. Auch wenn er in einem früheren Leben ein Serienkiller gewesen sein musste, sonst hätten die Götter des Karma ihn in diesem nicht mit Virginia bestraft.

»Donald wird am Montagmorgen zur Operation ins Ross Hall Hospital eingeliefert, die Ärzte rechnen damit, dass er mindestens einen Monat dort bleiben muss. Jeden Tag von Ayr anzureisen wäre für mich natürlich schrecklich anstrengend ...«

Typisch. Der arme Mann ließ sich die Brust aufsägen (wenn auch in der komfortablen Umgebung einer Glasgower Privatklinik) und unterzog sich einer lebensbedrohenden Operation, und Virginia machte sich ins Hemd, weil es ein bisschen unangenehm für sie werden könnte. Ihr Egoismus kannte wirklich keine Grenzen. Echt. Ich. Ich. Ich. Das war alles, woran sie je dachte. Ich. Und ... Moment mal, wieso starrten sie alle immer noch so an? Hatte sie etwas verpasst?

»Daher haben wir überlegt, dass es viel sinnvoller wäre,

wenn ich für die Dauer seines Klinikaufenthaltes in der Stadt bliebe.«

Zum zweiten Mal innerhalb weniger Tage hatte entweder gerade jemand die Sauerstoffzufuhr des Raums gekappt, oder Suze' kardiovaskuläres System hatte sich in Panik selbst ausgeschaltet.

Ihre Schwiegermutter in Glasgow? O nein, nicht schon wieder. Es war damals zu Beginn ihrer Ehe schon schlimm genug gewesen, als Virginia und Donald noch in Glasgow gewohnt und darauf bestanden hatten, dass man sich jeden Sonntag zum Essen traf. Und zwar *zusätzlich* zu den Tagen, an denen Suze genötigt worden war, mit ihrer Schwiegermutter shoppen zu gehen, eine Party zu organisieren, irgendwas zu dekorieren oder sonst einen der hundert Jobs zu machen, für die sie ihre Schwiegertochter als persönliche Sklavin ausersehen hatte. Als sie schließlich nach Ayr gezogen waren, hatte Suze einen Freudentanz aufgeführt.

Noch einmal würde sie das nicht durchstehen. Nie im Leben. Auch wenn Virginia in einem Hotel wohnen würde, wo sie das Personal befehligen und erniedrigen konnte.

»Und da ich Hotels nicht ausstehen kann ...« Virginia redete immer weiter. Wo blieb denn der Ober, um ihr Glas aufzufüllen? Und was hatte sie da gerade von Hotels erzählt?

»... haben wir gedacht, dass es viel praktischer wäre, wenn ich bei meiner Familie wohnte.«

Schluck. Familie? Hastig durchforstete Suze im Geiste den Familienstammbaum nach einer sinnvollen Lösung. Virginias Schwestern – eine lebte in Edinburgh, die andere war mit Mitte zwanzig nach New York ausgewandert. Sie war einmal kurz zurückgekehrt, hatte festgestellt, dass Virginia immer noch »verdammt unerträglich« war, und war seither nie wieder gesehen worden. Keine Brüder. Donald. Ein Einzelkind. Von beiden lebten die Eltern nicht mehr, also blieb nur noch ... wo zum Teufel war der Ober?

Jetzt verstand sie wenigstens, wieso alle sie so erwartungsvoll anschauten.

Schließlich räusperte Joe sich umständlich. »Das ist eine gute Idee, Mutter. Hast du … eh … habt ihr … eh … schon überlegt, bei wem?«

Bei Joe und Mel natürlich. Es konnte nur bei ihnen sein. Virginia würde niemals bei Suze und Karl wohnen wollen.

Virginia tätschelte Joe die Hand. »Ach, mein lieber Junge. Ich weiß, dass ich bei euch jederzeit willkommen wäre.«

»Und ob!« Suze' unterbewusster Überlebenstrieb schrie verzweifelt auf. Geh zu ihnen! Sie würden sich riesig freuen. Ehrlich! Aus Mels Richtung kam ein kaum hörbares Winseln, und Suze sah, dass ihre Schwägerin jede Sekunde in Ohnmacht fiel.

»Aber ihr habt nicht genug Platz, oder?«

Doch! Ganz sicher! Es ist superbequem. Perfekt für große Familientreffen. Suze' innerer Fluchtreflex erfand eine Lüge nach der anderen, um den drohenden Angriff abzuwehren.

»Daher«, sie lächelte Suze und Karl süßlich zu, »habe ich mir gedacht, ich komme zu euch. Schließlich habt ihr so viele Zimmer und wohnt nur fünfzehn Minuten von der Klinik entfernt. Dann könnte ich Donald zweimal am Tag besuchen.«

Es war schwer zu sagen, wer in diesem Augenblick deprimierter aussah: Karl, Suze oder Donald. Suze jedenfalls glaubte, der Fahrstuhl des Grauens könne nicht mehr tiefer in den Abgrund stürzen.

»Wenn ich euch ein bisschen im Haushalt helfe, dann habt ihr viel mehr Zeit für andere Dinge. Zum Beispiel für die Zeugung der Enkel, auf die wir so ungeduldig warten.«

Nach einer sehr, sehr bedeutungsschwangeren Pause (eine der kleinen Ironien des Lebens) begriff Suze, dass ihr starres Grinsen und die immer noch ausstehende Antwort unhöflich wirken könnten. Dies war einer der entscheidenden Augenblicke im Leben, in denen Familienbeziehungen dauerhaft geprägt wurden. Karl liebte seinen Vater. Und aus irgendeinem unverständlichen, nur genetisch nachvollziehbaren Grund liebte er auch seine Mutter. Und da sie erst wenige Stunden zuvor wieder neu begonnen hatten, sich gegenseitig zu unterstützen, konnte sie jetzt unmöglich ein neues Pulverfass an Familiendisharmonie öffnen.

Rede. Rede. Sie räusperte sich, verschluckte ein »Du hast sie wohl nicht alle!« und ersetzte es durch ein »Wunderbar! Das wäre einfach wunderbar, Virginia. Karl und ich, wir würden uns riesig freuen. Wir werden noch heute Abend das Gästezimmer herrichten. Ach, und Mel?« Bildete sie sich das nur ein, oder mischte sich in Mels erleichterte Miene ein winziger Hauch Schadenfreude? »Könntest du mir bitte das Brotmesser reichen?«

Das Wochenende, an dem alles ein bisschen besser wurde … und dann erneut in ungeahnte Tiefen stürzte

22. Kapitel
Mein Herz gehört mir

»Du kommst spät.«

Es war keine Rüge. Nicht mal ein Vorwurf. Lediglich eine neutrale Bemerkung.

»Ja, ich weiß. Ich konnte nicht eher weg – es tut mir wirklich leid.«

Er war froh, dass sie ihm keine Vorhaltungen machte. Denn dann hätte die Gefahr bestanden, dass alles, was er ihr sagen musste, aus ihm herausgebrochen wäre. Und er wollte nicht, dass es so endete, er schuldete ihr mehr als das. Sie war ein anständiger Mensch. Sie hatte sich mit ihren eigenen Vorstellungen hierauf eingelassen, und die hatten damals zu seinen gepasst. Völlige Offenheit, keinerlei Verpflichtungen und die prickelnde Gewissheit, dass sie ihr Leben an die Grenze führten. Das und fantastischer Sex. Es war eine Win-Win-Situation gewesen. Damals. Jetzt hingegen …

Sie verschränkte die Arme und fragte sich, was er wohl gerade dachte. Es gab eine Zeit, da hätte sie eine Stimmung wie diese zu einem Spiel der Verführung genutzt. Sie hätte Gereiztheit vorgetäuscht, und er hätte sie mit kundigen Händen und orgasmischen Versprechungen versöhnt. Jetzt war das nicht mehr so. Sie waren über dieses Stadium hinaus. Genau genommen waren sie über jedes Stadium hinaus.

Eine heiße Affäre? Emotionsloser Sex? Ein geiles Abenteuer? Was immer es gewesen war, es war vorüber. Das wusste sie, und sie wusste auch, dass er genauso dachte. Sie merkte es daran, wie er sie berührte, wie er sie anschaute. Er war nicht mehr wild darauf, mit ihr zusammen zu sein. Eine gewisse Distanz hatte sich eingeschlichen. Und das passte ihr gut, denn sie *wollte auch, dass es vorüber war. Sie war an diesem Abend gekommen, um ihm das zu sagen.*

Als sie jetzt in sein gequältes, unglückliches Gesicht sah, beschloss sie, es hinter sich zu bringen. »Hör zu, wir müssen …«

»Ich weiß. Aber nicht jetzt …«

Sie wollte also Schluss machen. Tapfer. Er schaute sie an, ihre Schmolllippen und ihr welliges Haar, das ihr ins Gesicht fiel, und fand, dass sie noch nie so sexy ausgesehen hatte. So bereit zum Vögeln. Auf einmal spürte er eine Erektion, die ihm genau das bestätigte.

Er warf den Zimmerschlüssel aufs Bett und zog sich sein T-Shirt über den Kopf. Das Unangenehme konnte warten. Er warf das T-Shirt zur Seite und zog den Reißverschluss seiner Jeans auf. Dabei ließ er sie keine Sekunde aus den Augen. Er sah sie herausfordernd an, gespannt, wer zuerst zurückwich. Ihre Nippel, die sich unter ihrem weißen Shirt aufrichteten, jedenfalls nicht.

Mit starrem Blick schüttelte er seine Jeans ab und befreite seinen Schwanz. Ihr Keuchen kam unwillkürlich. Instinktiv. Das hier lief definitiv nicht nach Plan. Sie richtete den Blick zum Himmel. Wieso hatte der liebe Gott sie übergangen, als er Willenskraft und Widerstand gegen Versuchungen aller Art verteilt hatte? Er … machte sie einfach an. Immer schon. Und sie würde lügen, wenn sie nicht zugab, dass es zwischendurch Momente gegeben hatte, in denen sie dachte …

Er beobachtete, wie sie die Augen schloss, und fragte sich, was ihr wohl durch den hübschen Kopf ging. Während er auf sie zuging, überlegte er, dass das nicht sein Plan für den heutigen Abend gewesen war, aber hey, er war schließlich auch nur ein Mensch. Genau wie sie, stellte er jetzt fest. Zumindest bot sie seiner Zunge, die von ihrem Schlüsselbein zum Ohr wanderte, keinerlei Einhalt.

Als er ihr Shirt hochschob, erschauerte sie. Und als er es ihr über den Kopf zog, stöhnte sie leise. Er war nie erregter gewesen, hatte sie nie mehr begehrt. Es war fast so, als würde ihn die Tatsa-

che, dass sie jeden Moment Stopp sagen konnte, noch mehr anheizen. Es gab der Sache etwas Verbotenes, so wie am Anfang.

Er nahm einen ihrer Nippel in den Mund und saugte fest daran. Als sie anfing, keuchend zu atmen, ließ er ihn los und sank auf die Knie. Mit einer kurzen Bewegung zog er den Reißverschluss ihres Rocks auf und zerrte daran. Auf der anderen Seite war noch ein Reißverschluss. Er zog ihn ebenfalls auf. Jetzt rutschte der Seidenstoff herunter und entblößte …

Sie war froh, dass sie an diesem Abend das Strumpfhalterset trug. Männer waren ja so berechenbar. Der Anblick der weichen Haut über der hauchdünnen Spitze machte ihn so richtig scharf. Hatte sie es extra für ihn angezogen? Unmöglich – sie hatte nicht beabsichtigt, es so weit kommen zu lassen. Auch wenn die Tatsache, dass sie nun in nichts als High Heels, hauchzarten Strümpfen und einem Slip in der Größe eines Teebeutels vor ihm stand, darauf schließen ließ, dass sie vielleicht doch eine Ahnung vom Verlauf des Abends gehabt hatte.

Jetzt verschwand auch der Slip. Nein. Absolut nein. Sie hatte das nicht geplant. Sie hatte gedacht, dass …

Er hatte gewusst, dass es so kommen würde. Die sexuelle Anziehungskraft zwischen ihnen war von Anfang an unüberwindbar gewesen, und abgesehen von dem kleinen Vorfall (er vermied das Wort Ausfall, um die Peinlichkeit nicht noch einmal zu durchleben) bei ihrer letzten Begegnung, fiel es ihm schwer, in ihrer Nähe zu sein, ohne ihr die Kleider vom Leib zu reißen und …

Die Blutzufuhr zu seinem Gehirn reichte nicht mehr für zusammenhängende Gedanken. Sie versorgte nur noch seine beträchtliche Erektion, die ab sofort die Marschrichtung angab. Er konnte nichts anderes tun, als blind zu folgen. Das Fenster. Er wollte sie am Fenster haben. Sie befanden sich im neunundzwanzigsten Stock, da war es unwahrscheinlich, dass man sie wegen Erregung öffentlichen Ärgernisses belangen würde.

Er schob sie rückwärts nach hinten. Ein Tablett mit zwei Tas-

sen, zwei Untertassen und zwei Paketen Keksen stürzte von der Minibar.

Keuchend, küssend, saugend, nagend durchquerten sie den Raum und blieben erst stehen, als ihr Rücken und ihr Gesäß das kalte Glas berührten. Er nahm ihre Hände, hob sie über ihren Kopf, drückte ihre Beine vorsichtig auseinander und trat dann zurück, um ihren prachtvollen Körper zu bewundern.

Aber stopp ... es fehlte noch was. Sie sah ihm zu, herausfordernd, während er die Minibar öffnete, eine Flasche Weißwein herausnahm, die er entkorkte und so über ihren Kopf hielt, dass sich einige Tropfen über sie ergossen. Sie versuchte sie mit der Zunge aufzufangen; die, die sie nicht erwischte, rannen ihr über die nackten Brüste. Der Strom wurde nun stärker, durchnässte ihr Haar, floss ihren Körper hinab. Als die Flasche leer war, warf er sie nachlässig zur Seite. Dann sank er wieder auf die Knie, drückte ihre Beine noch weiter auseinander und begann zu trinken ... den Wein, sie – alles mischte sich zu einem berauschenden Cocktail aus hundert Prozent Ekstase.

Sie erschauerte jetzt, er erhob sich langsam wieder, leckte dabei ihren Körper ab, bis er aufrecht vor ihr stand. Dann presste er seine Lippen fest auf ihre und saugte ihre Zunge in seinen Mund. Sie griff nach seinem pulsierenden Penis, aber er entzog sich ihr und drehte sie dabei herum. Sie stöhnte auf, überrascht und erregt zugleich, als ihr vom Wein feuchter Körper gegen die kühle Scheibe gepresst wurde.

Ganz Glasgow lag ihnen zu Füßen, als er wieder ihre Hände nahm, über ihrem Kopf festhielt und von hinten in sie eindrang. Die Großartigkeit seines Schwanzes drängte sie sofort einem Höhepunkt zu. Oh, er war so gut. So verdammt, verdammt gut ... und in diesem wunderbaren süßen Moment wollte sie ihn nie aufgeben. Bei jedem Stoß stöhnte sie laut, jedes Mal wenn er sich zurückzog, bettelte sie um mehr. Ihre Wange war gegen das Glas gedrückt, ihr Kopf zur Seite gedreht, sodass sie sein Gesicht sehen konnte.

Fester, fester … sie hoffte nur, dass die Scheibe aus Sicherheitsglas war, denn er drückte sie mit jedem Stoß heftiger dagegen, bis er schließlich mit einem keuchenden, explosiven Laut kam. Ein letztes Mal stieß er sie so hart gegen das Fenster, dass sie ernsthaft befürchtete, die Scheibe würde bersten.

Schließlich wurde sein Körper ruhig. Dicht an sie gepresst stand er da, die Arme in die Höhe gestreckt, den Kopf auf ihre Schulter gebettet. Eine kleine Ewigkeit verging, bis ihr Atem sich beruhigte, der Adrenalinpegel ein normales Maß erreichte …

Klopf, klopf.

Sie wirbelte herum und sah ihn überrascht an. »Hast du den Zimmerservice gerufen?«

»Nein. Du wahrscheinlich auch nicht?«

Sie schüttelte den Kopf.

Klopf, klopf.

»Mach auf«, flüsterte er.

»Na klar. Wer immer da draußen steht, freut sich bestimmt über den Anblick einer Frau nur in Strümpfen und High Heels.«

Er riss seine Kleider vom Boden, rannte ins Bad und warf ihr von dort einen weißen Frottee-Bademantel zu. Sie zog ihn über, als es wieder klopfte. Sie öffnete die Tür. Ein kleiner, kahlköpfiger Mann in einem schlecht sitzenden Anzug von der Stange stand vor ihr.

»Ja?«, fragte sie durch den schmalen Spalt.

»Eh … also, Madam, also, ich bin der Hausdiener, und … eh … wir …«

Instinktiv biss sie sich auf die Unterlippe, um nicht zu kichern. Der Ärmste. Er schien sich so wohl zu fühlen wie sie gerade, als sie an der Fensterscheibe geklebt und sämtlichen Teleskopbesitzern Glasgows ihre Feuchtgebiete präsentiert hatte.

»Ich fürchte, wir hatten eine Beschwerde wegen … eh … Lärms.«

»Oh, das tut mir leid. Ich habe sicher den Fernseher zu laut gestellt.« Amüsiert wartete sie ab, ob er noch etwas sagte. Tat er aber nicht. »Ich verspreche Ihnen, dass es nicht wieder vorkommt.«

»Eh ... ja. Gut. Vielen Dank.«

Der Ärmste. Er war aschfahl, sein Gesichtsausdruck irgendwo zwischen versteinert und besorgniserregend. Ein paar Zimmer weiter schlug eine Tür zu.

Mit einem letzten entschuldigenden Nicken in Richtung des Hausdieners schloss sie die Tür.

Als sie sich umdrehte, stellte sie fest, dass er sich bereits angezogen hatte. Ein Lächeln umspielte seine perfekt modellierten Lippen.

»Gut gemacht«, lobte er.

»Danke.«

Er schaute auf seine Armbanduhr und seufzte. »Hör zu, ich muss ...«

»Ich weiß.«

»Aber wir haben gar nicht ...«

»Wir reden ein anderes Mal.«

Trotz dieser wenigen Worte ahnten sie beide, was gesagt werden musste. Aber das erforderte ein richtiges Gespräch, um sich zu vergewissern, dass sie beide das Gleiche wollten und sich ohne Vorhaltungen auf beiden Seiten lösen konnten – kein hastiges Adieu, das zu Missstimmungen führen könnte.

Sobald er fort war, lief sie ins Bad, stellte die Dusche an und wusch sich ein letztes Mal seine Spuren ab. Gut so. Denn wenn sie sentimental veranlagt gewesen wäre, wäre sie noch einmal zum Fenster gegangen. Sie wäre eine Zeitlang dort stehen geblieben und hätte über die Dächer der pulsierenden Stadt geschaut. Vielleicht wäre sie sogar so tief in Erinnerungen versunken, dass sie den Blick zu der spektakulären Wolkenformation gehoben hätte, die sich vor die Mittagssonne geschoben hatte.

Und wenn sie das alles getan hätte, hätte sie vielleicht die

Gondel gesehen, ein Stockwerk über ihr, in der zwei Männer mit weit aufgerissenen Mündern saßen und nach unten starrten. Die Sandwiches in ihren Händen beachteten sie gar nicht.

»Sie kommt nicht mehr, was meinst du, Tim?«

»Nein. Verdammt, ich hab alles gesehen. Aber … Bob?«

»Hm?«

»Davon erzählen wir unseren Frauen nichts, ja?«

»Auf keinen Fall.«

»Unglaublich. Was meinst du, wann wir weitermachen können? Irgendwie kann ich gar nichts mehr essen.«

Bob öffnete seine Lunch-Box, legte das Sandwich wieder hinein, schloss die Box, behielt sie aber vorsichtshalber auf seinem Schoß. Er rutschte unbehaglich zur Seite.

»Wenn du nichts dagegen hast, Tom, warten wir noch ein paar Minuten.«

Tom fasste sich in den Schritt und rückte ihn zurecht, dann nahm er sein Käsebrötchen und biss herzhaft hinein. »Lass dir so viel Zeit, wie du brauchst, Bob. Aber eins sage ich dir …«

»Nämlich?«

»Dieser Job hat definitiv seine Höhepunkte. Und damit meine ich nicht nur die Aussicht.«

23. Kapitel
Tief in meinem Herzen

Josie war erst seit zwei Minuten im Laden und hatte ihrer Chefin schon mindestens vier vorwurfsvolle Blicke zugeworfen.

Schließlich hielt Mel es nicht mehr aus. Sie warf die Bestandslisten, an denen sie gearbeitet hatte, auf den Schreibtisch und schob den Stuhl mithilfe ihrer Füße so fest nach hinten, dass er quer durchs Büro rollte. Drohend baute sie sich vor ihrer Angestellten auf.

»Okay, Schätzchen, jetzt reicht's! So kannst du mit mir nicht umgehen! Ich bin fast dreißig Jahre alt und gewohnt, meine eigenen Entscheidungen zu treffen.«

Josie reckte ihren beträchtlichen Busen. »Auch wenn sie offensichtlich falsch sind und auf direktem Weg nach Loser Town führen?«

Mel stieß sich ab und schoss auf ihrem Stuhl zurück zum Schreibtisch. »Vielleicht gefällt es mir ja in Loser Town. Lass uns mal ehrlich sein – der Lebensentwurf ›Glücklich bis der Tod uns scheidet‹ hat jedenfalls nicht hingehauen, oder?«

»Genau das ist der Punkt! Er macht dich nicht glücklich. Wieso nimmst du ihn dann zurück?«

»Das ist … das ist …« Mel spürte, wie ihr die Röte über Hals und Gesicht kroch.

»Du bist zu gut für dieses betrügerische Schwein. Gegen den ist selbst Cammy eine hundertprozentige Verbesserung.«

»Josie, ich schwöre dir, zwischen mir und Cammy läuft absolut gar nichts.«

»Sollte es aber. Mein siebter Sinn fängt jedes Mal an zu kribbeln, wenn ihr zwei zusammen im Raum seid.«

Mel wollte gerade widersprechen, als Cammy plötzlich vor

ihr stand. Mit noch feuchten Haaren, Replay Jeans und schwarzem T-Shirt, das sich eng an seine …

O lieber Gott, gib mir Kraft!

Sie beschloss, sich aus der Sache rauszubluffen. Dann fiel ihr ein, dass das einzige Mal, als sie in ihrem Leben gepokert hatte, damit geendet hatte, dass sie anschließend nackt und um eine CD-Sammlung ärmer gewesen war. Und ja, sie war dankbar, dass es damals weder Handykameras noch Youtube gegeben hatte. Mel verwarf die Idee mit dem Bluffen wieder und entschied sich stattdessen für entwaffnende Offenheit.

»Unsere Mutter Oberin traktiert mich permanent mit tödlichen Blicken, nur weil Joe wieder eingezogen ist. Sie besteht darauf, dass ich ihn endgültig rausschmeiße, und meint, selbst du wärst ein geeigneter Ersatz. Du darfst sie also gerne wegen Anzüglichkeit und sexueller Belästigung am Arbeitsplatz verklagen.«

»Schon okay. Ich würde mir etwas mehr sexuelle Belästigung am Arbeitsplatz wünschen.«

Lachend warf Cammy sein schwarzes Sakko an einen Garderobenhaken und verschwand im Verkaufsraum. Besser man hielt sich von Frauen mit Meinungsverschiedenheiten fern.

»Melissa, du weißt, ich liebe dich. Deshalb ist mir das, was ich dir jetzt sage, auch ein echtes Anliegen.«

»Wieso redest du mit mir wie Oprah Winfrey?« Mel sah Josie amüsiert an.

»Um dem Ganzen einen zusätzlichen Effekt zu geben. Hat es funktioniert?«

»Nein. Aber es ist lustig.«

Josie wurde ernst. »Er macht dich nicht glücklich. Sieh dich doch an. Er ist jetzt seit zwei Wochen wieder bei dir, und dir geht es genauso mies wie damals, als er weg war. Und glaub ja nicht, du könntest mir was vormachen. Ich kenne dich, meine Liebe, und ich weiß genau, dass dein Lächeln und deine gute Laune unecht sind«, schimpfte sie. »So, ich geh jetzt raus und kümmere mich um die Kunden. Sollten Oprahs Produzenten anrufen, weil sie eine Urlaubsvertretung für sie suchen, sag mir Bescheid.«

Josie hatte Recht, es ging ihr mies. Mel fühlte sich schlecht wegen Joe, wegen der schwierigen Situation in der Firma, aber vor allem deshalb, weil sie Angst hatte, Josie und Cammy zu sagen, dass sie vielleicht bald ohne Job dastehen würden. Schon bei dem bloßen Gedanken wurde ihr übel.

Die Entwicklungen im finanziellen Bereich waren genau so verlaufen wie erwartet. Sie waren bei ihren Banken gewesen, hatten ihre Häuser neu belastet, alles Wertvolle verkauft, und noch immer fehlten ihnen ungefähr hundert Riesen, um das Unternehmen zu retten. Hundert Riesen! Wie sollten sie je so viel Geld zusammenbekommen?

Suze und Karl versuchten, optimistisch zu bleiben, probierten alles und hofften auf ein Wunder, aber selbst sie mit ihrem sonnigen Gemüt bezweifelten, dass es klappen könnte. Nach der anfänglichen Finanzspritze hatte die Bank ihnen mehr Zeit bewilligt, aber damit war das Ende nur aufgeschoben. Und feige wie Mel war, hatte sie es bisher noch nicht gewagt, mit Cammy und Josie zu reden. Wenn Josie also glaubte, ihre desolate Stimmung hätte etwas mit Joe zu tun, war das gut so. Besser jedenfalls als die Wahrheit – dass sie sich nämlich in einem frustrierenden Zustand der Erstarrung befand. Oder konnte das das Fegefeuer sein? Weder war sie in der Lage, in den Beziehungshimmel zurückzukehren, noch in die Asbestanzugatmosphäre der Trennungshölle.

Joe war immer noch zu Hause, er bewohnte immer noch das Gästezimmer, und sie hatten insgesamt gar nichts erreicht. Sie waren höflich miteinander. Freundschaftlich.

Mel trank einen Schluck Espresso, schwarz wie die Nacht, aber ihre Antriebsarmut ließ sich einfach nicht verscheuchen.

Am Morgen nach der denkwürdigen Familienfeier ihrer Schwiegereltern (Mrs. Marshall senior würde ihr sicher nie verzeihen, dass sie am Ende so betrunken gewesen war, dass sie unter den Tisch gerutscht und lauthals *We Are Fa-mi-ly* von Sister Sledge gesungen hatte) hatte Joe zögernd an ihre Schlafzimmertür geklopft und ihr Tee, Croissants und Aspirin ans Bett gebracht.

Sie hatte das Make-up des vorherigen Abends mit einer Hand in ihre Poren gerieben und sich mit der anderen in eine aufrechte Position gehievt. »Danke«, hatte sie gemurmelt und gelächelt. Daraufhin hatte er sich auf die Bettkante gesetzt und sie viel entschlossener angeschaut, als ein Mann in seiner Situation aussehen sollte. »Mel, ich …«

Alles, was sie daraufhin denken konnte, war: O lieber Gott, bitte lass ihn das jetzt nicht wollen! Ihr Kopf schmerzte. Ihre Poren schmerzten. Selbst ihre Augenwimpern schmerzten.

»Ich weiß nicht, ob ich schon mit dir reden kann, Joe.«

Das hieß übersetzt: Bitte geh, weil ich die unangenehme Situation wenigstens noch so lange vor mir herschieben möchte, bis ich wieder in Vollbesitz meiner geistigen und sonstigen Fähigkeiten bin. Aber offensichtlich verstand er die Sprache der angeschlagenen Seelen nicht.

»Ich fürchte, das ist das Problem, Mel. Du willst einfach nicht, dass wir darüber reden und einen Strich unter alles ziehen. Mel, ich kann dir gar nicht sagen, wie leid es mir tut, dass du gesehen hast, was du gesehen hast. Und ich schwöre dir bei meinem Leben, es war bloß ein dummer Fehltritt, und das erste Mal, dass ich so einen blöden Fehler gemacht habe …«

Sie wartete auf das offensichtlich in der Luft hängende Aber.

»Aber …«

Aha.

»… ich habe lange darüber nachgedacht, warum das passiert ist, und ich glaube …« Er machte eine Pause und suchte nach Worten. »Ich glaube, wir haben in einer Sackgasse gesteckt, Mel.«

»In einer Sackgasse?« Ihr Kopf stieß fast an das Ende des

Betts, als sie hochfuhr. »Joe, wir waren glücklich! Wir wollten eine Familie gründen. Wir haben uns gut verstanden. Wir hatten tollen Sex. Wir haben häufig zusammen gelacht. Wir haben uns nie gestritten.« Sie sah ihn völlig entsetzt an.

»Genau das meine ich, Mel. Es tut mir wirklich leid, wenn dich das jetzt verletzt, Baby, aber ich will ganz ehrlich sein. Wir sind zusammen, seit wir Anfang zwanzig sind. Wo bleibt da die Spannung? Die Aufregung? Wir streiten uns nicht mal. Es ist alles so … gleich. Es ist jeden Tag das Gleiche. Ich bin jetzt dreißig, und ich habe festgestellt, dass ich an diesem Abend in der Bar seit Jahren wieder so was wie Aufregung verspürt habe.«

Zum ersten Mal in ihrem Leben verspürte Mel den heftigen Wunsch, Suze zu sein. Dann hätte sie Joe einen rechten Haken verpasst, wäre über ihn hinweggestiegen und zur Tagesordnung zurückgekehrt, anstatt dazusitzen und sich zu fühlen, als hätte ihr jemand das Herz aus der Brust gerissen.

Sie nahm ihre ganze Kraft zusammen, um ihre motorischen Fähigkeiten wieder in Gang zu setzen. »Lass mich das noch mal kurz wiederholen. Du beklagst dich also, weil wir seit acht Jahren *glücklich* sind? Weil wir uns nicht streiten? Weil ich dich liebe? Weil ich dich glücklich machen möchte?«

»Ich weiß, das klingt absurd, aber … na ja, irgendwie schon. Trotzdem, ich schwöre dir, Mel, ich hätte nie was mit ihr angefangen. Es war nur ein winziger Moment. Nur ein winziger blöder Moment.«

Mel protestierte nicht. Was sollte sie von alledem halten? Welcher Mann beschwerte sich, weil er zu glücklich war? Es war einfach … einfach … absurd.

»Was schlägst du also vor, Joe? Was willst du tun? Denn ich komme da ehrlich gesagt nicht mehr mit. Ich kapiere nicht, wieso mir nicht aufgefallen ist, dass wir ein Problem haben. Haben wir nicht erst vor kurzem zusammen im Princess Square gesessen und uns Namen für unsere Kinder ausgedacht? Konntest du mir da nicht einen kleinen Tipp geben, dass dir die Aufregung fehlt, verdammt?«

Wie aufs Stichwort quollen zwei riesige Tränen durch die Schutzbarriere und kullerten über Mels Wangen. Wie hatte ihr das entgehen können? Warum hatte sie nicht gemerkt, wie er sich fühlte? Sie war so zufrieden gewesen, ihrer Beziehung so sicher, ja fast sogar ein bisschen selbstgefällig …

Nun fühlte sie sich überhaupt nicht mehr selbstgefällig. Zwei neue Tränen folgten den Trendsettern. Besorgt beugte Joe sich vor und wischte sie fort. Dann schloss er Mel in seine Arme.

»Du hast ja Recht, Liebes, und es tut mir unendlich leid. Ich wollte dir nicht wehtun, glaub mir. Ich wollte dich auch nie anlügen, Mel, wirklich. Vielleicht habe ich ja einfach nur eine Midlife-Crisis.«

Er lachte, als er das sagte, aber Mel lachte nicht mit. Das war wirklich der Gipfel! Noch vor gar nicht allzu langer Zeit hatte sie gemutmaßt, *Karl* könnte vielleicht eine Midlife-Crisis haben, dabei war es in Wahrheit der Typ gewesen, der jede Nacht neben *ihr* im Bett lag!

Und jetzt? Jetzt wusste sie immer noch nicht, was sie tun sollte. Ihr pragmatisches Ich, das problemlos ein Geschäft und einen Haushalt führte und akzeptiert hatte, dass ihre lebenslange Schwärmerei für Brad Pitt immer einseitig bleiben würde, riet ihr, großzügig zu sein. Schließlich hatte Joe sie technisch nicht betrogen – und das war es doch, was zählte, oder? Er hatte das *Venusfallen*-Mädchen nicht abgeknutscht, und er war auch nicht dabei erwischt worden, wie er eine andere vögelte. Und bei Suze hatte es doch auch geklappt. Karl hatte seine Affäre mit Anneka zugegeben, und trotzdem hatten sie alles hinter sich lassen und ihre Ehe wieder in Ordnung bringen können. Und es schien zu funktionieren.

War sie also eine emotionale Dramenkönigin, die sich einfach nur einen Ruck geben musste? Ja, das war sie, und das wusste sie auch. Und trotzdem, sie konnte nicht einfach so über die

Sache hinweggehen. Auch wenn es nicht zum Austausch von Körperflüssigkeiten gekommen war und ihre eigene Mandelexkursion mit Cammy auf der Untreueskala wesentlich höher anzusiedeln war – sie hatte das Gefühl, dass er sie betrogen und etwas zerstört hatte, von dem sie nicht wusste, wie sie es wieder reparieren sollte.

Joe Marshall war der einzige Mensch auf der Welt gewesen, dem sie voll und ganz vertraut hatte. Sie hatte mit absoluter Sicherheit gewusst, dass er sie nie verraten oder enttäuschen würde. Und dieses Gefühl war jetzt weg. Sie konnte das einfach nicht hinnehmen und sich wieder der Tagesordnung zuwenden.

»Mel, sag mir, wenn du so weit bist, und ich schwöre dir bei Gott, ich werde nie wieder so dumm sein«, hatte er gesagt.

Und aus diesem Grund schliefen sie heute immer noch in getrennten Betten. Denn wenn sie nicht auf ihr pragmatisches Ich hörte, blieb nur noch ihr emotionales. Das Ich also, das bei *101 Dalmatiner* heulte, keinen Kitschroman ausließ und am glücklichsten war, wenn sie mit allen, die sie liebte, an einem Sonntagmorgen zusammen beim Brunch saß. Und dieser fundamentale Teil von ihr kam mit der Sache einfach nicht klar. Auch wenn sie geschworen hatte, ihn in guten wie in schlechten Zeiten zu lieben.

War es das? Waren das jetzt besagte schlechte Zeiten, die in jeder Ehe vorkamen? War es völlig naiv gewesen, zu glauben, dass ausgerechnet sie problemlos durch ein gemeinsames Leben gehen würden? Vielleicht war sie in Wirklichkeit gar nicht zufrieden und glücklich gewesen, sondern blind. Vielleicht war sie so sehr mit sich und ihren Wohlgefühlen beschäftigt gewesen, dass sie ihn vernachlässigt und nicht mehr darauf geachtet hatte, was mit ihm passierte.

Wollte sie mit Joe Marshall verheiratet sein? Ja. Wollte sie Kinder mit ihm haben? Absolut. Wollte sie je einen anderen? Nein. Dann war doch alles klar. Höchste Zeit, dass sie sich zusammenriss, die Krise anpackte und löste. Dann würde der Schmerz, der jedes Mal, wenn sie an den Mann auf dem Video dachte, an ihrem Herz kaute, irgendwann weggehen. Bestimmt.

Mel starrte nun schon seit zwanzig Minuten auf die Bestandslisten und stellte fest, dass sie immer noch keinen Schimmer hatte, was dort stand. Ungeduldig warf sie sie auf den Schreibtisch, reckte sich und nahm sich fest vor, diesen depressiven Gemütszustand loszuwerden. So konnte es nicht weitergehen. Es wurde Zeit, dass sie ihr Leben wieder in den Griff bekam. Alles würde gut werden. Für sie alle. Das Schlimmste lag hinter ihnen, jetzt mussten sie nach vorn schauen und an die guten alten Zeiten anknüpfen. Karl, Suze, Joe, sie selbst – sie würden über diese blöde Krise hinweg kommen und wieder glücklich werden.

»Mel. Tut mir leid, dass ich dich störe, aber ich würde dich gern um einen Gefallen bitten.«

»Hey, Avril, du siehst super aus!«

Das war keine Übertreibung. Avril hatte Josies große, schlanke Figur und ihre Wangenknochen geerbt. Mit den frisch gefärbten pfauenblauen Haaren und der roten Tunika sah sie aus wie eine Abgesandte der Glaubensgemeinschaft des Jüngsten Gerichts aller Punker.

»Danke.«

»Also, was kann ich für dich tun?«

»Kannst du dich ein bisschen um Suze kümmern? Ihre negative Energie raubt uns nebenan alle Nerven. Und Geld. Vorhin hat sie im Lager ein Loch in den Schrank getreten.«

Josie tauchte wie aufs Stichwort hinter Avril auf. »Sag ihr, sie soll diesen Idioten, mit dem sie verheiratet ist, endlich auf den Müll schmeißen«, befahl sie ihrer Tochter.

»Du sollst den Idioten, mit dem du verheiratet bist, endlich auf den Müll schmeißen«, wiederholte Avril gehorsam.

Mel grinste. »Tust du immer, was deine Mutter dir sagt?«

»Nein. Bei Drogenschmuggel und Ladendiebstahl passe ich.«

Dröhnendes Gelächter begleitete die sich entfernende Josie.

»Okay, ich mach dir einen Vorschlag. Du hältst mir deine Mutter vom Hals, und ich übernehme Suze.«

»Du überschätzt meine Macht. Um meine Mutter in Schach zu halten ist schon etwas mehr erforderlich. Ich denke da an Waffen, große schwere Waffen.«

»Traurig, aber wahr. Also, was ist los mit Suze?«

»Keine Ahnung. Sie hat irgendwas von ihrer Schwiegermutter des Grauens, einem Vibrator und einem Priester erzählt. Nähere Einzelheiten weiß ich auch nicht.«

»Was immer es ist, sie wird sich schon wieder einkriegen. Gib ihr ein oder zwei Stündchen, um sich zu beruhigen und …«

»Das ist ja das Problem.«

»Was?«

»In zehn Minuten hat Anneka einen Termin zum Wimpernfärben.«

Mel seufzte und steckte die Füße in ihre Plateauschuhe, die sie unter dem Schreibtisch abgestreift hatte. »Okay, ich komme. Aber ich warne dich. Ich kann kein Blut sehen.«

Suze stand kurz vor einem hysterischen Anfall, Mel war unterwegs, um sie zu beruhigen, und Joe und Karl waren weit und breit nicht sehen …

Bei den Marshalls war fast wieder alles normal.

24. Kapitel
Qual meines Herzens

»Hast du's schon gehört? Anneka ist hier, meine Schwiegermutter treibt mich in den Wahnsinn, und ich kann Pater Thomas nie mehr in die Augen schauen!«

»Das brauchst du auch nicht, wenn du wegen Mordes lebenslang hinter Gittern sitzt. Stell den Schrubber weg und komm mit. Ich massiere dir die Füße, bis sie wieder weg ist.«

Widerstrebend ließ Suze sich aus dem Lager in den Personalbereich führen.

»Kapierst du, wie sie die Dreistigkeit besitzen kann, einfach hier aufzutauchen? Noch vor zwei Wochen hat sie mit meinem Mann rumgevögelt! Diese Schlampe sollte sich für immer irgendwo in einer Höhle verstecken, anstatt sich in meinem Salon die Nägel und Wimpern färben zu lassen!«

»Du hast ja Recht, Süße. Aber du weißt auch, dass sie anders tickt als wir. Cammy, sie und Anna hatten monatelang eine Dreierbeziehung, das schienen sie ganz normal zu finden. Anscheinend ist das eine andere Generation.«

»Super! Willst du mir damit sagen, dass ich alt und prüde bin?«

»Genau.« Mel schob Suze auf die Couch, setzte sich ebenfalls und zog Suze' Füße auf ihren Schoß. »Also, jetzt erzähl mir lieber mal, was mit diesem Priester und dem Vibrator los war.«

Suze seufzte und schloss die Augen. Gott (wörtlich), war das peinlich gewesen! In den letzten zwei Wochen war sie nicht nur genötigt gewesen, ständig unter den bösen Blicken ihrer Schwiegermutter zu leben, sie hatte sich auch noch ihr ewiges Gejammer und Gestöhne anhören müssen. Das Haus war zu kalt. Das Haus war zu warm. Das Wasser schmeckte komisch. Die ständige Fahrerei zum Krankenhaus und zurück ermüdete sie. Das Bett war zu hart. Die Kissen zu weich. Und von beidem hatte sie Nackenschmerzen, für die sie natürlich auch Suze verantwortlich machte. Als sie sich schließlich auch noch mit ihrem Chiropraktiker überworfen hatte, weil der sich geweigert hatte, zur Tiefenmassage zu ihnen nach Hause zu kommen (wahrscheinlich hatte er daraufhin eine Flasche Champagner aufgemacht, zwei Edelnutten bestellt und einen Musikzug vor seiner Praxis auf und ab marschieren lassen, der Jubelhymnen spielte), war Suze ein Geistesblitz gekommen. In einer Kiste in der Garage lagen noch ein paar altertümliche Vibratoren, Muster, die ihr jemand vor einer Ewigkeit in den Laden geschickt hatte …

»Nein!« Mel sah sie entsetzt an.

»Irgendwie musste ich sie zum Schweigen bringen, Mel. Ich schwöre dir, wenn die CIA Virginia als Folterinstrument einsetzen würde, würden sie jeden Terroristen in Sekundenschnelle zum Geständnis bringen.«

»Hat sie denn nicht gesehen, was es war?«

»Natürlich nicht. Ich habe ihr erzählt, es sei ein Massagestab, den ich mal irgendwann im Schlussverkauf erstanden hätte. Außerdem glaube ich nicht, dass Sexspielzeuge Virginias Spezialgebiet sind. Kannst du dir das bei ihr vorstellen?« Schon der Gedanke ließ sie erschauern. »Keine Ahnung, wie sie an Karl und Joe gekommen ist. Wahrscheinlich hat sie mit ihrer einschüchternden Art irgendeiner armen Frau auf der Straße einfach ihre Sprösslinge abgeschwätzt.« Sie grinste. »Jedenfalls habe ich ein schlichtes weißes Exemplar rausgesucht, ohne Noppen oder sonstigen Schnickschnack, und Virginias Schulter damit massiert. Es lief alles perfekt, bis es an der Tür klingelte, Karl aufmachte und Pater Thomas reinkam. Ihm sind fast die Augen aus dem Kopf gesprungen, als er gesehen hat, dass ich meine Schwiegermutter mit einem Vibrator bearbeite.«

Mel erstickte fast vor Lachen. »Was hat er denn gesagt?«

»Nichts. Er ist hochrot geworden, hat sich bei Virginia für die Einladung bedankt und gestammelt, die ganze Gemeinde würde für Donalds Genesung beten. Dann hat er uns noch gesagt, wir sollten für unsere ewige Erlösung beten. Ich fürchte, dafür ist es jetzt zu spät. Mel, ich muss diese Frau unbedingt loswerden, sie treibt mich in den Wahnsinn!«

Suze lehnte den Kopf gegen die Sofalehne, schloss die Augen und seufzte tief. Sie hatte schon versucht, Karl dazu zu überreden, seine Mutter ins Hilton zu schaffen, aber das hatte leider auch nicht funktioniert (dabei hatte sie ganz logisch argumentiert, dass sie ohnehin pleite seien und es auf eine lächerliche vierstellige Hotelrechnung auch nicht mehr ankäme). Das Einzige, das sie im Moment noch einigermaßen bei Verstand hielt, war die Tatsache, dass es mit Karl gut lief. Echt gut.

»Autsch, du gräbst mir ja die Nägel in die Zehen!«

»Entschuldigen Sie bitte, Gräfin«, antwortete Mel spöttisch und massierte weiter.

Suze seufzte noch einmal. Wo war sie noch gleich stehen geblieben? Ach ja, zwischen ihr und Karl lief's gut. Es war fast so, als hätten sie die Probleme in ihrer Firma tatsächlich enger zusammengeschweißt. Und selbst wenn alles den Bach runterging – und danach sah es im Augenblick leider aus –, hatte sie immer noch Karl und eine Ehe, für die es sich zu kämpfen lohnte.

Wenn sie jetzt nur ihre Schwiegermutter loswürde! Und dieses verkommene Luder, das gerade in ihrem Salon saß und sich Revlon Red auf die Zehennägel malen ließ. Plötzlich kam Suze eine Idee.

»Danke, Mel. Jetzt geht's mir schon viel besser. Was hältst du davon, wenn wir uns im Club 29 einen kleinen Mittagscocktail gönnen? Ich finde, das haben wir uns nach diesem Monat echt verdient.«

»Aber ich …«

»Wag es ja nicht zu widersprechen.«

»Suze, ich muss zurück zur Arbeit. Heute ist Samstag, da haben wir immer viel zu tun.«

»Willst du damit etwa sagen, dass Josie und Cammy das nicht allein schaffen?«

»Doch, klar, aber …«

»Kein Aber. Es ist ja nur ein Stündchen. Bitte.« Suze beobachtete, wie sich Mels Lippen plötzlich zu einem verstehenden Grinsen verzogen.

»Willst du das nur, damit du an Anneka vorbeistolzieren und die coole Chefin spielen kannst, die es sich leisten kann, mitten am Tag Cocktails zu trinken?«

»So ist es.« Mel hatte ins Schwarze getroffen. Sie kannte sie einfach zu gut.

»Also gut, dann los.« Mel stand auf. »Aber nur, wenn du mir schwörst, auch wirklich absolut cool und divenhaft zu sein. Beschimpf sie ja nicht beim Rausgehen.«

»Das ist viel verlangt.« Suze stellte sich auf ihre frisch massierten Füße und verschwand noch mal kurz aufs Klo, um sich auf ihren Triumphmarsch vorzubereiten.

Make-up? Tadellos.

Haare? Gebürstet, jetzt wieder perfekt.

Schulter? Zurück.

Gesichtsausdruck? Herablassende Überlegenheit.

Als sie zurückkam, war Mel schon an der Tür. »Hier, deine Tasche.«

Sie warf ihr die Fendi Clutch (vom Markt in Bangkoks Rotlichtviertel; besorgt von einer British-Airways-Stewardess, im Tausch gegen eine kostenlose Wachsbehandlung) zu.

Suze fing sie auf, atmete tief durch und folgte Mel nach draußen. Auf dem gesamten Weg durch den Salon redete sie sich selbst aufmunternd zu.

Okay, Baby, schwing deine Hüften. Genau so. Denk an Heidi Klum, denk an Gisele Bündchen, und walk, Baby, walk.

Schau nicht zu ihr rüber, schwing einfach nur weiter die Hüften. Schau nicht rüber. Ich hab doch gesagt SCHAU NICHT RÜBER! O Scheiße, ich muss aber!

Anneka saß auf dem Pediküreplatz gleich hinter der Glaswand. Offenbar hatte man sie so gesetzt, dass Suze sie von ihrem Büro aus auf keinen Fall sehen konnte, was aber leider bedeutete, dass sie sich ganz nah an der Eingangstür befand. Und jetzt musste Suze an ihr vorbei und alle Willenskraft aufbieten, ihr dabei keine zu verpassen.

Unauffällig versuchte sie, Anneka abzuchecken. Lange glänzende kastanienbraune Mähne wie üblich, enges schwarzes Rippenshirt, graue Jeans, Ugg Boots. Schwarzer Missoni-Beutel neben ihr auf dem Fußboden. Verdammt, es wäre alles viel einfacher, wenn sie nicht so ein Knaller wäre.

»Avril, Darling«, rief Suze mit ihrer coolsten Stimme. »Ich bin mal kurz unterwegs, auf einen Drink mit Mel. In einer Stunde bin ich zurück.«

Avril schaute von Annekas French Maniküre auf – zur Abwechslung mal sprachlos.

»Hi, Suze, wie geht's?«

Suze brauchte einen Moment, um die neueste Entwicklung zu verarbeiten. Das war nicht Avril gewesen. Welch schamlose Dreistigkeit! Der lässig-blasierte Gruß war aus der Fresse unter der kastanienbraunen Mähne gekommen. Sogar Mel war irritiert stehen geblieben.

»Mel, hast du da gerade was gehört? Die Stimme der Unverschämtheit vielleicht?«

Okay, das war jetzt ziemlich dämlich, aber was Besseres fiel ihr auf die Schnelle nicht ein.

Die kastanienbraune Mähne lachte. »Komm schon, Suze, lass uns die alberne Geschichte einfach vergessen, ja? Soweit ich informiert war, war es zwischen dir und Karl aus. Er ist ein gut aussehender Typ, und wir hatten ein bisschen Spaß zusammen. Das war alles.«

Bleib ruhig. Atme. Sei cool. Zeig Größe.

»Anneka, glaub mir, du interessierst mich nicht die Bohne.«

Perfekt. Gut gemacht. Herablassender Ton mit dem richtigen Maß an Gleichgültigkeit. Aber die Mähne besaß nicht den Anstand, klein beizugeben. Die Spannung im Salon war jetzt greifbar, alle Augen waren auf sie beide gerichtet. Selbst die Kundinnen, die keine Einzelheiten kannten, konnten sich gut zusammenreimen, was als Nächstes passieren würde.

»Dann ist ja alles bestens«, lautete die unbeschwerte Antwort. »Ich dachte nämlich …«

»Du *dachtest?* Das ist ja mal ein ganz neuer Ansatz.«

Anneka zuckte mit keiner Wimper. »Ich dachte, dass wir uns vielleicht zusammentun könnten. Du, Karl, Cammy und ich. Dann könnten wir zu viert ein bisschen … na ja … Spaß haben.«

Du. Lieber. Himmel. Alle in Hörweite hielten den Atem an. Avril riss die Hände vors Gesicht, aber man konnte nicht erkennen, ob sie betete, dass das hier endlich aufhörte, oder sich innerlich auf das Schlimmste vorbereitete. Suze hatte die Augen weit aufgerissen und stand kurz vor einer Eruption. Hatte Anneka das tatsächlich gerade gesagt? Und meinte sie etwa damit … Bestimmt nicht! Du. Lieber. Himmel. Wollte sie ernsthaft andeuten, dass …

»Das reicht! Verschwinde!« Die Stimme war leise, aber tödlich. Und duldete definitiv keinen Widerspruch.

Anneka riskierte es trotzdem. »Ja, aber … ich bin doch gerade mitten …«

»Ich habe gesagt, verschwinde, du widerliche, unverschämte Schlampe!«

Sogar Suze zuckte zurück. Nicht nur wegen der Heftigkeit und Schärfe der Worte, sondern vor allem wegen ihres Ursprungs.

Alle Blicke waren nun auf Mel gerichtet. Sie hatte das wütendste Gesicht, das Suze je gesehen hatte. Was passierte hier?

Es war ihre Aufgabe, drohend und ekelhaft zu sein. Mel war doch eigentlich diejenige, die für Ruhe, Vernunft und eine positive Atmosphäre sorgen sollte.

Anneka begriff, dass ein sofortiger Rückzug jetzt das Klügste war. Sie nahm ihre Tasche in die halb manikürte Hand, erhob sich so würdevoll, wie es die Situation erlaubte, und richtete sich zu ihrer ganzen ein Meter achtzig großen Körperpracht auf.

»Oh, hab ich da etwa einen wunden Punkt bei dir getroffen, Mel? Tja, weißt du, ich hab schon immer vermutet, dass zwischen dir und Cammy was läuft. Wie's aussieht, hatte ich Recht.« Sie machte ein paar Schritte auf die Tür zu und blieb dann noch einmal stehen. »Ach, und Suze, Schätzchen, dein Kleid steckt übrigens in deiner Unterhose. Sieht ziemlich blöd aus.«

Mit einem gehässigen Grinsen warf Anneka ihre glänzende kastanienbraune Mähne zurück, tänzelte in vollendeter Catwalk-Manier aus dem Salon und hinterließ nur stummes Staunen.

Suze war die Erste, die die Sprache wiederfand – nachdem sie die hintere Hälfte ihres Jerseykleids aus den Tiefen ihres La-Perla-Slips gezerrt hatte.

»Meine Güte, Mel …«

»Was?« Mel sprach noch immer durch zusammengebissene Zähne.

Suze war fassungslos. In all den Jahren hatte sie Mel zum ersten Mal so erlebt. Aber … Moment mal, hatte sie da was verpasst? Sie war so sehr mit sich und ihrer Wiedervereinigung mit Karl beschäftigt gewesen, dass sie Mels Mir-geht's-bestens immer einfach hingenommen hatte. Aber anscheinend stimmte das nicht. Anscheinend war gar nichts bestens.

»Darf ich dich was fragen?«

»Klar.«

»Läuft da was zwischen dir und Cammy?«

25. Kapitel
Ein Stich mitten ins Herz

Mel hatte nie verstanden, was die Leute meinten, wenn sie davon sprachen, sie hätten das Gefühl gehabt, aus ihrem Körper hinausgetreten zu sein. Jetzt hatte sie eine ungefähre Vorstellung davon. Was war das gerade gewesen? Es war ihr vorgekommen, als sei sie von etwas besessen gewesen, von … von … von … sie wusste auch nicht genau, wovon. Von einem Geist vielleicht, und zwar von einem richtig fiesen, gemeinen.

Das Verrückteste war, dass sie sich das selbst nicht erklären konnte. Okay, sicher hatte es was damit zu tun gehabt, dass sie ihre Schwägerin verteidigen wollte, aber Suze war doch nun wirklich in der Lage, sich selbst zu wehren. Vielleicht war es die Empörung darüber gewesen, dass Anneka die Dreistigkeit besaß, einfach im Salon aufzukreuzen. Natürlich hatten ihr die Sorgen und der Stress der letzten Wochen zugesetzt. Ach ja, und dann litt sie auch noch an PMS – unterwegs auf dem Drei-Schokoriegel-und-zwei-Heulkrämpfe-am-Tag-Trip. Aber so auszurasten? Das konnte nur irgendein Geist sein, der ihren Körper benutzte, um für Gerechtigkeit auf der Welt zu sorgen. Entweder das, oder sie war schon zu lange mit Josie, Königin der Tacheles-Redner, zusammen.

Alle im Salon taten jetzt, als seien sie wieder mit dem beschäftigt, womit sie vor dem Drama beschäftigt gewesen waren. Alle außer Avril, die ja nun keine Nägel zum Lackieren mehr hatte.

»Dein Auftritt war die uns entgangenen fünfundzwanzig Pfund plus einen Fünfer Trinkgeld echt wert, Mel«, meinte sie grinsend, während sie die Fläschchen und Pinsel einsammelte und in ihren schwarzen Trolley räumte.

Mel zuckte wie betäubt mit den Schultern. »Suze, hast

du was dagegen, wenn wir unseren Drink verschieben? Ich … eh … muss dringend zurück in meinen Laden.«

»Kein Problem. Geh nur, Süße. Und danke.« Suze drückte ihre noch immer unter Schock stehende Schwägerin und küsste sie auf beide Wangen. »Du warst sensationell. Beängstigend, aber sensationell.«

»Danke. Gern geschehen. Ich … ich kann immer noch nicht fassen, dass ich das getan haben soll.«

»Ich auch nicht. Aber du solltest es häufiger tun. Es steht dir«, antwortete Suze. »Komm, ich bring dich nach nebenan.«

»Aber das sind doch nur zehn Meter.«

»Schon, aber wer weiß, was du auf zehn Metern alles anstellen kannst. Überfall. Vandalismus. Schlägerei. Wir haben es seit gerade mit einem ganz neuen Du zu tun, das wir erst kennen lernen müssen.«

Mel gab auf. Auch wenn sie jetzt als Unterhosen verkaufende weibliche Rambo-Ausgabe durchging, sie kannte ihre Grenzen. Sich Suze' Argumenten zu widersetzen gehörte immer noch zu den Herausforderungen, denen sie nicht gewachsen war.

Okay, zehn Meter, dann war sie frei. Dann konnte sie sich einfach in ihrem Büro verkriechen und zur Ruhe kommen. Noch acht. Es war nicht mehr weit. Sechs. Huh, es war kalt. Sie hätte sich einen Pulli überziehen sollen. Noch vier Meter. Fast geschafft. Zwei …

»Kriege ich eigentlich noch eine Antwort auf meine Frage?«

Sie könnte jetzt einfach wegrennen, aber was nützte das? Es gab keinen Ausweg.

»Welche Frage?« Mels unbeteiligter Ton überspielte die Tatsache, dass ihr Herz hämmerte wie ein Verstärker bei einem Ozzy-Osborne-Konzert.

»Läuft was zwischen dir und Cammy?«

Ja. Ich hab ihm mal abends in volltrunkenem Zustand das Gesicht abgeleckt, und dieses Ereignis beschäftigt mich noch ab und zu. Zum Glück blieb diese Nachricht im Schamfilter ihres Gehirns stecken und erreichte ihre Stimmbänder erst gar nicht.

»Nein.«

»Würdest du es mir sagen, wenn es doch so wäre?«

»Natürlich. Aber da ist nichts, ich schwör's. Joe und ich versuchen, unsere Ehe wieder in den Griff zu kriegen. Und wir schaffen das, da bin ich ganz sicher.«

Suze nickte und umarmte sie noch mal. »Ich hab keine Sekunde geglaubt, dass da was sein könnte. Du und Joe, ihr kriegt das hin. Ganz bestimmt. Schließlich gehört ihr zusammen. Verdammt, diese ganze emotionale Scheiße hat mich in eine wandelnde Spruchkarte verwandelt. Ich ruf dich später an. Versuch bitte, ohne weitere Todesdrohungen über den Nachmittag zu kommen.«

Mit einem letzten Grinsen lief Suze zurück in ihren Salon.

Mel blieb eine Sekunde an der Tür stehen und atmete tief durch. Okay, Zeit sich zu sammeln. Es ging ihr gut. Sie würde die letzte halbe Stunde einfach aus ihrem Gedächtnis streichen, lächeln und den Tag hinter sich bringen. Normalität hieß das Schlüsselwort. Normalität.

Leider hatten Cammy und Josie das nicht mitbekommen. Sie lauerten direkt hinter der Tür und bestürmten sie sofort mit neugierigen Fragen.

»Was war denn da drüben los?« Josie sah Mel forschend an.

»Nichts. Wieso?«

»Nichts?«

»Nichts.«

»Es gibt also nichts, was du uns erzählen müsstest?«

»Nein. Wieso?« Du liebe Güte, das war ja wie die spanische Inquisition – nur dass die Glasgower Version dazu schlechtes Wetter servierte.

Schulterzuckend trat Josie zur Seite, um Mel vorbeizulassen. »Nur so.« Ihre Stimme machte glasklar, dass sie ihr kein Wort glaubte.

Aber Mel ließ ihr keine Chance, weiterzubohren. »Ich hab dringend Papierkram zu erledigen. Ruft mich, wenn viel zu tun ist, ja?«

Sie schaffte es kaum in ihr Büro, als ihre Beine wegsackten. Erschöpft beugte sie sich über den Tresor, um sich abzustützen – eine Position, die sie definitiv nicht eingenommen hätte, wenn sie geahnt hätte, dass Cammy ihr gefolgt war und nun einen fantastischen Panoramablick auf ihren Arsch hatte.

»Alles in Ordnung, Mel? Ehe du antwortest, Josie hat mich geschickt, um was aus dir rauszukriegen. Sie wird mir gleich jedes Wort aus den Rippen schlagen, also überleg dir, was du sagst.«

Mel richtete sich auf, trat ihre Schuhe aus und nestelte nervös am Gürtel ihres schwarzen engen Kleids: rechteckiger Ausschnitt, knielang, mit einem Schlitz hinten, damit sie nicht wie ein Pinguin watscheln musste. Reiß dich zusammen. Sammel dich. Fass dich. Und dementiere.

»Alles bestens, Cammy. Warum auch nicht?«

»Weil Anneka gerade hier war und erzählt hat, dass du nebenan einen kleinen Ausraster hattest. Und dann sagte sie noch, sie hoffe, wir beide würden glücklich zusammen.«

»Oh.«

»Willst du mir also jetzt sagen, was passiert ist?«

Der Drang, sich erneut auf den Tresor zu stützen, war übermächtig. Mel widerstand ihm. »Sie ist über Suze hergefallen, auf ganz widerwärtige Weise, und ich hab sie rausgeschmissen.«

»Nein!«

»Doch!«

»Verdammt, das hätte ich gerne erlebt!«

»Leider war es eine geschlossene Veranstaltung.«

Einen Moment herrschte Stille. Es war Cammy anzusehen, dass er angestrengt nachdachte.

»Willst du mir denn jetzt endlich sagen, was mit dir los ist?

Ist es zwischen dir und Joe immer noch so schwierig? Ich will mich wirklich nicht einmischen, aber ich merke doch, dass dich was beschäftigt. Wenn ich irgendwas tun kann …«

»Ich weiß, Cammy. Vielen Dank.«

Sie sollte es ihm sagen. Die ganze Geschichte erzählen. Ihm offenbaren, dass ihre Ehe noch längst nicht in Ordnung war, dass der Laden von der Schließung bedroht war, dass so viel passiert war, dass sie einfach nicht klar denken konnte. Konnte man an seinem eigenen Leben ersticken? In letzter Zeit geschah so viel und das in so rasender Geschwindigkeit, dass Mel das Gefühl hatte, das letzte bisschen Sauerstoff würde ihr aus den Lungen gepresst.

Mit zugegebenermaßen kindischer Naivität wollte sie alles wieder so haben, wie es war, ohne Dramen, ohne Probleme, ohne Unsicherheit, wo sie hingehörte …

»Schschsch, ist ja gut.«

… und ohne extrem gut aussehenden Angestellten, der plötzlich merkte, dass sie in Tränen ausgebrochen war, und ihr den Arm um die Schulter legte, um sie zu beruhigen.

Sie hätte sich eigentlich sofort aus seinen Armen befreien und ihm sagen müssen, er solle damit aufhören. Stattdessen stand sie einfach nur da, horchte auf seinen Herzschlag, der leise an ihr Ohr drang, und stellte fest, dass es sich wunderbar anfühlte. So friedlich.

»Sorry, Cammy. PMS«, murmelte sie an seiner Schulter.

Er antwortete nicht, sondern hielt sie nur fest. Neuer Tag, neue Katastrophe. Wenn das so weiterging, brauchte sie ihm nicht mehr zu sagen, dass er arbeitslos war. Nach ihren Anfällen in der letzten Zeit würde er vermutlich bald freiwillig das Arbeitsamt aufsuchen und um einen Job ohne völlig übergeschnappte Chefin flehen.

Aber noch während ihr dieser Gedanke durch den Kopf ging, wusste sie, dass es nicht stimmte. Vielleicht war jetzt höchste Zeit für ein paar weitere Wahrheiten. Zum Beispiel, wann sie sich endlich selbst eingestehen würde, was andere offenbar längst wussten? Wann sie zugab, dass sie etwas für ihren früheren besten platonischen Freund empfand?

Was? Ein Schreck durchfuhr sie plötzlich. Unsinn. Das war doch bloß eine Schwärmerei. Eine harmlose, blöde Schwärmerei, nichts weiter als Sehnsucht nach Wärme und Geborgenheit. Genau das war's. Cammy war eine Schulter zum Ausweinen, sonst nichts. Mit Liebe oder Leidenschaft hatte das nichts zu tun, diese Gefühle waren für Joe reserviert. Bis zu dieser »Bis-dass-der-Tod-euch-scheidet«-Stelle. Mit Cammy war es wie mit den Wohlfühlsocken und dem kuscheligen Schal, die sie an kalten Wintertagen rauskramte. Sie brauchte ihn ab und zu zum Wärmen und Trösten.

Trost. Das war es! Und daraus war irgendwie eine pubertäre Schwärmerei geworden, die ihrem emotionalen Overload zusätzlich Energie gab. Und das wiederum war der Grund, weshalb sie Anneka gegenüber so ausgerastet war. Eine Überreaktion also? Ja. Und zwar eine ziemlich kindische. Aber das Entscheidende war, dass niemand etwas wusste, dass es auch künftig niemand wissen musste und dass Cammy ihr klar und deutlich zu verstehen gegeben hatte, dass er keinerlei ernste Absichten hatte. Das Ganze war also nichts weiter als eine bedeutungslose Angelegenheit, die schnell in Vergessenheit geraten würde.

»Hast du Lust, heute Abend mit mir auszugehen?«

»Was?«

Es klang wie: Maf?, weil Mels Kopf immer noch an Cammys Schulter vergraben war. Sie tauchte auf, um nach Luft zu schnappen, als er sein Anliegen wiederholte.

»Hast du Lust, heute Abend mit mir auszugehen?«

Okay, kein Problem. Sie gingen häufiger samstags nach der Arbeit zusammen aus. Keine große Sache also.

»Vielleicht. Lass uns mal hören, was Josie so vorhat. Ich weiß nicht, ob Elvis dieses Wochenende in der Stadt ist.«

Josie und Elvis verband inzwischen eine Liaison, die auf Liebe zur Musik, zu weißen Rhinestones, Glitzeranzügen und Haartollen basierte, die so steif waren, dass man damit Fensterscheiben zertrümmern konnte.

»Ich meinte nicht Josie. Ich meinte nur dich und mich.«

Sie zuckte zurück und sah ihn verständnislos an. Was hatte er da gesagt? Und wieso hatte er dabei so heiser geklungen? Hatte er Halsschmerzen?

»Aber, wir gehen doch immer …«

»Mel, ich will mit dir allein sein.«

Oh. Okay, das klang nicht gut. Es wäre nicht klug. Es wäre in keinster Weise klug, sich in ihrer Situation, frustriert, gestresst, mit PMS, auf so was einzulassen. Es wäre sogar schlichtweg dumm.

»Okay.«

»Okay?«

Er wirkte überrascht – kein Wunder, sie konnte es ja selbst kaum glauben.

»Ich gehe jetzt wieder raus in den Laden, ehe Josie uns unterstellt, Geheimnisse zu haben.«

»Hab ich da gerade meinen Namen gehört?« Ein silberner Haarschopf schaute zur Tür herein.

Mel war heilfroh, dass zwischen ihr und Cammy mittlerweile wieder mindestens zwei Meter Abstand waren.

»Ich habe nur gerade gesagt, dass du dich immer so liebevoll um Melissas Wohlergehen sorgst«, antwortete Cammy unschuldig.

»Tue ich gar nicht.« Sie grinste. »Ich wollte mich nur vergewissern, dass ihr zwei hier keine unanständigen Sachen treibt.«

Mel sah sie stirnrunzelnd an. »Josie, wenn ich dich feuern würde, würdest du dann gehen?«

»Auf keinen Fall. Du müsstest mich schon raustragen. Und ich warne dich, ich bin stark.«

Die Frotzelei entbehrte nicht einer gewissen Ernsthaftigkeit, aber Josie war viel zu sehr mit dem beschäftigt, was sie Mel eigentlich mitteilen wollte, um es zu merken.

»Spaß beiseite. Ich störe euch nur ungern, aber dein Mann ist auf dem Weg hierher, Mel. Ich habe gesehen, wie Anneka ihn anhielt, als er gerade die Straße überqueren wollte. Jetzt plaudern die zwei angeregt miteinander.«

Ein Geräusch lenkte ihren Blick zurück in den Laden. »Vergesst es, er kommt gerade durch die Tür.«

Josie und Cammy flohen, und Mel ließ sich mit zitternden Knien auf den Stuhl fallen. Hastig nahm sie einen Kugelschreiber in die Hand, in der Hoffnung, dass es so aussah, als ob sie gerade … na ja … einen Kugelschreiber in der Hand hatte. Verflucht, irgendwie funktionierte gar nichts mehr.

»Hi«, sagte Joe. Sein Ton gab keinerlei Aufschluss über seine Stimmung.

»Hi«, antwortete Mel. Schachmatt.

»Hab gerade Anneka getroffen.«

»Oh? Und? Was hat sie gesagt?« Nonchalance. Verhalte dich ruhig. Keine Panik.

Er zuckte mit den Schultern. »Nicht viel.«

Sie widerstand dem Drang, weiterzufragen. Nicht viel im Sinne von »Habe in letzter Zeit ein ruhiges Leben« oder nicht viel im Sinne von »Ich glaube, deine Frau hat was mit meinem Exfreund«? Verflucht, er ließ sich nichts anmerken. Als die Stille anfing, unangenehm zu werden, machte Joe den nächsten Zug. Er bückte sich, hob Mels Tasche vom Boden, nahm ihren Mantel vom Haken und schaltete ihren Computer aus.

»Komm mit.«

Was passierte denn jetzt schon wieder? »Komm mit wohin?«

»Frag nicht. Komm einfach mit.«

»Aber Joe, ich kann jetzt nirgends hin. Ich muss arbeiten.«

»Es ist wichtiger als Arbeit.«

Er hielt ihr die Tür auf, und Mel blieb nichts anderes übrig, als mitzugehen. Unterwegs traf sie Cammys fragender Blick. »Ich … eh … muss kurz weg. Wenn ich bis Ladenschluss nicht zurück bin, schließt du bitte für mich ab?«

Er nickte. »Kein Problem.«

»Bis Montag, Josie.«

Sie bekam keine Antwort.

Draußen hielt sie Joe am Arm fest. »Was ist los, Joe?«

»Mel, ich musste dich einfach da rausholen, weil es Zeit wird, dass ich etwas tue, was ich schon lange hätte tun sollen.«

26. Kapitel
Herzklopfen

Sex. Einfacher, guter Sex. Seit Tagen dachte Suze daran. Jetzt reichte es. Sie würde nicht mehr länger warten, um wilden, hemmungslosen Versöhnungssex mit Karl zu haben.

Sie warf einen Blick auf die Uhr am Armaturenbrett und überschlug gedanklich kurz das Timing ihrer Mission. In diesem Moment müsste Karl aus dem Fitnessstudio nach Hause kommen. Cruella De Vil würde noch eine Weile im Krankenhaus sein, denn die Besuchszeit dauerte noch anderthalb Stunden. Dazu kamen ungefähr zwanzig Minuten Verbesserungsvorschläge für die armen Krankenschwestern, die grundsätzlich alles falsch machten, und fünf Minuten Belehrungen übers Händewaschen für die Besucher, die es wagten, achtlos an den Spendern mit antibakteriellem Gel vorbeizulaufen, die am Ausgang der Station angebracht waren. Dann noch eine Viertelstunde für die Heimfahrt, sodass sich eine Gesamtzeit von zwei Stunden und zehn Minuten ergab, in der sie und Karl ihr so lange unterdrücktes Bedürfnis nach richtig scharfem, leidenschaftlichem Vögel-mich-auf-dem-Küchentisch-Versöhnungssex ausleben konnten.

Suze drehte das Autoradio lauter. Kanye West rappte vor sich hin. *Yo, baby, yo, baby* – sie hatte keine Ahnung, was er meinte, aber der Rhythmus klang super. Erotisch. Antörnend. Hey, war sie geil! Wenn sie nicht bald nach Hause kam, würde sie die erste Frau sein, die mitten auf der Pollockshaws Road vor der roten Ampel auf dem Vordersitz eines Mazdas einen Orgasmus hatte.

Sie wählte die Nummer von ihrem Zuhause. Keine Antwort. Offenbar war Karl noch nicht da. Sie probierte es auf seinem

Handy. Auch nichts. Sicher steckte es irgendwo in seiner Sporttasche. Egal – sie würde ihn ja gleich sehen, und vielleicht war es sogar besser, wenn er keine Ahnung hatte, welch megaerotische Begegnung mit der Liebe seines Lebens ihm bevorstand.

Ganz gleich, welche Probleme sie sonst hatten, auf sexuellem Gebiet waren sie immer absolut kompatibel gewesen. Beide hatten ein großes Bedürfnis nach Sex, beide hatten eine gewisse Vorliebe für Experimente, beide wussten genau, was der andere gern hatte. Bis auf die paar Monate, die zu dem *Venusfallen*-Debakel geführt hatten, hatte es nie mehrere Tage am Stück ohne Sex für sie gegeben. Seine fehlende Libido war für sie eines der deutlichsten Zeichen gewesen, dass was nicht gestimmt hatte.

Aber daran wollte sie jetzt nicht denken. Sie hatte es falsch interpretiert, sie hatte einen Fehler gemacht, er hatte einen noch größeren Fehler gemacht, sie hatten es geklärt und waren aus der Sache gestärkt herausgekommen, das war alles, was zählte. Das und der wilde, hemmungslose Versöhnungssex, nach dem sie sich seit zwei Wochen sehnten, seit sie ein fest installiertes Verhütungsmittel namens Schwiegermutter im Haus hatten. Es waren lange vierzehn Tage gewesen, mit kurzen geräuschlosen Quickies auf dem Fußboden, weil sie Angst hatten, das Bett könnte quietschen und Virginia vor Entrüstung einen Herzinfarkt bekommen. Sie hatten nicht mal genug Privatsphäre gehabt, um das Thema Kinder erneut anzusprechen und zu überlegen, wann sie versuchen sollten, eine Familie zu gründen. Dieses Mal wollten sie beide dasselbe zur selben Zeit, da war Suze ganz sicher.

Sie wippte aufgeregt mit den Füßen. Das würde der beste Nachmittag seit langem werden. Wahnsinn! In ungefähr zwölf Minuten würde sie am Kronleuchter hängen und das Gesicht ihres Mannes zwischen den Schenkeln haben.

Als sie in ihre Straße bog, erblickte sie Mrs. McNee in ihrem Vorgarten und bremste ab. Zeit Vergangenes abzuhaken. Waren sie nicht alle reif und erwachsen geworden?

»Hallo, Mrs. McNee, ist heute nicht ein schöner Tag?«

Mrs. McNees Kinn sackte um gute zehn Zentimeter herunter, was darauf schließen ließ, dass sie überrascht war. Da sie keine Anstalten machte, Suze' versöhnliche Geste zu erwidern, änderte Suze ihre Taktik.

»Bin gerade auf dem Weg nach Hause, um es mit meinem geilen Mann mal so richtig wild zu treiben. Nur damit Sie sich nicht wundern und wieder die Polizei rufen.«

Grinsend bog sie in die Einfahrt und ließ eine völlig verstörte Mrs. McNee zurück. Scheiße, Karls Auto war noch nicht da, er musste im Studio aufgehalten worden sein. Es sei denn, er war gar nicht weg gewesen und das Auto stand immer noch in der Garage. Aber nein, er hatte definitiv gesagt, dass er zum Sport wollte.

Kein Problem, dann hatte sie mehr Zeit zur Vorbereitung. Ihr schwebte der neue schwarze Agent-Provocateur-BH mit passendem String und schwarzen Strumpfhaltern vor. Dazu schwindelerregend hohe High Heels. Oder noch besser Stiefel. Vielleicht die Overknee-Lackstiefel mit den Pfennigabsätzen, die zwar höllisch wehtaten, sie aber aussehen ließen wie Sex auf zwei Beinen – und zwar wörtlich. Oder der neue weiße Netzbabydoll, der zugleich »Jungfrau« und »Luder« schrie.

Oder das ... verflixt, wieso passte denn der Schlüssel nicht ins Schlüsselloch? Suze versuchte es noch mal – nein, er ging nur ein paar Millimeter hinein. Erstaunt zog sie ihn wieder heraus und betrachtete ihn von allen Seiten. Hm. Alles schien in Ordnung, der Schlüssel war nicht verbogen oder kaputt. Es konnte nur einen Grund geben, weshalb Suze ihn nicht ins Schloss bekam: Von der anderen Seite steckte ein anderer Schlüssel. Und das konnte nicht sein, weil Karl ja im Fitnessstudio war. Das hatte er ihr gesagt. Und weil er im Studio war, wusste sie, dass sie die Türklinke nicht einfach, ohne sie aufzuschließen, herunterdrücken und öffnen konnte. Ganz sicher nicht. Und doch ... Scheiße, wieso ging die Tür denn trotzdem auf?

Zögernd machte Suze ein paar Schritte in die Diele, bis sie den offenen Wohnbereich voll im Blick hatte und … der Schrei kam über ihre Lippen, ehe sie es verhindern konnte. Denn dort am Küchentisch, von dem sie noch wenige Minuten zuvor fantasiert hatte, bot sich ihr ein Anblick, der ihr das Blut in den Adern gefrieren ließ.

Ein Blick traf ihren, hart und herausfordernd.

»Wann … hattet … ihr … vor, es … mir … zu sagen?«

Der Satz war ein Stakkato aus purem, unverhohlenem Zorn. Suze' Beine gaben nach, als ihr klar wurde, dass er geradewegs auf sie gerichtet war. Sie öffnete den Mund zu einer Antwort, bekam jedoch kein Wort heraus, weil Karl in diesem Moment von hinten an sie herangeschlichen war. Zumindest hoffte sie, dass es Karl war. Denn wer immer es war, legte jetzt die Arme um sie, massierte ihre Brüste und raunte ihr ein heiseres »Ich bin so unglaublich scharf auf dich« ins Ohr.

Bis er die Szene vor sich registrierte. Und *sie* sah. Virginia Marshall.

Sie saß mit wutverzerrtem Gesicht am Küchentisch. Vor ihr lagen die Bilanzen von Marshall & Sons und der Notizblock, auf dem Suze die Ideen, Probleme und Strategien zur Rettung des Unternehmens minutiös aufgelistet hatte.

Offensichtlich hatte Virginia alles genau gelesen.

Sofort nahm Karl die Hände von den Brüsten seiner Frau und mutierte zu einem zwölfjährigen Jungen, der mit einer Packung Zigaretten, einer Dose Bier und einem Stapel Pornos erwischt worden war.

»Ich hätte gern eine Antwort, wenn das möglich wäre. Ich wüsste gern, wann ihr mir erklären wolltet, dass ihr das Unternehmen, das mein Mann und ich vierzig Jahre lang mühsam aufgebaut haben, zugrunde gerichtet habt.«

27. Kapitel
I ♥ You

Als sie an den Hinweisschildern zur Erskine Brigde vorbeikamen, wusste Mel, wo sie hinfuhren. Und als sie schließlich in die lange schmale Zufahrt zum Hotel bogen, hatte sie das Gefühl, dass Wochen der Anspannung endlich von ihr abfielen. Der Anblick des prachtvollen Gebäudes vor ihnen, einst Wohnsitz von Lord of Blantyre, zauberte ein Lächeln auf ihr Gesicht. Es war im gotischen Baustil errichtet, aus Steinquadern aus der nahen Umgebung.

Wenn ich mich doch nur entsprechend gekleidet hätte, dachte sie wenig später, als sie auf ihren Top-Shop-Plateauschuhen durch die imposante Lobby zum Fahrstuhl ging, der sie zu ihrem Zimmer brachte.

Oder besser gesagt zu ihren hundert Quadratmetern Luxus und Dekadenz. Das einzige Mal, als sie zuvor in diesem Hotel gewesen waren, im Jahr zuvor, an ihrem Geburtstag, hatten sie ebenfalls ein riesiges Zimmer bewohnt, aber das hier war eine ganz andere Dimension. An einer Wand der Suite stand ein gigantisches Himmelbett aus Mahagoni mit einem Überwurf aus schwerem Brokat. Es war so hoch, dass man mithilfe eines kleinen Fußschemels hineinsteigen musste.

An der gegenüberliegenden Wand befand sich ein wunderschöner Kamin aus Marmor, davor standen zwei vergoldete Polstersesselchen. Mitten im Zimmer thronte ein gigantisches schwarzes Sofa, außerdem gab es wundervoll geschnitzte Kommoden und Kleiderschränke. Aber noch atemberaubender als das Interieur war die Aussicht: Durch vier große Butzenglasfenster im georgianischen Stil blickte man auf die spektakuläre Landschaft der Kilpatrick Hills, die sich majestätisch über dem grünen Tal des Flusses Clyde erhoben. Es fiel Mel schwer, ihre Begeisterung im Zaum zu halten, bis der Portier ihren pinkfarbenen Trolley (von Joe heimlich gepackt und im Kofferraum versteckt) abgestellt und das Zimmer verlassen hatte.

»Oh, Joe, das ist so ... so ... Haben wir im Lotto gewonnen?«

»Nein, wir sind immer noch arm.«

»Und warum sind wir dann hier?«

»Weil ich dir eine Freude machen wollte. Und weil ich gern mit dir zusammen sein wollte, mit dir ganz allein, damit wir wieder zusammenfinden und wieder wissen, wie gut das ist. Du verdienst das, Mel. Wir müssen nur aufpassen, dass wir den Zimmerservice nicht zu sehr in Anspruch nehmen. Wenn wir unsere Kreditkarte überziehen, könnten wir Probleme kriegen.«

Mel lächelte gerührt. Typisch für ihn, seine Nervosität mit Humor zu überspielen. Das war der Joe, den sie kannte – nicht dieser Schönling, der freitagabends in einer Glasgower Bar eine fremde Frau anquatschte. Das war ihr süßer, lieber Joe, und zum ersten Mal seit langem hatte sie das echte Bedürfnis, ihn in den Arm zu nehmen. Und sie tat es. Sie hielt den Atem an, als er ihr daraufhin langsam das Kleid von den Schultern streifte, mit dem Finger über ihr Schlüsselbein strich, dann zwischen ihren Brüsten entlang, ehe er sie – mit einer schwungvollen Bewegung, die leicht zu ernsten medizinischen Problemen in ihrer Wirbelsäulengegend hätte führen können – hochhob und zum Bett hinübertrug.

»Joe?«

»Ja, mein Schatz?« Vorsichtig ließ er sie in die seidige Bettwäsche sinken.

»Dir ist klar, dass wir gerade einen Moment wie aus einem Kitschroman erleben?«

Er grinste und küsste sie statt einer Antwort auf die Nasenspitze.

»Und dir ist auch klar, dass es ziemlich billig ist, mich mit einer Nacht in einem Luxushotel rumzukriegen?«

Er grinste. »Billig ist es nicht.« Seine Zunge glitt weiter abwärts.

»Okay, mach trotzdem weiter.«

Ein paar amerikanische Golfspieler, die kurze Zeit später an ihrer Tür vorbeikamen, wechselten erstaunte Blicke, als sie die lustvollen Schreie hörten, die aus dem Zimmer drangen.

Während es draußen dunkel wurde und sich die Nacht über das Flusstal senkte, streichelte Joe sie, flüsterte ihr süße Worte ins Ohr, liebte sie, und jede Berührung und jede Liebkosung fühlten sich wahrhaft an wie im Roman.

Als Mel zum zweiten Mal kam (ein Ereignis, das normalerweise für Geburtstage und wichtige Feiertage reserviert war), wurde ihr bewusst, wie wunderbar es sich anfühlte. Großartig. Sie stützte sich auf die Ellbogen und sah ihn an, sie strich seine Haare aus der Stirn und zeichnete mit den Fingern die Kontur seiner Augenbrauen nach. Er seufzte zufrieden.

Lächelnd sah sie zu, wie sich seine Brust bei jedem Atemzug hob und senkte, bis er schließlich die Stille durchbrach.

»Dann habe ich meine Frau also wieder?«, flüsterte er mit bewegter Stimme.

Sie nickte. »Aber so etwas darf uns nie wieder passieren, ja, Joe? Ich kann immer noch nicht glauben, dass ich nicht gemerkt habe, dass du nicht glücklich warst.«

Er küsste ihre Handfläche. »Wie hättest du das denn merken sollen, wenn ich es selbst kaum mitbekommen habe?«

»Das hast du mir schon mal gesagt, aber es macht die Sache nicht einfacher.«

»Ich weiß, Baby, es tut mir leid. Ich finde es nur so erschreckend, dass ich dich fast verloren hätte, und das wegen einer Nacht mit einer Frau, die ich nicht mal richtig kannte.«

Moment, was hatte er da gerade gesagt?

»Hast du nicht gesagt, du hättest nie was mit ihr angefangen?«

Sein Gesicht wurde rot, seine Antwort klang gepresst. »Natürlich nicht.«

Mel seufzte. Sie würde nie erfahren, was hätte passieren können. »Joe, lass uns einfach einen Strich unter die ganze Sache ziehen und daraus lernen. Du musst mehr mit mir reden, mir sagen, was dich bewegt. Und ich muss lernen, dass nicht jeder ständig glücklich sein kann. Aber …«

»Ja?«

Der Gedanke war ihr gerade gekommen, und sie wusste instinktiv, dass er richtig war. »Vielleicht sollten wir unsere Familienplanung noch ein bisschen aufschieben. Vielleicht sollten wir uns erst darauf konzentrieren, als Paar wieder richtig glücklich zu werden.«

Er stützte sich nun ebenfalls auf und sah sie an. Er schien enttäuscht zu sein. »Nein, Liebes, das darfst du nicht sagen. Du wolltest doch unbedingt noch in diesem Jahr ein Baby bekommen.«

Sie blickte in seine Mandelaugen und wollte gerade widersprechen, als … He, wo kam das denn plötzlich her? Ganz kurz sah sie das Bild einer Frau in einem hautengen Kleid vor sich, die in einer Bar saß und den Mann anschaute, der in diesem Augenblick neben ihr lag.

Verstört rang sie nach Worten. »Aber ich … ich meine … ich bin … aber …«

Schon wieder. Dieses Mal lag seine Hand auf der Hand der Frau, und er fragte sie, ob …

»Lass uns einfach noch warten, Joe. Lass uns erst die Sache mit der Firma in Ordnung bringen. Wenn alles zusammenbricht, muss ich mir einen neuen Job suchen, und dann kann ich nicht schwanger sein …«

»Ich lebe getrennt. Schon lange. Die Sache ist vorbei, aber ich habe noch niemand Neues kennen gelernt. Bis jetzt …«

Der Schmerz traf sie so heftig, dass sie sichtbar zusammenzuckte. Verdammt, was war das nur?

»Alles okay mit dir?«

»Alles bestens ... ich bin nur ... erschöpft.« Und verletzt. Und traumatisiert. Und nicht in der Lage, das Bild von dir und ihr aus dem Kopf zu kriegen.

Er beugte sich über sie und küsste sie. Der Drang, ihn wegzuschieben, war überwältigend. Das durfte nicht sein. Sie musste damit klarkommen, und sie würde damit klarkommen. Es war nur eine Frage der Zeit, entscheidend war, dass sie es beide wollten.

»Ich lebe getrennt. Schon lange. Die Sache ist vorbei, aber ich habe noch niemand Neues kennen gelernt. Bis jetzt ...«

Verflucht, sie musste diese Stimme loswerden. Entschlossen setzte Mel sich auf und kletterte aus dem Bett. Metertief, so kam es ihr vor.

»Hast du was dagegen, wenn ich ein Bad nehme?«, fragte sie so lässig wie nur möglich.

»Soll ich dir dabei Gesellschaft leisten?« Mist, sie hätte wissen müssen, dass er diese Frage stellen würde. Sie brauchte jetzt dringend eine gute Ausrede.

»Vielleicht später. Ich möchte mir die Beine rasieren«, antwortete sie und beugte sich zu ihm, um ihn noch einmal zu küssen. Ausrede geglückt. »Ich bin in einer halben Stunde ...«

Der Klingelton ihres Handys unterbrach sie. Automatisch griff sie in ihre Handtasche und zog das Telefon aus den Tiefen ihrer irdischen Besitztümer. Das Wort GESCHÄFT leuchtete auf dem Display auf.

Ihr Herz pochte heftig. »Josie«, murmelte sie hastig, als Joe sie fragend ansah. Sie klappte das Handy auf und ging zu einem der Sessel am Kamin, um ungestört zu sein.

»Hallo.«

»Hi«, lautete die Antwort. Das war noch unverfänglich.

»Sieht so aus, als müssten wir unser Date heute Abend verschieben, oder?«

»Wie viel haben wir verkauft? Das ist ja super! Gut gemacht.« Bitte kapier das, bitte leg auf.

»Aha. Joe ist in der Nähe, und du kannst nicht reden?«

»Genau. Diese BHs sind echt süß, du hast Recht. Und die dazu passenden Strings auch. Wir müssen dringend mehr davon ordern, sobald ich wieder da bin.«

Sie sah, dass Joe die Fernbedienung für den Fernseher in der Hand hielt und ziellos durch die Kanäle zappte.

»Wo bist du?«

»Mar Hall.« Joe lächelte ihr zu. »Es ist superschön.«

Am anderen Ende entstand eine kurze Pause, dann folgte: »Eins meiner Lieblingshotels. Als ich letzten Monat dort war, wollte ich gar nicht mehr weg.«

Klar, er war ja mit Anneka hier gewesen – das hatte sie ganz vergessen. Bei dem Gedanken lief ihr ein Schauer über den Rücken.

»Wir hatten damals Zimmer 11. Mit Blick auf ...«

»... den Fluss«, vollendete sie für ihn. O nein! Das Hotel hatte mindestens fünfzig Zimmer, und sie mussten unbedingt dasselbe bewohnen wie Cammy und Anneka. Hatte sie jemand bei der Geburt mit einem Fluch belegt, der sich erst jetzt erfüllte?

»Also ...«, begann er, wurde jedoch rüde unterbrochen, als ihre Nerven versagten und ihr Mund in den Modus »böses Zischen« schaltete.

»Nein, ich komme morgen ganz bestimmt nicht rein, Josie. Wir schlafen gemütlich aus und fahren erst spät nach Hause. Vielleicht halten wir unterwegs noch irgendwo an und gehen ein bisschen shoppen.«

Was faselte sie da? Sie arbeitete sonntags doch nie, also rechnete auch niemand mit ihr. Hör auf zu reden. Leg auf. Nimm ein Bad und kümmere dich um deinen Ehemann. Aber die Stimme am anderen Ende ließ so schnell nicht locker.

»Ist zwischen dir und Joe wieder alles in Ordnung?«

Eine weitere Pause. Eine lange dieses Mal. Aus dem Böses-Zischen-Modus wurde der Kaninchen-im-Scheinwerferlicht-Modus.

»Ja.«

Joe sah sie mit hochgezogenen Augenbrauen an. »Josie wollte nur wissen, ob wir das Kaminzimmer schon gesehen haben.« Als er nickte und sich wieder auf das Fußballspiel konzentrierte, das er auf Sky Sports gefunden hatte, wandte sie sich erneut ihrem Telefongespräch zu.

»Weißt du, wenn etwas so alt ist, ist es besonders wichtig, es zu erhalten.« Woher zum Teufel kam das denn? Irritierend eigentlich, dass sie so viel Talent zur Schauspielerei hatte. Wer hätte das gedacht?

»Du hast Recht. Ich freue mich für dich, Mel. Das weißt du doch, oder?«

»Absolut.«

»Du weißt auch, wie wichtig du mir bist. Die Hauptsache ist, dass es dir dabei gut geht.«

Bildete sie sich das nur ein, oder hatte sie da einen erleichterten Unterton gehört? Oder war es doch eher besorgt? Schwierig zu beurteilen, wenn im Hintergrund Hibernian gegen Dundee United über das Spielfeld stürmte.

»Das tut es.«

»Okay. Dann bis Montag. Ein schönes restliches Wochenende.«

In den Sekundenbruchteilen zwischen seinen letzten Worten und dem Moment, als die Leitung unterbrochen wurde, hörte sie Josie im Hintergrund rufen: »War das Mel? Wo steckt sie? Ich hoffe, sie hat diesen Idioten von Ehemann endlich vor die Tür gesetzt.«

Selbst mitten in diesem emotionalen Durcheinander fiel es Mel schwer, nicht zu lachen.

Ein paar Augenblicke später versank sie im Pfefferminz-Hagebutten-Schaum eines ayurvedischen Bades und war vollkommen überzeugt, genau das Richtige zu tun. Ihre Gefühle für Cammy? Echte Freundschaft, die sie vorübergehend mit einer verrückten, frivolen Schwärmerei verwechselt hatte. Das konnte nicht im Mindesten mit der achtjährigen glücklichen Ehe mit Joe konkurrieren. Joe war ihr Seelenverwandter, ihr Bis-dass-der-Tod-euch-scheidet, und es war gut, dass sie das, was immer da zwischen ihr und Cammy gegoren hatte, sofort im Keim erstickt hatte. Schließlich wusste sie nicht mal, wieso er an diesem Abend unbedingt mit ihr ausgehen wollte. Vielleicht dachte er, sie sei ein emotionales Wrack und bräuchte ihn als eine Art Krücke. Vielleicht hatte er auch genug von den Spekulationen, ob sie etwas zusammen hätten oder nicht, und wollte die Sache nun endlich klären. Oder vielleicht ... ach, es war eigentlich ganz egal.

Nicht egal war, dass sie und Joe sich versöhnt hatten und sich hier in dieser Hotelversion des Paradieses befanden und dass sie in einer altmodischen Badewanne mit Klauenfüßen saß, in der es herrlich nach Pfefferminz duftete, und sie allen Stress der letzten Zeit einfach von sich abgleiten ließ.

Von sich abgleiten ließ.

Einfach von sich abgleiten ließ.

Schluck! Sie hatte plötzlich den ganzen Mund voll Schaum, als Joe hereinkam und ihre karmische Ruhe störte, indem er den Klodeckel hochklappte und laut plätschernd pinkelte. Um ein bisschen vom Offensichtlichen abzulenken, schnitt sie ein Thema an, das sie in letzter Zeit etwas beschäftigt hatte.

»Sag mal, Joe, hattest du nicht gesagt, du hättest Anneka getroffen?«

Er stockte, schüttelte sich kurz und hüllte sich in einen der weißen Bademäntel, ehe er zögernd antwortete.

»Ja, das war auf dem Weg in den Laden. Sie war im Auto, und als ich die Straße überquerte, hielt sie an, kurbelte das Fenster runter und begann zu plaudern. Nichts Besonderes eigentlich, sie wollte nur wissen, wie's mir geht.«

Puh, Erleichterung! Sie hatte schon befürchtet, Anneka könnte sich für ihren kleinen Ausbruch im Salon rächen.

»Um ehrlich zu sein, wollte ich auch nicht zu lange in ihrer Nähe sein. Ich hatte Angst, Suze könnte mich sehen und zu Brei schlagen«, witzelte er auf dem Weg zur Tür.

»Die Gefahr besteht immer«, stimmte Mel ihm zu.

Sorge vorbei. Angst vor Rache weg.

Er blieb mit der Hand an der Klinke noch mal kurz stehen. »Aber eins ist seltsam. Hattest du nicht gesagt, sie hätte sich von Cammy getrennt?«

Angst vor Rache wieder da.

»Ja, hat sie. Wieso?«

»Weil sie vorgeschlagen hat, wir sollten uns mal alle zusammen treffen.«

Du heilige Scheiße.

»Aber ich habe mich zurückgehalten. Wie gesagt, habe ich keine Lust, Suze aufzuregen und mich in die Gefahr einer Hodenelektroschockbehandlung zu bringen.«

Mel gab sich allergrößte Mühe, sich ihre Empörung nicht anmerken zu lassen. Was für ein verdorbenes Luder! Was führte sie im Schilde? Hatte sie irgendwas Böses im Sinn, oder lief sie bloß den ganzen Tag durch die Gegend und lud Leute ein, Partys mit ihr zu feiern? Und zwar definitiv nicht die Sorte Partys, bei der die Räumlichkeiten mit Luftballons und Girlanden geschmückt wurden.

Diese dreckige Schlampe hatte es bereits mit einem der Marshall-Brüder getrieben. War das vielleicht ein Versuch, sich auch den anderen an Land zu ziehen? Nein, sie überreagierte nur. Anneka hatte eben Spaß daran, andere zu nerven. Sollte sie doch, Mel würde sich davon einfach nicht beeindrucken lassen. Sie und Joe waren wieder glücklich, das war die Hauptsache.

»Möchtest du jetzt vielleicht ein bisschen Gesellschaft haben?«

Sie lächelte und schüttelte den Kopf. »Noch nicht. Ist das okay? Ich genieße es total, mich mal so richtig zu entspannen.«

»Okay, dann ruf mich, wenn du es dir anders überlegst.«

»Gut«, antwortete sie und versank erneut im Schaum. Als sie wieder auftauchte, war er weg.

Noch zwanzig Minuten Glückseligkeit, dann würde sie ihn rufen. Bis dahin würde sie einfach nur die Augen schließen und an gar nichts denken. Gar nichts. Ganz und gar nichts.

Ob Cammy und Anneka in dieser Wanne Sex hatten?

Neeeeeiiiiiiiin!

Verflucht, was für eine Vorstellung! Sie musste dringend raus und dieses Bild aus dem Kopf kriegen. Cammy und Anneka beim Sex. Igitt!

Cammy. Nackt. Beim … Oh, Cammy, nackt.

Und wenn sie nicht Sex in der Wanne gehabt hatten, dann mit Sicherheit nebenan. In dem Bett, in dem sie und Joe gerade … Stopp! Bis hierher und nicht weiter! Denk nicht daran, lass es nicht zu. Melissa Jane Marshall (sie nannte sich immer bei ihrem vollen Namen, wenn sie sich eine ernste Standpauke hielt), wag es nicht! So bist du nicht!

Aber. Cammy. Nackt.

Genug! Schluss! Reiß dich zusammen!

Jetzt half nur noch eins. Mel beugte sich so weit aus der Wanne, bis sie durch den Türspalt sehen konnte. »Joe!«

»Komm schon, Junge!« Sie vermutete, dass er damit einen der überbezahlten zweiundzwanzig Männer auf der Mattscheibe meinte, die gerade dem Ball hinterherhasteten. Ein »Ja, Schatz« folgte erst mit einiger Verzögerung.

»Besteht dein Angebot noch, mir Gesellschaft zu leisten?«

Innerhalb weniger Sekunden stand er vor ihr, der Bademantel sank auf den Boden, seine Erektion war direkt auf den Wasserhahn gerichtet.

Na also! Cammy und Anneka hatten kein Monopol auf prickelnde Sexspiele und erotische Abenteuer – beides gehörte auch zu einer glücklichen Ehe, wie sie und Joe sie führten.

Absolut.

Sie wurde sanft nach vorn geschoben, als er hinter ihr ins Wasser glitt. Sofort umfassten sie seine Hände.

»Ich liebe dich, Mel.«

»Ich dich auch«, antwortete sie. Und sie meinte es ernst. Wirklich.

»Ich lebe getrennt. Schon lange. Die Sache ist vorbei, aber ich habe noch niemand Neues kennen gelernt. Bis jetzt …«

Nein, geh weg! Meine Güte, hörte das denn nie auf? Melissa Jane Marshall, vergiss das Vergangene, vergiss Cammy, vergiss alles, außer der aktuellen erigierten Glückseligkeit.

Denk nicht, denk nicht.

Und überhör die kleine Stimme, die schon seit einer Stunde auf dich einredet. Die, die behauptet, der Sex mit Joe sei gut gewesen. Großartig. Sensationell – aber er hätte sich irgendwie nicht richtig angefühlt.

28. Kapitel
Sturm des Herzens

»Ich glaube, sie versucht, ihn umzubringen. Wirklich! Sie hofft, dass der Schock ihn killt, dann kann sie die lustige Witwe spielen, ihr Geld an Wohltätigkeitsverbände verteilen und sich von kleinen Kindern überall auf der Welt die Füße küssen lassen. Ich schwöre dir, sie braucht das.«

»Suze, ich liebe dich. Aber wenn du nicht sofort aufhörst so zu reden, schmeiß ich dich aus dem Auto.«

»Mitten auf der Autobahn?«

»Ja.«

Suze presste die Lippen ganz fest zusammen, damit ihr ja nichts mehr rausflutschte. Meine Güte, durfte man denn heutzutage gar keine eigene Meinung mehr haben? Sie starrte aus dem Fenster und sah in der Ferne ein Flugzeug vom Glasgower Flughafen aus starten.

»Wir könnten doch einfach zum Flughafen fahren und uns in irgendeinen Flieger setzen. Dann bräuchten wir auch kein schlechtes Gewissen wegen des Todes deines Dads zu haben. Aber das brauchen wir sowieso nicht, weil es ihre Schuld ist. Sie ist so eine …«

»SUZE!«

»Okay, okay.«

Lippen zusammenquetschen!

Dabei war sie sicher, dass neunundneunzig Prozent der Bevölkerung genauso denken würde wie sie: Es war nicht geschickt, einem Mann, der gerade eine Herz-OP hinter sich hatte, zu sagen, dass das Unternehmen, das er von seinem Vater geerbt und dem er bis vor kurzem sein ganzes Leben gewidmet hatte, den Bach runterging. Wieso musste er das jetzt erfahren? Im Moment war es für ihn Herausforderung genug, zu entscheiden, ob er lieber Marmelade oder Honig auf seinem Frühstücksbrötchen aß.

Aber nein, Virginia vom Stamme der Schwarzen Witwen, war am Morgen aus der Kirche gekommen und hatte angekündigt, dass sie um eins ins Krankenhaus gehen würde und sie um zwei nachkommen sollten. Das gab ihr genau eine Stunde, um ihren Mann durch Schock zu töten.

Suze warf einen Blick auf Karl und sah, dass er das Lenkrad so fest umklammerte, dass seine Knöchel weiß hervortraten. Sie hatte plötzlich Mitleid mit ihm. Für ihn war das hier der größte Albtraum, den er seit Monaten zu verhindern versucht hatte. Das Vertrauen seines Vaters war ihm immer wichtig gewesen, und es erschütterte ihn zutiefst, dass er versagt hatte. Deshalb hatte er Virginia am Tag zuvor gebeten, ja angefleht, ihnen noch etwas Zeit zu geben, um das fehlende Geld irgendwie aufzutreiben.

»Und wie genau wollt ihr das machen?«, hatte sie ihn angefaucht und dabei die Lippen so zusammengepresst, wie er es jetzt tat. Verdammt, ihr war noch nie aufgefallen, wie ähnlich Karl seiner Mutter im Profil war. Den Gedanken musste sie schnell loswerden, sonst konnte sie nie wieder Sex mit ihm haben.

»Es gibt noch ein paar Leute, mit denen ich sprechen könnte. Investoren, andere Banken. Der Name Marshall hat einen guten Ruf, Mum. Ich brauche jemand Finanzkräftiges, der sich bei uns beteiligt, bis wir aus dem Gröbsten raus sind.«

Der Knall, mit dem der Schreibblock auf den Tisch geschlagen war, hatte sie beide aufspringen lassen. »In unserem Familienunternehmen hat kein Fremder was zu suchen.«

»Dann gibt es unser Familienunternehmen bald nicht mehr, Mum.« Er hatte das nicht aus Wut, sondern aus tiefer, tiefer Sorge gesagt. Das hatte selbst Virginia erkannt.

Eine kurze Pause war entstanden, und Suze war sicher gewesen, dass Virginia als Mutter, als die Frau, die diesen Mann angeblich aus ihren Lenden gepresst hatte, spätestens jetzt Mitleid mit ihm haben würde.

»Ihr habt versagt, Karl. Ihr wart einfach zu gierig«, antwortete Virginia mit einer Stimme, die ungefähr die Temperatur eines Polarforschungsgebietes hatte.

Und das wiederum bewies, wie viel Ahnung Suze vom Muttersein hatte. Nämlich absolut keine. Virginia Marshall war das menschliche Äquivalent eines wilden Tiers, das seine Jungen lebendig fraß. In Reaktion auf ihren heftigen Ausbruch sank Karl aufs Sofa und schloss die Augen, als könnte er dadurch die Situation zum Verschwinden bringen.

»Du hast Recht, wir haben versagt. Aber das lag nicht daran, dass wir zu gierig waren, sondern zu ehrgeizig. Und an einer globalen ökonomischen Krise, dem sich leider auch Unternehmen wie unseres am Ende nicht entziehen konnten. So geht es nicht nur uns, Mum. Es handelt sich um eine weltweite Rezession, nicht nur um einen einzelnen Fall von Missmanagement in einem Bauunternehmen.«

Im Stillen applaudierte Suze ihm zu seiner Rede und war stolz, dass er vor Cruella nicht den Kopf einzog.

»Ich werde morgen mit deinem Vater sprechen!«

»Mum, das darfst du auf keinen Fall! Meine Güte, er liegt im Krankenhaus! In seinem Zustand kannst du ihm das nicht antun!«

»Wie lange haben die Banken euch gegeben?«

Das war ein Tiefschlag. Karl seufzte schwer. »Ein paar Wochen. Mehr nicht.«

»Dann lass mich meine Worte von vorhin noch einmal wiederholen. Niemand außerhalb dieser Familie wird je Einfluss bei Marshall & Sons haben. Wenn also kein Wunder geschieht ...«, nun richtete sie ihren tödlichen Blick direkt auf Suze, »... müssen wir jetzt handeln. Und der Einzige, der dazu fähig ist, ist euer Vater.«

Mit diesen Worten war sie aufgestanden und die Treppe hinaufgegangen. Sie hatte zwei erstarrte Menschen zurückgelassen.

Schwer zu sagen, was das Erstaunlichste dieser halben Stunde gewesen war. Die Tatsache, dass sie die Wahrheit herausgefunden hatte, dass sie beschlossen hatte, es Donald zu sagen, oder dass sie dem Mann, den sie in den letzten fünfunddreißig Jahren konsequent mit Füßen getreten hatte, gerade so was wie ein Kompliment gemacht hatte. Das war ja fast so, als hätte jemand behauptet, der Teufel würde in seiner Freizeit Körbe flechten und zu Gunsten der Armen und Kranken verkaufen.

Danach hatten sie nichts mehr von Virginia gesehen. Bis zum Morgen, als sie aus der Kirche gekommen war und die Befehle des Tages ausgegeben hatte. Karl hatte noch mal zu widersprechen versucht, aber es hatte nichts genutzt. Und deshalb befanden sie sich jetzt, an einem frühen Sonntagnachmittag, statt beim sorglosen Brunchen im Princess Square auf dem Weg ins Ross Hall Hospital, um einem Mann das Herz zu brechen, der ohnehin schon Herzprobleme hatte. Man brauchte kein Hellseher zu sein, um zu ahnen, dass das nicht gut gehen konnte.

Zehn Minuten später bogen sie auf den Parkplatz. Der Mann mit dem eingefrorenen Unterkiefer neben ihr holte tief Luft, als müsse er für das, was ihm bevorstand, noch einmal alle Kraft sammeln. Suze beugte sich zu ihm und drückte seine Hand. »Es wird sicher nicht leicht, aber danach ist wenigstens alles raus, und wir haben keinen Stress mehr, weil wir es vertuschen müssen. Das ist doch immerhin eine Erleichterung, Schatz.«

Es musste hart für ihn sein, ihren Alphamann, der sein Leben lang erfolgreich die Verantwortung übernommen hatte. Bis jetzt. Aber das änderte ja nichts an dem, der er war. Es war ein trauriges Kapitel, ein unvorhergesehener Schlag, aber Suze wusste, dass er sich da rausziehen und wieder erfolgreich sein würde. Verdammt, wieso klang sie eigentlich schon wieder wie ein wandelndes Klischee? Die letzten Wochen hatten sie emotional total aus dem Gleichgewicht gebracht. Sie musste dringend ihren Zynismus wiederfinden, ehe sie noch so dubiose Eigenschaften wie Selbstlosigkeit und Optimismus entwickelte.

Die automatischen Kliniktüren öffneten sich, und sie machten sich auf den Weg zu Donalds Zimmer im zweiten Stock. Virginia war schon da. Stocksteif saß sie am Bett ihres Mannes und hielt seine Hand. Du liebe Güte, Körperkontakt! Es musste ihm schlecht gehen!

Suze warf einen Stapel Golfermagazine und Schoko-Eclairs auf den Nachttisch und beugte sich über ihren Schwiegervater, um ihn zu umarmen. Zu ihrer Überraschung sah er erstaunlich gut aus, viel besser jedenfalls als seit langem. Abgesehen von einer Kanüle in seiner linken Hand gab es keine Anzeichen, dass er krank war. Er saß in seinem blauen Pyjama aufrecht im Bett, hatte eine gesunde Gesichtsfarbe, glänzende Augen, und seine Haare waren ordentlich gekämmt.

Eigentlich sieht er richtig attraktiv aus, fand Suze. Doch die Spannung im Raum war greifbar, daher trat sie nach der Begrüßung schnell von seinem Bett zurück und nahm sich vor, ihrer natürlichen Neigung, unangenehme Situationen mit ein paar Witzen aufzulockern, dieses Mal nicht nachzugeben. Auf keinen Fall.

»Du siehst gut aus, Donald. Ich hab dir ein paar Zeitungen mitgebracht. Obendrauf liegen Golfermagazine, aber zwischendrin habe ich einen Playboy versteckt, damit die Schwestern ihn nicht finden.«

Donald zwinkerte ihr amüsiert zu, Virginias hochrotes Gesicht und ihr böser Blick ließen jedoch darauf schließen, dass der Witz bei ihr nicht ankam. Auch Karl verzog ungeduldig das Gesicht und schob sie aus dem Weg, um seinen Vater zu begrüßen.

Sie setzten sich auf zwei Stühle, die auf der gegenüberliegenden Bettseite standen.

»Kommt Joe auch?«, fragte Donald.

Karl schüttelte den Kopf. »Nein, Dad. Er ist mit Mel übers Wochenende weggefahren. Er kommt erst heute Abend zurück.«

Suze' Blick wanderte nervös zwischen Virginia und Donald hin und her. Hatte sie es ihm gesagt? Er sah weder besonders wütend noch verzweifelt aus, also hatte sie es vielleicht nicht getan. Vielleicht war es nur eine leere Drohung gewesen, die Karl in Angst und Schrecken versetzen sollte.

»Okay, dann lasst uns anfangen. Deine Mutter hat mir erzählt, was passiert ist.«

»Das … es tut mir wirklich leid, Dad. Ich …«

Energisch hob Donald die Hand, um Karl zu unterbrechen. Oje, das würde nicht schön werden. Suze richtete ihren drohendsten Blick auf Virginia. Wenn Donald hier zusammenbrach, war das allein ihre Schuld, und daran würde sie ihre Schwiegermutter bis an ihr Lebensende erinnern.

»Mein Sohn, so etwas passiert.«

»Was?«

So. Etwas. Passiert.

War das alles? Donald benahm sich, als hätte man ihm gerade gesagt, dass es im Krankenhaus-Shop keine Weintrauben mehr zu kaufen gäbe. Karl schien über seine Reaktion genauso erstaunt zu sein wie sie selbst.

»Aber Dad, ich …«

»Sei still, Karl. Du musst mir nichts erklären. Ich habe dir und Joe das Unternehmen vererbt, weil ich euch vertraut habe und es immer noch tue. Das hätte auch jedem anderen passieren können.«

Drogen. Sicher stand er unter Drogen. Suze beugte sich vor, um zu überprüfen, ob es irgendwo einen unsichtbaren Zugang gab, über den irgendwelche irre machenden Mittel in Donalds Körper gepumpt wurden. Virginia reagierte darauf mit ihrem üblichen eisigen Blick.

»Dir ist es aber nicht passiert, Dad.«

»O doch. In dem Jahr, als du geboren wurdest. Damals hatte ich zu viel um die Ohren und habe zu schnell versucht, meiner Familie finanzielle Sicherheit zu verschaffen. Ich habe damals ein schönes Haus im West End gebaut, die Bauherren konnten plötzlich nicht zahlen, und ich habe das Geld bis heute nicht bekommen.« Donald lächelte bitter. »Das war mir eine Lehre.«

»Ich wünschte, du hättest uns davon erzählt, Dad.«

Donald schüttelte den Kopf. »Nein, diese Erfahrung musstet ihr alleine machen. Euer Großvater wusste das auch. Deshalb hat er mir damals geholfen und mir das Geld gegeben, das ich brauchte. Er wusste, dass ich so einen Fehler kein zweites Mal machen würde. Genauso wenig wie ihr.«

Karls Augen waren verdächtig feucht. Er streckte die Hand aus und drückte seinem Vater die Schulter. »Danke.«

»Wofür?«

»Dafür, dass du mir keine Vorwürfe machst.«

»Ich kann dir nichts vorwerfen. Das Baugewerbe ist großen Schwankungen ausgesetzt – es gibt gute und schlechte Zeiten. Das wissen wir. Wie ich bereits sagte, so etwas passiert. Deine Mutter hat angedeutet, dass ihr hunderttausend braucht, um aus dem Schlimmsten rauszukommen?«

Die Erkenntnis dessen, was Donald beabsichtigte, löste zwei völlig unterschiedliche Reaktionen aus. Karl stammelte: »Dad, ich kann das nicht annehmen.« Und Suze musste an sich halten, um nicht aufzuspringen und die Arme hochzureißen.

»Karl, hör auf deinen Vater!«, donnerte Virginia.

Ja, Karl, hör auf deinen Vater, flehte Suze stumm. Lieber Gott, jetzt stimmte sie schon Virginia zu. Sie war reif für die Klapsmühle.

»Mein Klinikaufenthalt und meine Operation hatten mich und deine Mutter ohnehin veranlasst, darüber nachzudenken, unsere Angelegenheiten zu regeln.«

»Aber …« Karl unterbrach ihn entsetzt, doch Virginias Blick brachte ihn zum Schweigen.

»Wenn wir mal sterben, was hoffentlich noch lange nicht der Fall sein wird, werdet ihr mit Unmengen an Erbschaftssteuer belastet. Aus diesem Grund haben wir beschlossen, euch einen Teil eures Erbes schon jetzt zu überschreiben. Sollte mein Herz noch sieben Jahre durchhalten, wird das Finanzamt keine Steuern von euch einfordern. Unser Unternehmen hat uns gut versorgt, Karl. Jeder von euch bekommt hundertfünzigtausend. Deiner Mutter und mir bleibt dann immer noch mehr als genug zum Leben.«

Vergiss das Bett! Suze erwog einen Triumphzug um das Krankenhaus, aber zu ihrem Entsetzen brach sie in Tränen aus. Virginia schüttelte den Kopf, daher rannte Suze zu ihr und fiel ihr um den Hals.

Hundertfünzig Riesen! Irgendwie war es ihnen gelungen, aus der drohenden Pleite eine Situation zu machen, in der sie mehr Geld hatten als je zuvor. Unglaublich! Das war ein … Wunder! Die Tränen, der Stress, die Sorgen der letzten Monate waren endlich vorüber, und sie waren stärker, klüger und reicher daraus hervorgegangen. Die guten Zeiten waren zurück, und dieses Mal würden sie klug genug sein, sie festzuhalten.

Zumindest für ein paar Stunden …

29. Kapitel
Wenn ich dir mein Herz schenkte

»Ich sehe was, was du nicht siehst. Es fängt mit ›A‹ an.«

»Joe, wenn es schon wieder ›Auto‹ ist, spiele ich nicht mehr mit. Das hast du jetzt schon zweimal genommen.«

Er lachte. »Wir sind seit mindestens fünfzehn Minuten auf der Autobahn, da ist die Auswahl eben nicht so groß.«

Sie war froh über den Spaß. Er hielt sie von ernsteren Gedanken ab, und das konnte nur gut sein. Seit dem Morgen ging ihr die ganze Zeit ein Satz im Kopf herum, den sie mal bei Oprah Winfrey gehört hatte. Oder war es *Dr. Phil?* Vielleicht hatte sie es auch auf einem Plakat in einem Bus gelesen. Ganz egal: Tu so als ob, bis du es wirklich tust!

So lautete ab sofort ihr neues Mantra.

Es machte Sinn. Okay, ihre Beziehung zu Joe war immer noch nicht wieder wie früher, und das Vertrauen fehlte auch noch, aber das war alles nur eine Frage der Zeit, da war sie ganz sicher. Sie würde einfach so tun, als sei alles bestens, dann würden sich alle Gefühle in kürzester Zeit wieder in echte verwandeln. Eine perfekte Strategie.

»Ich sehe was, was du nicht siehst. Es fängt mit ›L‹ an.«

»Lastwagen.«

Das war auch nicht gerade sehr originell.

Mel war froh, als ihr Handy klingelte. Josies Name leuchtete auf dem Display auf.

»Hallo, Süße, vermisst du mich?«, frotzelte Mel.

»Und wie! Cammy und ich haben uns den ganzen Tag vor Sehnsucht nach dir verzehrt. Irgendwann haben wir den Laden geschlossen, die Musik aufgedreht und Piña Coladas getrunken, bis der Schmerz nachließ.«

»Perfekt! Diese Loyalität wünsche ich mir von meinem Team!« Mels Lachen war defintiv echt. »Was ist sonst noch passiert? Habt ihr den gesamten Warenbestand bei Ebay verhökert? Den Laden neu gestrichen? Oder das Büro? Oder Cammy?«

»Alles, aber es wird dir gefallen. Fades Apricot ist im Moment total trendy. Aber jetzt mal ernst, Schätzchen. Ich wollte dich um einen Riesengefallen bitten.«

»Nämlich?«

Josies Bitten um irgendwelche Gefallen zogen meist unangenehme Konsequenzen, im äußersten Fall sogar einen Polizeieinsatz, nach sich.

»Ich weiß, ich hatte gerade erst Urlaub, aber kann ich trotzdem noch ein paar Tage freikriegen?«

Oje, das war das Allerletzte, was sie jetzt brauchte. Diese Woche musste sie sich unbedingt um ihre Finanzprobleme kümmern – sie hatte Termine mit Anwälten und Steuerberatern, musste Warenbestellungen stornieren, Gläubiger vertrösten. Ohne Josie war das nahezu unmöglich. Andererseits konnte sie ihrer geliebten Josie keinen Wunsch abschlagen. Solange es nicht um eine größere Organspende oder um Gruppensex ging, würde sie ihn erfüllen.

»Klar kannst du das. Ist was passiert?«

Am anderen Ende der Leitung war ein tiefer Seufzer zu hören. »Ich muss noch mal nach Italien. Michael hat heute Morgen rausgefunden, dass seine Schlampe es mit dem Bäcker drei Häuser weiter treibt. Ich hab sie ja nie gemocht. Jetzt will sie jedenfalls mit diesem Typ durchbrennen, und ich muss zu ihnen, um mich um die Kinder zu kümmern. Ich kann meinen Sohn doch jetzt nicht mit ihrer Familie alleinlassen. Auch wenn die genauso sauer auf sie ist. Sagt Michael jedenfalls.«

»Der Ärmste.« Mel hatte Mitleid mit Josies Sohn, dabei hatte sie ihn noch nie gesehen. »Du musst natürlich sofort zu ihm. Bleib so lange du willst, und mach dir um uns keine Sorgen. Wir kommen schon klar.«

»Danke, Mel. Du bist ein Schatz. Irgendwann werde ich dir das zurückzahlen, das schwöre ich dir.«

»Nicht nötig.«

»Wo bist du eigentlich gerade?«

»Auf dem Nachhauseweg.«

»Sag, dass du diesem Dummkopf endlich den Laufpass gegeben hast.«

»Josie! Natürlich nicht! Hör zu, bei mir ist alles bestens, also fahr jetzt ruhig. Und versuch bitte, nicht den Kopf zu verlieren. Ich bin mir sicher, dass es zwischen uns und Italien ein Auslieferungsabkommen gibt.«

»Ich gebe mein Bestes.« Josie lachte. »Aber versprechen kann ich dir nichts.«

Mel beendete das Gespräch, als Joe gerade in die Fahrspur wechselte, die direkt ins Stadtzentrum führte. »Josie. Sie muss wieder nach Italien. Ein Familiendrama«, erklärte sie.

»Dann geht es also nicht nur uns so.«

»Nein.«

Joe nahm Mels Hand und lenkte mit der anderen weiter. Es war Sonntagnachmittag, nur wenige Geschäfte waren geöffnet. Die Straßen waren so leer, dass sie kurz darauf zu Hause waren. Mel warf einen kurzen Blick zum Laden und stellte erleichtert fest, dass er sie nicht in fadem Apricot anödete.

Sie überlegte, kurz rüberzugehen, entschied sich dann aber dagegen. Wenn sie einmal dort war, würde sie vielleicht nicht mehr wegkommen, und dieser Tag gehörte Joe. Hatte sie ihn wegen ihrer Arbeit nicht lange genug vernachlässigt? Und außerdem, sinnierte sie traurig, würde der Laden ohnehin bald weg sein … aber sie und Joe mussten dann klarkommen.

Joe hob ihren Trolley aus dem Kofferraum und trug ihn die Treppe hinauf. Die Tür war kaum hinter ihnen geschlossen, als er anzüglich lächelte, sie um die Hüfte fasste und an sich zog. »Ich sehe was, was du nicht siehst. Es fängt mit ›E‹ an.«

»Ehemann mit Erektion.«

»Wie machst du das bloß?«

»Ein von Gott gegebenes Talent.«

Also gut. Wenn sie ganz ehrlich war, hätte sie sich jetzt am liebsten auf die Couch gekuschelt und einen faulen Nachmittag genossen – nur sie, eine Familienpackung Gummibärchen und der Fernseher. Ein Nachmittag mit wildem Sex stand nicht gerade an erster Stelle ihrer Wunschliste.

Tu so als ob, bis du es wirklich tust. Tu so als ob, bis du es wirklich tust. Sie schaffte das.

»Ich muss nur schnell Suze anrufen.«

»Kann das nicht warten?«

»Nein, es ... ich bin sofort wieder da.«

Es war eine lahme Ausrede, aber mehr brachte sie auf die Schnelle nicht zustande. Was war nur los mit ihr? Wieso konnte sie nicht einfach schlucken und zum Alltag zurückkehren? Als bei Suze das Telefon anfing zu klingeln, wurde Mel auf einmal klar, dass Joe in Hörweite war. Also musste sie einen einigermaßen wichtigen Grund für ihren Anruf erfinden. Scheiße, Scheiße, Scheiße ... Zweites Klingeln. Sie könnte einfach sagen ... Drittes Klingeln. Verflixt, was sollte sie sagen?

Gerade als sie auflegen wollte, hörte sie eine Stimme in der Leitung.

»Das muss Gedankenübertragung sein. Ich wollte dich auch gerade anrufen!«

»Wieso? Und warum flüsterst du so?«

»Weil ich im Krankenhaus bin und eine der Schwestern mich jedes Mal so böse anschaut, wenn sie mich mit meinem Handy erwischt. Wahrscheinlich hat sie selbst keine Freunde.«

Mel war schon beim ersten Satz in Panik geraten. »Suze, was machst du denn im Krankenhaus? Was ist passiert? Ist mit Donald alles okay? Gibt es Probleme?«

»Nein, mach dir keine Sorgen, es geht ihm gut. Absolut. Sogar ganz fantastisch. Stell dir vor, Mel, er gibt uns das Geld.«

»Welches Geld?«

»Das Geld, um die Firma zu retten! Er hat beschlossen, den Jungs ihr Erbe vorzeitig auszuzahlen. Das reicht, um die Schulden abzuzahlen, und es bleibt noch eine Menge übrig.«

»Suze, das ist ja irre!«

»Was ist irre?« Joe kam mit einer Flasche Bier aus der Küche und sah Mel erwartungsvoll an.

»Dein Dad hat Karl gerade gesagt, dass er euch das Geld gibt, um die Firma vor der Insolvenz zu retten.«

Verwirrung und Ungläubigkeit kämpften in seinem Gesicht, dann strahlte er. Gerade als Mel dachte, er würde vor Freude an die Decke springen, meldete Suze sich wieder.

»Hör zu, ich fahr jetzt nach Hause. Karl bleibt noch eine halbe Stunde, dann will er ins Studio. Sag Joe, er soll seinen Arsch hierher bewegen, damit sie ihn kurz über alles informieren können.«

Nachdem sie aufgelegt hatte, nahm Mel ihrem Mann die Flasche aus der Hand. »Du sollst ins Krankenhaus kommen.«

Er nickte und griff sofort nach seiner Jacke. »Du bist mir nicht böse?«

»Natürlich nicht! Dein Dad hat uns gerade das Leben gerettet! Ich muss doch nicht mit, oder? Es klingt, als wäre es eine reine Männersache.«

Übersetzung: freier Nachmittag, Couch, Gummibärchen, Fernseher.

»Sag deinem Dad, ich besuche ihn morgen.«

Joe umarmte sie und drückte sie fest an sich. »O mein Gott, Mel, das ist unfassbar! Unfassbar! Ich hatte keine Ahnung, dass Dad so viel Geld hat. Aber ich wusste, dass alles gut werden würde.«

»Wusstest du nicht«, spöttelte sie.

»Okay, wusste ich nicht. Aber … verdammt, das ist die allerbeste Nachricht seit langem!«

Als die Tür hinter ihm zuschlug, schickte Mel ein kurzes Dankgebet zum Himmel. Marshall & Sons war gerettet. Das hieß, *La Femme – L'Homme* war sicher und – danke, danke, danke – Josies und Cammys Job auch.

Und Joe ... bestimmt fiel ihm eine Zentnerlast von den Schultern. Sie freute sich so für ihn. Ehrlich, wirklich. Was hatte er gesagt? Die beste Nachricht seit langem. Es war großartig. Fantastisch!

Und nein, sie würde jetzt keine negativen Gedanken haben. Oder ein Haar in der Suppe suchen. Nein. Auf gar keinen Fall!

Denn wenn, müsste sie denken, dass eigentlich die Tatsache, dass sie eingewilligt hatte, ihm eine zweite Chance zu geben, für ihn die beste Nachricht seit langem gewesen sein müsste.

30. Kapitel
Schweig still, mein Herz

Sicher war sie in diesem Moment die Einzige, die mit offenem Verdeck durch die Glasgower Straßen fuhr. Aber es fühlte sich herrlich an! Suze atmete tief durch und ließ die kalte, klare Luft in ihre Lungen strömen. Sie hatten es geschafft! Irgendwie war es ihnen gelungen, ihr Leben wieder in die richtige Spur zu bringen. Und zwar ausgerechnet mithilfe ihrer Schwiegermutter aus der Hölle.

Suze warf den Kopf in den Nacken und lachte. Was für eine Ironie! Die Frau, die sie bisher immer für des Teufels General gehalten hatte, hatte sich in einen Engel verwandelt. Na ja, fast. An diesem denkwürdigen Nachmittag im Krankenhaus hatte sie an ihr Züge entdeckt, die ihr zuvor nie aufgefallen waren – echte Zuneigung und Beschützerinstinkte sowohl für ihren Mann als auch für ihre Söhne. Ihre angeborene Boshaftigkeit schien quasi zu transzendieren.

Sie war sogar fast – mit Betonung auf *fast* – ein bisschen menschlich gewesen. Wer hätte gedacht, dass Virginia Marshall je Fähigkeiten entwickeln würde, die ihr echte Chancen gaben, Kandidatin für den Titel »Mutter des Jahres« werden zu können? Und genau das hatte, mehr als alles andere, was in der letzten Zeit passiert war, in ihr den Wunsch ausgelöst …

Suze trat mit voller Wucht auf die Bremse, als eine alte Dame mit einem Einkaufswagen plötzlich vor ihr auf die Straße trat. Verdammt, warum machten die Leute so was? Und dann noch so eine süße kleine Granny? Eine süße kleine Granny, die sie gerade giftig anfunkelte, sie böse beschimpfte, hochrot im Gesicht wurde, den Mund aufmachte und »He, du dämliche Kuh, kannst du nicht besser aufpassen?« kreischte. Dann kam sie auf

Suze zu, versetzte ihrem Auto einen Tritt und schob weiter auf die andere Straßenseite.

Suze zuckte mit den Schultern. Offenbar waren alte Damen heutzutage auch nicht mehr so süß wie früher. Hoffentlich wurde sie nicht so. Kopfschüttelnd trat Suze erneut das Gaspedal durch und ... Worüber hatte sie noch nachgedacht? Ach ja, Mutter des Jahres. Mutter. Das war das entscheidende Wort gewesen. Es wurde Zeit. Sobald Karl am Abend nach Hause kam, würde sie das Babythema auf den Tisch bringen. Zum ersten Mal seit Jahren hatte sie das Gefühl, dass sie es schaffen könnten, gemeinsam eine Entscheidung zu treffen.

Sie beide waren reifer, erwachsener und verantwortungsbewusster aus dieser schrecklichen Lebenskrise herausgekommen – die perfekte Basis also, um sich in das Heer der Menschen einzureihen, die sich samstags in den Babymärkten herumdrückten und beim Anblick dreirädriger Buggys in Verzückung gerieten.

Reife. Das war alles, was dazu nötig war.

Zum zweiten Mal machte sie eine Vollbremsung. Sie riss den Schlüssel aus dem Zündschloss und sprang aus dem Auto.

Ja, sie war durch diese Erfahrung definitiv erwachsener geworden.

Mit hoch erhobenem Kopf stöckelte sie quer über den Rasen auf die Menschengruppe zu, die sich in dem kleinen Park am See versammelt hatte. Die Tatsache, dass sich ihre zwölf Zentimeter hohen Jimmy-Choo-Absätze tief in die Erde bohrten, ignorierte sie einfach.

Ja, sie war in ein neues Level aufgestiegen, und von nun an würde sie alles, was sie tat, sehr viel besonnener tun.

Avril war die Erste, die sie sah. Sie winkte, und Suze lief auf sie zu, froh, dass sie die richtige Location gefunden hatte. Avril hatte noch einen zweiten Job, den sie gelegentlich ausübte: Sie war zuständig für das Make-up bei Mode-Fotoshootings. Suze hatte sie immer dazu ermuntert, weil Avril so gut war, dass ihnen das ständig neue Kunden im Salon verschaffte. In dem Salon, der von einer reifer gewordenen, besonnenen Chefin geleitet wurde.

»Hi, Suze, was machst du denn hier?«, rief sie mit einem deutlich misstrauischen Unterton.

»Ach, nichts. Ich wollte nur kurz Hallo sagen. Ich bin zufällig vorbeigekommen, und da fiel mir ein, dass du gesagt hattest, du seiest heute hier.«

»Zufällig?«, wiederholte Avril ungläubig und verzog die knallgrün geschminkten Lippen.

»Zufällig. Super Outfit übrigens. Will Ziggy Stardust es wieder zurück …? Oh, entschuldige mich kurz, Süße.«

Suze hatte eine Person entdeckt, die gerade aus einem Zelt kam, das zum Umziehen benutzt wurde.

Reife. Besonnenheit.

»He, Anneka!« Als sich das Model zu ihnen umdrehte, schloss Avril gequält die violett geschminkten Augen. »O Scheiße«, murmelte sie.

Anneka blieb gar keine Zeit zu antworten.

»Ich habe mit Karl über deinen Vorschlag gesprochen …«

Am Set herrschte Totenstille. Alle warteten gespannt darauf, wie es weiterging. Glasgow war eine Großstadt, aber die Modeszene war übersichtlich, und jeder wusste alles über jeden. Alle kannten Suze und wussten, dass Anneka ihrem Mann viel zu nahegekommen war.

»… aber wir sind beide der Meinung, dass wir ihn nicht annehmen möchten. Weißt du, auch etwas Attraktives verliert an Anziehung, wenn jeder es schon mal haben durfte.«

Mehrere obere Zahnreihen verbissen sich in Unterlippen, und mehrere Schultern begannen vor unterdrücktem Lachen zu beben.

Annekas Augen blitzten. Sie öffnete den Mund, aber Suze ließ sie gar nicht zu Wort kommen. »Nein, nein, du brauchst jetzt nichts zu sagen, Süße. Ich kann mir gut vorstellen, dass du enttäuscht bist, aber versuch uns zu verstehen. Wir sind anspruchsvolle Menschen ... und so was Niveauloses passt einfach nicht zu uns.«

Suze beugte sich vor und küsste Avril auf die Wange. »Bye, Sweetie. Wir sehen uns morgen.«

»Bist du völlig wahnsinnig geworden?«, zischte Avril grinsend.

»Ja. Aber es gefällt dir, oder?«

Augenzwinkernd drehte sie sich um und stolzierte zu ihrem Auto. Sie war sich sicher, dass ihr Auftritt in den nächsten vierzehn Tagen für Gesprächsstoff in sämtlichen Bars, Restaurants und Damentoiletten sorgen würde. Und das hatte sie nur ihrer neu erworbenen Reife zu verdanken. Denn Suze wusste, dass verantwortungsbewusste, reife Erwachsene ihre Probleme in Ruhe lösten.

31. Kapitel
Fass dir ein Herz

Eine Folge *Desperate Housewives.* Abgehakt.

Doppelfolge von *Grey's Anatomy.* Abgehakt.

Eine Folge *Germanys Next Topmodel.* Abgehakt.

Erste Hälfte eines *Taggart*-Zweiteilers. Abgehakt (und nein, sie war nicht mehr ganz so scharf auf den neuen Detective).

Zwei große Gläser Cava Sekt. Abgehakt.

Gehobene Stimmung? Abgehakt. Abgehakt.

Als es langsam dunkel wurde und sie in die Küche ging, um ihr Glas nachzufüllen, stellte sie fest, dass sie sich zum ersten Mal seit fast zwei Monaten annähernd normal und entspannt fühlte. Das Leben war schön. Und es würde noch schöner werden. Die intensiven Gefühle für ihren Ehemann würden bald zurückkehren. Sie würde in seiner Nähe wieder sicher und geborgen sein, das Vertrauen würde zurückkommen, und bis dahin hatte sie einen Laden, den sie liebte, und zwei wunderbare Angestellte, die ihre Freunde waren. Und einen seltenen Nachmittag auf dem Sofa nur mit der Fernbedienung. Yeah, das Leben war schön! Absolut.

Und diese Geschichte mit Cammy? Vorbei. Pfffft! Weg. Es war eine oberflächliche Schwärmerei gewesen, die aus Einsamkeit entstanden und wieder verschwunden war, nachdem sie ihr wahres Glück neu entdeckt hatte. Aber ... warum waren ihre Füße jetzt quer durch den Raum gelaufen und hatten den Rest ihres Körpers am Fenster abgestellt, wo sie klar erkennen konnte, dass bei *La Femme – L'Homme* auf der gegenüberliegenden Straßenseite noch Licht brannte? Sie warf einen Blick auf die alte Holzuhr auf dem Kaminvorsatz aus Eiche. Sechs Uhr. Er arbeitete immer noch. Sonntags war der Laden normalerweise von 11 bis 17 Uhr geöffnet, aber da Josie nicht da war, schien es mit dem Aufräumen, Abrechnen, Abschließen länger zu dauern.

Armer Cammy. Er arbeitete so viel für sie und beklagte sich nie, nie, nie. Er kam früh, und er ging spät, er arbeitete auch durch, wenn es sein musste. Wie für Josie war es für ihn viel mehr als nur ein Job, und Mel war auf ewig dankbar, dass sie ihn damals eingestellt hatte. Nicht nur wegen seines Engagements, sondern auch wegen der Freundschaft, die zwischen ihnen entstanden war. Ja, Freundschaft. Es ging nicht darüber hinaus, und genau so würde es auch bleiben.

Im Laden regte sich nichts. Wahrscheinlich saß er im Büro und zählte die Einnahmen. Vielleicht hatte er auch beschlossen, die Waren aufzufüllen, oder machte Inventur im Lager. Plötzlich kam ihr der Gedanke, dass sie als gute Freundin – ja, *Freundin* – eigentlich rübergehen und ihm helfen müsste. Unbedingt. Er hatte ihr schließlich den Riesengefallen getan, den Laden an diesem Wochenende zu übernehmen. Sie würde als Chefin und Freundin versagen, wenn sie ihm jetzt nicht wenigstens half.

Und eigentlich könnte sie ihm eine Flasche Wein als kleines Dankeschön mitnehmen. Daran war nichts Verwerfliches, so etwas taten Chefinnen häufig.

Ja, eine Flasche Wein. Und zwei Gläser. Nicht, dass sie etwas mit ihm trinken wollte – es sei denn, er bestand darauf –, nein, sie wollte schon immer ein paar anständige Weingläser mit rübernehmen, um die billigen von IKEA auszutauschen. Ach, und ein paar Pralinen wären auch nicht schlecht. Sie hatte noch eine Packung Trüffel irgendwo rumliegen. Sie waren von Weihnachten und würden schlecht, wenn man sie nicht bald aß. Und natürlich musste sie sich vorher umziehen, nur für den Fall, dass doch noch ein Kunde kam. Nichts wäre peinlicher, als von einer zahlenden Kundin in marineblauer Jogginghose, verwaschenem Shirt und mit einem Haargummi gesehen zu werden. Und die pinkfarbenen Fellpantoffeln gingen gar nicht.

Rasch lief Mel ins Schlafzimmer und zog das Erstbeste aus dem Kleiderschrank. Okay, es war das Zwölftbeste, aber sie war nun mal eine Frau, die darauf achtete, immer gut auszusehen und für jede Gelegenheit passend gekleidet zu sein. Und aus irgendeinem Grund war das Outfit für diese Gelegenheit ihr schwarzer Lieblings-Vivien-Westwood-BH, schwarze Bootcut-Jeans (die nach dem ganzen Stress der letzten Wochen zum Glück locker saßen), dazu eine lange silberne Weste, die Cammy ihr ganz zufällig mal aus New York mitgebracht hatte.

Der Haargummi flog zur Seite, und die roten Locken fielen ihr offen über den Rücken. Jetzt noch schnell das Gesicht. Ein Hauch Puder auf die Wangen, dazu etwas Mascara und ein Tupfer Lippenstift. Fertig.

Sie hinterließ Joe eine hastig gekritzelte Nachricht: *Bin nur kurz im Laden, um Cammy zu helfen – bin gleich zurück.*

Aus Gewohnheit malte sie ein Smiley darunter. Natürlich war sie zurück, ehe er kam, schließlich wollte sie nur für zehn Minuten rüber, rein geschäftlich, um ihm bei den administrativen Tätigkeiten zu helfen, die nach Geschäftsschluss erledigt werden mussten. Sie stopfte die Weinflasche und die Schokolade in ihre Tasche und rannte die Treppe hinunter.

Und wünschte sich noch lange, lange danach, sie wäre einfach auf dem Sofa geblieben und hätte sich die zweite Hälfte von *Taggart* angeschaut.

32. Kapitel
Herzzerreißender Abschied

Sie hatte gewusst, dass sie ihn wiedersehen würde. Ein Ende. Es musste ein richtiges Ende geben, und sie war sich ganz sicher, dass es an diesem Tag so weit sein würde. Sie würden sich verabschieden und sich Neuem zuwenden. Kein Schaden, keine verlorene Liebe.

»Hi!«, hatte er sie begrüßt und dabei gelächelt.

Als er sie angesehen hatte, waren seine Augen dunkel vor Leidenschaft gewesen, und sie hatte kurz mit dem Gedanken gespielt, es doch noch ein kleines bisschen länger dauern zu lassen. Sie waren wie füreinander geschaffen. Sie waren sich zu einem Zeitpunkt begegnet, als sie beide auf der Suche gewesen waren. Und sie hatten sich gefunden, in atemberaubender orgiastischer Intensität. Aber hätte je etwas Dauerhaftes daraus werden können? Nein. Weil er ihr nie gehört hatte, und das hatte sie von Anfang an gewusst. Für sie beide war es immer nur etwas von begrenzter Dauer gewesen, eine kurze Liaison. Und jetzt war Zeit …

»Dann wird es jetzt also Zeit für den Abschied«, sagte er leise.

Es war keine Frage, mehr eine Feststellung, und er war nicht im Mindesten überrascht, als sie langsam, fast traurig nickte. Es war eine perfekte Affäre gewesen, in jeder Beziehung: unwiderstehliche Anziehungskraft, explosive Leidenschaft, berauschender Sex. Und vielleicht, in einem anderen Leben … Nein, es machte keinen Sinn auch nur so zu denken, weil er nicht sicher war, ob es stimmte. Denn trotz allem, was zwischen ihnen gewesen war, hatten sie sich nie ineinander verliebt. Aber wie hätte das auch gehen können?

»Bin ich die Einzige, die es je bereuen wird?«, fragte sie.

»Nein.«

Sie wusste, dass er nicht log. Okay, er hatte sich nie in sie verliebt und sie angefleht, mit ihm wegzugehen und ein neues Leben anzufangen. Aber das, was sie zusammen gehabt hatten, hatte gereicht, um sie abzulenken, während sie sich beide klar werden mussten, wie es in ihrem jeweiligen Alltag weitergehen sollte. Jetzt wusste sie, was sie wollte, und sie hatte den starken Verdacht, er auch. Aber …

»Ich bin sicher, dass es den einen oder anderen Moment gibt, in dem ich es vermissen werde. Aber es ist vorbei. Kann ich dich was fragen?«

Er nickte.

»Liebst du sie?«, fragte sie.

Er zuckte überrascht zusammen. Das war das Letzte, womit er gerechnet hätte. Das Wort Liebe hatte sie noch nie in den Mund genommen. Aber hatte sie nicht immer eine Neigung zum Unerwarteten und Unkonventionellen gehabt?

»Ja.«

»Dann musst du rausfinden, ob es klappt.«

»Ich weiß.«

Die Stille war lang. Beide wussten genau, was zu tun war, und beiden widerstrebte es. Ja, es war vorbei, und sie fand, dass sie sich glücklich schätzen konnten, etwas so Einmaliges erlebt zu haben. Aber sie konnten sich auch glücklich schätzen, dass es ihre Beziehungen nicht zerstört hatte.

»Also …«

Er ging zum letzten Mal auf sie zu, und auch wenn sie beide wussten, dass nichts passieren würde, war die gewaltige sexuelle Anziehung zwischen ihnen sofort spürbar.

»Ich muss jetzt gehen, ehe ich etwas tue, was ich bereuen könnte – mich zum Beispiel an dich klammere und von dir verlange, mich wie einen alten Stiefel mitzuschleppen.«

Er lachte, erleichtert, dass sie Spaß machte. »Okay. Hauptsa-

che, du verstehst, dass ich dich vielleicht manchmal so sehr vermisse, dass du morgens, wenn du die Gardinen aufziehst, damit rechnen musst, dass ich mein Gesicht gerade an dein Fenster presse.«

Es stimmte nicht. Sie trösteten sich nur gegenseitig, rückten die Beziehung zurück auf den Level einer oberflächlichen Bekanntschaft, damit sich niemand unbehaglich fühlen musste, wenn sie sich in Zukunft wieder begegneten.

Selbst die Art, wie er die Arme um sie legte, war weniger intensiv als früher: keine Leidenschaft, keine Glut, keine Vorfreude. Sie schaute zu ihm auf, und es war nur natürlich, dass ihre Lippen sich trafen. Sie strich mit dem Finger über seine Wange und küsste ihn noch einmal. »Du passt auf dich auf, ja? Ich werde es nie mehr zugeben, aber ich finde, du bist ein ziemlich cooler Typ. Und du vögelst verdammt gut.«

»Das Gefühl beruht auf Gegenseitigkeit.« Er lachte und beugte sich vor, um sie zu küssen, ein bisschen länger dieses Mal, ein letztes Adieu.

Es würde keine rührselige Wiedervereinigung geben, keinen zweiten Versuch, es war vorbei.

Und alles, was sie fühlte, war …

Das Geräusch war unverwechselbar: das laute Klirren von zerberstendem Glas ließ sie beide erschrocken auseinanderfahren.

Und in diesem Moment wurde ihr klar, dass sie zu voreilig gewesen war. Ihre Affäre mochte zu Ende sein – aber es bestand noch jede Chance, dass sie ihre Beziehungen zerstören konnte.

»Mel! Du heilige Scheiße, Mel, was machst du denn hier?«, keuchte Suze.

33. Kapitel
Mein törichtes Herz

Suze hätte nie für möglich gehalten, dass man sich weiter auf den Beinen halten kann, wenn das Herz total aussetzt, aber es ging.

»Mel, ich …«

Sie was? *Was?* Hektisch durchforstete sie ihr Hirn nach einem Satz, der dieser Situation angemessen war. Alles, was ihr einfiel, war in der Gesamtsumme völlig unsinnig. Was sollte man auch sagen, wenn einen die beste Freundin gerade beim zärtlichen Abschied erwischt hatte – und das ausgerechnet von ihrem Mitarbeiter des Jahres?

Aber Moment mal, vielleicht hatte sie ja gar nicht allzu viel mitgekriegt. Vielleicht war ihr die Flasche ja ganz zufällig aus der Hand gerutscht, als sie durch die Tür gekommen war und sie und Cammy bei einer unschuldigen Umarmung gesehen hatte. Ja. So was passierte schließlich ständig. Sie waren eine sehr umarmfreudige Truppe. Lieber Gott, bitte, lass es so gewesen sein.

»Wie lange hast du …?«

»Lange genug.«

Das war der Grund, weshalb Suze nicht an Gott glaubte.

»Es tut mir so leid, Mel.« Der Satz kam von Cammy. Er war aschfahl und hatte ein völlig verstörtes Gesicht.

Suze begriff, dass sie Mel nun eine Erklärung schuldete. Aber offenbar wusste Mel nichts von diesem Plan, denn sie drehte sich gerade in der Weinlache um und bewegte sich auf die Tür zu.

Cammy rannte hinter ihr her, um sie festzuhalten, aber Mel schob ihn fort.

»Bitte, Mel«, flehte er.

Er warf einen Blick auf Suze, der um Unterstützung bat, aber nicht registriert wurde, weil Suze viel zu sehr damit beschäftigt war, erstarrt auf der Stelle zu stehen.

Mel war die Erste, die die Fassung wiederfand. »Ich bin nur gekommen, um beim Abschließen zu helfen. Offenbar störe ich. Tut mir leid. Wir sehen uns morgen.«

O verfluchte, verfluchte Scheiße! Nur Mel konnte einen in so einer Lage erwischen und dann so reagieren. Wieso musste sie nur so beschissen nett sein? Suze hätte sich wesentlich besser gefühlt, wenn sie Cammy einen Fausthieb verpasst und sie selbst mit ihrer Handtasche verprügelt hätte. Aber nein, dazu hatte Mel viel zu viel Klasse.

»Hör zu, bitte, lass uns alles erklären«, meinte Cammy.

Mel schaute nur von einem zum anderen, und Suze' Magen drehte sich, als sie sah, dass in ihren Augen weder Ärger noch Zorn stand, sondern Sorge, und dazu vielleicht eine kleine Prise Schmerz.

»Das ist nicht nötig.«

Endlich fand auch Suze ihre Stimme wieder. »Doch, ist es. Wirklich. Du hast uns gesehen, jetzt musst du es uns auch erklären lassen.«

»Nein. Es geht mich nichts an.«

Mel machte einen zweiten Versuch zu verschwinden und wurde dieses Mal von Suze daran gehindert.

»Tu das nicht. Bitte, Mel. Ich weiß, dass wir das nicht verdient haben, aber bitte hör uns an. Bitte!«

Gott, sie hasste es, um etwas zu bitten. Genau genommen war es das erste Mal in ihrer lebenden Erinnerung, dass sie das tat, aber diese Situation rief nun wirklich nicht mehr nach gleichgültiger Coolheit.

Als Mel zögerte und kurz überlegte, drängte Suze weiter. »Hier stinkt es fürchterlich nach Wein. Lasst uns nach vorne in den Laden gehen, dann findet man uns wenigstens morgen früh nicht hier im Büro, gestorben an Alkoholvergiftung durch bloßes Einatmen. Wir können uns ein paar Stühle in die Männerabteilung holen, da sieht uns auch niemand.«

O Scheiße, warum? Warum verfiel sie jedes Mal in diese lächerliche Albernheit, sobald sie in eine unangenehme Situation geriet? Während sie gemeinsam in den Laden umzogen, entschied Suze, dass die Ecke zwischen den Calvin-Klein-Boxershorts, den neuen Tierfiguren-Strings und dem Ständer mit Prada-Slips für Geständnisse aller Art geradezu prädestiniert war.

Cammy rutschte an der Wand herunter und blieb auf dem Fußboden sitzen, Mel hockte sich auf das Podest einer Schaufensterpuppe, und Suze setzte sich in eins der französischen Sesselchen.

Überraschenderweise war Mel die Erste, die sprach.

»Also, wie lange schon?«

Cammy blickte konzentriert auf seine schwarzen Biker-Stiefel und murmelte: »Ein paar Monate.«

»Was?« Offensichtlich war das nicht die Antwort, die Mel erwartet hatte. »Dann wart ihr also schon zusammen, bevor du Karl vorgeworfen hast, eine Affäre zu haben, Suze? Bevor du diese *Venusfallen*-Nummer aufgezogen hast? Bevor …?«

»Ja!«, presste Suze hervor.

Sie brauchte noch einen Moment, um ihre Stimme von schrillkreischend auf sachlich-nüchern zu schalten. Wieso hatte sie nie ein Beruhigungsmittel zur Hand, wenn sie eins brauchte?

»Moment noch.« Sie verschwand wieder im Büro und kehrte mit drei Flaschen Bacardi Breezer zurück. »Die hab ich eigentlich für drüben gekauft, aber ich glaube, wir können sie im Moment hier besser gebrauchen.«

Suze verteilte die Flaschen und sah Mel an. »Also, ich erzähle dir jetzt alles von Anfang an. Warn mich bitte vorher, wenn du an irgendeinem Punkt das Bedürfnis verspürst, mir eine zu verpassen.«

»Hör zu, mir ist das alles sehr unangenehm. Du schuldest mir keine Erklärung. Was ihr zwei macht, ist ganz allein eure Sache.«

Suze merkte, dass Mel schon wieder einen Versuch machte zu flüchten. Sie verhinderte es, indem sie ohne weitere Verzögerung mit der Geschichte von Suze und Cammy begann.

»Es fing damit an, dass Karl plötzlich unbedingt ein Kind haben wollte.«

Stereotypisches Verhalten war nie ihre Sache gewesen. Normalerweise waren es die Frauen ab dreißig, die sich dem unbarmherzigen Ticken ihrer biologischen Uhren beugten, aber in ihrem Fall war es Karl gewesen. Es hatte an seinem dreißigsten Geburtstag noch nicht ganz zwölf geschlagen, als er verkündet hatte, dass er fand, sie sollten nun versuchen, ein Baby zu bekommen. Suze hatte die Idee sofort zurückgewiesen. Zu dem Zeitpunkt hatte sie nicht mal in Erwägung gezogen, eine Familie zu gründen, weder sofort noch irgendwann sonst. Nein, nein, nein! Das Leben war zum Leben da, nicht für schlaflose Nächte und kleine Nervensägen, die einem an den Brüsten hingen, bis sie aussahen wie schlaffe Würste. Gott, der bloße Gedanke! Nein, sie hatte ein Geschäft zu führen und Shopping zu machen und Spaß zu haben und mit Freundinnen zu tratschen und ... sie liebte ihr Leben. Genau das war es. Sie liebte ihr Leben so wie es war, und sie hatte nicht die Absicht, daran etwas zu ändern.

Karl hingegen hatte voll in den Möchtegern-Daddy-Modus geschaltet. Es hatte häufig Streitereien gegeben und endlose Diskussionen, bis er irgendwann gar nicht mehr mit ihr gesprochen hatte. Hätte sie damals die Fähigkeit zur Vorausschau und die Dienste einer guten Psychologin zur Verfügung gehabt, wäre ihr vielleicht aufgefallen, dass dies genau mit dem Zeitpunkt zusammengefallen war, als es der Firma schlechter ging. Vielleicht war das nur sein Versuch gewesen, einer schrecklichen Zeit etwas Gutes abzugewinnen. Aber ...

Sie konnte keine Gedanken lesen, und Dr. Phil hatte ihr

seine Dienste auch nicht angeboten, daher hatte sie die Dinge falsch beurteilt. Karl hatte große sexuelle Bedürfnisse, die nahezu täglich bedient werden mussten, und wenn er keinen Sex mehr mit ihr hatte, ließ das für sie nur einen Schluss zu: Er holte ihn sich woanders, möglicherweise bei einer Dreißigjährigen, deren biologische Uhr ihr ein ähnlich verzweifeltes Brutbedürfnis bescherte.

Und was war für sie übrig geblieben? Einsamkeit, Verdächtigungen, Wut, Schmerz, Enttäuschung, Bitterkeit, Hass. Und eine unbefriedigte Libido natürlich.

»Damit hat alles angefangen. Erinnert ihr euch an den Abend in *The City* letztes Jahr, als wir Josies Geburtstag gefeiert haben?«

Mel nickte.

»Wir waren alle total aufgedreht und betrunken, und Cammy hat mir angeboten, mich im Taxi mitzunehmen. Tja, und dann saßen wir im Taxi, und dann hielt das Taxi an und …«

»Okay, verstehe«, unterbrach Mel sie. »Also die klassische Taxi-Nummer?«

Cammy beschloss, sich nun ebenfalls an dem Gespräch zu beteiligen. »Seither hatten wir eine … na ja … Affäre. Nicht oft, nur ab und zu. Nur eine … ich weiß auch nicht, vielleicht eine Art Ablenkung von den Problemen, die wir sonst im Leben hatten.«

Suze trank einen großen Schluck Bacardi. »Und ehrlich gesagt auch zur Selbstbestätigung. Ich weiß, dass du das nicht verstehst, Mel, und ich weiß auch, dass ich mich vielleicht mehr hätte bemühen müssen, die Sache mit Karl zu regeln, aber in meiner verdrehten Denke habe ich geglaubt, ich bräuchte jemanden, der mich tröstet, wenn Karl mit einer anderen durchbrennt. Und derjenige war Cammy.«

Woher zum Teufel kam das denn? Suze nahm noch einen Schluck, hauptsächlich, um sich selbst am Weiterreden zu hindern. Jetzt war nicht der Zeitpunkt für tiefschürfende Erkenntnisse und emotionale Seelenschau. Das Leben war wesentlich einfacher zu ertragen, wenn sie sich an Oberflächlichkeit hielt.

Mel hingegen hatte im Fach tiefschürfende Erkenntnisse und emotionale Seelenschau den schwarzen Gürtel. »Weißt du was, Suze, auf abstruse Art und Weise habe ich das Gefühl, dich zu verstehen. Aber ich kann nicht begreifen, dass du mir nie etwas davon erzählt hast.«

Suze zuckte mit den Schultern. »Weil ich genau wusste, wie du reagieren würdest. Red mit Karl. Sag ihm, was du fühlst. Sei ehrlich. Du hättest mir doch nie im Leben vorgeschlagen, mich mit deinem Assistenten zu vergnügen, um meine Probleme zu lösen.«

Cammy warf ihr einen irritierten Blick zu, aber sie schoss sofort zurück. »Schau mich nicht so an. Es nützt nichts, alles in warme, gefällige Worte zu kleiden, oder?«

Schulterzuckend übernahm er das Geständnisstaffelholz. »Aber es ist jetzt vorbei, Mel. Suze und Karl sind wieder zusammen, und zwischen uns wird nie mehr etwas passieren. Nie im Leben.«

Suze begann, an ihrem Daumennagel zu kauen, bis sie feststellte, dass sie auf hundert Prozent Kunststoff biss, und angewidert ausspuckte. Ratlos schaute sie zu Mel, die wieder auf stumm geschaltet hatte. Sie saß nur da, umklammerte ihre Knie und machte ein Gesicht wie eine Zehnjährige, die gerade erfahren hatte, dass ihr kleiner Hund überfahren worden war.

Suze änderte ihre Taktik und versuchte sich von der grässlichen Stille abzulenken, indem sie in den Schritt der Schaufensterpuppe starrte. Aber sie ertrug die Spannung einfach nicht mehr und stellte die entscheidende Frage.

»Wirst du es Karl sagen?«

Mels Kopf schnellte in die Höhe, als hätte man einen Schuss auf sie abgegeben. »Natürlich nicht. Wie kommst du denn auf diese Idee?«

Suze seufzte. »Weil du ein ehrlicher Mensch bist. Und ein guter. Und weil es sich so gehören würde. Und weil ich verstehen würde, wenn du das tätest. Aber bitte glaub mir, als die Sache zwischen mir und Karl geregelt war, haben Cammy und ich unsere … unsere Affäre sofort beendet.«

Na ja, fast jedenfalls. Es wäre kleinlich, den Tag im Hotel zu erwähnen. Technisch gesehen war das noch nach der Versöhnung mit Karl gewesen, aber es war schließlich nur eine kleine Indoor-Abschiedssportübung zwischen zwei alten Freunden gewesen.

»Du bist meine Freundin«, antwortete Mel betont. »Es ist deine Sache, deine Eheprobleme zu lösen, nicht meine. Hat uns das *Venusfallen*-Theater nicht genau das gelehrt?«

Oh, das war ein Volltreffer! Erster Punkt für die Kampagne »Gegen die Einmischung in fremde Eheprobleme«.

»Dann sagst du es ihm also nicht?«

»Nein.«

»Danke, Mel. Und es tut mir leid. Es tut mir wirklich leid, und ich hoffe, dass du uns dafür nicht hasst.«

Mel kaute eine Weile auf ihrer Unterlippe, ehe sie antwortete: »Nein, das tue ich nicht. Ich hasse euch nicht. Ich bin schließlich auch keine Heilige.«

Jetzt tauschten Mel und Cammy zum ersten Mal einen Blick, aber Suze war viel zu sehr damit beschäftigt, den nächsten Punkt zu machen, um es zu bemerken.

»Aber als Joe einen Fehler gemacht hat, fiel es dir schwer, ihm zu verzeihen.«

Erster Punkt für die Kampagne »Unbequeme Wahrheiten«.

Mel nickte nachdenklich. »Du hast Recht. Aber das lag daran, dass er mir etwas versprochen und es nicht gehalten hat. Oder ich zumindest das Gefühl hatte, dass er es nicht getan hat. Meine Freunde verurteile ich nicht, Suze, aber ich glaube, ich habe das Recht, meinen eigenen Mann zu verurteilen, wenn er plötzlich unser Leben durcheinanderbringt.«

Es wurde kalt. Die Heizung hatte sich ausgeschaltet. Der

Glasgower Winter kroch unter der Tür hindurch und drang durch die riesige Schaufensterfläche.

»Wie geht es denn jetzt weiter?«, fragte Cammy.

»Ich würde sagen, wie früher.«

Suze versuchte, ihr Erstaunen über Mels Antwort nicht zu zeigen. Wie früher wäre gut. Super sogar. Jetzt, nachdem alle Geheimnisse gelüftet waren, war sie sich sicher, dass sie es schaffen konnten. Totale Offenheit. Raus mit der Wahrheit. Und sie schwor sich noch einmal, ab jetzt eine ganz neue Suze zu sein: eine ehrliche, verantwortungsvolle Suze, die besonnene Entscheidungen traf und erst gründlich nachdachte, ehe sie etwas sagte oder tat.

»Aber wisst ihr, was ich an der ganzen Sache nicht verstehe?«, fügte Mel nachdenklich hinzu. »Dich, Cammy.«

»Wieso?«

»Du hast vorhin erklärt, ihr hättet euch von den Problemen in eurem Leben ablenken wollen. Aber welche Probleme hattest *du* denn? Du hattest Anneka und Anna und warst ständig unterwegs. Du hattest doch eine super Zeit.«

Oh! Bitte nicht! Suze blickte gen Himmel und nahm sich vor, wenn es da oben tatsächlich einen Gott gab, ein ernstes Wörtchen mit ihm über seine abstruse Vorstellung von Humor zu reden. Das konnte er doch nicht machen, nachdem sie sich gerade einem Leben in Ehrlichkeit und Offenheit verpflichtet hatte. O wie grausam, grausam, grausam. Am besten, sie sagte jetzt gar nichts. Auch wenn sie die Antwort auf Mels Frage wusste, sie würde jetzt nicht einfach losplappern. Das war ein klarer Fall für eine Lüge durch Unterlassung. Fürs Wegsehen. Fürs Klappehalten.

Leider kam diese Botschaft nicht schnell genug in ihrem Mund an, und sie antwortete an Cammys Stelle: »Glaub mir, ich sage das jetzt nicht gerne, weil ich schon genug Unheil in deinem und Joes Leben angerichtet habe. Aber … Cammy liebt dich.«

34. Kapitel
Herzflimmern

Es war höchste Zeit, auch für kleine Freuden im Leben dankbar zu sein, fand Mel.

Sie war gesund.

Sie hatte einen spannenden Job.

Sie hatte einen Mann, den sie liebte und der sie liebte.

Und das Beste von allem? Sie war gerade nach Hause gekommen und hatte festgestellt, dass sie allein war.

Wann hatte sich ihr Leben eigentlich in diese beschissene Seifenoper verwandelt? Es war lächerlich. Surreal. Bis noch vor gar nicht langer Zeit war sie jeden Tag in einer Blase aus Zufriedenheit, Liebe, Lachen und Glück durchs Leben gesprudelt. Und jetzt? Ein einziges Desaster!

Wenn sie alle Entwicklungen mitbekommen hatte, ließ sich das Drehbuch des Marshall-Clans in den letzten Wochen wie folgt zusammenfassen:

Suze dachte, Karl hätte eine Affäre.

Joe hätte fast eine Affäre gehabt.

Ihre Firma wäre fast pleite gewesen.

Daraufhin hatte Karl eine Affäre.

Mel überlegte, eine Affäre zu haben.

Und während der ganzen Zeit hatte das Objekt ihrer Begierde eine Affäre gehabt.

Mit ihrer Schwägerin.

Auf welchem Planeten würde das als normal durchgehen?

Sie nahm eine Flasche Wein aus dem Kühlschrank, goss sich das größte Glas voll, das sie finden konnte, nahm es mit ins Schlafzimmer und drückte im Vorbeigehen die Play-Taste ihres CD-Spielers. Die berauschende Melodie von Track 5 auf

Seals Album SOUL verursachte bei ihr sofort Herzflimmern. *I've been loving you too long* – und offenbar hörte er auch jetzt noch nicht auf. Es war wie eine geheime Botschaft von His Master's Voice.

Der Duft der frisch gewaschenen Bettwäsche umgab Mel, als sie sich auf ihr Bett plumpsen ließ. Sie wäre am liebsten unter die Decke gekrochen und dort geblieben, bis die Erinnerungen an diesen Abend erloschen waren. Natürlich müsste sie vorher dafür sorgen, dass ihr jemand etwas zu essen und zu trinken brachte, denn es würde vermutlich ziemlich lange dauern …

Cammy liebt dich.

Nein, nein, nein und noch mal nein. Das war kein Satz, den man in der Männerunterhosenabteilung eines Geschäfts in Glasgow sagte. Das tat man einfach nicht.

Und der arme Cammy (eigentlich blanke Ironie, ihn armer Cammy zu nennen, nachdem offenkundig war, dass er es praktisch mit jeder gut aussehenden Frau, die sie kannte, trieb) hatte dabei ausgesehen, als wünschte er sich, die Erde würde aufgehen und ihn für immer verschlucken.

»Du tust … du tust … was?«, hatte sie gekeucht und den Mund auf und zu gemacht wie ein Goldfisch auf dem Trockenen.

Daraufhin war Suze von ihrem Stuhl aufgesprungen und hatte angekündigt, dass sie nun nach Hause gehen würde. Allerdings nicht, ohne sich vorher noch einmal vor Mel auf den Boden zu knien und sie zu umarmen.

»Du weißt, wie leid mir das alles tut. Ich bin eine beschissene unnütze Kuh, aber du musst mir einfach glauben, dass es mir wahnsinnig leidtut, dass ich dir das verschwiegen habe und … ach, Scheiße, mir tut einfach alles leid. Ich wollte nie, dass du mit in meinen Wahnsinn gerissen wirst. Wenn das noch einmal vorkommt, hast du die offizielle Erlaubnis, mich zu erschießen.«

Obwohl Mel bis zum Hals in einem Chaos aus Schock, Enttäuschung und Verwirrung gesteckt hatte, hatte sie gelächelt. »Du bist völlig verrückt, weißt du das?«

»Ja, ich weiß.«

»Und du solltest es Karl sagen, findest du nicht?«

»Nein, finde ich nicht.«

So war Suze: egozentrisch, gelegentlich neben der Spur und total gewissenlos. Und trotzdem ergab das acht Jahre unzertrennliche Freundschaft und eine der besten Beziehungen, die Mel je im Leben gehabt hatte. Würde sie nun Schaden nehmen? Nein, bestimmt nicht. Es sei denn, es kamen weitere Geheimnisse ans Licht. Mel konnte nicht versprechen, dass sie noch genauso dachte, wenn sich herausstellte, dass Suze eine Serienkillerin war oder eine Menge Geld aus der Firma abgezweigt hatte, um die Bahamas zu kaufen. Aber abgesehen davon, glaubte Mel tief in ihrem Herzen, dass alles gut gehen würde.

Bei der Sache mit ihr und Cammy war sie da nicht so sicher.

»Und? Haust du jetzt auch ab?«, fragte er, nachdem sich die Tür hinter Suze geschlossen hatte.

Einen Moment lang wusste Mel nicht, was sie sagen sollte, daher war sie froh, dass er ihr das abnahm.

»Bist du jetzt entsetzt?«

»Ja.«

»Sorry. Ich war ein Idiot.«

»Ja.«

Okay, sie musste sich nun ernsthaft bemühen, es auf zwei Silben zu schaffen. Vielleicht konnte sie auch mal einen ganzen Satz hinkriegen, sonst würde das eine lange Nacht werden.

»Seit wann?« Na also – zwei Worte. Es ging doch.

Er zuckte mit den Schultern. »Eigentlich von Anfang an.«

Lieber Gott, bekam sie von den Leuten in ihrer Umgebung denn gar nichts mit? Sie hatte weder gemerkt, dass Joe unglücklich war, noch dass Suze eine Affäre hatte, noch dass Cammy offensichtlich in sie verliebt war.

»Warum hast du denn nie etwas gesagt?«

Schulterzucken war offenbar seine Antwort des Tages. »Wozu hätte ich das tun sollen? Du und Joe, ihr wart immer so glücklich, ich wusste, dass es hoffnungslos war. Zumindest habe ich das geglaubt. Also habe ich einfach weitergemacht, mit Anneka und Anna und ...«

»... und Suze«, ergänzte sie.

»Ja ... und Suze.« Er verzog das Gesicht. »Das mit Suze tut mir echt leid, es war viel zu nah. Egal, ich habe einfach weitergemacht und darauf gewartet, dass meine Gefühle für dich wieder weggehen oder sich ändern oder ... irgendwas. Und dann habt ihr euch plötzlich getrennt, und ich war froh darüber.«

»Danke.«

»Ich habe gehofft, dass ich nun vielleicht doch eine Chance haben könnte. Also habe ich geduldig gewartet.«

»Für mich sah das vorhin nicht nach Warten aus.«

»Hör zu, es tut mir wirklich leid«, wiederholte er. Zum tausendsten Mal. »Es war nur so, dass ... Suze und ich sind uns sehr ähnlich. Wir denken über viele Dinge gleich. Und wir haben es wirklich heute Abend beendet. Eigentlich ist es schon seit einer ganzen Weile aus.«

Mel hatte plötzlich einen Krampf und rutschte vom Schaufensterpuppensockel auf den Fußboden. Es war eine Zeitlang ganz still, während sie beide die neue Situation verarbeiteten. Die Stille wurde jäh beendet, als Cammy auf einmal in lautes Gelächter ausbrach.

»Sorry, Mel, aber ... meine Güte ... ist das alles verworren! Ich bin so nervös wie noch nie in meinem Leben und habe nicht die geringste Ahnung, was ich sagen soll. So was hat man auf einer Jungenschule definitiv nicht gelernt.«

»Stimmt.« Sie grinste. »Im Sitzen pinkeln, mit Blähungen umgehen, Liebeserklärungen machen, das kommt in keinem Lehrplan vor.«

Sie lachten beide vor Erleichterung – es war ihnen gelungen, die Situation ins Witzige zu retten.

Neuerliches Schweigen, aber dieses Mal war es erträglicher. Vielleicht war das Unangenehmste jetzt vorbei, und sie fanden einen Weg, locker und humorvoll mit allem umzugehen.

»Ich war ziemlich geschockt, als du dich mit Joe versöhnt hast.«

Oder nicht?

Eine Erinnerung blitzte in Mels Kopf auf. »Aber an diesem Abend im *The City* – ich habe dich geküsst, und du warst danach so ... ja ... fast abweisend.«

Er lächelte unsicher. »Ich weiß. Aber es war so unerwartet für mich, und du warst so betrunken, und ich ...« Cammy hatte Mühe, die richtigen Worte zu finden. »Ich wollte nicht, dass du denkst, ich würde dich nur ausnutzen.«

»Ich glaube, ich habe eher dich ausgenutzt.«

»Na ja, ich hatte jedenfalls nicht das Gefühl, dass es der richtige Zeitpunkt war, das zuzulassen. Aber wenn du es noch mal probieren willst ...«

Sie schnappte sich das Erstbeste, das ihr in die Hände fiel, und bewarf ihn damit. Zum Glück traf sie nicht, sonst wäre dieser bedeutsame Augenblick für sie auf ewig mit dem Bild eines Dumbo-Strings in seinem Gesicht verknüpft gewesen.

»Ich glaube, ich bin heute Abend hierhergekommen, um dich wieder zu küssen.«

Der Satz hing schwer in der Luft, und Mel wurde bewusst, dass sie es war, die ihn ausgesprochen hatte. Sie verdaute diese Erkenntnis, gestand sich ein, dass es stimmte, kämpfte gegen ihren angeborenen Charakter und stellte sich dann der Wahrheit.

»Ich weiß nicht. Vielleicht doch nicht. Ich meine, ich bin keine, die einfach rumknutscht.«

»Sagst du das nur, um dich für das zu rächen, was du vorhin gesehen hast?«

»Absolut.«

Es war höchste Zeit, eine Entscheidung zu treffen und ein klares Wort zu sprechen.

»Cammy, ich werde Joe nicht verlassen. Ich bin es uns beiden schuldig, dass ich bei ihm bleibe und versuche, unsere Ehe zu retten. Und genau das werde ich tun.«

»Ich weiß. Das ist etwas, was ich an dir besonders liebe – du bist stark, loyal. Du bist viel zu gut, um mit so unmoralischen Gestalten wie mir und Suze rumzuhängen.«

»Du hast Recht.« Sie lächelte. »Ich muss mir dringend anständige Freunde suchen. Glaubst du, die Paisley Six wären was für mich?«

Sie lachten, dann fand Mel, dass es klug wäre, jetzt zu gehen. Sie stand auf. »Lass die Kasse einfach, ich kümmere mich morgen darum.«

Cammy widersprach nicht. Nachdem er seine Jacke aus dem Büro geholt hatte, begleitete er sie zur Tür, schaltete die Alarmanlage ein und schloss hinter ihnen ab.

»Wir kommen schon klar«, versicherte er. »Ich schwöre dir, ich werde jetzt nicht zu einem liebestollen Psychopathen.«

»Das ist gut. Mit Josie haben wir nämlich schon einen von dieser Sorte, das reicht.«

»Ach du je, Josie! Versprichst du mir, dass sie nie etwas von alledem erfährt?«, bat Cammy. »Für Joe und für mich. Wenn sie auch nur ahnen würde, was ich für dich empfinde, würde sie ihn innerhalb kürzester Zeit abknallen. Ich glaube, sie sieht eine Art Bestimmung darin, uns beide zusammenzubringen.«

Für die Passanten sahen sie vermutlich aus wie zwei Arbeitskollegen, die gemeinsam Feierabend machten und sich zum Abschied erleichtert und müde umarmten.

»Es tut mir leid, Cammy.« Weitere Erklärungen waren nicht nötig.

»Mir auch.«

»Wir werden damit fertig werden, glaub mir. Irgendwo da draußen gibt es ein ein Meter achtzig großes Model mit Augen wie deinen.«

Als sie sich vor ihrer Haustür noch einmal umdrehte, lächelte er immer noch ...

Mel zog sich die Decke über die Nase in der Hoffnung, so alle Probleme und Unsicherheiten ausschließen zu können.

Das Einzige, das sicher war, war, dass Joe längst zu Hause sein müsste. Wo steckte er? Sie rief ihn auf seinem Handy an, aber es war ausgeschaltet.

Der große violette Wecker auf ihrem Nachttisch zeigte neun Uhr. Selbst die Abendbesuchszeit im Krankenhaus war inzwischen zu Ende. Vielleicht waren er und Karl noch auf einen Drink irgendwo hingegangen. Ja, das war es wahrscheinlich. Sie saßen irgendwo zusammen und feierten die Rettung des Unternehmens. Es wäre nett gewesen, wenn er sie angerufen hätte, ob sie mitkommen wollte. Oder ihr wenigstens Bescheid gesagt hätte, dass es später würde.

Andererseits war es gar nicht so schlecht, wenn sie möglichst lange wegblieben. Dann hatte sie noch etwas Zeit, sich zu sammeln. Suze und Cammy. Mel spürte einen winzigen Stich, und ihr Herz fing an, ein bisschen schneller zu schlagen. Es würde eine Weile dauern, bis sie diesen Schock verdaut hatte. Niemals hätte sie geglaubt, dass zwischen den beiden etwas sein könnte. Andererseits war Ignoranz ja in letzter Zeit ein wiederkehrendes Thema in ihrem Leben.

Das musste sich ändern. Vielleicht war es ja eine Schwäche von ihr, immer alles hinzunehmen und nie unter die Oberfläche zu schauen. Diese verrückten Dinge waren passiert, ohne dass sie die leiseste Ahnung davon gehabt hatte. Vielleicht war sie zu sehr mit ihrer Arbeit und mit trivialen Dingen beschäftigt gewesen, um auf anderes zu achten.

Höchste Zeit, das zu ändern.

Wenn dieses ganze Durcheinander etwas Positives hatte, dann, dass sie nun sicher wusste, dass sie und Joe zusammengehörten. Keine Extratouren mehr, keine Umwege, stattdessen ein steter, gerader Weg zu Familie, Zufriedenheit und Glück bis an ihr Lebensende. Die Wohnungstür schlug zu und riss sie aus ihren Gedanken. Sekunden später stand eine Gestalt in der Schlafzimmertür.

»Hey, Süße, tut mir leid, dass ich so spät komme.«

Joe legte sein Sakko auf einen Rattanstuhl, kam zu ihr, küsste sie, warf sich neben ihr aufs Bett und sah sie an.

»Na? Hast du heute Abend etwas Aufregendes erlebt?«

Sie schüttelte den Kopf und wartete, dass sie ein Blitzstrahl vom Himmel traf. »Eigentlich nicht. Ich war nur kurz im Laden, um Cammy beim Aufräumen zu helfen, das war alles.«

Nein, nichts Aufregendes. Kein bisschen. Aber, ach übrigens, Cammy liebt mich wie verrückt. Zumindest seit er aufgehört hat, die Frau deines Bruders zu vögeln. Tja, er sorgt halt dafür, dass alles in der Familie bleibt. Sollte er je feststellen, dass er bisexuell ist, musst du dich höllisch in Acht nehmen.

Mel war heilfroh, dass Joe in der Dunkelheit ihr hochrotes Gesicht nicht sehen konnte. Im Gegensatz zu allen anderen Menschen um sie herum war sie eine erbärmlich schlechte Lügnerin.

»Was ist mit dir? Hat Karl sich gefreut? Hast du deinem Dad auf Knien gedankt?«

»Was deine zweite Frage angeht, ja klar. Hundertfünfzig Riesen für jeden, Mel, das ist verdammt viel Geld! Fünfzig, um die Firmenschulden abzuzahlen, und hundert zur freien Verfügung. Kannst du dir das vorstellen? Einhundert Riesen! Offenbar sind sie durch Mums Geiz und seine Bescheidenheit verdammt reich geworden, so reich jedenfalls, dass sie dringend was loswerden müssen, damit sie keine Unmengen an Steuern zahlen müssen.«

»Das heißt also, wir dürfen uns künftig nicht mehr aufregen, wenn deine Mutter uns den obligatorischen Zehn-Pfund-Gutschein von Marks & Spencer zu Weihnachten schenkt?«

»Du sagst es.«

Er grinste und rollte sich zu ihr herüber. Das war nett, fand sie. Fast wie in alten Zeiten. Nur sie beide, lachend, plaudernd, einfach glücklich zusammen. Sie sollten das regelmäßig einmal in der Woche machen. An einem Abend früh ins Bett gehen, sich etwas zu essen bestellen, ein bisschen entspannen und über Gott und die Welt reden.

»Und Karl? Hat er sich auch gefreut?«

Selbst im schwachen Licht sah sie, dass in seinen Augen etwas aufflackerte. Ein Zögern? Angst vielleicht? Unsinn, schalt sie sich, das bildete sie sich bloß ein. Dieses Drama ließ sie einfach völlig überreagieren.

»Eh … nicht so richtig. Karl hat sich heute Abend nicht so richtig gefreut. Deshalb ist es auch später geworden. Wir haben noch eine Weile geredet.«

Moment mal. Seiner Stimme nach zu urteilen schien irgendwas los zu sein. Aha! Ihr Vorsatz, aufmerksamer zu sein, funktionierte bereits. Was war los? Wieso war Karl unglücklich? Er würde doch nicht …? O Scheiße, nein. Er hatte doch nicht etwa gemerkt, dass Suze etwas mit Cammy hatte? O nein. Alles – nur das nicht. Sie wagte es kaum zu fragen.

»Was war denn mit Karl? War er sauer wegen irgendwas?«

Wenn Joe aufgefallen war, dass ihre Stimme etwas schriller klang als normal, ließ er sich nichts anmerken. »Eh … ja … er war sauer. Wegen mir.«

Wenn man es genau bedachte, klang auch Joes Stimme etwas schriller als normal.

»Aber wieso? Um was ging es denn?« Wahrscheinlich irgendein alter Kinderstreit um die Carrerabahn, der wieder hochgekocht war.

»Also gut, Baby. Ich sag es dir, aber versprich mir, nicht sofort auszuflippen. Ich werde dir alles in Ruhe erklären. Es ist eine gute Idee, das schwöre ich dir.«

Das klang definitiv nicht nach Carrerabahn. Panikschalter auf ›An‹.

»Weißt du, Mel, die Sache ist die. Ich hab dir ja erzählt, dass ich zu der Erkenntnis gekommen bin, dass in meinem Leben einiges falsch läuft.«

Sie nickte ängstlich. Moment mal, gab es immer noch Probleme? Er hatte ihr doch gesagt, er sei über diese Unsicherheit hinweg. Aber … Halt, er redete weiter.

»Und ich habe festgestellt, dass dazu auch mein Job gehört.«

Puh, na, das war ja kein Problem. Jeder hatte mal Frust im Job. Er würde schon damit fertig werden. Joe und Karl waren ein super Team – immer schon gewesen. Sie würden es auch für den Rest ihres Lebens sein.

»Deshalb höre ich auf.«

35. Kapitel
Wenn du ein Herz hättest

Karl, es tut mir leid, dass ich dir das sagen muss, aber ich hatte eine Affäre.

Sie hatte das letzte Wort kaum zu Ende gedacht, als sie in ein Schlagloch rumpelte, mit den Reifen die Bordsteinkante rammte und einen erschrockenen Fahrradfahrer in fluoreszierendem gelbem Lycra in die Flucht schlug. Selbst die Glasgower Straßen hatten sich gegen sie verschworen.

Natürlich würde sie es ihm nicht sagen. Das wäre glatter Wahnsinn. Es würde ihn bloß ganz schrecklich verletzen. Es war also nur zu seinem Guten, wenn sie den Mund hielt. Sie tat ihm quasi einen Gefallen. Tja, sie war eben ein rücksichtsvoller Mensch.

Karl, es tut mir leid, dass ich dir das sagen muss …

Verdammt, wieso ging es ihr dann nicht aus dem Kopf? Es war alles Mels Schuld. Sie liebte ihre Freundin ja, aber wieso musste sie immer so verflucht anständig sein? So viel Integrität müsste unter Strafe gestellt werden.

Und wenn sie zu viel Zeit mit Mel verbrachte, verwandelte sich deren angeborene Gutheit in eine Art Virus, das sich auch auf Suze übertrug. Nun, sie würde nicht kampflos aufgeben. Sie verstand ja, wieso Mel der Meinung war, sie müsse mit Karl reden, aber wozu sollte das gut sein? Was für einen Nutzen konnte so eine Dummheit haben? Keinen. Sie und Cammy waren aus ihrer kleinen Affäre relativ ungeschoren herausgekommen. Keine Opfer, kein Schaden fürs Leben. Da wäre sie doch verrückt, wenn sie das jetzt freiwillig aufs Spiel setzen würde.

Als sie in ihre Straße bog, sah sie Karls Auto in der Einfahrt stehen. Na bestens. Mit etwas Glück war Virginia schon im

Bett. Dann konnte sie sich mit ihrem Ehemann aufs Sofa kuscheln, ein Glas Wein trinken, und vielleicht würde sie ihn später noch ein bisschen Nutella von ihren Nippeln lecken lassen. O ja, sie hatte das Gefühl, dass es so ein Abend werden könnte.

Als sie sich dem Haus näherte, öffnete sie automatisch das Seitenfenster und betätigte einen Schalter am Lenkrad. Eine Myriade Dezibel *Bohemian Rhapsody* von Queen drangen nach draußen und ... Super, ein Volltreffer! Mrs. McNees Haus leuchtete auf wie ein Weihnachtsbaum, und eine Gestalt in Mrs.-McNee-Form erschien am Vorderfenster. Rache war ein Gericht, das man am besten mit einer ordentlichen Portion Geräuschbelästigung servierte. Angesichts der Stunden, die sie intensivem Polizeiverhör ausgesetzt gewesen war (okay, eigentlich waren es eher eine Tasse Kaffee, ein paar Anrufe und ein bisschen lockeres Geplauder gewesen – aber was Mrs. McNee betraf, hätte sie ebenso gut als Sexsklavin in einem drittklassigen Knast enden können), war dies ein kleiner, aber durchaus bedeutungsvoller Triumph.

Bitte, lass Virginia im Bett sein, bitte, lass Virginia im Bett sein! Dieser Frau hatten sie es zwar letztlich zu verdanken, dass sie dem finanziellen Ruin entgangen waren, aber jetzt war nicht der Zeitpunkt für solche Sentimentalitäten. Jetzt war der Zeitpunkt für eheliche Genüsse, Intimität und Nutella.

Als Suze die Haustür öffnete, stellte sie jedoch fest, dass diese Botschaft bei Karl nicht angekommen war.

Er saß am Küchentisch, was insofern ungewöhnlich war, als er mehr ein Couchtyp war und – zumindest, wenn sie sich richtig erinnerte – den Küchentisch ausschließlich zum Essen und für Sex benutzte, gelegentlich auch für beides gleichzeitig. Seine glasigen Augen, seine zerzausten Haare und seine zusammengesunkene Haltung ließen auf Müdigkeit, eventuell in Kombination mit Vergiftung schließen. Die Ansammlung leerer Bierflaschen vor ihm schien die Vergiftungstheorie zu bestätigen.

Ihm gegenüber saß seine Mutter, und sie schienen tief in ein Gespräch versunken.

Mist. Die Aussicht auf eine Snack-Nippel-Nummer schwand von Sekunde zu Sekunde.

»Karl, was ist los? Ist was mit deinem Dad?«

Alles, was sie dachte, war: Bitte, bitte, lass die Vorhersage, dass Donald den Schock über unsere persönliche Finanzkrise nicht überlebt, nicht zutreffen.

»Nein, nein, mit Dad ist alles in Ordnung«, versicherte Karl.

Oh, Gott sei Dank! Suze durchquerte den Raum und strich ihrem Mann auf dem Weg zum Kühlschrank übers Haar. »Aber irgendwas ist doch passiert? Du siehst jedenfalls besch…«

Ihre Schwiegermutter kniff drohend die Augen zusammen.

»… müde aus. Du siehst müde aus. Also, was ist los?«

Chardonnay. Cava. Chardonnay. Cava. Cava. Es gelang ihr, eine abschließende Entscheidung zu treffen, und sie nahm den Cava aus dem Kühlschrank.

»Joe hat die Firma verlassen.«

Zum Glück hatte sie – ganz im Gegensatz zu Mel vorhin – die Flasche Cava so sicher in der Hand, dass sie eine Überschwemmung ihrer Küche verhindern konnte.

Warum zum Teufel sollte Joe Marshall & Sons verlassen?

»Er sagt, er will das Geld lieber dafür verwenden, herauszufinden, was er wirklich im Leben möchte.«

Und wieso so plötzlich?

»Er meint, es sei eine spontane Bauchentscheidung, die sich einfach richtig anfühle.«

Wieso hatte Mel nichts davon gesagt?

»Ich glaube, er hat noch nicht mal mit Mel darüber gesprochen.«

Trotz des Verzichts auf Intimität und Nutella stellte Suze dankbar fest, dass sie und ihr Mann mental offenbar wieder perfekt harmonierten. Der arme Karl. Er und Joe hatten ihr Leben lang immer alles zusammen gemacht. Sein Bruder würde ihm bestimmt sehr fehlen. Es sei denn …

Wollte Karl etwa mit Joe gehen und den Sinn des Lebens suchen?

»Ich kann es einfach nicht fassen, Suze! Ich meine, wieso macht er das? Das ist doch völlig absurd.«

Puh! Suze wusste nicht, was sie sagen sollte. Joe, der Bruder, der für Verlässlichkeit und Vorhersehbarkeit stand, nachdem Karl im Bauch seiner Mutter alles an Dynamik, Abenteuergeist und Ehrgeiz an sich gerissen hatte, war plötzlich zu Mr. Freigeist mutiert. Igitt! Sie trank einen großen Schluck, um den Gedanken an Virginias Fortpflanzungssystem herunterzuspülen.

Virginia warf ihr einen missbilligenden Blick zu. »Meine Liebe, mir ist aufgefallen, dass du in letzter Zeit zu viel Alkohol trinkst. Das ist nicht immer der beste Weg, um ein Problem zu lösen. Ganz abgesehen davon, dass es schlecht ist für die Haut. Bis du vierzig bist, sieht sie aus wie gegerbtes Leder.«

Suze verzog das Gesicht. Alle vorherigen bargeldabhängigen positiven Gedanken über ihre Schwiegermutter waren ungültig, zurück blieben die alten Gefühle von Abneigung und Misstrauen.

Karl, es tut mir leid, dass ich dir das sagen muss, aber ich hatte eine Affäre.

Der Drang, diesen Satz einfach laut auszusprechen, beruhte auf einer spontanen Erkenntnis: Wenn sie und Karl sich trennten, würde sie eines Tages vielleicht eine neue Schwiegermutter haben. Im Stillen schickte Suze eine Bestellung ab, damit sie dieses Mal etwas Besseres abbekam. Eine, die nett und warmherzig war, sie direkt mochte und liebevoll in die Familie aufnahm. Eine, die sie zum Lachen brachte, mit ihr shoppen ging und sich genau wie sie gern amüsierte. Eine wie … Goldie Hawn. Ja, das nächste Mal wollte sie, dass Goldie Hawn ihre Schwiegermutter wurde. Und wenn die nicht verfügbar war, dann musste es wenigstens Bette Midler sein oder diese Rothaarige, die in den alten Dallas-Folgen immer betrunken war. Ja, sie wusste schon, wie man das Leben genießen konnte.

Suze ging zu Karl, schlang die Arme von hinten um ihn und beugte sich vor, um seinen Nacken zu küssen. Dass Virginia bei dieser öffentlichen Zurschaustellung von Zuneigung missbilligend die Augen verdrehte, ignorierte sie einfach.

Zum Glück klingelte in diesem Moment das Telefon. Virginia sprang auf. »Ich geh ran.«

Offenbar ergriff sie die Flucht, ehe sie weitere abstoßende Aktivitäten wie Händchenhalten oder – o Gott, o Gott, die Welt ging zugrunde! – Küssen mit ansehen musste.

»Marshall. Wer bitte ist dort am Apparat?«, hörte Suze sie flöten.

Du meine Güte, wer redete heutzutage denn noch so?

Rasch kletterte Suze auf Karls Schoß in der Hoffnung, Virginia sah um die Ecke und erlitt einen Schock, der sie für die nächste Zeit ans Bett fesselte. Dann hätten sie und Karl wenigstens ihre Privatsphäre zurück.

»Das mit Joe tut mir schrecklich leid, Schatz, aber vielleicht hat es ja auch was Gutes. Vielleicht macht es dir am Ende viel mehr Spaß, die Firma allein zu führen. Oder …«, mühsam suchte sie nach weiteren positiven Argumenten und entschied sich für: »… oder vielleicht merkt er ja auch nach vierzehn Tagen, dass er einen Fehler gemacht hat, und kommt zurück.«

Sie gratulierte sich im Stillen – verständnisvolle Ehefrau, sensibel, hilfsbereit, tröstend. Gut gemacht.

»Und wenn nicht, Suze? Ich will das nicht ohne Joe machen. Wir waren immer zusammen, haben immer gemeinsam gearbeitet. Ich …« O Mist, er fing gleich an zu heulen. »… weiß einfach nicht, ob ich damit klarkomme, ihn nicht mehr jeden Tag um mich zu haben.«

Verständnisvolle Ehefrau. Verständnisvolle Ehefrau. Verständnisvolle Ehefrau, die jetzt doch ein kleines bisschen irritiert war. Seit wann neigte er denn so zum Dramatisieren? Er konnte also nicht ohne Joe leben. Fing schon bei dem Gedanken an zu heulen. War frustriert, verzweifelt, konnte so nicht weiterleben. ABER ALS SIE IHN VERLASSEN HATTE, HATTE ER SICH KURZ DEN MUND ABGEWISCHT UND DAS ERSTBESTE BESCHISSENE SUPERMODEL GEBUMST!

Sie biss sich auf die Lippen, die einzige Möglichkeit, das Dröhnen in ihrem Kopf nicht nach außen dringen zu lassen. Also wirklich, das hatten sie doch hinter sich. Sie waren ein neues Paar, neu geboren, und es machte keinen Sinn, das Grauen der Vergangenheit wieder hervorzuzerren.

Also entschied sie sich für ein geflüstertes: »Mach dir keine Sorgen, Baby, alles wird gut.« Was vermutlich nicht stimmte, aber mehr schaffte sie nicht, solange sie sich im Krieg mit ihrem aufgebrachten inneren Ich befand.

Sie wollte sich gerade mit erneutem Nackenküssen ablenken, als sie feststellte, dass Virginia wieder da war. Ihrer Miene nach zu urteilen, gefiel ihr das, was sich in den letzten anderthalb Minuten zugetragen hatte, ganz und gar nicht.

»Karl Marshall, ich möchte dir eine Frage stellen«, sagte sie, und ihre Stimme hatte verdammt viel Ähnlichkeit mit der von Helen Mirren in *Heißer Verdacht,* »gibt es irgendeinen Grund, weshalb eine Frau namens Anneka hier bei dir zu Hause anruft?«

Hätte es einen Preis für die Darstellung von Stress in einer ganz neuen Dimension gegeben, hätte Karl in diesem Moment den Oscar gewonnen. In derselben Sekunde hatte sich Suze die Goldmedaille in der Disziplin Panik verdient.

»Warum … war das … wer war am Telefon?«, stotterte Karl.

»Genau diese Anneka.«

»Was wollte sie?«

Die Stille war unendlich und wurde auch dadurch nicht erträglicher, dass Virginia die Schultern straffte und Suze merkwürdig forschend anschaute.

»Offenbar wollte Anneka dir mitteilen, dass du bei deinem

letzten Besuch bei ihr ein paar Kleidungsstücke und Toilettenartikel vergessen hast.«

Diese bösartige, widerliche alte Kuh! Zornig biss Suze die Zähne zusammen. Sie hätte damit rechnen müssen. Anneka war genauso hinterhältig und böse wie sie selbst. Sie hätte wissen müssen, dass die dürre Schlampe die entwürdigende Szene im Park niemals ungestraft durchgehen lassen würde. Bei ihnen zu Hause anzurufen war wirklich mehr als dreist! Aber dann noch mit Karls Mutter zu sprechen – das war wahre Meisterschaft in Rachsucht.

»Und es hat ihr offenbar große Freude gemacht, mich darüber zu informieren, dass du und sie vor gar nicht allzu langer Zeit eine Art … Beziehung hattet.«

»Sie lügt!«, stieß Suze hervor. »So was macht sie ständig. Erst letzte Woche hat sie überall erzählt, sie hätte was mit Gerard Butler gehabt.«

Virginia starrte Karl einen Moment lang an, danach richtete sie denselben Blick auf Suze. Suze brauchte eine Minute, um zu begreifen, dass es … verdammt noch mal Mitleid war! Virginia hatte tatsächlich Mitleid mit ihr!

»Suzanne, Schätzchen, das ist eine bewundernswerte Einstellung.« Sie wandte sich wieder an Karl. »Aber ich kenne meinen Sohn, und ich erkenne ein schlechtes Gewissen auf Anhieb. Wie konntest du nur, Karl? Wie konntest du? Du bist ein verheirateter Mann, und ich habe dich nicht dazu erzogen, dich so zu benehmen. Es ist eine Schande! Du solltest dich schämen!«

»Aber …«, begann Karl, doch sie schnitt ihm das Wort ab.

»Wag es ja nicht, mir zu widersprechen, junger Mann, sonst wirst du es bereuen.«

Suze machte noch einen Versuch, ihre Schwiegermutter zu besänftigen. »Virginia, wirklich, ich …«

Virginia hob gebieterisch die Hand.

»Suze, bitte nicht.« Auch dieser Satz triefte nur so vor Mitleid.

»Karl Marshall, ich bin entsetzt über dein Verhalten und werde diese Information an deinen Vater weiterleiten.«

Karl schloss die Augen. Es machte keinen Sinn zu widersprechen. Aber Virginia war noch nicht fertig. Sie beugte sich vor und legte die Hand auf Suze' Schulter.

»Und Suzanne, es ist ja kein Geheimnis, dass wir beide uns nie sehr nahegestanden haben. Ich habe Karls Wahl lange angezweifelt, aber nun ist mir klar geworden, dass ich mich bei dir entschuldigen muss. Und ich möchte mich auch für meinen Sohn entschuldigen. Keine Frau sollte die Erfahrung machen müssen, dass der Mann, den sie liebt, sie betrügt. Es tut mir leid. Sehr leid.«

Neeeeiiiiin. Suze spürte, wie alles, was ihr an Widerstandskraft und Vernunft geblieben war, aus ihrem Körper gesogen wurde. Sie konnte inzwischen sehr gut mit Virginia umgehen. Sie kam mit ihrer Ablehnung zurecht. Sie akzeptierte ihre Belehrungen. Sie genoss auf abstruse Weise sogar ihre offene Feindseligkeit und die Wortgefechte mit ihr.

Was sie jedoch auf keinen Fall ertrug, war die Erniedrigung, von Virginia bemitleidet zu werden. Sie fühlte sich zutiefst gedemütigt. Irgendein Schalter in ihr legte sich um, und im Bruchteil einer Sekunde traf sie eine Entscheidung.

Karl, es tut mir leid, dass ich dir das sagen muss, aber ich hatte eine Affäre.

Dieses Mal hatte sie es laut gesagt.

36. Kapitel
Öffne dein Herz

»Du tust was?«

»Ich höre auf.«

Zum ersten Mal in ihrem Leben wünschte sie sich, er würde rauchen, trinken oder wäre spielsüchtig. In dem Fall hätte wenigstens die Chance bestanden, dass es eins dieser Laster war, mit denen er aufhören wollte, und nicht etwa …

»Du willst bei Marshall & Sons aufhören?«

Warum grinste er so zufrieden, als hätte er gerade erfahren, dass er einen Sechser im Lotto hatte? Oder dass Angelina Jolie in seinem Bad stand.

»Aber wieso?«

»Geht es dir denn nie so? Nervt es dich nie, dass wir seit acht Jahren jeden Morgen aufstehen und genau dasselbe mit genau denselben Leuten machen? Es muss doch noch was anderes im Leben geben, Mel. Und jetzt haben wir das Geld und die Gelegenheit, es herauszufinden. Wir können uns ein Jahr Auszeit nehmen, reisen, Dinge tun, die wir immer schon mal tun wollten.«

Er beugte sich zu ihr hinüber und ließ einen Finger spielerisch von ihrer Schulter zu ihren Hüften gleiten. Irgendwie schaffte sie es, ihre Gefühle zu kontrollieren und gegen den Drang anzukämpfen, etwas zu tun, das mit einem gegipsten Finger geendet hätte.

»Lass uns einfach schauen, wohin uns das Leben treibt.«

Glasgow Royal Infirmary – Notaufnahme.

»Was denkst du?«, fragte er mit dem erwartungsvollen Gesicht eines Fünfjährigen an Weihnachten.

Mel dachte nach, beleuchtete es von allen Seiten, vertiefte es –

ungefähr zehn Sekunden lang. Dann stieß sie hervor: »Joe, was ist nur mit dir los? Du liebst deinen Job, du liebst es, mit Karl zusammenzuarbeiten. Wieso reicht das plötzlich nicht mehr?«

Sie fing seinen Blick auf und wusste instinktiv, dass die Antwort kompliziert war.

»Wieso ist dir auf einmal nichts mehr gut genug?«

»*Du bist* mir noch gut genug. Ich bin nur ... ich weiß auch nicht.« Seufzend sank er zurück aufs Bett. »Es war dieser Abend in der Bar, Mel. Da hat sich so viel verändert. Mir war nicht klar gewesen, wie öde mein Leben geworden ist, und in diese Monotonie will ich nicht mehr zurück. Ich will mehr. Aber ich weiß, dass ich auf jeden Fall mit dir zusammenbleiben will.«

So viel zum Thema Harmonie. Offenbar bekam sie gar nichts mehr mit. Aber das Merkwürdigste war, dass tief in ihr etwas war, das nicht im Mindesten überrascht war. Wenn sie ehrlich zu sich selbst war, dann musste sie einsehen, dass die Folgen dieser *Venusfallen*-Geschichte ihre Gefühle für ihn fundamental verändert hatten. Und sosehr sie sich bemühte, sie wieder herzustellen, sie war nicht sicher, ob ihr das gelang. Der beste Beweis war ihre Reaktion jetzt.

Die alte Mel wäre am Boden zerstört gewesen. Hätte ihn angefleht, seine Absichten noch einmal zu überdenken, oder hätte alles stehen und liegen lassen, um das zu tun, was er sich wünschte. Aber die neue und nicht unbedingt bessere Ausgabe? Sie fühlte sich nur ... traurig.

Joe wertete ihr Schweigen als Nachdenken und suchte nach weiteren Argumenten.

»Wir könnten all unsere Ideen verwirklichen. Wolltest du nicht immer tauchen lernen?«

»Dafür würde mir auch das Schwimmbad im Sportzentrum reichen.«

Er verzog das Gesicht. Ein Hauch von Verzweiflung schlich sich in seine Stimme, als er weitersprach. »Wir könnten Strandspaziergänge machen«, schlug er vor. »Die Weltwunder besuchen, lange schlafen, tun und lassen, was wir wollen.«

»Aber das ist doch alles nicht das, was wir eigentlich geplant hatten, Joe.«

»Pläne verändern sich.«

»Nicht so. Du kannst doch nicht einfach unser Lebenskonzept umschreiben und von mir erwarten, dass ich vor Freude in die Luft springe! Ich hatte auch Wünsche und Hoffnungen für dieses Jahr. Spielt das alles denn gar keine Rolle?«

Er runzelte die Stirn, dann schien ihm etwas klar zu werden. »Aber Schatz, wir brauchen unsere Babypläne doch gar nicht zu verschieben. Wir könnten doch auch an anderen Orten versuchen, schwanger zu werden, an wunderschönen Orten.« Er lachte, als er über die Idee nachdachte. »Wir könnten es so wie die Beckhams machen. Wie findest du, klingt Galapagos Marshall?«

Wie bitte? Er verstand alles falsch. Sie hatte ihm doch erklärt, dass sie die Gründung einer Familie noch aufschieben wollte. Offenbar akzeptierte er das nicht. Offenbar verspürte er so einen gewaltigen Drang nach was auch immer, dass er ihr gar nicht mehr zuhörte.

»Joe, ich will nirgends hin. Ich bin glücklich hier«, antwortete sie leise. Dabei merkte sie, dass sie sich seit langer Zeit zum ersten Mal ganz sicher war. »Ich liebe mein Leben hier.«

Er war eine lange Zeit still, und sie sah, dass er darüber nachdachte, ob er noch weiter argumentieren oder aufgeben sollte.

»Liebst du dein Leben hier mehr als uns?«

Sie verbarg den Kopf an seiner Brust, um das Unvermeidliche noch vor sich herzuschieben.

»Und?«, drängte er und strich ihr zärtlich übers Haar.

»Es geht nicht darum, ob ich mein Leben mehr liebe als uns. Es geht darum, zu begreifen, dass wir uns verändert haben. Ich glaube, wir haben inzwischen unterschiedliche Interessen, Joe.«

Sie wusste, dass sie wieder zu ihrem typischen Verhaltensmuster griff. Sie versuchte, den Dingen etwas Positives zu geben, den harten Schlag abzufedern. Und sie wusste auch, dass dies eine Auseinandersetzung war, der sie nicht aus dem Weg gehen konnte. Seine Hand war nun in ihrem Gesicht und zeichnete die Furchen der Verwirrung auf ihrer Stirn nach.

»Bitte, komm mit mir, Mel. Ich muss das einfach tun. Verlang nicht von mir, es aufzugeben.«

Sie seufzte tief und traurig. Dann stemmte sie sich hoch und kletterte über seine Beine, bis sie auf ihm saß. Ihre Augen waren nur wenige Zentimeter voneinander entfernt. Sie waren sich so nah, dass sie seinen Herzschlag spüren konnte. Sie beugte sich vor und küsste ihn, erst sanft und zärtlich und dann leidenschaftlicher. Er küsste sie zurück, streifte ihre Weste ab und ihren BH herunter. Sie zerrte ihm das T-Shirt über den Kopf. Dann lösten sie sich kurz voneinander, um sich Jeans und Socken auszuziehen, bis er nackt war und sie nur noch einen verrutschten BH und einen winzigen Spitzentanga trug.

Ohne den Blick von ihr zu lösen, glitt er vom Bett und zog sie nach vorne an die Bettkante. Dann spreizte er ihre Beine und schob sich dazwischen. Er ließ die Zunge über die Innenseite ihres Oberschenkels gleiten, bis er ihren Tanga erreichte. Jetzt wanderten seine Hände nach oben, eine berührte ihre Brust, die andere zerrte die zarte Spitze zur Seite. Seine Zunge glitt unter den Stoff, berührte ihre Klitoris ... Nein, das war nicht das, was sie wollte.

Sie krallte die Finger in sein Haar, zog ihn hoch und legte die Beine auf seine Schultern. Ihre Rippen waren so zusammengepresst, dass sie kaum noch Luft bekam. Drängend, leidenschaftlich und wild stieß er in sie hinein, ihr Liebesspiel war ganz anders als sonst. Sie warf den Körper nach hinten, streckte die Arme aus, umklammerte die Decke, keuchte und ergab sich voll und ganz ihrem pulsierenden Unterleib. Es war eine Mischung aus Lust und Schmerz. Sie kamen beide gleichzeitig – er mit einem tiefen Stöhnen, und sie mit einem lauten Schrei.

Vorsichtig hob sie anschließend die schmerzenden Beine von seinen Schultern und ließ sie ins Bett sinken. Selbst mit Paracetamol, einer Massage und einem heißen Bad würde sie am kommenden Morgen wie ein Cowboy gehen.

Joe ließ sich neben sie fallen. Im Licht der Straßenlaterne vor dem Fenster sah man nur seine Augen und die Umrisse seiner Gestalt.

Sie lagen lange so da, nur das Ticken der großen Uhr durchdrang die Stille. Schließlich sprach er mit leiser, sanfter Stimme.

»Ich habe das Gefühl, an einer Kreuzung zu stehen. Wenn ich jetzt die falsche Entscheidung treffe, könnte ich sie für den Rest meines Lebens bereuen.«

Als er das gesagt hatte, begriff Mel, dass sie genauso empfand. Vielleicht gab es zwischen ihnen doch eine große Harmonie.

»Joe, wir müssen das, was hier passiert, akzeptieren.«

Sie beugte sich über ihn und küsste ihn, als könnte die liebevolle Berührung den Schlag dämpfen.

»Die Wahrheit ist, dass du mich nicht mehr genug liebst, um hierzubleiben. Und ich liebe dich nicht genug, um mit dir zu gehen.«

37. Kapitel
Mein Herz gehört nach Hause

Suze beschäftigten gleich mehrere Fragen:

Konnte man vom Geruch brennenden Gummis sterben?

Wenn dieses kleine Feuer außer Kontrolle geriet und die Feuerwehr ausrücken musste, was würden sie zu der bizarren Szenerie sagen?

Wenn es mit Todesfällen endete, würde es dann jemand als Vorlage für eine Fernseh-Doku mit dem Titel *CSI Glasgow* benutzen?

Oder würde er jeden Augenblick wach werden und sie dem Tod durch Rauchvergiftung in letzter Sekunde entkommen?

Sie überlegte kurz, ihn wachzurütteln. Aber nein. Das Risiko, dass er eine abrupte Bewegung machte, war zu hoch. Und das wiederum konnte einen grausamen Tod zur Folge haben, bei dem anschließend keine Extrakosten fürs Krematorium mehr anfielen.

War es tatsächlich so weit gekommen? Noch vor vierundzwanzig Stunden war sie voller Ekstase auf einer Woge des Glücks geritten. Und jetzt? Jetzt hatte ihre große Klappe sie mal wieder in einen tiefen Abgrund voller Scheiße gezogen.

Karl, es tut mir leid, dass ich dir das sagen muss, aber ich hatte eine Affäre.

Auch nach vierundzwanzig Stunden ließ sie der Nachhall dieses Satzes noch erzittern. Was hatte sie sich nur dabei gedacht? Die Antwort war klar: *nichts Intelligentes.*

Okay, sie hatte natürlich auch einen gewissen Anteil Schuld an diesem megamäßigen Desaster, aber sie fand, dass ein kleines Stück Verantwortung bei Mel und ein riesiger Batzen bei Virginia lag. Wenn Mel sie am Abend zuvor nicht erwischt und dazu gedrängt hätte, Karl alles zu gestehen, wäre ihr der Gedanke, offen und ehrlich zu sein, nie, nie, nie gekommen. Und wenn Virginia nicht so verdammt überheblich und herablassend gewesen wäre (ja, ihr war durchaus bewusst, dass sie Virginias aufdringliches Mitleid in den letzten zwölf Stunden mit hinterhältigen Absichten und übertriebener Boshaftigkeit angereichert hatte), dann hätte sie auch nicht so albern reagiert und sich zu dieser Erwachsenenversion von »Ich hab dich aber zuerst gehauen, ätsch!« hinreißen lassen.

Also gut, sprich mir nach: Ich. Bin. Eine. Katastrophe. Okay, aber immerhin war sie eine, die göttlich aussah. Sie wusste, dass sie jede Waffe brauchte, die sie kriegen konnte, und hatte am Morgen beim Anziehen alle Register gezogen. Ihre Lieblings-Low-Rise-7-For-All-Mankind-Jeans, die aussah, als hätte man sie ihr auf den Hintern aufgesprüht. Dazu atemberaubend hohe Römersandaletten. Und Karls Lieblingstop, weiß, mit eingearbeitetem Mieder, das sie aussehen ließ, als hätte sie an der Obsttheke im Supermarkt Netzmelonen geklaut und am Körper hinausgeschmuggelt. Und natürlich trug sie ihr Haar offen – das Positive daran war, dass er es so liebte, das Negative, dass es bei einer falschen Bewegung sofort in Flammen aufging.

Ihr wurde allmählich übel vom Geruch des brennenden Gummis, aber er regte sich immer noch nicht. Ein beunruhigender Gedanke kam ihr. Wenn ihr Haus in den letzten zehn Jahren irgendwann in Flammen aufgegangen wäre und sie darauf angewiesen gewesen wäre, dass er sie vor dem Inferno retten würde, wäre sie bei lebendigem Leib geröstet worden.

Karl, es tut mir leid, dass ich dir das sagen muss, aber ich hatte eine Affäre.

Die Erinnerung ließ sie erneut erschauern. In der Sekunde, als sie es ausgesprochen hatte, war die Welt stehen geblieben. Sie hätte schwören können, dass selbst die Vögel im Garten erschrocken die Luft angehalten, sich auf dem Ast vor dem Fenster aneinandergedrängt und aufgeregt zugezwitschert hatten:

»Habt ihr gehört, was sie da gerade gesagt hat? Die hat 'ne Meise.«

Virginia hatte bloß dagesessen und sie mit Todesverachtung angestarrt, während Karl so heftig zusammengezuckt war, dass sie von seinen Knien geradewegs auf den Fußboden gerutscht war. Es war kompliziert gewesen, sich gleichzeitig selbst in den Hintern zu treten, den Kopf in den Händen zu vergraben und sich hochzurappeln, aber irgendwie hatte sie es geschafft – genau rechtzeitig, um Virginia Gelegenheit zu einem verbalen Tritt zu geben.

»Es hat in meinem Leben nur wenige Momente gegeben, in denen ich sprachlos war«, hatte sie gezischt. »Dies ist so ein Moment. Karl, Suze, ich habe keine Ahnung, was in eurer Ehe los ist, aber sie scheint auf ein Niveau gesunken zu sein, das ich offen gestanden ungeheuerlich finde.«

Dann hatte sie ihre Liz-Claiborne-Clutch genommen, sich auf dem Absatz umgedreht und war zur Tür herausmarschiert. Eigentlich war es eher ein Schweben als ein Marschieren gewesen. Die Frau war wirklich der Inbegriff von Haltung und Würde, selbst wenn man sie mit einem Skandal konfrontierte, wie sie ihn sonst nur von der Titelseite der *News of the World* kannte.

Suze hatte ihr regungslos nachgeschaut. Wohin ging sie? Ihr Zimmer war doch oben, wieso lief sie zur Tür?

»Soll ich sie …?«, hatte sie in Richtung Karl gestammelt, aber der hatte sie rüde unterbrochen.

»Du hattest eine Affäre?«

»Es tut mir leid, Karl, aber ich musste es dir sagen. Es war ein großer Fehler, den ich sehr bedaure, aber wenn wir von vorne anfangen wollen, musst du die ganze Wahrheit wissen.«

»Du hattest eine Affäre?«

Es war jetzt das zweite Mal, dass er das sagte. Er musste schon über diesen Satz hinauskommen, wenn sie eine Chance haben wollten, ihr Problem zu lösen. Und das mussten sie. Vielleicht hatte Mel ja Recht. Vielleicht war es tatsächlich der richtige Weg, alles gnadenlos offenzulegen.

»Verdammt, Suze, du bist wirklich unbezahlbar!«

Oder auch nicht. Sein wutverzerrtes Gesicht deutete darauf hin, dass er unbezahlbar eher nicht im Sinne von »das wertvollste Geschöpf auf Erden« meinte.

Er schüttelte den Kopf, den Blick weiter starr auf sie gerichtet, und dann tat er etwas, womit sie am allerwenigsten gerechnet hätte. Er fing an zu lachen.

»Unbezahlbar«, wiederholte er und lachte. Irgendwie klang es jetzt irre, *Shining-mäßig*.

Es hörte genauso plötzlich auf, wie es begonnen hatte, und mündete in ein ungläubiges Kopfschütteln.

»Mit wem?«

»Ich glaube nicht ...«

»Mit wem?«, wiederholte er, und seine Stimme ließ ihr Blut in den Adern gefrieren.

»Mit Cammy.«

Das haute ihn nun sichtlich um. Er und Cammy waren nicht gerade Freunde, aber sie waren immer gut klargekommen und sogar ab und zu mal ein Bier zusammen trinken gewesen – hauptsächlich, so vermutete Suze, weil es Karl gefiel, sich mit den schönen Menschen aus Cammys Clique zu umgeben.

»Wann?«

»Ich glaube nicht ...«

»Wann?«

Was spielte es schon für eine Rolle? Wichtig war doch nur, dass sie nun alles gestanden hatte und sie nur noch einen Weg finden mussten, damit zurechtzukommen.

»Das ist doch nicht wichtig, Karl.«

»Wann?«

Für ihn offensichtlich schon.

»Es hat vor ein paar Monaten angefangen. Als du nicht mehr mit mir geschlafen hast und ich dachte, du hättest eine andere. Vor der Sache mit dieser *Venusfalle.* Ich wünschte so, ich könnte es ungeschehen machen.«

Hätte ich mich doch erst mit ihm getroffen, nachdem du diese dürre Schlampe gevögelt hast, dann säßest du moralisch jetzt nicht am längeren Hebel!

Diesen Gedanken behielt Suze vorsichtshalber für sich.

»Karl, du musst mir glauben, dass es mir leid tut, ehrlich. Wenn ich mit ihm zusammenbleiben wollte, hätte ich das tun können, aber ich wollte nicht. Das wollte ich nie. Ich war nur am Boden zerstört und habe völlig irrational gehandelt, weil ich mir sicher war, dass du eine andere hast.«

»So funktioniert das also, ja? Sobald wir ein Problem haben, haust du ab und treibst es mit einem anderen? Wir hatten schon viele Probleme, Suze. Wie oft ist es also schon passiert?«

»Noch nie! Karl, du weißt das! Dieses Mal war es ... einfach anders. Wir konnten uns wegen der Kindersache nicht einig werden und ...«

»Wag es ja nicht, das als Entschuldigung zu benutzen!«

Sie stand auf. Gegen ihre schlotternden Knie half nur eins: forsches Hin- und Hergehen.

»Es ist keine Entschuldigung, es ist ein *Grund!* Einer von vielen. Hör zu, Karl, so läuft das nicht!«, rief sie.

Wut blitzte plötzlich in ihren Augen auf. So würde sie sich von ihm nicht behandeln lassen. Okay, sie hatte einiges vermasselt, aber er war in dieser Angelegenheit auch nicht unschuldig und hatte kein Recht, so herablassend zu sein.

»Ich habe einen Fehler gemacht«, wiederholte sie. »Einen großen Fehler. Aber es ist das allererste Mal, dass das passiert ist, und ich schwöre dir, es war auch das letzte Mal. Versuch mal, ein bisschen gerecht zu sein. Das, was ich getan habe, habe ich nur gemacht, weil ich dachte, ich hätte dich verloren. Als du geglaubt hast, du hättest mich verloren, hast du genau dasselbe getan. Du bist keine Spur besser als ich, also tu mir einen Gefallen und fuchtel jetzt nicht mit deinem beschissenen moralischen Zeigefinger herum. Wir sind uns offenbar sehr ähnlich, Karl. Und das war bisher immer unsere Stärke!«

Wow! Wo hatte sie denn das hergeholt? Offensichtlich wurde durch das Hin- und Herlaufen Sauerstoff in ihre Hirnzellen gepumpt. Jedes Wort war absolut zutreffend. Waren sie gemeinsam schuld an allem, was geschehen war? Absolut. Das war kein einspuriger Weg nach Untreuhausen gewesen, sondern eine zweispurige Autobahn. Sie hatte ihre Meinung deutlich gesagt, jetzt sollte er die Wahrheit akzeptieren und die Dinge anpacken. Es machte keinen Sinn, die Sache weiter zu vertiefen. Ihre Rede war beendet. Punkt.

Wieso saß er also vor ihr und schaute sie an, als hätte sie ihm gerade beigebracht, dass sie eine Serienkillerin war und eine Sammlung abgesägter Daumen in Tupperdosen in der Kühltruhe aufbewahrte? Komm schon, Karl, besinn dich und schau nach vorne …

»Du kannst dir einreden, was du willst, Suze«, meinte er mit eisiger Stimme. »Aber du bist eine Lügnerin. Und ich hasse Lügnerinnen.« Mit diesen Worten stand er auf. Der Stuhl fiel polternd um, aber es kümmerte ihn nicht. Kurz vor der Treppe drehte er sich noch mal um. »Ach, und Suze, wir sind uns übrigens kein bisschen ähnlich«, fügte er verächtlich hinzu.

Was fiel ihm ein, sie so zu verurteilen? Er hatte auch Scheiße gebaut. Er hatte sie auch angelogen. Er hatte auch eine Affäre gehabt. Damit waren sie ihrer Ansicht nach quitt. Mindestens.

»Du bist ein selbstgerechtes Arschloch!«, schrie sie. »Und es gibt in der Tat viele Unterschiede zwischen uns. Der Größte ist der, dass ich ein erfolgreiches Unternehmen führe, während du dein ganzes Geld verloren hast. Und wie bin ich damit umgegangen? Ich habe es akzeptiert, Karl. Ich habe dir verziehen. Ich habe sogar versucht, dir zu helfen. Aber nicht einmal, NICHT EIN EINZIGES BESCHISSENES MAL habe ich dich deswegen beschimpft oder gedemütigt. Ich habe zu dir gehalten, du undankbarer Dreckskerl, weil ich dich liebe. Sieh mir also bitte nach, dass ich jetzt von dir erwarte, dass du dasselbe für mich tust.«

Mit diesen Worten ließ Suze ihren sprachlosen Ehemann einfach stehen, schnappte sich ihre Tasche und nahm denselben Weg zur Tür hinaus wie vorher ihre Schwiegermutter. Wütend stieg sie in ihr Auto. Sie war schon fast am Ende der Straße, als ihr einfiel, dass sie ganz vergessen hatte, Mrs. McNee zu beglücken.

Mist!

Wie konnte er nur! Okay, die Sache entbehrte nicht einer gewissen Ironie. Sie war diejenige gewesen, die ihm ihre Untreue gebeichtet hatte, sie war auch diejenige, die aus Empörung über sein Verhalten aus dem Haus gestürmt war. Trotzdem fand sie, dass sie Recht hatte.

Erst im Bad von Zimmer 343 des Hilton (bezahlt mit Karls Kreditkarte) hatte sich ihr Zorn langsam gelegt. Ihr war klar geworden, dass sie – wieder einmal – völlig überreagiert hatte. Wirklich, dieses Mal hatte sie eine ganz neue Skala der Irrationalität erreicht. Eine mit dem Untertitel »Ich bin eine wahnsinnige Psychopathin« oder »Helft mir! Ich bin vollkommen in der Gewalt meiner Hormone«.

Und aus diesem Grund hatte sie an diesem Morgen nach dem Aufwachen einen kurzen Abstecher zum Laden gemacht, die Klamotten angezogen, die sie dort für den Notfall bereithielt, und war anschließend nach Hause gefahren.

Als sie zu Hause angekommen war, war es totenstill gewesen. Sie war leise die Treppe hinaufgeschlichen und ins Schlafzimmer gegangen. Karl hatte noch tief und fest geschlafen. Er lag lang ausgestreckt auf dem Bauch, ein weißes Laken bedeckte seinen Körper bis auf ein Stück nackten Rücken, eine wie ein Rugby-Ball geformte Pobacke und einen muskulösen Oberschenkel. Ihre Libido hatte sofort reagiert. Am liebsten hätte sie sich die Klamotten vom Leib gerissen und wäre auf ihn gesprungen. Wenn alles gut lief, wären sie an der entscheidenden Stelle, ehe er richtig wach wurde und merkte, dass es seine Ehefrau, die betrügerische Verräterin war, die sich da über ihn hermachte. Aber sie bezähmte sich.

Stattdessen hatte sie ein Feuerzeug aus ihrer Tasche genommen und etwas, das ihr immer so viel bedeutet hatte, feierlich in Brand gesteckt. Und wenn er nicht in den nächsten zehn Sekunden erwachte, würde der giftige Rauch sie ganz sicher umbringen, und Mel würde unerwartet in den Besitz ihrer gesamten irdischen Reichtümer gelangen.

In allerletzter Sekunde kam ein Zucken aus Adonis' Richtung. Und noch eins. Er rekelte und kratzte sich (wieso kratzten sich Männer morgens eigentlich immer als Erstes am Hintern?), und dann, ... wow, schoss er in die Senkrechte und forschte nach der Ursache für den penetranten Geruch.

Als er sie entdeckt hatte, machte er einen eindeutig verstörten Eindruck. »Suze, was zum Teufel, tust du da?«

Sein Blick ging von ihr zu den Flammen, wieder zu ihr, zurück zu den Flammen, wieder zu ihr. Okay, sie hatte ihren Standpunkt klargemacht. Hektisch pustete sie den kleinen Feuerball aus, ehe Funken flogen und das Plumeau – hundert Prozent Kunstfasern – in Brand setzten.

Karl starrte auf die rußigen Überreste. Fassungslos schüttelte er den Kopf.

»Ist das etwa ...?«

»Mein Diaphragma«, bestätigte sie. »Ich hatte gehofft, dass dir klar wird, dass ich das Beste bin, was dir je passiert ist, dass du mich bittest, zurückzukommen, und ich dir im Gegenzug verspreche, ab sofort kein Diaphragma mehr zu benutzen, sondern alle Energie darauf zu richten, uns zu Eltern zu machen. Aber ich warne dich. Beklag dich ja nicht, wenn ich fett werde, dicke Füße kriege und mich gebärde wie eine Psychopathin mit Dauer-PMS.«

Er sank zurück in die Kissen, und Suze war einen Moment verunsichert. War er bereits einer Rauchvergiftung erlegen? Es war ja bekannt, dass Männer mit gesunden Lungen besonders anfällig waren für Giftgase und tödliche Herz-Kreislauf-Erkrankungen. Irgendwo hatte sie mal gelesen, dass Wissenschaftler davon ausgingen, dass bei Ausbruch einer Vogelgrippe vor allem Männer zwischen achtzehn und fünfunddreißig erkrankten.

Suze überlegte kurz, ob sie das als Extraargument anführen sollte. Wenn seine Jahre ohnehin gezählt waren, konnte er ihr ebenso gut jetzt verzeihen und dafür sorgen, dass er bis dahin noch so oft wie möglich guten Sex hatte.

Nach einigen langen, besorgniserregenden Momenten seufzte er tief (sein letzter Atemzug?), rieb sich die Augen (offenbar nicht sein letzter Atemzug), fuhr sich mit den Fingern durchs Haar und sah sie dann an.

»Suze«, begann er leise und traurig. »Du ...«

»Ja?«

»... bist absolut ...«

Was? Perfekt? Schön? Bewundernswert?

»... unzurechnungsfähig.«

Er wurde mit einem breiten Grinsen und einem neckischen Stupser ihrer Römersandalette belohnt.

»Aber auch total süß und unwiderstehlich, oder?«

Obwohl er ganz offensichtlich dagegen ankämpfte, begann er plötzlich schallend zu lachen. Zum Glück kam es dieses Mal nicht aus dem *Shining*-Lager.

Es dauerte einen Moment, ehe er sich gefasst hatte. »Aber weißt du was, Suze? Ich kann trotzdem noch immer nicht glauben, dass du das getan hast.«

»Ich weiß. Und glaub mir, Karl, ich werde es ewig bereuen.« Okay, das war eine kleine Notlüge. Aber sie war nur zu seinem Besten. »Vergiss nur nicht, du hast es auch getan.«

Er hob die Hände. »Du hast Recht. Und das sage ich nicht nur so. Als du gestern Abend weg warst, habe ich über das, was du gesagt hast, lange nachgedacht. Ich finde, es ist nachvollziehbar.«

»Gut.« Sie hielt es kurz, weil sie nicht sicher war, was er genau meinte.

»Schwör mir nur, dass du gestern Abend nicht bei ihm warst.«

Sie wäre nicht mal auf die Idee gekommen, dass er das vermuten könnte.

»Karl, ich schwöre dir, es ist aus. Es ist aus seit dem Moment, als wir die Sache zwischen uns geregelt haben. Es war auch eigentlich gar keine richtige Affäre, es war mehr ...«

»Nein!«

Wieder hob er die Hände. Offenbar gab es Dinge, die er nicht unbedingt hören musste. Zeit, die Taktik zu ändern.

»Ich liebe dich, Karl.« Zum ersten Mal war sie ernst und aufrichtig. »Du bist der einzige Mann, den ich je wirklich geliebt habe, und ich möchte, dass das so bleibt.«

Wenigstens bis die Vogelgrippe zuschlug.

»Ich möchte mit dir zusammen sein. Ich möchte Kinder mit dir haben. Und ich werde alles tun, was ich tun muss, damit du mir glaubst. Ich schwöre dir beim Leben deiner Mutter, dass ich dich nie, nie wieder betrügen werde.«

»Ich denke, du hasst meine Mutter.«

»Okay. Aber irgendwen musste ich ja nehmen.«

Dieses Mal lachte er vor Erleichterung. Zeit, die Daumen zu drücken und das Finale einzuleiten.

»Ich weiß, dass ich nie jemanden mehr lieben werde als dich. Kannst du dir vorstellen, eine andere Frau mehr zu lieben als mich?«

Das war ein bisschen gewagt, ging aber nicht anders.

Er sah sie an, zögernd ... Ihr Ungeduldsgen forderte eine schnellere Entscheidung.

»Nein, kann ich nicht. Wir waren beide dumm und haben beide Fehler gemacht. Aber ich liebe dich, Suze.« Karl zog sie zu sich heran und legte seine Hand so in ihren Nacken, dass ihre Knie ganz weich wurden. Seine Lippen waren dicht an ihrem Ohr, als er flüsterte: »Ich finde, wir haben uns gegenseitig verdient.«

Wenn ein Chor in der Nähe gewesen wäre, hätte er jetzt ein spontanes *Halleluja* angestimmt.

Sie drehte sich zu ihm, um ihn zu küssen. Erleichterung und Freude überkamen sie. Sie verwandelten sich in Lust und Gier, als seine Hand auf einmal an ihrer Jeans war, erst den Knopf aufriss, dann den Reißverschluss und dann hineinglitt.

Karl liebte Suze.

Suze liebte Karl.

Und sie waren bereits damit beschäftigt, einen dritten Namen in diese Gleichung einzufügen.

Und dieses Mal wollten sie es beide.

Das Wochenende, an dem Entschlüsse gefasst werden mussten ... dann wieder umgestoßen wurden ... dann wieder gefasst wurden ... dann wieder umgestoßen ... dann wieder ...

38. Kapitel
Geh, wohin dein Herz dich trägt

»Das macht 69,99. Wenn Sie mir Ihren Treuepass geben, stempele ich ihn gerne für Sie ab.«

Die Kundin reichte Josie das pinkfarbene Heftchen, und Josie drückte einen Stempel in Form knallroter Lippen in das nächste freie Feld. »Sie bekommen beim nächsten Einkauf zwanzig Prozent Rabatt oder ein kostenloses Korsett mit passendem Höschen von La Femme Dangereuse.«

»Oh, ich glaube, dann nehme ich das Korsett. Bis nächste Woche.« Die sehr große, sehr breit gebaute Kundin nahm ihre Einkäufe und stöckelte fröhlich winkend aus dem Geschäft.

»Dieser Typ von *Taggart* muss ein Vermögen verdienen – und die Liebe seines Lebens verprasst einen großen Teil davon bei uns«, grübelte Josie laut, bis sie merkte, dass ihr niemand zuhörte.

Sie ging zu Mel hinüber, die am Fenster stand, und hielt ihr ihren Arm hin.

»Wir haben leider keine Papiertücher mehr, aber du kannst gern meinen Ärmel nehmen. Der Pulli ist sowieso reif für die Wäsche.«

Mel lächelte und legte den Arm um Josies Schulter. Dabei starrte sie ununterbrochen weiter auf die gegenüberliegende Straßenseite.

»Ist er schon weg?«, fragte Josie. »Sag mir Bescheid, ich hab Luftballons und Girlanden im Kofferraum. Die Feier könnte also sofort starten.«

»Josie!« Mel sah sie warnend an.

»Okay, okay, ich bin keine gute Freundin, du hast Recht. Was hältst du davon, wenn ich erst auf die Knie sinke und zehn

Minuten lang weine, weil er geht, und danach die Luftballons und die Girlanden hole?«

Gerade, als Mel antworten wollte, kam ein Taxi vorgefahren. Sie hielt die Luft an. Nichts. Niemand kam. Hatte er seinen Entschluss etwa geändert? Nein, unmöglich. Er hatte den Trip zwei Wochen lang geplant, alles minutiös vorbereitet, sich überall verabschiedet. Sogar Karl war vorbeigekommen, um ihm viel Glück zu wünschen. Dabei war er immer noch sauer, dass sein Bruder ihn einfach im Stich ließ.

Auch Virginia schimpfte bei jeder Gelegenheit lautstark über diese alberne Zeit- und Geldverschwendung, wie sie es nannte.

Mel trat nervös von einem Bein aufs andere. Es regte sich immer noch nichts. Vielleicht telefonierte er ja noch kurz mit dem Flughafen, um seinen Flug zu checken. Frankreich, Spanien, Griechenland, von dort nach Indonesien, Malaysia, Thailand, China und dann weiter immer der Nase nach. Er hatte keinen Rückflug gebucht. Wozu auch?

Der Anwalt hatte gesagt, sie seien das verträglichste Paar, das ihm je gegenübergesessen hätte. Aber wozu auch streiten? Eine klare Trennung jetzt, keine mühsame Scheidung in zwei Jahren. Ganz einfach.

Der Taxifahrer hupte, und ihre Nerven flatterten. Josie sagte nichts, legte ihr nur den Arm um die Taille und drückte sie tröstend. Keine Spur von ihm. Sie hatten sich tränenüberströmt voneinander verabschiedet und sich geschworen, auf sich aufzupassen. Er hatte hoch und heilig versprochen, sich alle paar Tage zu melden und nichts zu essen, was nicht anständig durchgekocht war. Dann war sie zur Arbeit gegangen. Denn wenn sie noch eine Sekunde länger geblieben wäre, hätte sie ihn bestürmt zu bleiben, und zwar aus den falschen Gründen: aus Angst vor Veränderungen, Furcht vor der Zukunft, Traurigkeit darüber, sich von jemandem verabschieden zu müssen, den sie liebte. Immer noch …

Sie schluckte, als die Haustür plötzlich aufging. Da war er!

»Cammy!« Josie drehte sich zum Lager um. »Komm und hilf mir, sie festzuhalten, damit sie nicht versucht, sich auf ihn zu stürzen.«

Er sprach jetzt mit dem Taxifahrer, dann richtete er sich auf und schaute zum Laden herüber. Ihr Herz schlug schneller, als er ihr zulächelte und dann … dann … Fahr nicht, Joe. Bitte, fahr nicht.

Er verließ den Gehweg, lief um das Taxi herum und …

Josies Griff wurde fester; Mel wusste nicht, ob es tröstend oder energisch gemeint war.

Noch ein paar Schritte, dann blieb er stehen …

Ihre Rippen drohten unter dem Druck ihres pochenden Herzens zu zerbersten.

O. Mein. Gott. Er würde …

»Komm mit.«

Er bewegte nur die Lippen. Josie umklammerte Mels Schulter, so wie sie es in amerikanischen Krimis gesehen hatte, wenn die Cops einen Verbrecher an der Flucht hinderten. Mels Körper war zum Zerreißen gespannt, als ihr ein stechender Schmerz durch die Brust fuhr.

Sie sollte mit ihm gehen. Warum stand sie so regungslos da und …

Erst als er winkte, merkte sie, dass sich ihr Kopf langsam von einer Seite zur anderen bewegte. Nein, es war gar kein Winken, mehr so eine lässige Handbewegung mit begleitendem Augenzwinkern, wie bei diesen unerträglich schönen Typen in den amerikanischen Sitcoms.

Mel hörte Josie neben sich schimpfen. »Ich hab dir immer gesagt, er ist ein Idiot.«

Und dann war der Idiot verschwunden, und Mel blieb fassungslos zurück. Die Tränen liefen ihr übers Gesicht, als sie dem Taxi nachschaute, mit dem der Mann, den sie immer für ihre Zukunft gehalten hatte, um die Ecke verschwand.

Im nächsten Augenblick verspürte sie erneut einen scharfen Schmerz, weil sie ihn schon jetzt vermisste.

Josie hielt Mel wieder ihren Ärmel vors Gesicht, aber Cammy kam von der anderen Seite mit einer großen Box Papiertücher.

»Die habe ich extra mitgebracht. Ich dachte mir schon, dass das heute ein Kleenex-Tag wird.«

Mel lächelte, zog ein Tuch heraus und trocknete ihr Gesicht.

»Wir könnten den Laden zumachen und zusammen was trinken gehen«, schlug Josie vor.

Mel schüttelte den Kopf. »Ich kann nicht. Ich bin jetzt eine Single-Frau, die eine Hypothek abzuzahlen hat.«

Eine Single-Frau. Joe war weg. Auf und davon. Ihr Ehemann hatte sie verlassen. Hätte sie mit ihm fliegen sollen? Vielleicht. Aber es war ja noch nicht zu spät. Sie konnte ihm folgen, einen späteren Flug nehmen. Aber nein. Ihr Entschluss stand fest, und sie würde ihn nicht umstoßen, selbst wenn das bedeutete, dass sich in ihrem Leben ein paar Dinge veränderten.

Joe hatte angeboten, ihr einen Teil des Geldes zu geben, aber sie hatte abgelehnt. Es stand ihr nicht zu, und außerdem hatte sie ja ihren Laden. Das war alles, was sie brauchte. Es würde schwierig werden, aber sie würde es schon schaffen. Und wenn nicht, konnte sie sich immer noch einen anderen Job suchen. Bei dem bloßen Gedanken wurde ihr übel, aber es war immerhin eine Option. Sie könnte Josie und Cammy damit beauftragen, sich um den Laden zu kümmern, und sich was Neues suchen, das ihr genügend Flexibilität gab, um beides zu managen.

Na also. Ihr alter Optimismus schien zurückzukehren. Es würde alles gut werden. Das musste es. Und irgendwie war es ja auch spannend. Zum ersten Mal in ihrem Leben war sie niemandem mehr Rechenschaft schuldig. Ihren Eltern nicht. Joe nicht. Niemandem. Sie war eine freie, unabhängige Frau, selbst verantwortlich für ihr Schicksal … wow, jetzt wurde sie ein bisschen Lord-of-the-Rings-mäßig. Also Ruhe bewahren und überlegen, wie man den Gewinn um dreißig Prozent steigern konnte.

Mel wurde wieder nachdenklich. Vielleicht hätte sie doch mit ihm fliegen sollen. Wie viele Leute bekamen schließlich die Chance, sich diese Freiheit zu gönnen, zu reisen, wohin sie wollten, und zu tun, wozu sie gerade Lust hatten? Vielleicht hätte sie das näher zusammengebracht, ihre Probleme gelöst, ihre lebenslange Bindung gefestigt. Vielleicht ...

Josie zerrte sie zum Büro. Im Laden war nur ein einziger Kunde, um den sich Cammy kümmern konnte. Armer Cammy. Nachdem sie ihn mit Suze erwischt hatte, war er ein paar Tage lang etwas angeschlagen gewesen, aber dann hatten sie sich irgendwann abends bei einer Flasche Wein ausgesprochen. Zwischen ihnen beiden würde nie etwas sein. Die kurze Schwärmerei war genauso schnell verschwunden, wie sie gekommen war, und ihnen beiden war klar, dass ihre Beziehung nie anders als platonisch sein würde. Sie hatte erst ein bisschen geweint, und er war traurig gewesen, aber inzwischen waren ihre alte unbekümmerte Freundschaft und ihre gegenseitige Zuneigung wiederhergestellt.

Es war auch gar nicht viel Zeit geblieben, lange über Vergangenes nachzudenken, denn sie waren mit einem neuen Spiel beschäftigt gewesen. Es hieß »Flucht vor dem Ehemann«. Die Regeln waren ganz einfach: Jedes Mal wenn sich Karl auf hundert Meter dem Laden näherte, wurde Cammy eilig ins Lager geschickt, bis die Luft wieder rein war. Und da sich Karls neu belebte Zuneigung zu seiner Frau unter anderem darin zeigte, dass er mindestens zweimal am Tag bei *Pluckers* auftauchte, hatte Mel schon überlegt, den Lagerraum mit einem Vorrat an Konserven, Wasser, einem Campingklo und einer Spielkonsole auszustatten.

Seufzend warf sie einen Blick auf ihre Armbanduhr. Er war noch nicht ganz fünf Minuten fort. Wahrscheinlich hatte er nicht mal die Stadt verlassen. Also noch genügend Zeit, ihm nachzufahren …

Sobald sie im Büro waren, ließ Josie den Wasserkocher volllaufen und stellte ihn auf den Schreibtisch.

»Okay, ich muss jetzt genau wissen, wie lange wir warten müssen, ehe wir über ernste Themen mit dir reden können«, sagte sie, schaltete den Wasserkocher ein und fischte eine Packung Schokokekse aus ihrer Handtasche.

»Wie ernst? Leicht peinlich oder grenzwertig beleidigend?«

»Weder noch. Bloß sehr persönlich und möglicherweise etwas indiskret.«

Hallo, Sorgen, seid ihr noch da?

Mel schluckte, bevor sie antwortete. Bei Josie konnte persönlich und indiskret alles bedeuten. Vom Wunsch, bei ihrer nächsten Darmspiegelung dabei zu sein, bis zur Erörterung einer Geschichte, die mit Sex auf einer Zugtoilette zu tun hatte.

»Okay, schieß los. Aber wenn es irgendwas mit Pornographie zu tun hat, lautet meine Antwort nein.«

Josie hätte ihre Frage behutsam vorbereiten können, sie hätte sie in blumige Sprache packen können, sie hätte ein paar beruhigende Worte vorausschicken können, um Mel auf die Situation einzustimmen. Aber sie war Josie und näherte sich dem Thema daher mit der ihr eigenen Holzhammermethode.

»Jetzt, wo Joe weg ist, kannst du dir doch leisten, den Laden zu behalten, und trotzdem noch ein bisschen Spaß am Leben haben? Sorry, dass ich dich das frage, Mel. Wir machen jeden Abend die Kasse, und wir wissen, was das bedeutet. Alle Gewinne sind immer der Firma zugeflossen. Kannst du dir leisten, dir ein Gehalt auszuzahlen?«

Aha. Die arme Josie hatte Angst, sie müssten den Laden schließen und würden ihren Job verlieren. Mel hatte auf einmal ein schlechtes Gewissen. Sie hätte sie längst beiseitenehmen und mit ihr reden müssen, ihr versichern müssen, dass ihr Job nicht gefährdet war, ganz gleich, was passierte. Aber Josie machte so einen unerschütterlichen Eindruck, dass Mel ganz vergessen hatte, dass sie im Grunde eine Frau kurz vor dem Rentenalter war, die Angst und Sorgen um ihre Zukunft hatte.

»Josie, es tut mir so leid, ich hätte viel eher mit dir darüber sprechen sollen. Hör zu, dein Job hier ist sicher und wird es auch immer bleiben. Bitte mach dir keine Sorgen, dass du je arbeitslos werden könntest.«

»Ach, Unfug, darüber mache ich mir gar keine Sorgen, Schätzchen. Ich habe im letzten Monat drei Anrufe von Headhuntern bekommen. Ich schwöre dir, wenn diese Ziege von Strings & Dings noch mal hier reinkommt, werde ich sie wegen Belästigung verhaften lassen. Und überhaupt! Haarpflegeprodukte und Unterhosen in einem Laden? Wie soll das denn gehen? Wahrscheinlich hat sie zu viel Haarspray geschnüffelt.«

Mel war irritiert. Und nahm sich vor, diesem Personal stehlenden Weib von Strings & Dings ab sofort Hausverbot zu erteilen.

Jetzt war er schon zehn Minuten fort. Er würde auf der M 8 sein, der Autobahn, die direkt zum Flughafen führte. Sie könnte ihn anrufen. Er hatte ja sein Handy dabei. Sie könnte die Kurzwahltaste drücken und …

»Also, kannst du dir das leisten, Mel?«

Mel sah Josie an. Sie hatte sich über ihr aufgebaut und musterte sie durchdringend.

»Ich weiß nicht, Josie. Ich weiß es wirklich nicht.«

Eine dicke runde perfekte Träne kullerte aus ihrem Auge und tropfte auf ihren Schoß. Was hatte sie sich gedacht? Das war wirklich das Leichtsinnigste und Dümmste, was sie je getan hatte. Was, wenn der Laden plötzlich nicht mehr lief oder irgendein Problem auftauchte, das eine größere Summe Geld erforderte? Sie hatte keinerlei Rücklagen. Die Holding-Gesellschaft der Marshalls mochte inzwischen entschuldet sein, aber es war völlig ausgeschlossen, Karl oder Joe um Geld zu bitten. Das war unmöglich. Optimismus, blinder Optimismus hatte sie geblendet. Und jetzt, da Joe weg war und die Wirklichkeit sie langsam einholte, wurde ihr klar, dass sie einen Fehler gemacht hatte. Es war Wahnsinn. Absoluter Irrsinn. Sie hätte ihr Leben in eine Richtung lenken können, zu der der Mann, den sie liebte, gehörte, Sonne, und ein riesiges Abenteuer. Stattdessen hatte sie sich für Einsamkeit, Sorgen und Armut entschieden.

Er würde noch nicht mal am Flughafen sein. Es war immer noch Zeit, immer noch Gelegenheit …

39. Kapitel
Herz-Ass

»Okay, ich hab also richtig verstanden? Ihr wollt in unser Unternehmen investieren?« Suze redete wie Bruce Willis mit einem der dynamitstrotzenden Bösewichte in *Stirb Langsam 1,2,3* oder *4*.

»Ich weiß, das klingt bescheuert«, antwortete Avril, ohne von dem pfauenblauen Lack aufzuschauen, den sie sich seit zehn Minuten auf die Zehennägel pinselte.

Es war ziemlich eng im Personalraum des Beautysalons, aber irgendwie hatten es alle geschafft, sich hineinzudrängen: Josie, Mel, Suze, Avril und der sehr große Mann mit der Hautfarbe, die Suze entfernt an die Farbe erinnerte, mit dem sie ihr Gartenhäuschen immer strichen.

Josie hatte sie gegenseitig vorgestellt, sobald sie alle zusammen gewesen waren – oder besser gesagt, nachdem Avril den Fremden angeschaut und verächtlich als Loser! tituliert hatte, woraufhin er das Kompliment mit Zicke! zurückgegeben hatte. Dann waren sie beide in großes Gekicher ausgebrochen und hatten sich gute zehn Sekunden lang in den Armen gelegen. Suze hatte sich im Stillen vorgenommen, Avril das Trinken vor der Arbeit zu verbieten.

»Also, das ist mein Sohn Michael. Er ist heute Morgen mit dem Flieger aus Rom gekommen«, hatte Josie verkündet, und der Stolz war ihr ins Gesicht geschrieben gewesen. »Wir möchten euch einen Vorschlag machen. Natürlich völlig unverbindlich …«

»Hat sie eine Kalaschnikow in der Handtasche?«, hatte Suze Mel zugeflüstert.

»Keine Ahnung. Hatte keine Zeit, sie zu filzen.«

Josie warf ihnen einen drohenden Blick zu, dann fuhr sie fort. »Aber wir glauben, dass unser Vorschlag allen zugute kommen könnte. Suze, würdest du vielleicht aufhören, dir den Rücken zu halten und so ein gequältes Gesicht zu machen?«

Sofort ließ Suze die Hände sinken. Sie war inzwischen so darauf fixiert, schwanger zu werden, dass sie schon an Phantomrückenschmerzen litt und …

Avril unterbrach sie. »Das ist ja noch gar nichts. Als wir heute Morgen reingekommen sind, hab ich sie an der Toilettentür erwischt. Sie stand einfach da und wartete darauf, dass ihr endlich übel wird.«

»Es könnte jederzeit so weit sein«, hatte Suze beleidigt geantwortet.

»Oh, sind Sie schwanger? Herzlichen Glückwunsch.« Michael hatte freundlich gelächelt.

»Nein, wir üben noch, aber es wird sicher nicht mehr lange dauern.«

Avril verzog das Gesicht. »Sie üben jetzt seit vierzehn Tagen. Sie hat schon die Möbel fürs Kinderzimmer bestellt, und wir können nirgends mehr hingehen, weil sie alle zehn Minuten aufs Klo muss.«

Spätestens da hatte Michael ein besorgtes Gesicht gemacht. »Mum, ist das hier immer so?«

»Absolut, mein Junge«, hatte Josie strahlend geantwortet.

Als Suze die zwei jetzt ansah, erkannte sie die Ähnlichkeit zwischen ihnen. Michael hatte ganz offensichtlich die Statur seiner Mutter geerbt. Er musste an die eins neunzig groß sein. Sie überlegte kurz, ob diese Neigung zur Größe auch auf seinen … Nein! Wie konnte sie so was auch nur denken? Sie war eine verheiratete und bald auch schwangere Frau.

Suze schätzte Michael auf Mitte dreißig, vielleicht ein bisschen jünger. Schwer zu sagen, denn er hatte dieses geheimnisvolle Gesicht des jungen Robert de Niro. Ja, das war es! Er sah aus wie ein Italiener: pechschwarze Haare, braune Augen und eine Nase, die definitiv römisch war. Suze fand ihn ... interessant. Nicht schön im klassischen Sinn, nicht die Wow!-Kategorie wie Karl und Cammy, aber durchaus nicht unansehnlich.

Sie hatte keine Zeit, weiter darüber zu sinnieren, weil Josie nun ihre Geschäftsidee vortrug.

»Also, wir haben uns Folgendes überlegt: Michael ...«, sie strahlte wieder, »... zieht zurück nach Glasgow, weil seine neurotische Schlampe von Ehefrau mit dem Bäcker durchgebrannt ist.«

Suze schüttelte den Kopf. So etwas konnte man wirklich nicht erfinden. Vorsichtig schaute sie in Mels Richtung. Ihre Freundin wirkte angeschlagen. Und traurig. Dieser verfluchte Joe. Wie konnte er sie einfach so verlassen? Sie konnte immer noch nicht fassen, dass Mel nicht mit ihm geflogen war, sich aber auch nicht vorstellen, dass dies das Ende sein sollte. Die zwei waren doch füreinander geschaffen. Es war einfach nicht richtig, dass Mel hier traurig herumsaß, während Joe durch die halbe Welt reiste und sich vermutlich auch nicht viel besser fühlte. Es war einfach nicht richtig, dass ihre Ehe wegen eines blöden Fehlers explodiert war, der ganz sicher nicht halb so schlimm war wie die Fehler, die sie und Karl gemacht hatten. Wenn sie es geschafft hatten, sich zu versöhnen, konnten Mel und Joe das doch auch, oder nicht?

Aber was wusste sie schon! Hatte sie nicht schon mehrfach bewiesen, dass ihr Gespür für Beziehungen nicht viel ausgeprägter war als ihre Fähigkeit, eine, na sagen wir, zehnminütige Lobrede auf ihre Schwiegermutter zu halten? Auf Chinesisch. Es machte keinen Sinn, sich da einzumischen. Das Einzige was sie tun konnte, war, Mel Trost anzubieten und sie später zu einer alkoholgestützten Selbsthilfeeinheit einzuladen. Es sei denn, es stellte sich innerhalb der nächsten sechs Stunden doch noch heraus, dass sie schwanger war.

»He, Ma Walton, hörst du mir eigentlich zu?«

»Klar, Josie. Red nur weiter.«

»Danke. Michael hat also zwei Töchter und will deshalb abwechselnd einen Monat hier und einen Monat in Italien verbringen. Er hat sich überlegt, für seine Restaurants in Italien einen Geschäftsführer einzustellen und sich in Glasgow nach neuen Geschäftsmöglichkeiten umzusehen, in die er investieren kann.«

Suze war tief beeindruckt. Wer hätte gedacht, dass Josie den Chef eines internationalen Großkonzerns zur Welt gebracht hatte?

»Wir möchten euch nun folgenden Vorschlag machen: Michael, Avril und ich werden ein neues Unternehmen gründen und würden gern als Partner in den Beautysalon und in den Laden investieren. Alles würde genauso weiterlaufen wie bisher. Suze, du kannst dir Avrils ewiger Zuneigung sicher sein, Mel, du dir meiner«, hatte sie versichert.

Und das war die Stelle gewesen, als Suze Bruce Willis gegeben hatte: »Okay, ich hab also richtig verstanden? Ihr wollt in unser Unternehmen investieren?« Und verstört hinzugefügt hatte: »Aber ich habe doch schon Partner. Karl, Joe, Mel und ich sind doch ein Team.«

»Und du weißt, wie super das bisher funktioniert hat«, antwortete Avril höhnisch.

Die Bemerkung entfachte bei Suze neu entdeckte Loyalität. »He, hör ja auf …«

Michael schaltete sich ein. »Ladys, wenn Sie sich dabei unwohl fühlen, ist das gar kein Problem. Aber – ich hoffe, Sie nehmen mir das nicht übel, Mel – meine Mum hat mir die Situation geschildert, ein paar Zahlen genannt und …«

»Das ist Industriespionage«, zischte Suze in Avrils Richtung.

»Beiß mich doch!«, lautete die Antwort.

Michael machte zwar einen zunehmend besorgten Eindruck, ließ sich jedoch nicht beirren. »Ich hatte nur gedacht, es sei eine Möglichkeit, vor allem für Sie, Mel. Beide Läden machen Gewinn, wenn auch keinen substanziellen. Aber das würde sich mit dem richtigen Marketing und Investment ändern. Deshalb wäre mein Vorschlag, Anteile an jedem Laden von der Marshall Holding zu erwerben. Sie würden weiterhin die Mehrheit halten, entweder als Vertreterinnen der Holding oder als Privatpersonen, und Mum und Avril würden zu Ihren Juniorpartnerinnen. Aber wie gesagt, das soll lediglich ein Angebot sein. Mum und Avril arbeiten gerne für Sie, daher erschien es mir eine gute Idee ...

Seine Miene machte mehr als deutlich, dass er an diesem Entschluss zu zweifeln schien.

Suze atmete tief aus. Sie versuchte, die Gedanken an Kinderwagen und Dinosauriertapeten aus ihrem Kopf zu vertreiben und sich stattdessen auf ihre pragmatischen Analysefähigkeiten zu besinnen.

Im Grunde war die Idee wirklich nicht schlecht. Seit Gründung der beiden Geschäfte hatten Karl und Joe nichts mehr investiert; alle Gewinne waren in das große schwarze Loch namens Marshall Holding geflossen. Insgesamt hatte das Unternehmen zwar schwarze Zahlen geschrieben, aber sie hatten nie Rücklagen für eine mögliche Expansion oder Entwicklung bilden können.

Wenn die Läden jedoch mit einem potenten Geldgeber im Hintergrund weitergeführt würden, der seine große Brieftasche aus seiner großen ... Gesäßtasche zog ... Wirklich kein schlechter Gedanke. Sie und Mel könnten ihre Geschäfte unabhängig weiterführen, Karl könnte sich ausschließlich um sein Bauunternehmen kümmern, und Joe könnte weiterhin durch die Welt reisen, bis er kein Geld mehr hatte oder sich eine schreckliche Tropenkrankheit zuzog und in einem Quarantänezelt nach Hause geflogen werden musste.

Ja, dieser Michael war definitiv potent. Sehr potent.

»Außerdem gäbe es für dich noch einen weiteren echten Vorteil, Suze«, meinte Avril mit der ihr eigenen Nonchalance.

»Nämlich?«

»Du hättest einen Geschäftspartner, der sehr verständnisvoll ist, wenn es um Mutterschaftsurlaub geht.«

Suze kam spontan zu dem Schluss, dass das die beste Idee war, von der sie je gehört hatte.

Aber es war nicht allein ihre Entscheidung. Joe und Karl waren kein Problem. Nach dem ganzen Theater der letzten Monate würden sie sicher sofort zustimmen. Aber was war mit Mel? Suze wandte sich an die Frau neben ihr, die in den letzten Wochen so viel durchgemacht hatte, ohne dass sie eine Schuld getroffen hatte. Mel war immer solidarisch gewesen, hatte immer darauf geschaut, dass alle glücklich und zufrieden waren. Also sollte sie das letzte Wort haben.

»Mel, Süße, was denkst du?«

40. Kapitel
Gib mir mein Herz zurück

Tja, was dachte sie?

Sie dachte, dass er inzwischen am Terminal angekommen sein musste. Er würde an der Bar in der Abfluglounge sitzen, bei einem Bier. In seiner Nähe würde eine Horde kichernder Mädchen stehen, unterwegs zu einem Junggesellinnenabschiedstrip nach Magaluff. Sie würden die hübscheste von ihnen bedrängen, ihn nach seiner Telefonnummer zu fragen.

Sie dachte, dass er sein Handy in der Hand halten und überlegen würde, ob er sie noch einmal anrufen sollte, um sich ein letztes Mal zu verabschieden. Oder vielleicht um einen letzten Versuch zu starten, sie zum Mitkommen zu überreden.

Sie dachte, dass, ganz gleich wie schlecht er sich jetzt fühlte, ein Teil von ihm wusste, dass er die richtige Entscheidung getroffen hatte. Und das würde ihn davon abhalten, seine Tasche zu nehmen, das Flughafengebäude zu verlassen, ins nächste Taxi zu steigen und zu ihr zurückzukommen.

Sie dachte, dass sie noch ein Jahr zuvor für ihn durchs Feuer gegangen wäre. Bis ans Ende der Welt wäre sie gelaufen, um bei ihm zu sein. Sie saß regungslos im Personalraum des Beautysalons, obwohl sie ihn schon jetzt so vermisste, dass es wehtat.

Sie dachte, dass in einem Liebesfilm mit Kate Hudson, Kate längst im Taxi sitzen und zum Flughafen rasen würde. Sie würde trotz ihrer Tränen wunderschön aussehen und das Gate gerade rechtzeitig erreichen, ehe er in den Flieger entschwand. Sie würde ihn leidenschaftlich küssen, und die umstehenden Passagiere würden gerührt applaudieren.

Und sie dachte, dass sie genau das auch haben könnte, wenn sie sich beeilte.

Das Wochenende, an dem sich das Leben einiger veränderte, Herzen geheilt wurden und nur eine einzige Situation zu entgleisen drohte ...

41. Kapitel
Mit Herz und Seele

Mel blinzelte. Sie blinzelte noch einmal, dann schob sie das weiße Laken von sich. Gott, war das heiß. Tropisch. Sie streckte den Arm aus und betastete das Bett neben sich. Leer. Wieso war es leer? Sie setzte sich auf und merkte, dass ihr ein Schweißtropfen zwischen den Brüsten hinabrann. Ihr Herz begann schneller zu schlagen, bis ein Geräusch aus einem anderen Zimmer sie erleichtert aufatmen ließ. Alles war in Ordnung. Er war da. Genau da, wo er sein sollte.

»Alles okay?«

Suze brauchte ein paar Sekunden, um zu begreifen, dass der Teenager im Kapuzenshirt mit der unreinen Haut und dem coolen Gang sie meinte. Verdammt, er konnte höchstens sechzehn sein – was tat er hier? Das hier war ein Ort für Erwachsene, nicht für pubertäre Jungs. Saßen die nicht in irgendwelchen Parks herum, tranken Cidre und rauchten selbst gedrehte Zigaretten zweifelhaften Ursprungs?

»Sehe ich so aus, als ob alles okay wäre?«

»Nein«, bestätigte er.

»Sehr gut, mein Junge, du wirst es weit bringen.«

Der pubertäre Jüngling murmelte irgendwas und verzog sich. Sie blieb zurück und starrte regungslos auf die beiden Personen vor sich. Sie waren in ein Gespräch vertieft und merkten nicht mal, dass sie sie beobachtete. Hatte er nicht gesagt, dass er heute arbeiten müsste? Irgendein wichtiges Meeting, das er angeblich nicht absagen könnte. Und jetzt stand er hier, und was noch schlimmer war: Er hatte sein Versprechen gebrochen. Er hatte geschworen, sie auf keinen Fall anzurufen, und jetzt … jetzt war Karl Marshall gleich ein toter Mann.

»Ich hab dir einen Kaffee mitgebracht«, sagte Joe leise und hielt ihr einen orangefarbenen Becher hin. Er trug die Aufschrift SEX BEUGT EINEM HERZINFARKT VOR – LUST AUF EINE RUNDE VORSORGE?

»Soll das ein Angebot sein?«, fragte sie und streckte sich genüsslich. Dass er dabei jeden Millimeter ihres nackten Körpers sehen konnte, störte sie nicht.

Er streckte die Hand aus und nahm ihr die Tasse wieder ab, nachdem sie getrunken hatte. Dann schlüpfte er neben ihr ins Bett und seufzte. Die letzten vier Wochen waren fantastisch gewesen! Genau wie damals, als er Mel gerade kennen gelernt hatte. Erschöpfend, orgiastisch. Und er war fest entschlossen, jede Minute zu genießen.

Seine Nackenhaare richteten sich auf. So musste sich ein Verbrecher fühlen, wenn er in der Falle saß und die Waffe eines Scharfschützen auf ihn gerichtet war. Karl hörte auf zu reden und drehte sich langsam um, bis er in das Gesicht seiner Frau sehen konnte. Er wusste, dass er einen Fehler gemacht hatte. Er wusste, dass er ein Versprechen gebrochen hatte. Und er wusste, dass sie ihn dafür bestrafen würde.

»Kann ich mit dir reden?«

Ihre Stimme hatte die Wärme und Geschmeidigkeit eines Tiefkühltruheneinsatzes. In der Arktis. Wie hatte er nur so dumm sein können? Wie hatte er das zulassen können? Hatten sie das nicht tausendmal durchgesprochen?

»Suze, ich habe …«

»Unter vier Augen!«, zischte sie. Er sah sich nervös um. Hier hatte er wenigstens noch Zeugen. Aber es half nichts. Widerstrebend folgte er ihr zu einem abgelegenen Notausgang.

»Verdammte Scheiße, was …« Sie stoppte mitten im Satz. Nein, sie würde jetzt nicht die Nerven verlieren. Sie würde tief durchatmen und die Ruhe bewahren. »Ich kann einfach nicht fassen, dass du sie mitgebracht hast.«

»Suze, es tut mir so leid. Ich habe …«

Ihre erhobene Hand brachte ihn zum Schweigen. Nein, so sollte es zwischen ihnen nicht mehr sein. Inzwischen waren sie doch nun wirklich über so was hinaus.

»Hör auf, Karl. Genug davon! Ich will das gar nicht mit dir diskutieren, denn wenn ich das tue, findest du dich anschließend tot in irgendeinem Müllcontainer wieder. Ich … ich … ich … muss mich ohnehin daran gewöhnen, dass es noch eine Frau in deinem Leben geben wird.«

Er starrte sie an, ungläubig.

»Du meinst …?«

Suze öffnete ihre Tasche und zog die kleine körnige Schwarzweißaufnahme heraus, die sie gerade erhalten hatte. Sie brach in Tränen aus und nickte. »Es ist ein Mädchen.«

Mehrere Jubelschreie und drei Freudentänze um den Feuerlöscher später boxte er in die Luft. »Verdammt, noch eine Frau in meinem Leben!«

»Als ob du nicht genug Probleme hättest, was?« Suze lachte. »Okay, jetzt geh zu ihr und verkünde ihr die gute Nachricht. Und … Karl …«

»Ja, Schatz?«

»Wenn du deine Mutter noch ein einziges Mal zu einem Frauenarzttermin mitbringst, werden deine Tochter und ich dir bis ans Ende deiner Tage Vorwürfe machen.«

Unheilvolle Worte, aber das breite Grinsen in Karl Marshalls Gesicht ließ darauf schließen, dass er sich nichts mehr wünschte.

»Hey«, fragte Joe. »Mit wem hast du gerade telefoniert?«

»Mit Suze. Sie waren beim Arzt und haben erfahren, dass sie ein Mädchen bekommen.«

»Das ist ja toll. Obwohl … Ich bin mir nicht sicher, ob die Welt noch eine zweite Suze verkraften kann.«

Mel lachte, als ihr klar wurde, dass sie genau dasselbe gedacht hatte. Sie liebte ihre beste Freundin wie verrückt, aber sie hoffte, dass das Baby genug Gene von Karl hatte, damit es nicht zur Katastrophe kam.

»Du klingst müde«, sagte er.

»Bin ich auch. Ich hab schlecht geschlafen. Es war schrecklich warm.«

»Lässt du immer noch nachts die Heizung an?«

»Wie bitte?«

»Ich sagte …«

»Ja.«

Mel lachte. Die Zeitverzögerung in der Leitung war nur ganz kurz, aber manchmal führte sie trotzdem zu einigem Durcheinander. Und die Tatsache, dass ein sechzehn Pfund schwerer Labradorwelpe die ganze Zeit versuchte, an ihrem Telefonkabel zu kauen, machte die Sache nicht gerade einfacher.

»Ich möchte nicht, dass Bob in der Küche friert. Auch wenn er gar nicht mehr dort schläft. Du hattest natürlich Recht. Ich habe gestern Abend nachgegeben und ihn zu mir gelassen.«

»Das war doch nur eine Frage der Zeit«, antwortete Joe.

Auch wenn er zehntausend Meilen von ihr entfernt war, wusste sie genau, dass er lächelte.

»Mel, ich muss dir was sagen. Ich …«

»Ich weiß schon.«

Auch das wusste sie ganz genau. Sie hatte es bei seinen letzten Anrufen an seiner Stimme gehört: der letzte Rest Niedergeschlagenheit war verschwunden, stattdessen hatte er aufgeregt geklungen, enthusiastisch. Diese Begeisterung kannte sie von ihm. Sie hatte sie selbst erlebt: vor vielen Jahren am Strand von Fuenguirola. Joe hatte eine Frau kennen gelernt.

»Aber woher …?«

»Nennen wir es einfach Intuition. Ist sie nett?«

»Ja. Sie heißt Ellie, eine Australierin. Aber Mel. Ein Stück von …«, er stockte, und seine Stimme war schwer und belegt.

»Auch das weiß ich«, flüsterte sie. »Joe, du bist genau da, wo du sein musst. So wie ich. Ein Stück von mir wird auch dich immer lieben.«

Nachdem sie aufgelegt hatte, wusste sie, dass sie Recht hatte. Er befand sich an irgendeinem windumtosten Strand, und sie war im windumtosten Glasgow, mit einem Labrador namens Bob, der sich gerade über einen ihrer Schuhe hermachte. Und sie war nie glücklicher gewesen.

Epilog

»Völlig ausgeschlossen, dass das hier ein 80 DD ist. Das ist doch Unfug! Daran ist nur dieses blöde Europäische Parlament schuld. Ein Haufen nutzloser Besserwisser. Alles, was sie bisher zustande gebracht haben, ist, die BH-Größen durcheinanderzubringen!«

»Recht hast du, Senga. Und Würstchen. Würstchen sind definitiv kleiner geworden, seit sie uns gezwungen haben, in Kilogramm und Liter und diesem ganzen anderen Mist zu rechnen.«

»Ich werd mal ein Wörtchen mit meinem Edwin reden. Wenn einer was von Politik versteht, dann ist das mein Edwin.«

Die drei Vertreterinnen der Paisley Six kreischten wild durcheinander. Mel massierte ihren Unterkiefer, der vom vielen Lachen schon ganz wehtat. Senga und ihre Freundinnen waren zwei Stunden zuvor bei ihnen eingefallen, und seither waren sie aus dem Lachen nicht mehr herausgekommen. Dieses Mal hatte es gleich zwei Anlässe zum Feiern gegeben: ein weiterer Bingo-Sieg (achthundert Mäuse für Montana, die natürlich durch sechs geteilt wurden) und ein Einkaufsbummel, bei dem alle Utensilien für Sengas Junggesellinnenabschied besorgt werden mussten.

Tatsächlich, zur Überraschung aller, die die beiden kannten, hatte sich zwischen dem konservativen Stadtrat Edwin Davidson und Senga Summers, der üppigen, lebenslustigen Neunundvierzigjährigen in Windeseile eine Romanze entsponnen. Ihren vorläufigen Höhepunkt hatte sie erreicht, als er ihr mitten in einer öffentlichen Stadtratsitzung, in der über die künftige Organisation der Müllentsorgung entschieden werden sollte, einen atemberaubend romantischen Heiratsantrag gemacht hatte.

Und zur Freude aller Anwesenden hatte sie ihn angenommen, indem sie nach vorn gestürmt war, sich auf das Rednerpult gestürzt und ihn schätzungsweise zweieinhalb Minuten lang abgeknutscht hatte. Die Episode hatte sogar für Schlagzeilen auf der Titelseite der *Daily Record* gesorgt.

Hinter dem neuen Wanddurchbruch rührte sich etwas, und Mel beugte sich über einen Stapel Nippelquasten, um zu sehen, was los war. Die bogenförmige Wandöffnung war Josies Idee gewesen. So waren beide Läden miteinander verbunden und profitierten jeweils von den Kunden des anderen. Es war genial, und Mel konnte nicht fassen, dass sie nicht schon vorher darauf gekommen waren.

Josie und Avril als Partnerinnen zu übernehmen war ohnehin das Beste, was ihnen passieren konnte. Karl und Joe hatten die Läden und alles, was dazu gehörte, bereitwillig an die Frauen überschrieben und den neuen Partnerschaften zugestimmt. Das Konzept war von Anfang an aufgegangen. Josie war der Kopf hinter einer Serie regelmäßig stattfindender Fashion Shows, die in Zusammenarbeit mit anderen exklusiven Geschäften in der Stadt organisiert wurden. Avril hatte erstklassige Kataloge entworfen und sich mit PR-Agenturen in Verbindung gesetzt, die ihnen nun die Gästelisten sämtlicher wichtiger Events in der Stadt zur Verfügung stellten. Alle VIP-Gäste wurden ab sofort eingeladen, sich schminken und frisieren und anschließend zu den exklusiven Locations chauffieren zu lassen. Gegen Bezahlung, das verstand sich von selbst.

Avril hatte außerdem ihre Kontakte in der Modelszene genutzt, um ein Format mit Schminktipps in einer wöchentlichen Fernsehshow zu etablieren. Das war Werbung, die mit Geld nicht zu bezahlen war und die in Kombination mit den neuen Marketing- und Promotion-Strategien so erfolgreich war, dass sie zusätzliches Personal einstellen mussten, um dem Ansturm der Kunden gerecht zu werden.

Auch Michael hatte sich als echte Bereicherung entpuppt –

in jeglicher Hinsicht. Er verbrachte wie geplant jeden zweiten Monat in Glasgow – anfangs arbeitete er im Hintergrund. Er hatte neue Websites für die beiden Geschäfte entwickelt und den Internethandel vorangetrieben, sodass sie Unterwäsche und Kosmetikprodukte nun auch online vertrieben. Hätte Mel geahnt, wie lukrativ das war, hätte sie diese Art der Vermarktung schon viel früher eingeführt.

In nur sechs Monaten hatten sie eine Gewinnzone erreicht, deren Dimension ihnen im letzten Jahr noch wie ein Lottogewinn vorgekommen wäre.

»Lieber Gott, Jean, was ist los mit dir? Du siehst aus, als würdest du jeden Moment zusammenbrechen.«

Die Unruhe jenseits des Wanddurchbruchs materialisierte sich in Gestalt von Jean und Ina. Erstere klammerte sich stöhnend an Inas Arm. Montana sprang von ihrem Sessel, um ihr Platz zu machen, und Jean ließ sich dankbar hineinfallen.

»Ich fühle mich … ich fühle mich … Meine Güte, Senga, warum hast du mir geraten, es mal mit Brasilianisch zu versuchen? Das war ein Affront gegen die Frauheit.«

Senga riss die Hand an den Mund. »Jean, ich habe gesagt SCHWEDISCH! Du solltest eine schwedische Massage probieren. Hast du mir denn nicht zugehört?«

Jeans verzweifelte Miene sagte alles. »Ich wusste nur noch, dass es irgendein Land war. Als ich Brasilianisch auf der Preisliste gelesen habe …«

Im Hintergrund hörte man verstohlenes Kichern.

»Na ja«, meinte Jean zerknirscht. »Ich hätte wissen müssen, dass was falsch lief, als sie mir sagten, ich solle meine Unterhose ausziehen und mich weit öffnen.«

Jetzt gab es kein Halten mehr. Schallendes Gelächter erfüllte den Raum.

»Ich sollte nur meinen Angus für heute Abend vorwarnen. So ein Schock könnte seinem schwachen Herzen den Rest geben.«

In diesem Moment erschien Suze. Sie hatte den letzten Satz noch mitbekommen und kniff sofort die Beine zusammen.

»Hör sofort auf, Jean, sonst passiert ein Unglück. Ich habe gestern Abend einen super witzigen Film im Fernsehen gesehen und hätte mir vor Lachen fast in die Hose gemacht. Ich finde, bestimmte Filme sollten für Schwangere verboten werden.«

Jetzt stand Ida auf und bot Suze ihren Sitzplatz an. Nicht, dass Suze ihn unbedingt gebraucht hätte. Aber angesichts der Mischung aus dickem Bauch, Rückenschmerzen und verrückt spielenden Hormonen war Suze inzwischen davon überzeugt, dass dies ihre erste und letzte Schwangerschaft sein würde, und nutzte daher gnadenlos alle Vorzüge aus, die sie bekommen konnte.

»Ach, übrigens, Mädels, ich hab ganz vergessen, euch zu sagen, dass Cammy liebe Grüße ausrichtet. Stacey meinte, sie hätte ihm einen Superjob in einem Werbespot für Grillhähnchen beschafft, der ein Sprungbrett zu echtem Starruhm und seinem ersten Oscar sein könnte. Selbst Orlando Bloom bepinkelt sich angeblich schon vor Angst.«

Suze' und Mels Blicke trafen sich. Sie lächelten. Cammy war für vierzehn Tage nach L.A. gestartet, um sich von den Strapazen seiner Eskapaden (eher von der Flucht vor gewissen Ehemännern) zu erholen. Und nun war er schon fünf Monate und zwölf Tage überfällig.

Mel war ihm nicht böse. Auch wenn er ihr schrecklich fehlte. Aber als er angerufen und erzählt hatte, wie gut es ihm ginge und dass er vielleicht einen Job habe, hatte sie ihn ermuntert, unbedingt zu bleiben. Er hatte mit Sicherheit eine große Zukunft vor sich.

Allerdings nicht mit ihr.

Über das Meer von Köpfen hinweg sah sie, dass die Tür aufging und ein vertrauter schwarzer Haarschopf sich unter den Rahmen duckte und hereinkam. Nachdem er sich anfangs häufig gestoßen hatte, hatte er sich inzwischen daran gewöhnt, den Kopf rechtzeitig einzuziehen. Die beiden kleinen Mädchen an seiner Hand rissen sich los. Abrielle und Josefina hatten ihre Großmutter entdeckt und rannten laut jubelnd in Josies ausgestreckte Arme.

»Moment Mal, kenne ich euch Mädchen überhaupt?«, fragte Josie streng.

»Wir sind's, Nonna, wir sind's!«, kreischten sie lachend. Sie liebten dieses Spiel.

»Tut mir leid, aber ich weiß wirklich nicht, wer ihr sein könntet. Vielleicht erinnere ich mich ja wieder, wenn ich von jeder von euch zehn Küsse kriege.«

Die Mädchen stürzten sich auf sie, sodass Josie das Gleichgewicht verlor und rücklings auf den Fußboden plumpste.

»Ich finde, meine Mutter sollte sich allmählich etwas mehr entspannen und das Leben nicht ganz so ernst nehmen«, sagte Michael.

Mel grinste. »Das sollte sie wirklich.«

»Ist es immer noch okay für dich, mitzukommen? Der Laden sieht so voll aus.«

»Nein, nein, das sind keine richtigen Kundinnen. Ich meine, es sind schon welche von der zahlenden Sorte, aber sie bevorzugen eher Selbstbedienung. Außerdem glaube ich, dass sie sowieso nur noch darauf warten, dass im Pub um die Ecke die Happy Hour beginnt.«

»Verschwindet endlich, ihr zwei, bevor ich es mir anders überlege und meiner Partnerin doch nicht frei gebe.«

Josie war inzwischen wieder auf den Beinen und machte eine ungeduldige Handbewegung. Mel lief rasch in ihr Büro, um ihre Tasche zu holen, dann küsste sie Josie strahlend auf die Wange.

»Und bleibt ja lange weg. Wenn einer von euch vor Mitternacht alleine nach Hause kommt, greife ich zu ernsten disziplinarischen Maßnahmen.«

Michael war sichtlich peinlich berührt. Die seltsamste Mischung an Frauen, die er je gesehen hatte, starrte ihn mit feuchten Augen und seligem Lächeln an, gerade so, als würde er irgendeine Heldentat vollbringen. Dabei wollte er doch nur Mel aus diesem Durcheinander befreien.

»Ja, Mum«, rief er Josie zu, ehe er Mel zuflüsterte: »Da denkt man, in meinem Alter gäbe es nichts mehr, womit sie einen in Verlegenheit bringen kann, und dann …«

»Ach, und Michael, muss ich mit dir noch über Kondome reden?«, fügte Josie zufrieden grinsend hinzu.

Das war ein Ausgang, wie sie ihn sich gewünscht hatte. Der Sohn, den sie vergötterte, und die Frau, die wie eine zweite Tochter für sie war. Sie würde es nie zugeben, aber ihr Hut und die Schuhe für die Hochzeit waren längst ausgesucht.

»… und dann schafft sie es trotzdem immer wieder«, beendete Michael.

Mel seufzte zufrieden und zog ihn mit sich zur Tür. Sie liebte ihr Leben. Sie liebte ihre Arbeit. Sie liebte ihre Freunde. Und sie hatte definitiv eine Vorliebe für den großen Mann mit den strahlenden braunen Augen an ihrer Seite entwickelt.

Es konnte gar nicht besser sein. Und sie war sich ganz sicher, dass es immer so bleiben würde.

»Ach, Mel, ich hab ganz vergessen, dir was zu sagen«, rief Suze plötzlich, als sie schon an der Tür standen. »Wir haben doch mal über Möglichkeiten gesprochen, den Kundenservice zu kontrollieren, wenn wir nicht da sind. Ich hab da eine Agentur entdeckt, die darauf spezialisiert ist, heimlich …«

Mit einem Lachen drehte Mel sich zur Tür um und ließ sie krachend hinter sich ins Schloss fallen.

Danksagung

Ich danke Barbara und Margit für ihre wunderbare Arbeit an der Übersetzung und der deutschen Fassung meines Romans. Tausend Dank wie immer dem unglaublich tollen Team bei Lübbe, vor allem den Coververantwortlichen (ihr macht meine Lieblingsumschläge) und denen, die meine Bücher verkaufen – ihr alle seid meine Glückssterne. Besonders danke ich meiner wundervollen Lektorin Melanie Blank-Schröder, sie ist wirklich einmalig und hat mit ihrer Geduld und ihren Vorschlägen meine Romane so viel besser gemacht.

Ich danke ebenfalls Sheila Crowley, der besten Agentin, die sich eine Autorin wünschen kann.

Und ein ganz besonderes Dankeschön an meine drei Jungs: John, Callan und Brad … für alles, für immer!